限定专案恋人

纳纸 著

图书在版编目（CIP）数据

限定专案恋人 / 纨纸著 . -- 北京 : 北京联合出版公司 , 2023.5（2024.2 重印）

ISBN 978-7-5596-6673-4

Ⅰ . ①限… Ⅱ . ①纨… Ⅲ . ①长篇小说—中国—当代 Ⅳ . ① I247.5

中国版本图书馆 CIP 数据核字（2023）第 029289 号

限定专案恋人

作　　者：纨　纸

出 品 人：赵红仕

选题策划：雁北堂（北京）文化传媒有限公司

责任编辑：周　杨

特约策划：胡月然

特约编辑：胡月然

封面设计：胡十二郎

版式设计：冉冉工作室

北京联合出版公司出版

（北京市西城区德外大街 83 号楼 9 层　100088）

天津雅图印刷有限公司印刷　新华书店经销

字数 312 千字　880 毫米 × 1230 毫米　1/32　10.5 印张

2023 年 5 月第 1 版　2024 年 2 月第 4 次印刷

ISBN 978-7-5596-6673-4

定价：48.00 元

目录

Contents

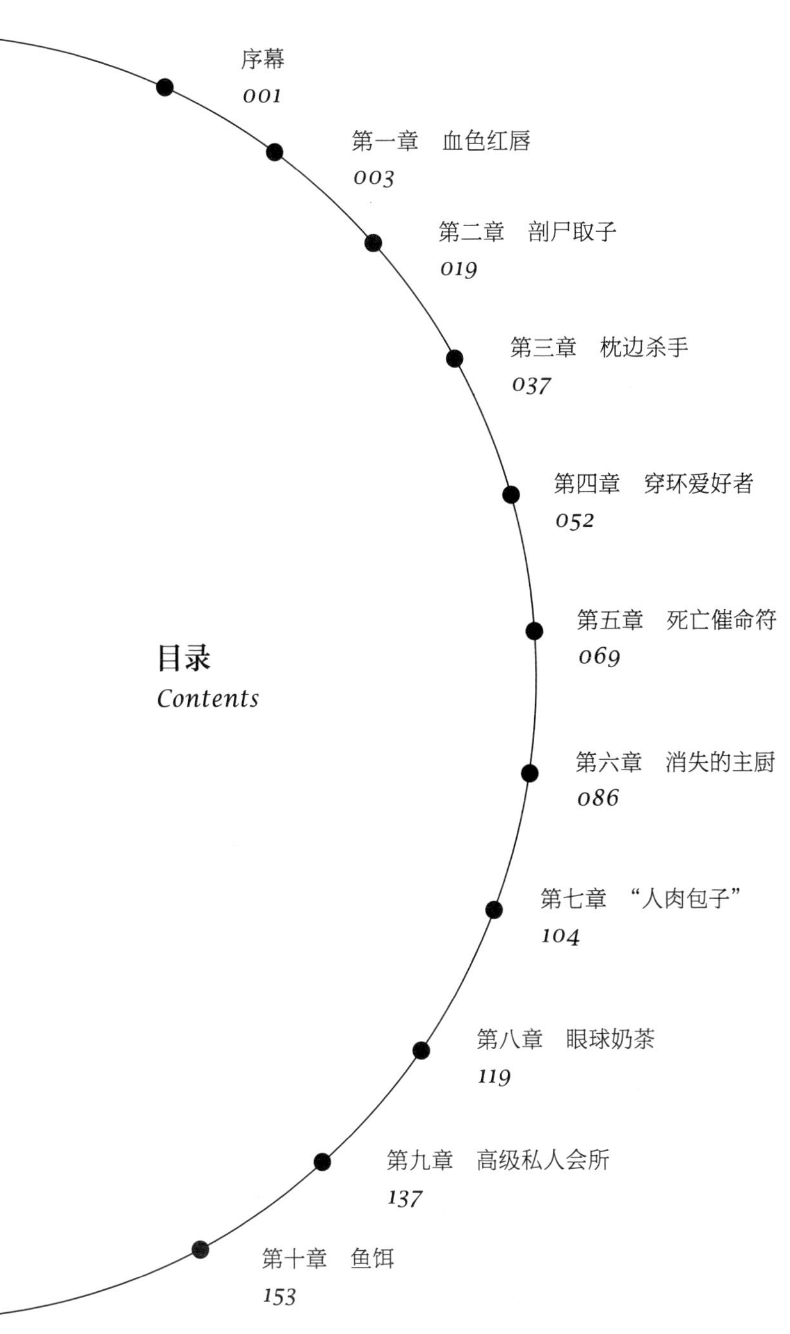

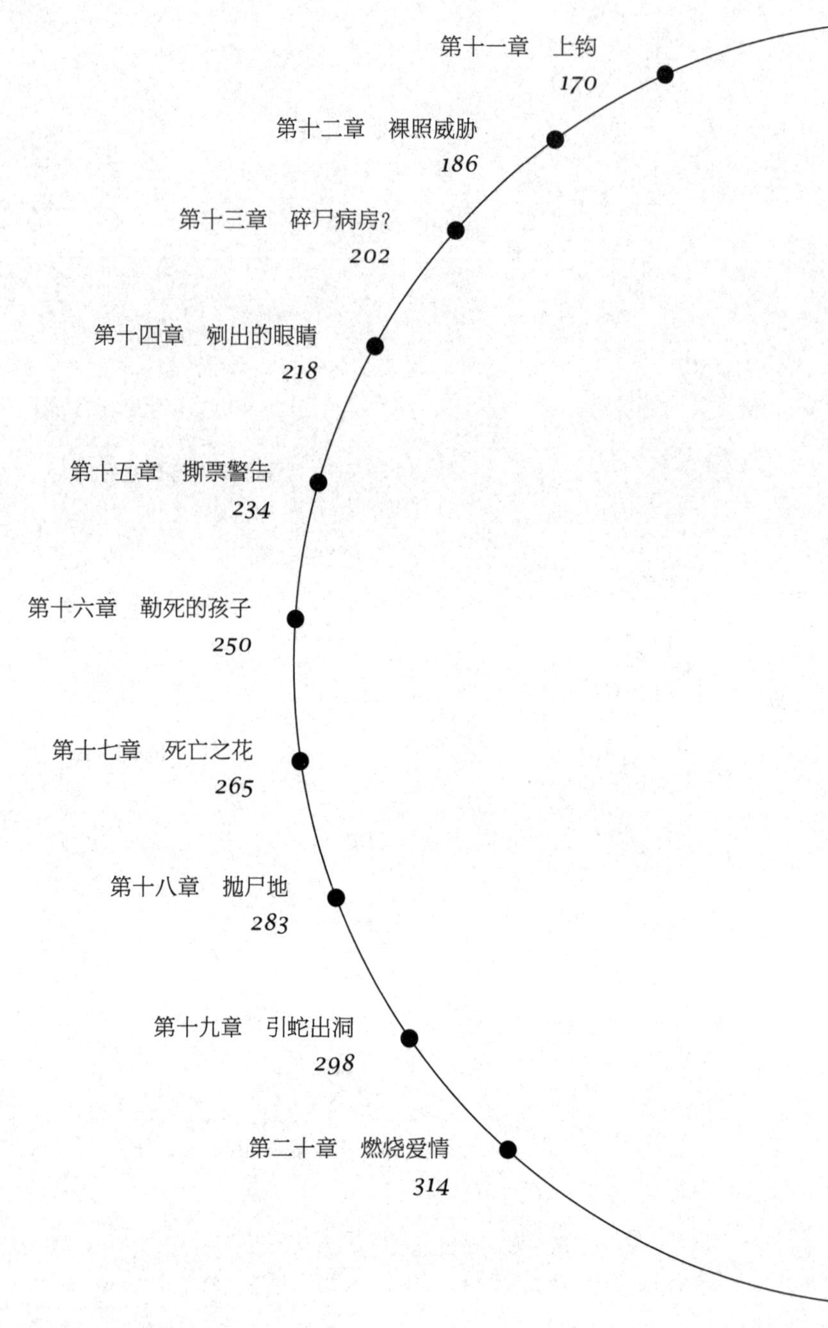

序幕

The Black Dahlia——黑色大丽花。

美国历史上一起臭名昭著的悬案。

说真的，他对这个案件并不了解，所有的记忆只是源自那部印象并不深刻的电影。他所记得的，几乎只剩下海报上那诡异的笑。一群主演的半身像在后面，前面则是黑色大丽花那美得令人目眩的侧脸。黑发，雪白的肌肤，还有那顺着红唇滑落的、鲜红的血痕……一如此刻，面前的她。

本是多么纯洁而美丽的女人啊！

他看着她，然后俯下身，轻轻地亲吻着她的双唇。

没有人能理解那种痛，就像心被掏空了一样，明明不想哭，但是等到回过神来，早已经泪流满面。他低下头，看着自己的手，虽然它早已不再颤抖，可即便再怎么紧握，到头来，也还是空无一物，什么都抓不住……

他圈住她的肩膀，将她紧紧地抱在怀里。

为什么你这么不听话？如果你肯，明明可以一直这样，一直做我的宝贝。可为什么你要打破这一切，摧毁我们这微不足道的幸福呢？

他想要留住怀中这最后一丝温暖，可即便如此，那温度还是很快就会被吹冷。就连她眼中的最后一点儿光彩也渐渐消逝，她的身体最终变成了一副毫无生机的空壳。

他把她放在地上，冰冷的手指最后一次拂过她的脸颊和那瓣艳丽的唇。再见了，我的公主。或者，永远都不会再见。

不再迟疑，手起刀落。锋利的刀刃就这样划开她雪白紧实的肌肤，时间，似一瞬间戛然而止。

紧接着，他好像听到了一声心跳。那么弱小，又那么顽强。每一击，都像是在控诉着他的无情。

泪水再一次滑落脸颊，伴着她的鲜血，绽放成一朵朵娇艳的玫瑰。宛如他与她之间的爱情，从一开始就注定了万劫不复。

第一章　血色红唇

秋日午后的阳光，浓烈，但并不刺眼。

夏岚仰望着天空，这是她第一次出现场，为了这一天，她已经做了很久的准备。

她从小就喜欢看刑侦题材的书籍和影视剧，毕生的梦想就是成为一名合格的犯罪现场勘查员，用自己的专业知识帮助受害者沉冤昭雪。

可现实就是这么残酷，即便她已经学了这么多年，也看了这么多年，可第一次见到“活生生”的尸体却还是吐得一塌糊涂。若不是师兄及时将她拉了出来，她甚至有可能直接吐在案发现场。

小区花园里，师兄小王一边拍着她的背，一边安慰道：“没事没事，一开始都是这样，多经历几次就好了。”

她擦擦嘴，感激地笑笑，却不知该说些什么好。

“其实也不是你的问题，毕竟第一次出任务就看到开膛破肚，冲击力确实有点儿大。”

是啊，今天原本不该她来出现场的，毕竟她还不够资格。

可偏偏同组的另一个同事刚好请了假，这案子情节又比较严重，上面非常重视，生怕人手不够。无奈之下，她这个“菜鸟”也只好硬着头皮跟了过来。

“我好多了，谢谢师兄。”

“真的没事了吗，要不要再休息一下？”

“没关系的！”夏岚摆摆手，示意自己可以坚持，“我能行的，别因为我耽误了大家的工作进度。”

师兄小王看着她，露出个鼓励的笑容：“知道你敬业，但也不用太勉强自己。这样吧，玄关的部分就不用你负责了，等会儿你去别的房间勘查吧。”

玄关，就是女尸所在的地方。

师兄这个人衣着打扮都不太修边幅，因此看似比较粗犷，但对待后辈时，却也有着小小的温柔。

夏岚感激地点点头，整理了一下仪容，跟着他朝楼门口走去。

这次夏岚不再分心，她越过尸体朝着厕所的方向走去。既然尸体那里帮不上太多忙，那就从最角落看看有什么线索吧。

这时，她听到屋外传来了一阵掌声。原本忙碌的同事们都停下了手中的工作，齐刷刷地朝着大门口投去注目礼，而那片掌声，则正是在欢迎那位刚刚走进屋的“神秘人”。

他的个子很高，目测至少一米八，而且身材比例极好，两条长腿在西装裤的包裹下，显得笔直而结实。长款西装十分挑人，而他却刚好属于那种可以驾驭的类型。

深灰色呢子西装，剪裁得相当得体，虽然身材并不魁梧，但却十分挺拔。

至于他的样貌……坦白说，夏岚根本没看清。因为他被一条大红色的围巾遮住了脸，眼睛以下的部分都包了个严严实实。

与此同时，法医已经赶到了案发现场，正蹲在玄关的尸体旁做初步的尸检。

那法医戴着口罩，穿着一件蓝色的工作服，脚上套着鞋套，头发也包裹得严严实实的。夏岚看不清她的脸，但苗条的背影却暴露出了她的性别。

夏岚隐约觉得，这位法医的年纪应该不会太大，而且一定是个很懂生活的人。虽然大家都穿着统一的工作服，可那位法医却用一条黄色的丝质小方巾在自己的工具箱上打了个堪称完美的蝴蝶结。

黄色本就令人感到温暖，连带着，让周围原本严肃而冰冷的气氛也柔和了一些。

被害人的血早就干了，事后凶手又做了细致的清理工作，以至于现场并没有留下太多的血迹。

死者是个年轻女性，从一些现场摆放的生活照片看，她长得很美。身材苗条，五官立体，妆容也精致得宛如画中人一般。可现在，她却赤身躺在地上，从胸部往下，一直到下阴，身体被人残忍地划开了。此时距离死亡已有一段时间了，她的皮肤上已经出现了尸斑，就连伤口处的肉也白花花地翻着，叫人看得头皮发麻，浑身不自在。

夏岚皱了皱眉，还是对尸体的惨状感到一丝不适，尽量躲着那尸体，绕到了里屋，却听到外面师兄跟法医打起了招呼。

“苏姐好，咱们有日子没见了吧？”

“最好别见，有我在，准没好事。”那声音出乎意料的好听，虽然在调侃，但语气又异常认真。

“怎么，带了个新人？”

“是啊，小孩子第一次出现场，有点儿不适应。”

“多见几次自然就习惯了。”

死者名叫刘曦茜，今年二十二岁，生前算是个小有名气的平面模特。也难怪夏岚看到她放在房间里的照片时会觉得眼熟。说不定，自己就曾经光顾过她拍广告的网店，买过她同款的衣物。

不过以模特来说，这刘曦茜未免朴素了些，卫生间的柜子里只有少得可怜的几样护肤品，化妆品则更少。只有两支简简单单的口红，一支正红色，一支淡粉色。从这两支口红的色号来看，遇害时，她嘴上涂的应该就是这支红色的。

美丽的脸蛋，火红的嘴唇，如果不看那令人反胃的尸身，也算是个性感尤物了。只可惜红颜薄命，她生得美丽，死得却令人触目惊心。

储物柜收拾得相当整洁，所有的东西都摆放得井井有条。夏岚拿起梳子，小心翼翼地取了几根头发包好，贴上标签，以便拿回去做进一步的检测。然后转过身，准备检查马桶。

马桶盖和马桶圈向上掀着，夏岚瞅了一眼，微微皱了皱眉。掏出棉签，在上面擦拭了几下收起来。

垃圾桶很干净，似乎刚被人清理过，里面只有两张卷成团的手纸，还有几根长头发，她也将这些一一收进密封袋里包好。

洗手池的水槽和地漏也没有遗漏，夏岚仔细地将里面的毛发收集了起来。

全都整理完，她这才直起腰，又环视了一遍，生怕有什么遗漏。毕竟是第一次出现场，她不想因为自己的疏忽给大家带来麻烦。

初步检查完被害人的尸体后，苏珊已经脱下了口罩和头套，站在大门口和刚才进来的“神秘人”有一搭没一搭地说着话。

苏法医看起来年纪不大，但是听小王说，其实她今年已经三十岁了。一头栗色的波浪卷发，在阳光下显得既柔和又富有魅力。妆容看起来也很精致，为本就美丽的脸庞增色不少。

“什么时候回来的？”问话的是苏珊。

“神秘人”从红围巾后露出一双眼睛，看着地上的女尸，淡淡道：“上个月。”

“回来也不打电话？咱们好聚一聚，顺便带你到处逛逛。”

“不必了。”

“你都不好奇这些年来有什么变化吗？”

“有一种东西叫搜索引擎。”

苏珊当场气结。

“神秘人”没有理会，迈开长腿走向里屋。

后来夏岚才知道，这个“神秘人”的名字叫陆博垣。

是上级针对此案件专门派来的技术顾问。没人知道他究竟是干什么的，职位等级又是如何，但一把年纪的分局局长竟亲自跟在他的身边，说起话来也是毕恭毕敬的。仅凭这种架势，就没有一个人敢说一句不服——除了苏珊。

苏珊就是刚刚负责验尸的那名法医。

她声音美，长得更美。

“陆顾问，您有什么见解？”守在里屋的局长朝陆博垣笑得很热情，本就“千沟万壑”的脸因为这个笑容而挤压得更加“山脉纵横”，仿佛所有的皱纹都拧到了一处，看得夏岚一阵阵起鸡皮疙瘩。

陆博垣没说话，顺手拿起一副手套，也不戴，而是垫在手上，时不时地打开一些柜子或者抽屉，看上几眼再关上。

红围巾背后的那双眼睛，神秘而明亮。

那一刻，夏岚有点儿想笑。毕竟这条围巾和他的整体形象实在是太不搭了！

陆博垣到处看了看，最后来到了夏岚所在的厕所门口。

夏岚站在那里，进也不是，退也不是，只得背着背包，挡在了他的面前。

他看了她一眼，没有任何表情。

“厕所是你负责勘查的？”

“是。”

“第一次出现场？”

语气中倒是没有什么不礼貌，可不知为什么，听他这么说，夏岚莫名觉得有些火大。

“考考你。”不等她回答，陆博垣继续道，“厕所是最能看出问题的地方，你看出什么了？”

呃……这是在测试她的能力吗？

好啊，谁怕谁！

夏岚微微仰起头，从容不迫道：“刚刚收集了一些毛发，垃圾桶里的纸张也都整理好了，有待回去做进一步化验。总体来说，我认为死者并不是一个人住，至少，她应该有一个固定的性伴侣。”

“哦？”她的话令红围巾后的眼睛第一次有了表情，“何以见得？”

听出他语气里的赞许，夏岚的心情也跟着好了一些，嘴角微微扬起。她伸出手，指了指马桶：“一般女性独居的话，是不会把马桶圈抬起来的，只有男人才会这么做。我进来时，那马桶圈就是抬起来的。”

“也不见得吧。”一旁的局长忍不住搭话道，“万一她就习惯把马桶圈抬起来呢？”

“不会。”夏岚摇头，又弯下腰，用手指了指坐便器的边缘，那里分布着一些大大小小的尿渍，“就算是个人习惯，也不可能有哪个女人会尿到这里。这些尿渍已经留了很长时间，而且面积很大，还特别分散，说明是长期遗留造成的。”

听她这么一说，局长凑过去认真地看了看，这才点点头，表示同意。

“可你又怎么知道一定是性伴侣呢？说不定，是她的父亲、兄弟或是男性友人。”

“不，我很肯定，因为除此之外，我还有一个推断，只是还未验证。”

“什么？”

“我觉得……”

说到这里，夏岚的表情也不由自主地严肃起来，如果她的推断是真的，那这个案子也未免太过残忍了。

“我觉得，死者应该是怀孕了，或者说怀过孕。”

是的，怀过——因为她并不能推断出她有没有去堕胎。

“什么？你说她怀孕了！”

局长禁不住惊讶起来，如果真的是这样，那这起案件的性质就更恶劣了！本来以为就是对单身独居女子的恐怖开膛。可要是对方不仅仅是个独居的女子，还是一位准妈妈的话，那……

“苏法医！苏法医！”

局长高声呼叫着，希望苏珊能给自己一个解释。

“不用叫了。”陆博垣目不转睛地盯着夏岚，眼神中似乎蒙上了一层笑意。

接着，他用那极富磁性的嗓音，低低地说道：“你说对了，死者确实怀孕了，而且凶手剖开了她的肚子，拿走了她肚子里的胎儿。”

“你们说什么！”

局长大人的脸瞬间就白了，下意识地转头朝玄关的位置看了看，他极力忍住一阵恶寒，如果情况属实，那么这起案件的恶劣性质又上升了一个高度。

陆博垣看着夏岚：“你是怎么推断出死者怀孕的？”

"大概是女人的直觉吧。"夏岚从容地说出了自己的推理过程，"死者是个模特，平时有很多机会接触各种化妆品和护肤品。她年轻漂亮，注意仪表，应该也有不少追求者，这个年纪的女孩子，没有不喜欢打扮的，何况她还是个模特。"

"继续。"

"但是我注意到，她的化妆品很少，只有两支口红，护肤品用的都是无刺激的，死前基本上算是素颜。另外从现场的照片可见，死者之前是长发，发色为浅茶色，但是她死的时候是短发，除了发梢，其余部分已经是黑发了。这表明她已经有很长一段时间没有染发了，这也进一步验证了我的推测。毕竟，孕妇一般是不会染发也不会过度化妆的。"

"分析得不错。"局长点点头，转而看向陆博垣，"那陆顾问又是如何得知死者没有堕胎，而是正在怀孕中的呢？"

"很简单，先说死者本人，"他指了指玄关处的尸体，"她身体的一些变化，都显示她生前正在怀孕中。怀孕期间的女性很容易受到荷尔蒙分泌量的影响，会使黑色素的活动力增强，那么皮肤就容易出现黑色素沉淀的现象。"

接下来，陆博垣环顾了一下四周，然后伸出双手，做出一个展示的手势："抛开尸体不谈，哪怕只看物证，玄关、卧室、厕所、厨房……到处都是死者有伴侣而且正在怀孕的证据。"

陆博垣再次走向厕所，边走边询问夏岚在厕所观察到的信息。

"你刚才从这里收走的，是几支牙刷？"

"一支。"她很肯定地回答道。

陆博垣笑了，有些清冷，但却很好看。

这时陆博垣突然向前一步，伸手向着夏岚的脸颊探过来。

跟在他身边的夏岚因为他的这一举动下意识地往后一退，整个人贴在了洗手池的边沿。

但是，陆博垣只是微微错了个身，将手伸向洗手池上方的梳洗台，从上面取下一个装牙刷的塑料筒。

那筒上有几个圆孔，其中一个原本是插着死者所用的电动牙刷，但是刚刚已经被夏岚收走，以便用于 DNA 检测。

“只有一支牙刷，何必要特意买一个装牙刷的筒？这个凶手具有一定的反侦察能力，他已经尽量将自己在这里生活过的痕迹清除了。如果我没猜错，你们根本检测不到他任何的指纹，至于脚印，我刚刚在玄关看了，死者家里有几双男士拖鞋，款式和尺寸都是一样的，不过很可能都是客用的，他真正穿过的那双，恐怕已经带走了。”

“你的意思是，凶手就是死者的伴侣？”

“很有可能，不然他不用费力把自己的毛巾、牙刷、剃须刀这些东西统统拿走，当然……”他微微一笑，眼神朝着外面瞟了瞟，“他还拿走了最能给他定罪的物证，或者说是人证。”

“你是说……”

“没错，他拿走了他的孩子。”

夏岚觉得周身一阵发冷，她不知道这个凶手是有多变态，才能做出这样的事来！但陆博垣的话确实很有道理，如果不是这样，又何必非要剖尸取子呢？

凶手拿走了能证明自己在这里出现过的一切，包括刘曦茜肚子里的孩子——那是他曾经和刘曦茜有过关系的最好证明。

夏岚不知道他们之间到底发生了什么，但既然在一起过，又怎么会走到这一步呢？明明连孩子都有了。

又或者，这孩子就是这场悲剧最根本的导火索。也许他们并不能像一般的情侣那样结婚，共度下半生。说不定，男方根本就是有家室的人。

“有没有可能是死者把孩子打掉了，所以他才一时气愤……”怀着一丝侥幸心理，她忍不住问道。

“不可能！”他斩钉截铁地打断她，“卧室的床头柜里有孕期需要服用的补钙药，已经吃了不少了，显然她一直谨遵医嘱，证明她很重视这肚子里的孩子。另外，我还在厨房发现了几盒猫罐头，储物柜里还有半袋没用完的猫砂。”

猫？明明聊着案情，怎么话锋突然转到猫的身上了！

不过这么一说，她刚刚确实在某个相框中见到了死者和一只美短的合照。

见她一脸的茫然，陆博垣叹了口气，解释道：“死者应该很喜欢猫，她买的猫罐头都是名牌，价格并不便宜，猫砂也还留着，说明她并没有把猫送人的意思。但是这里却没有猫，这只能说明一件事，那就是，她为了安心养胎，把自己的宠物猫暂时送到了别处寄养。毕竟在一部分人看来，怀孕期间并不适合养宠物，他们担心宠物身上会携带细菌，伤害到胎儿。当然，这只是无稽之谈。”

“也不一定是寄养了吧？”

夏岚自己也养猫，很清楚猫咪的习性。这是一种警惕性十分高的动物，胆小且从不轻易相信别人：“说不定我们在这屋里搜一搜，就能找到了。毕竟家里来人的话，猫很有可能钻到床或是沙发底下，有时候能藏上一两天都不出来。”

“不会。”陆博垣摇头，“虽然罐头和猫砂还留着，但这里已经很久没有猫这种动物出现过了。”

“你怎么这么肯定？”

“当然肯定了。”他指了指自己鼻子上的围巾，幽幽道，“我对猫毛严重过敏。如果有猫在屋子里，我的反应不会这么轻。”

陆博垣的话很快便得到了证实，除了法医苏珊的验尸报告，警方也几乎没有费什么力气，就查到了刘曦茜的就医记录并确定了她怀孕的事实。同时，还找到了她寄养在朋友家的猫。

那个答应暂时帮她养一年猫的朋友叫Candy，也是个模特，两个人经常一起开工，关系算不上很铁，只是偶尔一起吃个饭或是逛逛街。

“曦茜没什么朋友，她怀孕这件事，没几个人知道！”Candy哭得梨花带雨，但很明显，她是害怕多过伤心，毕竟这种事发生在自己认识的人身上，想想都觉得恐怖。“我不知道孩子的父亲是谁，虽然有时候她去外地开工，我会帮她养猫，可我总共就去过她家两次，从没见过什么男人。”

“那她怀孕以后，心情怎么样？我是说，你觉得，她是开心还是焦虑？”

问话的是一个二十来岁的年轻小警官，他身材魁梧，个头很高，留着一头短发，长得棱角分明。因为穿着警服，更显得英俊帅气。

“应该是开心的，刚查出来的那段日子，她整天都在念叨，说要是生个儿子就好了。”

“儿子……”小警官若有所思道，“她不喜欢女儿吗？”

“我也说生个女儿好，她这么漂亮，不生女儿浪费，可她非说更喜欢儿子！我猜啊她说不定是想‘母凭子贵’呢。”Candy说到最后，已经懒得再上演“姐妹情深”的戏码，倒是把自己对死者的恶意揣测说了个十成十。

“没错，就是‘母凭子贵’！”分局办公室里，一个穿着卡其色衬衫和同色系长裤的中年男人，用黑色的马克笔在白板上写下了四个大字，然后重重地画了一个圈，将这四个字圈住。

他回过头看着大家，解释道：“根据银行的收支情况来看，刘曦茜是一个混得还可以的模特，月收入在同行中算中等偏上。但是她居住的圣亚花园，每个月光是房租就要八千多，再加上日常开销，以及她每个月要打回老家的钱……以她的收入还是很难一个人支付这些费用。”

为了侦破这次的“孕妇剖尸取子案”，局里以最快的速度成立了特别专案小组，而此刻主持会议的，是刑侦大队的队长徐子峰。

夏岚虽然刚入职不久，可徐子峰的大名她还是听过的。这个男人本身就是个传奇，他参加过的大大小小的案件，加起来足有一百多起，抓过的罪犯少说也有上百人。

他立过几次功，也好几次差点儿因公殉职。其中最危险的两次：一次是执行任务时，被人用匕首捅了七八刀，有一刀距离心脏只有不到一厘米，足足休养了大半年才重返一线岗位；还有一次围剿银行盗窃团伙时，对方当场引爆了炸药，冲击力之大，将冲在最前面的徐子峰直接炸飞了出去。要不是他命大，正好掉进了附近的鱼塘，现在说不定已经被追加“烈士”了。

徐子峰是一个恪尽职守、经验丰富的刑警，由他担任特别专案小组的组长，小组成员对这个安排都很满意，徐子峰的个人能力在分局是有目共睹的。

而除了他，特案组还有其他五位成员，分别是：法医苏珊；技术人员车瑞，刚刚汇报了代养猫咪模特口供；身高惊人的小刑警聂程涛；作为勘查人员、接触过第一案发现场的夏岚，以及陆博垣。

说起这陆博垣，在小组成员中，数他最神秘。据介绍，他曾出国留学，是个海归博士，刑事鉴识方面的专家，此次回国被分局特招为技术顾问，协助警方破案。

看到陆博垣的信息，夏岚又不禁想起了之前在案发现场时他戴着红围巾的模样。在勘查案发现场后回程的路上，苏珊为大家解释道，其实这陆博垣早在经过刘曦茜家大门时，就已经被门口地毯上的猫毛折磨得连打了七八个喷嚏，无奈之下，又回到车上取了围巾，把自己包裹得严严实实的才敢进屋。

不过令他意外的是，明明屋门口的地毯上有不少猫毛残留，可屋内却出奇的干净。于是他不禁怀疑起了作为饲主的刘曦茜为何要将自己的宠物送走。也正是因为这小小的启发，他特意认真观察起了刘曦茜的尸身，并从她身体上的变化，推测出了凶手杀害她并将其胎儿取走的这一事实。

能从这种细枝末节的事情上发现案件的重点，看来这个陆博垣确实是个厉害人物。

“我觉得，死者可能是想借孩子，尤其是儿子来逼对方结婚。”聂程涛率先说出了自己的看法，相对于其他组员来说，聂程涛和徐子峰的关系更近一些，他们是从同一个刑侦大队调过来的。

徐子峰点头：“是啊，死者虽然没有向任何人吐露她交往的对象是谁，但是从她身边朋友、同事那里得到的情报，我们确实有理由相信，她十分爱那个男人，并且希望可以和他结婚。”

“想结婚，可是又结不成……”苏珊在一旁自言自语，“看来这事儿有蹊跷啊！”

“蹊跷？”夏岚蹙着眉问道。

“不是小三，就是生活不检点，孩子他爹都不信她，所以根本没打算和她结婚！”

作为技术顾问却一直没有发言的陆博垣用手敲了敲桌子：“还是先说说死因吧。”

苏珊似乎早就习惯了他这种态度，也不生气，拿出事先写好的报告复印件，分给在座的其他人。

“死亡原因是机械性窒息，我在她的鼻腔里发现了一些纤维，正好和她沙发上的一个粉色靠垫相符，照片和相关数据已经附在报告里了。另外，死亡时间应该是今天凌晨一点到两点之间。”

“所以言下之意，她是在沙发上被人捂死的？”正在用笔记本电脑进行会议记录的，是一头自然卷、戴着眼镜的技术人员车瑞，他这个人没什么存在感，就连说话时的声音也不是很大。

“有可能，从死者手指呈现出弯曲的状态看，她被捂住的过程中试图反抗。但是很可惜指甲被人修剪和清理过，并没有找到有价值的残留。”

果然，这起案件的凶手警惕性十分高，反侦察能力也很强。看来正如陆博垣推测的那样，他们想要在案发现场找到有用的证据会很难。

“我记得沙发是放在里屋的，可尸体所在的地方不是玄关吗？这么说，她是被杀之后被人移尸到外面的？”秉承着不懂就问的原则，车瑞继续追问道。

他没去过现场，但他又要负责整理会议记录、提交报告，因此这些问题都需要从大家的反馈中寻求答案。

“应该是这样没错。”这次轮到夏岚发言了，毕竟她接触了第一手资料，而且勘查现场本来就是她的职责，“我们没有在地上发现拖拽的痕迹，她应该是死亡之后被人抱过去的，至于为什么要将尸体挪到玄关的位置，我个人分析，可能和室内的装潢有关。”

“此话怎讲？”身为组长的徐子峰没有坐在座位上，而是侧身靠在了办公桌的一角，边看着手里的资料边问道。

“沙发所在的客厅，还有卧室铺的都是地毯，厕所和厨房的面积不是很大，应该不太方便凶手进行剖尸，相比较，只有玄关符合要求——地砖，且空间充足……不过凶手虽然对现场进行了清理，但因为剖尸造成瞬间大量出血，还是有血通过地砖缝隙向下渗透了，这是凶手的百密一疏。所以今天早上，楼下的邻居发现自家天花板出现红色印记，上楼去拍门却无人应，又联系物业和房主，这才发现这桩惨案。”

徐子峰长吁了一口气：“这样看来凶手很熟悉刘曦茜家的环境，而且可以在她家进出自如。”

“是啊。”苏珊跟着补充道，“按照死者生前的医疗记录，她已经怀孕四个多月了，遇害时并没有遭受性侵犯。”

这话说完，所有人都心知肚明了。没有撬锁痕迹，说明凶手有钥匙。死者死前躺在沙发上，案发时间是凌晨一两点，也就是说，死者可能是在等人回来。至于没有遭受到性侵犯，很显然，根本就不需要。

所有的证据，都指向同一件事，那就是，这个凶手不是别人，正是死者的同居人！

就在众人陷入沉默，正想着要从哪里入手的时候，车瑞却突然举起了手。

“查到了！”他扭过头，示意大家看大屏幕。

“我着重调查了死者这两年的网络痕迹，她平时喜欢发一些自拍图到微博和朋友圈，对自己的感情生活和怀孕一事倒是绝口不提。至于她的邮箱，邮件多是工作上的邀约以及合同。不过她的手机却意外的干净，她有删除聊天记录和通话记录的习惯……”

“那你究竟查到了什么？”聂程涛的性子比较急，不喜欢拐弯抹角。

车瑞轻轻敲了一个按键，屏幕上突然出现了一大堆照片。

在座的几位男士，脸顿时就红了。当然，不包括陆博垣。

这是一组相当大胆且露骨的照片，俗称“不雅照”。

画面中有男有女，女主角无疑就是刘曦茜本人。她本就长得漂亮，身材也非常有料，再加上照片的内容十分“私密”，照片里的几位主角又全都“一览无遗”，导致夏岚默默地侧过了头，实在不好意思继续往下看。

“乖乖……”苏珊倒是完全不避讳这些，吹着口哨，甚至比几位男同事还要放得开，“够厉害的啊！女主角只有一个，男主角倒是换了好几位，虽然有的露了脸，有的没露，可看肤色和身材也知道不是同一个人。啧啧啧，露脸的三个人里，有两个长得还挺帅的，至于只露了肉的两个，那身材！”

随着特写镜头越来越多，众人看着屏幕，突然异口同声地叫了起来：“我 ×！太变态了！”他们看到照片里某位男主角的私密部位竟然打了孔，穿了环。

夏岚本没有抬头，可听到众人的惊呼，还是好奇地睁开了眼，结果那极具冲击力的画面顿时看得她头皮一阵发麻。太可怕了！如果她是男人，肯定也和在场的其他几位男士一样，觉得相当“蛋疼”。

不过陆博垣看上去却没有丝毫的不适应，反而有种微妙的兴奋感。

“干得不错！”组长徐子峰拍了拍车瑞的肩膀，“现在只要找到照片里的这几个人，距离真相也就不远了。”

“嗯，好的，我现在就把那三人的脸截出来，去打印。”

“我负责去问邻居，顺便再去调一下大厦的监控录像。”

“我去找死者的朋友和同事问问，看有没有认识这几个人的。”

“怪了……”就在大家都兴冲冲地要行动起来的时候，夏岚却突然想到了什么，对着照片中一个男人的脸发起了呆，“我怎么觉得，这个人长得这么眼熟？”

“哪一个？”苏珊靠过来，写了一脸的八卦。

夏岚脸红地指了指屏幕：“把刘曦茜的脚搭在肩膀上那个。”

她这话说完，所有人都回过头，将注意力集中到了那张照片上，车瑞还体贴地将图片放大了，单单截出了那个男人的侧脸。

“我 ×！”过了一会儿，苏珊突然恍然大悟地大叫了起来。

“怎么了？”

“这是周志廷啊！”

她本以为这话说完，会引得大家一阵骚动，谁曾想，除了夏岚，其余的人竟然都不知道她口中的周志廷到底是谁。

“你们没事吧！竟然连他都不知道！周志廷，影视圈的当红小生，早年是模特出身，拍过好多 MV 还有广告。后来被一个导演看上，参演了一部众星云集的电影，然后就一夜蹿红！就算你们平时不看电影电视，娱乐新闻总该看过吧！”

“我很多年没去过电影院了。”

“我平时能抽空看个新闻联播就不错了，哪还有空看娱乐新闻。”

“我对男人不感兴趣。”

“呃，好吧。”苏珊叹了口气，感觉自己简直就是在对牛弹琴。

陆博垣示意车瑞将图片往下移动，又浏览了一下那两个没有露脸的男人：“刘曦茜是模特，这个周志廷也是模特出身，这两个没有露脸的男人，很有可能也是。我也去经纪公司。”

根据刚刚大家的申请和实际情况，组长徐子峰明确了分工。夏岚和苏珊去经纪公司，他和聂程涛负责查出照片上其他人的身份，车瑞继续调查死者的网络痕迹。陆博垣身份特殊，徐子峰本来还没想好如何安置他，既然他提出要去经纪公司也好，苏珊和夏岚都是女同事，有个男性跟着，他也放心。

陆博垣站起身，走到了组长徐子峰旁边，低下头与他低声交谈着。举手投足虽没有领导的架势，却不怒自威，自成一股气场，让人无法挪开视线。

苏珊和夏岚要等他一起，自然没有先离开。见他二人讨论案情，俩人也交头接耳，聊起了对于这两人的称呼。

“组长说让咱们直接叫他‘峰哥’，苏姗姐，这样不好吧？”

比起夏岚，苏珊的经验更为老到，一语点破了这其中的奥妙：“其实也没什么，毕竟局里同姓氏的人太多了，光是徐队就有三个。所以一般遇到大姓，咱们都直接称呼名字，不然走廊里喊一嗓子，得多少个徐队回头看你。”

夏岚想了想，觉得她这么说也有些道理，不过比起徐子峰，陆博垣的称呼就更棘手了：“那陆……顾问呢，咱们怎么叫他？”

两个人说话的声音不大，说的也是无关痛痒的事情，因此别人都没有理会。谁知偏巧这时陆博垣结束了和徐子峰的对话，他收好资料，放在公事包里，然后迈开腿朝着大门的方向走去。

经过她们两人时，却顿了顿脚步。

“叫我名字就行。”

他声音很低，说完转过身，推开了会议室的大门。

第二章　剖尸取子

夏岚今年二十四岁，身高不算理想，但也没有拉国民身高的后腿，刚好卡在一米六。不过她身材比例还算不错，要是穿上短裙和高跟鞋的话，视觉上还有提升的空间。

与现在流行的那种锥子脸不同，她是典型的鸭蛋脸，大眼睛，双眼皮，棕色的齐肩短发，没有厚重的刘海，却仍然可爱。她不喜欢化浓妆，但出门前，也会淡淡地打个粉底，涂涂眉毛，再涂一个淡粉色的口红。

她的工作岗位属于后勤支援，并没有着装要求，再加上她平时也习惯了穿牛仔裤和球鞋，所以今天也不例外，只是穿了最简单的运动服，看起来就像个普普通通的大学生。

这样的她，在走进刘曦茜所在的模特经纪公司时，真的有一种刘姥姥进大观园的感觉。

尤其是身边还站着身高和相貌都完全不输专业模特的陆博垣，以及一头波浪卷发，御姐范儿十足的苏珊。不论是颜值还是气场，她都被两人甩了好几条街……不止。

“你们好，是约了来面试吗？”

前台小姐双眼放光地看着陆博垣，笑得一脸娇羞。对待苏珊也十分礼貌友好。但是当她看到站在俩人身后的夏岚时，表情明显地从惊为天人转化成了不屑一顾：“不好意思，找人的话，没有预约是不能进去的。”

那一刻，夏岚感觉自己的自尊心严重受挫。更气人的是，旁边还传来了一阵阵窃窃私语。

“呵，什么情况啊，现在招新人连身高都不看了，以为是个人就能当模特啊！”

“估计是应征平面的吧，反正也不看身高，腰倒是挺细的，可惜没胸。”

夏岚强压住火，袖子下的双手不自觉地握成了拳头。

而此时的陆博垣和苏珊则已经表明了身份，由前台小姐指引着，朝经理办公室走去。苏珊和前台小姐交谈着，并没有注意到夏岚的反常，反倒是陆博垣，在走了几步发现夏岚并没有跟上他们时，停下来朝她叫了一声：“喂。”

“哦！”夏岚答应着，赶紧跟了过去。

负责接待他们的是这家公司的经理，一个白白胖胖、憨态可掬的中年男子。如果不是亲眼所见，真的很难想象他这种形象会在模特经纪公司做管理。

毕竟光看样貌和身材，他怎么看都像是干餐饮的。

“几位警官好，我叫皮凯秋！”

皮凯秋？皮卡丘！

夏岚瞬间脑补了他变成黄色、摇着大耳朵的样子，然后一个没忍住，扑哧一声笑了。她知道这样不好，于是赶紧低下头，摆出一副认真做记录的样子。

严格意义上来说，陆博垣并不算警务工作者，但他也没有刻意纠正皮经理对他称谓上的错误。虽然他现在的身份是“顾问”，但这种时候，警察的身份确实更方便他做事。

“你好。”他从容落座，开门见山道，“我想关于刘曦茜的事情，已经有其他警官来问过话了。”

“是啊，小茜的事，真的是没想到！”皮经理搓着双手，一脸的惋惜，“她可是我们公司最红的平面模特之一，年纪轻轻就这么没了，真是可惜！”

“我们就直接问了，”苏珊懒得搭理他的客套话，从夏岚手里接过刚刚打印好的照片，推到他的面前，“照片上的这几个男人，不知道皮经理认不认识。”

虽然已经进行了简单的图片处理，但那皮凯秋也不是瞎子，还是能看出这些照片是在什么情况下照的，他的脸有些发红，表情更是尴尬到不行。

“这两个是认识的。”

他拿出其中两张，递到几人面前，其中一张，正是周志廷。

“这是阿明。哦，他以前叫周明，现在叫周志廷。”

“他以前是你们公司的？”陆博垣问道。

“对，他那时候还不红。”皮凯秋有些迟疑，但最终还是如实道，“小茜和他交往过，后来分了，具体原因我不太清楚，不过我听说，好像是因为那时候阿明搭上了一个女制片。后来他还跟我们公司解了约，改了名，去当演员了。”

“那这个人呢？”

陆博垣指了指另一张照片上的男人，黑色短发，单眼皮，耳朵上还戴了只银质耳钉，倒三角的身材，手臂上还有对翅膀状的文身，上面写了两个英文字母：AK。

皮凯秋看着他，表情非常奇怪，半晌，才缓缓道：“这个人……是我。”

“什么！”

苏珊和夏岚几乎异口同声地叫了出来，别说她们了，甚至就连一直处变不惊的陆博垣也明显愣了两秒。

试问谁又能想到，照片上这个单眼皮的帅哥，竟然就是面前这个白胖子！变化之大，简直令人怀疑自己是不是听错了。

“皮经理，你知道欺骗警方是什么罪名吗？”就在夏岚还处于放空状态时，一旁的苏珊问道，显然，她根本就不相信对方的回答。

皮凯秋的脸上红一阵白一阵，额头已经开始冒出汗来。他不再解释什么，直接站起身，开始脱衣服。

陆博垣和苏珊没有阻止，夏岚更没有，因为此刻她已经失去了行动的能力，还在看着桌上那张照片发呆。

皮凯秋已经脱得上半身只剩下一件背心，露出了那因为肥胖而走形的文身。

翅膀还是那对翅膀，但现在这个形状……怕是飞不起来了。

至于AK那两个字母，K则已经消失不见了，变成了另一个字母：R。

将文身显露给面前的几位检查后，皮凯秋又慢慢地将衬衫穿上，然后坐回座位，尴尬地笑了笑，“我的英文名字叫Alex，小茜的英文名是Kristen，其实……我俩以前也曾经交往过，后来分了手，我就把K字给改了。”

呵呵，这个R，怕是新欢的缩写吧？

“这是多久以前？”

“大概六年前吧，别看我现在这个样子，其实我以前也是个模特。”

“你说六年前？”陆博垣看着他，“可是我们有证据证明，这几张照片，是她近期才存进手机里的，这么说来，你被她勒索了？”

皮凯秋沉默了一会儿，算是默认。然后承认半年前刘曦茜以照片为要挟跟他要了两万块钱。

“你是怎么知道他被刘曦茜勒索的？”

回程的路上，苏珊开车，夏岚和陆博垣坐在后排。夏岚一边整理着刚刚的记录，一边追问陆博垣。

而他的回答则简单明了：“我看了人事部调来的员工档案，六年前，他们两个开始交往的时候，皮凯秋刚刚出任这家公司的经理没多久。他们一个是模特经纪公司的经理，一个是刚出道的小模特，俩人之间的关系究竟是像皮凯秋自己所说的那样，属于自由恋爱，还是有着什么不为人知的内幕，如今已经不得而知了……”

这种事，本就是这个行业里不争的事实，大多数女性也都属于弱势群体。不过如今刘曦茜已经不在了，所以真相怕是石沉大海，再也没有人能说得清楚了。

“不管怎么说，这皮凯秋应该也是动过真情的吧，不然又怎么能把两个人的名字文在身上？”夏岚天真地问道。

她这番话引得前面开车的苏珊一阵轻笑：“傻丫头，弄个文身又能代表什么？K可以是Kristen，也可以是Kelly、Kate或者Hello Kitty！你看他现在不是又把文身改成了R，只需要覆盖一下，这个字母就可以有无限的可能。”

夏岚没谈过恋爱，自然不懂这些，只是单纯地心疼刘曦茜，认为她遇人不淑，死得太惨，希望她短暂的人生中，起码能有一个真心爱过她的人。

哪怕，只是曾经。

“好吧，就算是这样，可分手不是很正常的事情吗，更何况又是六年前，这有什么好勒索的？”

“你别忘了，六年前，刘曦茜只有十六岁，甚至可能当时还不到十六。”陆博垣解释道，“皮凯秋是去年才结的婚，他肯定不想自己的太太知道这段往事。这种情况下，如果刘曦茜拿当年的照片勒索他，让他给自己封口费，我想他应该不会拒绝。”

夏岚瞪大了眼睛：“你怎么知道他去年结了婚？这个在人事部的档案上也写了吗？”

“他的戒指。他无名指上戴着婚戒，应该是变胖以后才买的，因此尺寸还算合适，并没有太勒手。而且他因为身材走样，之前的文身已经有些变形了，但是 R 没有，说明是他变胖以后才改的。另外，他办公桌上的台历，十九号这天画了一颗星号，旁边写了‘一周年’，还有个电话号码，我刚刚用手机上网搜了一下，是个花店。花店的页面下还有点评，其中有个叫愤怒皮卡丘的人晒了图，说花很美，老婆很开心。”

夏岚看着陆博垣，越发觉得他了不起了。

“不过，他应该不是凶手。”陆博垣拿过夏岚手中的记录，一边翻看一边下了结论，“无论从哪一点来说，都不太可能。”

“啊，为什么这么肯定？他明明被勒索过，有作案的动机啊！”苏珊问。

“首先，他们分开已经很久了，就算因为这件事被勒索，可事情已经过去好几个月，且两万块钱对他来说只是小钱，犯不上为此杀人。其次，皮凯秋昨晚根本没有在案发现场，而是出去应酬了，因此在时间上，也不具备作案的能力。”

“你怎么知道他昨晚去应酬了？”

“他的衬衫，其实刚刚见到他的时候，我的第一感觉是，他很颓废，黑眼圈也比较严重，虽然他刮了胡子，也用了很多古龙水来掩盖身上的味道，但是我还是能闻出他身上的烟酒味儿……而且他刚刚脱上衣的时候，我注意到他衬衫腋下的汗渍。他确实胖了一些，也容易出汗，但是汗渍的痕迹有两处，颜色也不太一样，这是因为他昨天就穿了这件衣服，没有换，导致今天的汗渍和昨天的重叠了。”

看他二言两语就排除了皮凯秋的嫌疑，苏珊有些不服气，故意唱起了反调：“这也只能证明他昨天没有回家，没换衣服啊！说不定，他就是夜里喝多了，临时起意，才去杀了刘曦茜的。”

“他的衬衫领口内侧有几处蹭上去的口红印，背上有两条浅浅的血痕，并没有结痂，说明是新抓上去不久，这些都是昨晚欢爱过的证明。你自己也说了，刘曦茜遇害时反抗过，但是你想想，如果她当时反抗，那些抓痕应该在什么位置？”

“在手臂外侧！”不等苏珊回答，一旁的夏岚抢先答道，“但是他的抓痕在背后，而且是左右两条，说明当时抓伤他的人正抱着他，他昨晚应该是……”

夏岚说着，脑海中浮现出了当时的情景，这一次她倒是没有脸红，只是一想到皮凯秋的形象，又不由得打了个哆嗦，恨不得赶紧将这辣眼睛的画面从自己脑海中赶走。

“所以你才没有问他不在场证明？”

“是的，而且这些话，上午其他警官来询问时，已经做了笔录，不过他当时给的回答是在家，和老婆在一起。”

“他哪有回家啊，这分明是在给假口供啊！”

“是，但结果是一样的，他确实不具备作案的时间，所以排除了嫌疑。”

虽然没有查到更多信息，但总体来说，今天他们这一趟也不算白来。毕竟他们已经排除了一个嫌疑人，而且还要到了周明，也就是周志廷的电话以及他新公司的信息。

几人回到分局，将今天的调查结果汇总到了一处。身为组长的徐子峰当即下达了命令，按照今天的分组，明天依旧由苏珊、夏岚一起负责追查周志廷这条线。

他们联系了周志廷的经纪公司，说是他现在不在本地，不过今天后半夜应该能赶回来，毕竟他明早还要进组拍戏。于是双方约好了时间，打算明天一早直接杀去拍摄场地，找周志廷当面了解情况。

天色已近黄昏，秋天的傍晚，气温虽然不算冷，但风却有点儿大。下班时，夏岚刚好在门口和打算去停车场取车的陆博垣遇上。

夏岚只穿了件运动外套，不免觉得有些凉，于是低下头，将外套的拉链拉好。

再看陆博垣，他还穿着那件深灰色的长款呢子西装，皮鞋锃亮。站在分局门口的石阶上，还真有那么点儿英伦范儿。

“陆博士，明天您还跟着一起去吗？”虽然陆博垣说过可以直呼他的名字，但夏岚觉得自己的年纪比对方小，还是叫“博士”更为礼貌些。

陆博垣显然不太习惯这个称谓，微微蹙起了眉：“不了，我明天还有点儿事。”

“哦。”夏岚点头，毕竟陆博垣的身份是顾问，没必要什么线索和嫌疑人问话都亲力亲为，“对了，一会儿您往哪边走啊？”

“我往东。”

“太好了！我也往那边去呢，您方不方便捎我到地铁站？”

并不是她真的想占这个便宜，只是分局距离地铁站的距离不算近。步行走过去，至少也要二十五分钟，再加上她今天背着一沓子资料，既然有人顺路，她当然想趁机蹭个车。

“不顺路。”

原以为这位顾问会善解人意地帮帮忙，谁曾想对方没有丝毫的犹豫，抛下这三个字后便转过身，径自朝着停车场的方向走去。

夏岚看着他的背影，默默在心里吐槽，陆博垣，我承认你智商确实很高，但你这情商……以后还能不能愉快相处了！

算了，谁让自己当年不肯听家里人的话，去乖乖考个车本的。她叹口气，认命地背着那硕大的双肩背，举步维艰地朝着地铁站走去。

快到家的时候，手机突然响了起来，是个未知号码。又响了几声，完全没有挂断的意思，夏岚这才按下接听键。

“喂。”

夜幕低垂，昏黄的路灯下，耳畔传来的男声低沉而动听。

“是我。”他轻轻地说道。

竟然是陆博垣!

第二天早上，市立医院门口。

夏岚赶到体检楼的大厅时，看到陆博垣已经在那里等她了。

基于昨天在模特公司的遭遇，她今天也算是刻意打扮了一下。修身的牛仔裤，黑色短靴，上面是白色的打底衫和一件深蓝色的西装外套。不算太正式，但也不会太随便，再加上她今天又仔仔细细地化了妆，总体来说，已经比昨天亮眼了许多。

昨晚快到家时，陆博垣打了电话过来，说是今天打算和她们一起去会会那个周志廷。夏岚也不知他为何临时改了主意，但她见识过陆博垣的能力，相信有了他的帮忙，今天应该能顺利不少。

巧合的是，陆博垣今天也穿了件深蓝色的西装，内搭白衬衫，没有系领带，而是围了一条蓝灰色的羊绒围巾。

那西装的颜色，竟然和夏岚的一模一样，而且两个人里面都是白色的内搭，乍看之下，颇有点儿情侣装的意思。

由于路况问题，苏珊迟到了。约定的时间眼瞅着就到了，俩人商量了一番，决定不等苏珊，由他们两人直接和周志廷交涉。

周志廷此时正在二楼尽头的化妆间，他们按照之前获知的信息找过去，陆博垣的步伐比较大，夏岚腿短，只能在后面一路小跑，才能勉强跟上。

他们走进去时，周志廷正在化妆，头发还没来得及整理。他坐在那里，穿了件医生的白袍，鼻子上架了副金丝眼镜，给人的感觉既文雅又安静。

他身边的化妆师留着一头长发，还在后面扎着个辫子，皮肤白皙，修长的手指握着个粉刷，正轻柔地在周志廷那张紧致的脸上扫着粉。

“小文，等下再继续，你先出去吧。”

将化妆师支走，屋里只剩下陆博垣、夏岚、周志廷，还有周志廷的经纪人。

“长得不错啊，当警察浪费了！”周志廷坐在椅子上，有些阴阳怪气的，然后又从镜子里看了看站在陆博垣身后的夏岚，“怎么，你们警察出勤时，还能带女朋友啊？”

果然，情侣装的效果。

“我不是。”夏岚小声地说道，“周先生你误会了。”

周志廷没理会，整理着发型，也不知是没听见还是根本不在乎。

“你和刘曦茜，一直保持着肉体关系吗？”对于带女朋友的问题，陆博垣完全没有解释，只是看着周志廷，抛出这么一句话来。

周志廷愣了愣，嘴角随即挂上了一抹冷笑，终于站起身，质问他道：“你凭什么这么说？”

“因为这些照片，刘曦茜手机里的照片。”

陆博垣将那张昨天被大家放大研究过的照片举到他的面前：“这些照片是在她公寓里拍的，而这里面的人，就是你们两个。”

周志廷看了看照片，一脸了然的样子，承认道：“是，我是和她有来往，不过我们并没有发生你说过的那些事。”

“阿廷！”一旁那个戴着帽子的经纪人忍不住大叫着制止，毕竟证据就在警方手里，现在刘曦茜又被人杀害了，万一这些照片流出去，舆论会如何发展，完全是不可控的，对艺人来说很可能会带来致命的打击。

但周志廷却根本不听对方的，他握着拳头，显得有些不耐烦，想来因为明星的身份，平时没少被迫压抑自己的情绪：“我不否认自己几年前跟她交往过，但分手后就没有再联系。直到前阵子才遇上，我确实去过她家，但我们什么都没发生。”

“好，那你知道她怀孕了？”

关于刘曦茜怀孕这件事，除了极个别的人，没人知道。警方也刻意隐瞒了她死后被人剖尸取子的事，一来是不想事情泄露出去造成恐慌，二来，也是出于对死者的尊重。

而周志廷显然是知道这件事的，至少他的脸上没有任何的惊讶。

“对，我知道，所以才跟她彻底断了。”

“你的意思是……”

“说真的，她太令我失望了！”周志廷的脸色微红，看起来十分激动，“我知道我现在有钱了，有不少人都想打我的主意，可我没想过她竟然会干出这种事来！”

“阿廷，你少说两句。”经纪人刘江见疯狂使眼色没用，干脆大叫一声，想要让周志廷闭嘴。

“没事的，江哥，让我说吧，说完我也痛快些。”他有些自嘲地笑笑，眼神里透着股哀伤，转过头看着陆博垣，“我这些年过得也不好。演员就是人前光鲜，人后受苦，下三烂的事儿，我也没少干。其实，我已经好几年没见过曦茜了，直到三个月前，我接了一个汽水广告，女主角就是她，我没想过会再见到她。

“拍摄花了三天时间，最后一天拍摄正赶上下大雨，我就送她回了家。当时她挺热情，问我要不要进去喝杯水，我想她可能是在暗示我，说不定，她也想要跟我重修旧好……但我进去以后才发现，她根本就没安好心，是给我下了个套，想要害我！所以我们什么都没发生，我直接就离开了。原以为这件事就这么过去了，谁知道一周前，我竟然收到她发来的消息，说她怀孕了！真好笑，她怀孕关我什么事，我都多少年没碰过她了，就算她有了，也不可能是我的啊！”

“她只说自己怀孕了？除此之外呢，她勒索你了没有？”夏岚忍不住追问道。

一提到这个，周志廷又笑了：“有，她说孩子是我的，要是想让她打掉，就给她一百万。”

“那你给了吗？”

“笑话，又不是我的，我凭什么给！我当时没直接拆穿她在房间里放摄像头偷拍我，已经够给她面子了，谁能想到她居然这么无耻！”

“你刚才说你在她家看到了摄像头？”陆博垣打断他，严肃地问道。

“是啊，我们当演员的对这些东西很敏感，而且狗仔遇多了，反偷拍的经验也就跟着多了。那天晚上进了她家，她去厨房倒水时，我很清晰地在她家的客厅发现了摄像头，就藏在沙发上面的一个毛娃娃里。”

听到这里，陆博垣和夏岚对视一眼。如果周志廷所言属实，那也就解释了那些劲爆的照片是哪里来的了。

“你还记不记得是个什么样的娃娃？”

“记得，是个棕色的玩具熊，身上还穿着件花裙子。”

夏岚今天没有用笔记录，而是选择了录音，刚刚那些对话，也都被她录了进去。当她听到周志廷说出这么重要的线索时，忍不住又往前凑了凑，希望能录得更清晰些。

她和陆博垣都是去过案发现场的人，不过按照他俩当时对现场勘查的记忆，似乎并没有在现场发现过周志廷口中的这个玩具熊。

夏岚看了看陆博垣，他似乎也在沉思之中。

“这件事，除了你，还有别人知道吗？”

“有，”那个一直不太起眼的经纪人，此时终于开了口，“我知道。”

周志廷的经纪人叫刘江，今年三十二岁。他在这行资历不算深，确切地说，周志廷是他带的第二个艺人，之前还有一个三流的主持人，不过事业一直不顺，也就是那个时候，他改签了周明，并为其改名为周志廷。

“你也认识刘曦茜吗？”

“知道这么个人，但是印象不深。”

“那作为周志廷的经纪人，你对勒索这件事有什么看法？”

陆博垣说的这些话，感觉就像是八卦记者的提问，但他的样子偏又非常认真，让人完全没有办法招架。

刘江有些踌躇，但最终还是说道：“当然是气愤了，其实那天阿廷回来就跟我说了，我当时气得想直接报警！不过我们这行，多一事不如少一事，所以就没再追究。谁知道她阴谋没得逞，居然还恬不知耻地拿怀孕要挟敲诈阿廷！谁知道那个孩子是谁的！”

“昨天凌晨一点到五点之间，你们在哪里？”

刘曦茜的死亡时间是凌晨一点到两点之间，加上处理尸体的时间，大概在这个时间段之内。但是夏岚却注意到，陆博垣问这句话时，用了“你们”这个词。陆博垣十分笃定二人昨晚在一起。

两人对视一眼，谁都没有说话。

“请回答。”语气平淡，但却咄咄逼人。

“在我家。”

“在外面。”

两个人并没有统一口径，谎言一下子就被揭穿了。

“哦，究竟……”陆博垣看着他俩，“是在哪里？”

周志廷的脸有些发红，不去看他，转头望向别处：“在交通大队，前天晚上出了一些事，我们俩去那边保一个人。”

“对，就是去保释一个朋友，跟阿廷无关，你们要是不信可以去查。”一旁的刘江此地无银道。

而周志廷则尽量让自己恢复平静，继续陈述道：“我不方便出面，是江哥进去处理的，我一直在停车场等。进停车场时需要登记，那边有我的签名。哦，我签的是我的本名。”

“好，关于这一点，我们会去证实的。”

待到陆博垣说完这句话，化装间却突然响起了敲门声，紧接着，也不等屋里的人应门，刚刚那个扎着辫子、皮肤白皙的男化妆师便探进头来：“廷哥，孙导叫我找您，说差不多该拍您那场戏了！”

“好，我知道了。”周志廷点点头，那化妆师答应了一声，退了出去。

“还有什么要问的吗？如果没有，我要工作了。”

“最后一个，”陆博垣摆摆手，示意夏岚过来，“你们能提供一下DNA吗？”

两个人的样子，似乎都不是很乐意，尤其是刘江，语气相当不合作：“你是不是要有搜查许可才可以？”

夏岚拿出两份“调取证据通知书”，分别向刘江和周志廷出示。二人尴尬地对视了一眼，极不耐烦地签了字。

夏岚从包里掏出准备好的棉签，走到刘江面前：“张嘴。”

他转头看了看周志廷，周志廷向他点了点头，示意他配合。于是，他很不情愿地张开了嘴。

夏岚上前一步，将棉签放进他的嘴里轻轻刮取口腔黏膜，收到塑料管里。接着又拿出一根新的，对周志廷也进行了 DNA 采集。

“谢谢你们配合警方的工作。”夏岚说道，“近期请不要离境，如果有需要，警方会随时与你们取得联系。”

言下之意，他们还在嫌疑范围之内，不要到处乱跑，否则很可能会对他们不客气。

走出化妆间，夏岚从兜里掏出手机，看到微信上有几条刚刚苏珊发给自己的语音消息。她点开听了听，转头看着陆博垣：“陆博士，苏珊姐发了信息过来，说峰哥跟小聂找到了照片上的另一个人，已经把他带回局里问话了。”

“好。”

“那咱们现在去哪儿？是直接回局里，还是等苏姗姐过来？”

“回去吧，这边应该已经没什么可查的了，你跟苏珊说一声，叫她不用赶过来了。”

夏岚点点头，拿起手机给苏珊发了语音，然后跟上他的脚步，两个人一前一后地下了楼梯。

途中，夏岚去了趟一楼的卫生间。而后当他们走到一楼大门口，马上就要出去的时候，她用余光瞥见周志廷正在拍戏。

在摄影机和聚光灯下，他扮演的急诊室医生正在抢救一位大出血的病人，他穿着白色的医生袍，努力做着心脏按压，手上戴着的胶皮手套沾满了血迹……

刚刚还俊朗不凡的脸上，不知什么时候，竟然挂上了一道长长的伤疤。

伤疤医生啊？好奇怪的设定。

夏岚心里暗道：“现在的电视剧，真是越来越离谱了。而且，短短十分钟左右的时间，竟然就化好了妆，还跑到楼下来拍戏，这速度还真是快啊！”

不知道等这部电视剧出了，会不会看到她和陆博垣下楼的镜头呢？如果真是那样的话，她应该拿个盒饭再走的。

“夏岚！”

“哦！”

她不再多想，跟上陆博垣的脚步。

在停车场取了车，两个人在回分局的路上随意聊起了案情。现在没有别人，说起话来也方便一些。

“陆博士，周志廷否认近期和刘曦茜发生过关系，你觉得这一点可信吗？”

“其实从照片来看，他是唯一一个露出清晰正脸，且衣着完整的，而且从他在镜头里的表情和角度来看，也印证了他说过的话，他确实发现了藏在玩具熊里的摄像机。我认为在这一点上，他应该没有说谎。”

夏岚惊诧道：“你早就知道！那你为什么还要问他和刘曦茜是不是一直有关系？”

“第一，我们并不清楚，除了在那些照片里，他到底有没有和刘曦茜发生关系。第二，我需要知道他是否知晓刘曦茜怀孕这件事。虽然刘曦茜生前也曾经勒索过皮凯秋，但当时她用的照片是很多年前，还跟皮凯秋在一起时的旧照。所以我需要知道刘曦茜是否也勒索过周志廷，用的又是什么样的理由。”

“可如果周志廷说的是真的，那么刘曦茜为什么要在俩人没有发生关系的情况下，用‘怀孕’这个理由来勒索他呢？这不成立啊，在这件事上，他真的没有说谎吗？”

陆博垣轻轻叹了口气，有些自嘲地笑了：“很多事都有两面性，搞不好，他们两个都没有说谎。”

这回夏岚更加不明白了：“都没说谎？这也太矛盾了，我听不明白。”

“没关系，很快你就能明白了。”

见陆博垣不肯正面回答自己，夏岚也没再追问，毕竟现在案情还不够明朗，多收集一些证据再下判断也不晚。她知道自己没什么经验，可还是忍不住说出了自己的看法。

“我觉得，比起周志廷，倒是刘江的嫌疑更大一些！”

“哦，何以见得？”

“我看他挺宝贝周志廷的，要是周志廷出了事，他绝对敢和刘曦茜拼命。”

出乎意料地，陆博垣竟然笑了。

不是传统意义上的微笑，事实上，他并没有任何表情。但是他的眼神里却充满了笑意，他看着夏岚，就像在看一个什么都不懂的小孩子。

夏岚没有笑，也笑不出，因为陆博垣接下来所说的话，彻底推翻了她的设想。

“的确如你所说，刘江很看重周志廷，如果有人做出伤害他的事，刘江说不定会为了自己的艺人而豁出去。”

“所以呢？”

“所以，他更不可能是杀刘曦茜的凶手！我知道你在想什么，你觉得，比起爱，恨才是致使一个人去杀另一个人的动力，何况还是这么残忍的杀害。可恰恰相反，如果只是单纯的恨，凶手没必要做到这种地步。”

“为什么不可能？像周志廷这种上升期的人气偶像，最怕的就是负面新闻。不管那孩子到底是不是他的，他和刘曦茜之间到底有没有私情，都一定会成为阻碍周志廷发展的绊脚石，只有杀了她，周志廷的前途才能一片光明。”

陆博垣并不回答，而是突然转了话题，问道：“你记不记得你昨天说过什么？”

“我？”她不解，不知他指的是什么。

“你说，你怀疑死者怀孕的原因，是因为她用的护肤品都是无刺激的，而且，她死的时候也是素颜。”

“对，我确实说过。”

“那好，我问你。”过红绿灯时，他转头看着她，眼神深邃而认真，“她当时真的是完全素颜吗？”

完全素颜……好像，也不是吧？如果没记错的话，刘曦茜当时应该是涂了口红的，而且，是大红色的那支口红。

美得令人惊艳……

天啊！

想到这里，夏岚突然意识到自己错了，是的，她从一开始就忽视了这一点，但也就是因为这个，所以刘江绝对不会是杀死刘曦茜的凶手。

凶手爱她，到死都爱，因为爱她，所以才杀了她，因为爱，才为她涂上最后的颜色，为她的生命画上最完美的句点。

没错，刘江这么恨刘曦茜，是不会让她死得这么美的，如果真的是他做的，他不划破刘曦茜的脸就算不错了，又怎么可能帮她涂上口红呢？

所以，这个凶手一定是爱着她的，这也印证了陆博垣一开始的推测，他应该就是刘曦茜肚子里孩子的父亲。

“现在，你明白了吗？”

“明白了。”

这个女孩很聪明，陆博垣从第一眼见到她的时候起，就看到了她的潜力。她也许一开始并不起眼，也没有什么经验，但是她却有着一般人没有的洞察力，这一点至关重要，是成为一名优秀的警察最基本的要求。

而这一天半的时间接触下来，他发现，她不仅聪明，而且很通透，不管做什么，一点就透。这样的她，只要稍加点拨与培养，日后一定可以成为独当一面的人才。

刘曦茜照片中的三个男人都确定了身份。

第一个是她公司的经理皮凯秋，一个发福的前模特，已婚，与刘曦茜早就没有了工作之外的关系。第二个，则是现在当红的明星周志廷，他和刘曦茜三个月前有过短暂的相逢，可最后不欢而散。

至于这第三个，就是此时正在审讯室接受审讯的张伟龙，国内某知名饮料的代理商。他和刘曦茜的故事，同样开始于三个月前。但是比周志廷要早了一个多星期。

那时候的刘曦茜刚刚怀孕不久，自己似乎还不知道。她还是和以往一样，接了不少广告的拍摄工作。这个汽水广告的负责人，就是张伟龙。

“这三个人，有什么共同点吗？”

陆博垣站在审讯室的单向玻璃后，这种小角色，根本不需要他亲自出马。

一身的名牌，浮夸的金表，张伟龙是个典型的暴发户，财大气粗。

“三个人都挺有钱的。都有一定社会地位，而且很好面子。”

“所以……”

“都是敲诈的好对象。”

是啊，三个男人全都很有钱，不管搭上哪一个，或多或少都会有些油水。

陆博垣站得笔直，他将双手插在口袋里，直直地看着审讯室里的张伟龙：“他给了多少钱？”

“二十万！”徐子峰看了看刚才的审讯记录，在他们回来以前，聂程涛已经审了这个人半个小时了，“刘曦茜说孩子是他的，要他出一百万打胎费。但是张伟龙只给了刘曦茜二十万，叫她去打胎。”

“他没调查一下吗？”夏岚抿抿嘴，二十万啊，可不是小数目！

“没有，他说自己也不是傻子，就算有的是钱，也不可能给一百万的打胎费，就拿二十万打发了刘曦茜。”

“不过按照他这个意思，就是承认自己和刘曦茜发生过关系了？”苏珊在一旁问道。

徐子峰点头：“开始不想认，但照片在那里摆着，想不认也不行。”

“他和那个刘曦茜是早就认识的，还是最近才搭上？”

“早就认识了，不过看张伟龙那个态度，应该是以前没得逞，最近又搭上了。这男的就是个惯犯，按照他自己的说法，他和不少女模特都有过关系，以至于当小聂把刘曦茜的照片拿给他时，他竟然还想了一会儿并且看了自己的手机才确认刘曦茜是谁。”徐子峰一边回答苏珊，一边忍不住冷笑一声，“当然了，那只是他自己的说辞，我相信那些和他有过关系的姑娘，也不是每一个都出于自愿。”

“天啊，连对方的脸都记不住，也没算算日期，确定下是不是自己的种，就这么痛快地给了二十万？”苏珊摇了摇头，这些有钱人的世界，连她也搞不懂了。

不过陆博垣却并不在意这些，他只是双手抱肩，随口问了一句：“他被勒索时，是与刘曦茜当面交涉的，还是通过手机？”

徐子峰看了看笔录：“手机，刚刚车瑞也查了转账记录，确实是打到了刘曦茜的账户里，时间和银行账户都完全吻合。不过刘曦茜一直没动过这笔钱，收钱的这张卡是她的副卡，平时不怎么用，除了那笔钱，最近半年都没有任何收支记录。”

“不是他，既然钱能解决，那他没必要杀人。”听完这些，陆博垣直接从窗前走开，连看都懒得再看一眼，“收集好 DNA 备案，就可以放他走了。”

“好。”

唉，夏岚叹息，又走到死胡同里了。

第三章　枕边杀手

照片上那两个没有露脸的人，到底是谁呢？其实就算找到了这两个人，也不见得就是凶手。刘曦茜那复杂的感情史……可能根本不止这五个人。

“对了，”徐子峰似乎想到了什么，抬起头看着陆博垣道，“陆顾问，张伟龙并不知道有照片这件事，他说刘曦茜确实勒索了他，几次交涉都没成功觉得麻烦，就没再多想直接把钱打给她了。”

陆博垣没有说话，仿佛若有所思。

“夏岚，”就在她分神之际，陆博垣叫了她一声，“你把今天收集的DNA都拿去和死者家发现的尿渍，还有碎发做一下对比，结果出了，马上告诉我。我还有事，就先回去了。”

他说完这些话，真的转过身，头也不回地走了出去。

“唉，这么多年没见，还是这副死样子！”苏珊望着他的背影，喃喃道。

“怎么，你们以前就认识吗？”徐子峰问。

苏珊笑了：“算是……青梅竹马吧，以前在一个大院长大的。”

“部队大院？”

“医生大院。”想起往事，她脸上的表情也比平时柔和了许多，“我还是他爸接生的呢！”

“哦，那可是缘分啊！怎么没在一起？”

“我不喜欢姐弟恋，至于他……”轻笑，“他还没进化好呢！”

调侃过后，夏岚拿着今天收集到的DNA去了实验室，不过很不幸，因为要排队，所以最快也要明天才能知道结果。

她回去的时候，张伟龙已经离开了。因为没有任何新线索，下班后，剩下的几个人决定一起去找个地方吃饭，顺便培养一下感情。

几经商量，吃饭的地点定在了徐子峰的家里。他家距离分局只有十几分钟的路程，于是众人下班后直杀到超市，又是肉，又是菜，又是饮料和熟食，买了一大堆，大包小包地一起跟着徐子峰回了家。

徐子峰家住在一楼，顺带还接收了楼后的小花园，他不喜欢种花花草草，而是在院子里种了一大堆的蔬菜，藤架上爬满了葫芦和丝瓜，地里还有一小片红辣椒和南瓜，他甚至还种了一棵柿子树……金秋正是结果的季节，黄澄澄的柿子挂满了枝头，甚是赏心悦目。

不过如此有趣的小院，除了徐子峰和聂程涛，其余几个人却站在门口，全都不敢进去。只因在那小菜园子里，赫然趴着一只大狗。

一只硕大无比的德国黑背。

它听到钥匙开门的声音，警觉地坐起来，竖起了耳朵。双目炯炯有神，盯着院门的方向。

徐子峰推开门，它便激动地站了起来，摇着尾巴朝他扑过来。它身量很高，站起身，前爪竟然能搂上徐子峰的脖子。

看它伸着血红的舌头，在徐子峰脸上乱舔，几个人更是吓得不敢动了。

“都怎么了？进来啊！”看着众人的表情，徐子峰大笑，一手揉着那条黑背的脑袋，一边回过头，朝着他们招呼道。

“呃，峰哥……”苏珊虽然在笑，但脸色却不怎么好看，“还有没有别的门可以进去啊？”

“怕什么！我们家阿呜可是好孩子，不会随便咬人的！”

“你养这么大的狗干什么啊？”

“看家护院啊！”

“你不是说它不咬人吗？”

“嗯……”徐子峰想都没想，“它只咬坏人啊！”

众人无语。

阿呜是警犬，现在已经退役了，它早年立过不少功，现在每个月还能领到退休金——这是几个人终于互相壮着胆子，走进院子以后，聂程涛告诉他们的。

他和徐子峰原本在同一个刑侦大队里，跟阿呜也十分熟稔。知道今天要来徐子峰家，他刚才在超市采购时，还特意买了一包大棒骨。其他人原以为他是想要熬骨头汤当火锅底，现在才知晓竟然是为了阿呜。

“狗也能领退休金？”夏岚还是第一次听说。

“当然，好歹以前也是公务员，而且还是优秀员工！”

好厉害啊！

他们都朝着阿呜投去“崇敬”的目光。阿呜真的很讨人喜欢，短暂的接触后，几人虽然还是有些怕怕的，但他们已经相信了徐子峰的话。它真的是一条训练有素的警犬，如果没有主人的命令，绝对不会随便乱叫，更别说会乱攻击人了。

“我就说啊，这么大的狗，市里哪能随便养！”苏珊小心翼翼地喂着阿呜吃肉干，一脸的喜欢。

就连宅男车瑞也时不时地看看它，虽然不太敢上去摸，可眼神里却溢满了宠溺。

至于阿呜自己，似乎对夏岚的兴趣比较大。它围着她前后左右地闻，弄得夏岚的衣服上湿了一片，挂满了它的鼻水。好在夏岚也不介意，她本就喜欢动物，何况还是一只这么帅气的警犬！

“奇怪，阿呜平时不会这么兴奋的，”徐子峰看着她，“小夏你也养动物？”

“嗯，”她点头，“我养了一只猫。”

“难怪，看来阿呜挺喜欢你家猫的。”

其实夏岚平时已经很注意了，回家第一件事就是换衣服，而且经常打扫，就连对猫毛过敏的陆博垣也没有对着自己打喷嚏，阿呜却还是敏锐地察觉到她家养了猫。不愧是警犬啊！陆博垣再讲究，嗅觉也比不上阿呜。

想到这里，夏岚不由得笑了，揉了揉阿呜的脑袋：“乖，你这么喜欢猫咪，以后有机会，我带你去我家看饼饼。”

夏岚饭量并不算大，但唯独对火锅，她情有独钟，仿似开启了另一个胃，可以从头吃到尾，直到把同桌的每一个人都吃趴下了。

今天也不例外。

她不喜欢吃东西的时候喝饮料，虽然也会时不时地参与大家的谈话，可大部分时间都在埋头猛吃。

苏珊和聂程涛喝的是啤酒，偶尔也跟着徐子峰来一杯白的。苏珊还好，她喝得不多，因此只是脸红扑扑的，还不至于醉。徐子峰酒量倒是不错，一个人喝了差不多三两的二锅头，仍然面不改色，十分清醒。不过也就止于此了，再有人劝酒，他却说什么都不肯再喝了。众人知道，这是他当刑警多年养成的习惯，即便是休息时间也不会饮酒过量，以免临时有任务，影响工作。

聂程涛虽然也是刑警出身，但酒量明显不行，两杯啤酒下肚，人就东倒西歪起来，饭还没吃完，就直接趴在徐子峰家的沙发上起不来了。

车瑞不喝酒，只喝果汁，他和夏岚一起吃到了最后。

两个人棋逢对手，竟然有些惺惺相惜起来，为了庆祝这难得的友谊，最后的最后，他们还下了一包绿豆杂面，在苏珊和徐子峰惊讶的目光中，从容地吃完。

“夏岚啊，你饭量这么大？”苏珊看着她，一脸的难以置信。

“还好，我吃别的东西吃不多，唯独火锅……”她嘿嘿一笑，“我以前念书的时候有个外号，就叫‘火锅小公主’！”

“那你呢？”苏珊斜眼看着坐在自己对面的车瑞，“该不会正巧叫‘火锅小王子’吧？”

车瑞摇摇头：“我叫无敌大胃王。”

众人狂笑，当然，不包括已经睡过去的聂程涛。

又聊了一会儿，话题自然而然地扯到了苏珊和陆博垣的交情上。

徐子峰咂巴着最后一口酒，问道：“这位陆顾问，到底什么来头，怎么分局就特招他进来做技术顾问？”

苏珊耸肩，不置可否：“别问我，问我我也说不清。”

“不是住在一个大院里吗？”

“早就拆迁了。”

"这么说，你也好多年没见过陆顾问了？"

"也不算吧……"苏珊想了想，说道，"三年前见过一次。"

"对了。"夏岚突然想起了什么，"他到底多大岁数，苏姗姐你总该知道吧？"

"问这个干吗，你对他有意思？"

"就是随便问问。"

"嗯，我记得，他的生日是十一月，再过生日就二十八岁了，理论上，现在还是二十七。"

"不是吧！"徐子峰哗然，"那他才比我小了八岁啊！"

"啊！"

"组长您今年贵庚？"

"三十五。"

"唉?！"

几个人狂叫起来。

这个看着足有四十出头的人，竟然只有三十五岁！

"组长您没开玩笑吧？"

"峰哥，你长得可真着急……"

"哼！"徐中年傲娇地哼了一声，"我二十出头就长这样了，你们现在笑话我，可再过个几十年，到时候你们都成老头儿老太太了，我还长这样，你们就该羡慕我了！"

再过几十年，不知道他们还能不能像现在这样聚在一起吃着火锅，聊着天……

屋里的温度被火锅的热气带得升高了不少，夏岚看着他们，觉得心里暖暖的。明明才认识两天，但这些人，全都是那么可爱。不自觉地，她竟然想起了陆博垣，虽然他那张冷冰冰的脸和这里的气氛不太搭配，但若真的围在一起，说不定，倒也别有一番不和谐的圆满。

收拾好碗筷，已经将近晚上九点了。

聂程涛还是没有醒，趴在那里，睡得像个孩子般安静。徐子峰索性扔了条被子给他盖上，打算让他今晚住在这里。

苏珊喝得脸颊通红，不能开车，车瑞背着电脑包，将她拉进了出租车，说要送她回家。

夏岚本来想直接坐地铁回去，可收拾手提包时才发现，竟然把手机落在了特案组的办公室里。她打算回去取，徐子峰牵着狗送她。

“谢谢峰哥！您回去吧！”

晚上九点，路上的人已经不多了，徐子峰嘴上说是顺便遛狗，可夏岚知道，他是怕自己一个小姑娘不安全。

分局门口，徐子峰拉着阿呜：“用不用我等你，一会儿送你去地铁站？”

“不用啦，谢谢峰哥，地铁人多，再说了，警察局门口，谁敢闹事！”夏岚说完笑了笑。

“行，那你自己小心啊，不行就打车。”

“明白了，峰哥再见，阿呜再见！”

俩人正要道别，徐子峰的电话却突然响了起来。他从裤袋里掏出手机，看着上面的来电显示，皱起了眉头：“是陆博垣。”

夏岚有些惊诧，不明白陆博垣为什么会在这个时候打电话过来。

好在徐子峰很快就为她揭晓了答案，他按下了接听键：“喂，陆顾问。什么，您要回分局一趟？哦，哦，好的，我知道了，我和小夏就在分局门口呢，成，我们等着。”

“峰哥，他到底什么事？”

徐子峰苦笑，也是一脸的迷惑：“我也不是很清楚，不过他说他要回来一趟，现在人已经在路上了。”

说到这里，他才想起自己还牵着狗：“真是，也不早说，我这还牵着阿呜呢！”

“要不我等他，您先把阿呜送回去？”

“这……”徐子峰想了想，反正自己离得近，一来一回也耽误不了多少时间，说不定等他回来了，陆博垣还没到呢，“也行，你回办公室等他。他有临时出入证，能进去。”

“成，您放心吧，有什么要紧的，我马上给您打电话。”

她摇着手，笑眯眯地看着一人一狗渐渐走远，然后转过身，推开分局的大门。

原以为会等上一会儿，谁知夏岚刚回到座位上取了手机，陆博垣就已经到了办公室门口。

此时的陆博垣脱掉了西装外套，朝她微微点了个头，算是打招呼，然后夹着笔记本电脑，大步走进了会议室，打开了里面的灯。

写字板上贴满了照片，密密麻麻地写着刘曦茜、周志廷、张伟龙等好几个名字，一条条线连接这些人的名字和照片，铺开了一张巨大的关系网。陆博垣站在写字板前，双手交叉抱在胸前，仿佛若有所思。

“陆博士？”她不禁跟了进来，“您是不是有什么新发现？”

他回过头，看着她。

早上和他一起去医院找周志廷的时候，他还是一脸的干净整洁，但此刻，胡茬儿已经冒了出来。不知为什么，配上他有些凌乱的头发和微张的衬衫领口，反而多了几分男人味儿，甚至可以说是——性感。

“夏岚？”

他叫着她的名字，许是太久没张嘴说话了，本就低沉的嗓音更是有些沙哑，带了分致命的诱惑。

“徐子峰组长现在在什么地方？”

“哦，他马上就到了。”

“好，那我等他。”陆博垣说着，拿起写字板下的黑笔，“有没有其他颜色的？”

“这个……”夏岚打开会议室的抽屉找了找，“好像没有，您等一下，我去借两支。”

说完便跑了出去。现在虽然已经有些晚了，但好在还有不少同事正在加班，所以夏岚很快就借到了一支红色和一支蓝色的白板笔，她的速度很快，但徐子峰比她更快，等到她借了笔回来，徐子峰已经赶回了分局，与正在上楼的夏岚碰了个正着。

“不好意思，久等了。”简单地打了招呼，徐子峰便切入了正题，“这么晚过来，是不是有什么新发现？”

陆博垣点头，示意夏岚将自己带来的笔记本电脑连接投屏，然后拖动鼠标，做出了解释。

“关于这些照片，”他打开一个文件夹，将刘曦茜的那些照片投映到大屏幕上，“我下午仔细研究了一下，你们有没有觉得有什么地方不妥？”

不妥？都看了好几次，除了比较露骨，没有什么奇怪的啊！

见他二人没有回答，陆博垣又按了一个键，屏幕上随之出现了一大堆同类型的自拍不雅照。

“这些都是我今天找到的，大概的内容其实和刘曦茜这些也没有什么区别，但是角度完全不一样。”

他这么一说，夏岚和徐子峰才终于意识到了这些照片的区别。

果然，对比之后发现，其他不雅照基本都是从男方的角度进行拍摄的，所以虽然是双人的，但是露脸的几乎只有女方，男方则只是露了身体的局部。

可刘曦茜这些却不同，好多都是全景图，而且男女两个人都有，肯定不是其中任何一个人拍摄的，而是……

夏岚疑惑地看向陆博垣。

陆博垣抬起头，问道：“你还记得周志廷说过的话吗？”

“你的意思是摄像头不是死者安装的？”

“没错！其实我们从一开始就被误导了。刘曦茜的工作性质以及她本人的交友关系都极为混乱，这些都是盲点，导致我们从一开始就有了一个固定的思维模式，认为她是那种为达目的不择手段的人！但是目前已知的，被她敲诈过的三个人都说没有与她面对面地交易过，我们也没有证据证明敲诈他们的就是刘曦茜本人。”

徐子峰点点头：“对，下午审张伟龙的时候，他确实说过自己性子急，被刘曦茜威胁后，不想你一言我一语地反复交涉，耽误时间，就直接打了电话过去想和对方直接谈，但是‘刘曦茜’却声称语音不方便，接连三次挂断了他打过去的电话。”

听到这里，夏岚才终于明白了之前找周志廷回来的路上，陆博垣所说的那番话是什么意思："周志廷说过，他和刘曦茜没发生过任何关系，可刘曦茜却拿肚子里的孩子威胁他，这么说来，那个人并不知道他们俩之间到底发生过什么。"

"没错，周志廷现在是个公众人物，其实只要以两个人私下有来往的照片做威胁，一样可以达到目的。可所谓的'敲诈者刘曦茜'却选择用一个跟他毫无关系的胎儿当筹码，这一点根本说不通，除非那个勒索周志廷的根本就不是刘曦茜本人。"陆博垣说出了自己的推断。

他这番话仿佛一语惊醒梦中人，夏岚觉得之前挡在自己面前那些看不清的烟雾，也渐渐消散，越来越清晰了。就在她马上就要捋清这其中的弯弯绕绕时，徐子峰抢先一步，说出了一句惊人的话。

"我怎么觉得比起敲诈，这更像是一种试探？"

这下，夏岚算是真的明白了，她拊掌道："难怪他要杀了刘曦茜，还剖出了那个孩子，因为他根本不相信刘曦茜怀的是他自己的骨肉！"

话说到这里，所有的疑点都解开了。

无关什么婚外情、相恋而不能结合……说到底，是因为不信任，或者说是因爱生恨！

陆博垣没有再继续这个话题，而是拿起鼠标，点开了另一个文件夹。在这个文件夹里，他建立了好几个不同的新文件，并将从刘曦茜那里找到的照片进行了系统的分类。

"你们仔细看一下这几个文件夹里的照片，尤其注意下照片里那些人的角度。"

听了他的话，夏岚和徐子峰一起凑到了大屏幕前。十几分钟后，他们总结出以下几点：

第一，这些照片中，刘曦茜所有的单人照片，都不是自己拍摄，也不是摄像头所拍，而是刻意摆了姿势，有人帮她照的。

第二，这些双人照片中，周志廷、张伟龙，还有那名穿了环的未知男性均为偷拍。但张伟龙和那名穿了环的未知男性都与刘曦茜有过亲密接触；周志廷则没有，正如他本人所说的，他已经发现了摄像头。

第三，皮凯秋和那名未知男性的照片为当事人所拍。不同的是，有皮凯秋的那些照片，虽然大多数是他拍摄刘曦茜的，但也有几张自己露了脸，是俩人摆好姿势后的自拍；而只有那名未知男性的照片，则全程都在拍摄刘曦茜一个人，只是偶尔会照到自己的部分身体。

陆博垣并不急着公布答案，只是看着夏岚和徐子峰问道："根据这几点，你们得出了什么结论？"

夏岚想了想，试着道："在那些自拍照以及和皮凯秋、那名未知男性的合照里，刘曦茜表现得很自然。我感觉别人给她拍摄照片的时候，她总是习惯性地去看镜头，而其余那几组照片，她似乎根本不知道镜头的存在。甚至包括周志廷发现摄像头的那组图，她全程都没有看向摄像头那边，也没有任何惊慌失措的表情。"

"所以呢？"

"所以，"徐子峰长长地吁了一口气，做着最后的总结发言，"刘曦茜根本不是主使人，也不是同谋，甚至……她自己也是这些照片的受害者。"

陆博垣满意地点了点头，徐子峰和夏岚都比他想象的还要聪明，他喜欢和聪明的人一起工作："皮凯秋说过，这些照片都是几年前他和刘曦茜交往时，他在刘曦茜知情的情况下拍摄的，他也是唯一一个被刘曦茜勒索过，却没有提到过孩子的受害者。这说明拿这些照片勒索皮凯秋的人，很清楚他跟刘曦茜之间早就结束了。"

"嗯，按照笔录中皮凯秋提供的他被勒索的日期来看，他也是这几人中最早被勒索的那一个。"徐子峰补充说明，"算算日子，那时候刘曦茜应该还没怀孕。"

找皮凯秋做笔录时，夏岚也在场，因此更有发言权："是，按照皮凯秋的说法，当时刘曦茜给他发了微信，叫他转两万块给自己，否则就把这些照片公开。这笔钱数目不大，他也就没在意，等钱转过去之后，俩人虽有几次碰面，但从没当面提过这件事。"

"看来，这件事刘曦茜很有可能根本就不知道！"徐子峰一手抱肩，一手托着下巴，思考了一会儿后，拿起桌上的笔，在写字板上写下了皮凯秋的名字和一个日期，"如果说皮凯秋是被勒索的第一个人，当时的案发时间是半年多前，那也就是说，这个潜伏在刘曦茜身边的真凶，早在那时候就已经开始了他的行动。”

是啊，种种证据都表明，能做到这些的，一定就是刘曦茜的同居人。

“太过分了！”夏岚攥着拳，愤愤地说道，“简直连畜生都不如！”

接下来，三人又将已知的证据和嫌疑人一一排列，逐个分析。从陆博垣打电话给徐子峰到现在，三人不知不觉已经讨论了将近两个小时。

三人在头脑风暴地分析证据时，工作得废寝忘食，这期间竟然连一口水都没顾上喝，直到夏岚察觉到陆博垣的声音变得有些沙哑，才想起抬头看表，却发现此时已经是午夜时分了。

看着越聊越接近真相的陆博垣和徐子峰，夏岚知道今天大概会是个不眠之夜，于是她跟两人打了个招呼，走出了分局。

她轻车熟路地来到附近一家二十四小时营业的知名连锁便利店，推门进去后，发现店里冷冷清清的，只有一个值班的店员正窝在柜台后玩手机。

夏岚拿着购物篮走了一圈，随手拿了两个三明治，又叫店员帮忙从保温箱里取了几个还冒着热气的白皮大包子。

结账后她又去到隔壁的咖啡店。

“请问需要点什么？”店员礼貌地问道。

她想了想：“麻烦帮我做一杯海岩咖啡、一杯美式和一杯铁观音吧。”

海岩咖啡是她为自己选的，之所以喜欢，是因为这种咖啡牛奶的味道比较浓，上面还有厚厚的一层奶泡，不会像卡布奇诺那样甜腻，却一样柔滑。而且海岩咖啡的奶泡那略带咸味的口感，配上咖啡的醇香，先咸后苦，然后是回甜……喝起来，温暖的同时，又有种幸福的感觉。

至于那杯美式则是为陆博垣选的，他应该是喜欢喝的吧？在国外生活多年，应该更喜欢不放糖、不放奶的冰美式，她想。

组长徐子峰倒是不怎么喝咖啡，虽然相处不多，但夏岚还是注意到他平时更喜欢喝茶，所以夏岚干脆帮他点了一杯铁观音。

回到分局会议室，她把自己买的饮料和食物都放到了桌子上，让他们自己选。

徐子峰虽然晚饭吃了不少，但这几个小时一直都没坐下休息，肚子里那些涮羊肉已经消化得差不多了，他不爱吃洋快餐，道谢后拿起了一个热乎乎的包子，三两口便塞进了肚。接着一边继续看着写字板上那些密密麻麻的线，一边喝起了夏岚买的铁观音。

至于陆博垣，其实他连晚饭都没吃，直到拿起三明治咬了几口才发现，自己是真的饿了。

夏岚示意他别客气，于是他便以一种迅雷不及掩耳的速度，将那两盒三明治全部消灭干净了。

见他如此，夏岚不禁有些好笑，毕竟谁能想到这位平日里不苟言笑的技术顾问竟然也有如此接地气的一面。不过下一刻，她就笑不出来了。

因为陆博垣吃完三明治，随手拿起了她放在桌上的海岩咖啡，放到嘴边喝了一口。

细腻的泡沫沾在他的薄唇上，搭配着他两腮新冒出的青色胡茬儿，将颓废与可爱两种原本与他毫无关联的形容词完美地结合到了一起。

但……此刻的夏岚只想说一句，赔我海岩咖啡！我不喝美式！

不过此时的陆博垣却并没有注意到她内心的潜台词，反而还在发现了这杯咖啡的口味后，微微挑起了眉头。

海岩咖啡？

奇怪，她怎么会知道他最喜欢的口味呢？

他这么想着，还朝夏岚微微颔首，表示感谢。见到他这样，身为苦主的夏岚还能说什么？她苦笑着点了点头。

又过了两个多小时，眼看着已经临近凌晨三点，写字板上的人物关系已经梳理得差不多了，一切进展还要看物证那边的结果。

“行，那今天就先到这里吧。”徐子峰揉着肩膀，看了看墙上的挂表，“都先回去休息休息，有什么白天再说。”

“好，没问题。”夏岚困得有些睁不开眼了，但还是努力配合着组长分配的任务，“白天我就去催 DNA 的结果。”

“好，这事儿就交给你了。”

走出分局大门，夏岚想这个时间段再想坐末班车或是地铁肯定是不可能了，于是掏出手机想要叫辆网约车。

紧随她下楼的陆博垣看见后没有说话，而是径直朝着停车场走去。两分钟后，他把车子停在了夏岚面前。

而夏岚却没有注意到他，还在低头和手机 APP 较劲。

陆博垣无奈，摇下车窗："上车。"

夏岚愣了一下，紧接着，对方又抛出这么一句："怎么，不上？那我走了。"

"上，上！我上！"终于反应过来的夏岚赶紧退出软件，迅速打开车门，坐到了副驾驶的位置，"我就是没反应过来，嘿嘿，陆博士今天这是怎么了，竟然这么好心。"

陆博垣叹了口气，压低声音道："就当……是咖啡的谢礼。"

回家休息了几小时后，夏岚又马不停蹄返回分局办公室。一来想要赶紧打电话给实验室，催他们尽快将 DNA 比对结果交给自己；二来，昨晚陆博垣喝了她的咖啡后，她竟然有了一种喝不到更想要的心态，打算一大早排队再去买一杯犒劳自己。

结果早上的咖啡店竟然人满为患，都是排队买早餐的人。不得已，夏岚只好退了出来。

正在她遗憾今早没喝到咖啡时，却发现桌上正好放了一杯咖啡。

她环顾四周，除了自己，其余人暂时还没到。不过徐子峰的办公室关着门，里面还隐约传来了对话声，听声音应该是徐子峰和陆博垣。

咖啡还是热的，她喝了一口，正好是海岩咖啡。

原本的阴霾，也在那一口咖啡中，一下子扫了个精光，整个人都沉浸在了浓郁的芬芳与温暖里。不用问她也知道是谁。

知道给她买这个口味的，就只有陆博垣一个人了。

其实，这家伙有时候也是有点儿小贴心的！

就在她坐在办公桌旁享受咖啡的时候，其他组员也陆陆续续到齐了。

徐子峰打开办公室的大门，连同陆博垣一起叫众人到会议室开会。

夏岚轻举咖啡，朝陆博垣点头示意，陆博垣没说话，也没任何反应。

夏岚也不气，反正她也有些习惯了。只是心里不住感叹都是人，怎么差距这么大？自己半宿没睡，如今两只眼睛都是肿的，但看陆博垣这个精气神，还真不像熬了夜的样子。

进了会议室，徐子峰直接将昨晚与陆博垣、夏岚探讨的内容一一向众人做了解释，待到大家都消化后，便开始布置今天的任务：“刘曦茜的家庭情况有些复杂，她父母在老家，前天已经联系过了，他们昨天坐了一宿的火车，今天上午就能到市里，一会儿小聂跑一趟，开我的车去把两位老人接过来。”

聂程涛点头应了一声，接过了徐子峰扔过来的车钥匙。

“另外刘曦茜还有个同母异父的哥哥，就在本市，不过户口不在一起，也是今天才查到的。我刚约了他上午过来，他还有大概一个小时到。”徐子峰说完看了看夏岚，“你师兄那边出结果了吗？”

“开会前刚出。”夏岚点点头，把报告递了过去，“厕所地漏里的碎发，有几根和张伟龙的 DNA 正好吻合，这也证明了他确实在刘曦茜的公寓里出现过。此外还有几根人造化纤，也就是假发，一种是蓝灰色的，一种是黑色的。”

“假发？”陆博垣问道，“之前在刘曦茜的房子里，发现过假发吗？”

“没有，这一点我也比较疑惑。”夏岚回道，“而且戴假发又不用洗头，地漏里怎么会出现这个？”

陆博垣靠向椅背，思考着什么，过了一会儿又问：“那些假发的长度知道吗？”

夏岚低头看看报告：“在十到三十厘米之间，都不长。”

见他俩纠结于这些问题，聂程涛忍不住举起了手：“比起假发，我更想问一句，有没有跟周志廷有关的 DNA？”

“证物中没有与他 DNA 相吻合的，倒是马桶圈上的尿迹残留，有一组 DNA 和他的 DNA 高度相似，但是有两个点位不同，可以确认不是他本人，不过那组 DNA 的所有人跟他有着亲属关系。”

“这什么情况？”苏珊拿过传真过来的报告，又对比了一下网上搜到的资料，“周志廷早年父母双亡，也没说过他有兄弟啊？”

“别看了，”陆博垣接过报告，“与其纳闷，不如亲自去问他。”

“行，那夏岚和苏珊就跟陆顾问一起过去吧。”徐子峰嘱咐道，“有什么第一时间赶紧报告，切记别打草惊蛇。”

“是！”

“那个……你们先去吧。”苏珊身份略特殊，“我之前有个案子要向二队那边交代，手上还有几份报告需要跟法医组的同事交接，可能要耽误一会儿，你们先去，我随后赶到。”

“成，苏珊忙完了再去。”徐子峰在刑侦大队多年，自然知晓案无大小，“大家分头行动，晚一些再汇总线索。”

领了任务的几人分别离开了办公室，只剩下等着与二队队员谈案情的苏珊和坐在办公桌前看着电脑的车瑞。

“你什么也不去查，就坐在办公室里？”待到徐子峰也出去后，苏珊托着下巴，看向坐在自己对面的车瑞。

车瑞头也不抬，依旧看着电脑：“我在做分析。”

“分析什么？”

“人像。刚刚峰哥不是给咱们看了那些分组的照片，其中有相当一部分刘曦茜是看着镜头拍摄的，我虽然不了解当时是什么情况，可是，我却能看到她看着的东西。”

“你是说……”

“没错，”车瑞抬起头来，扶着眼镜，微微一笑，“我要透过她的瞳孔，找到那个没有露脸的渣男杀人犯。”

第四章　穿环爱好者

市立医院综合体检楼。

由于这一次没有提前预约，夏岚和陆博垣颇费了一番工夫才得以走进拍摄现场。

周志廷扮演的是急诊室的一名医生，他每天都要和形形色色的“病人”打交道，继昨天那个大出血的“病人”之后，今天他“抢救”的是一名割腕自杀的失恋少女。

夏岚和陆博垣进去的时候，抢救的部分刚刚拍完，此刻，周志廷正和这名少女的“男朋友”站在大厅里，解释着她现在的情况。

他的台词很犀利，举手投足间没有了私下相处的那种斯文俊朗，眼神中充满了鄙视，斥责着男人不好好珍惜。结果一言不合，男人抬起手，对着他的脸就是一拳。

他一个踉跄，险些摔倒，再抬起头时，鼻子已经流出了鲜血。

就在这时，导演喊了“CUT”！

他演得相当成功，一次过，没有重拍。夏岚在旁边看得十分激动，不知道刚刚那一拳是真的还是假的。还有那鼻血，流下来的时间也刚刚好，简直太真实了！

周志廷用纸巾捂着鼻子，表情非常难看，脸色也有些发白。

不过他现在的脸却很平整，并没有像昨天夏岚瞥见的那样，脸上有一道长长的伤疤。

“演得不错，台词说得很到位！”导演夸赞着周志廷，然后马上开始了下一条的拍摄，“换替身！”

随着周志廷的退场，另一个“周志廷”走了出来。

看到他的那一刻，夏岚愣住了。

这个人，分明就是她昨天见到的那个脸上有伤疤的周志廷！原来，昨天那个根本不是周志廷，可是……这两个周志廷长得也太像了吧！

她转头看了看身旁的陆博垣，只见对方嘴角微微上挑，看来，他已经知道了答案。

“周先生，又见面了！”

陆博垣上前一步，迎上正退到一旁调整妆容的周志廷。此刻，他正闭着眼坐在那里，昨天那个长发、扎着辫子的化妆师正在帮他擦拭着鼻子上的血浆。

周志廷没有睁眼，皱了皱眉，直到化妆师将他脸上的血浆全部擦拭干净，才睁开眼，不耐烦地说：“你还真是阴魂不散！”

陆博垣也不气，抬手指了指不远处正在补拍挨打镜头的那个替身：“双胞胎？哥哥，还是弟弟？”

周志廷不理会，站起身要走。

“周先生，我想你应该记得我说过的话吧，警方有需要的时候，随时需要你的配合。”

“弟弟，”良久，周志廷才极不情愿地回答道，“他是我弟弟，叫周亮。”

“他一直做你的替身吗？”

“是的。”

“恕我直言，这部电视剧应该没有什么高难度的镜头吧，为什么还要用替身？”

“不为什么，”他冷笑，“不过是混口饭吃。”

显然，陆博垣却不这么认为：“如果我没猜错的话，你应该有恐血症。”

周志廷不回答，一旁的夏岚倒是怔住了。

什么情况，周志廷有恐血症！那也就是说，他肯定不会是杀死刘曦茜的凶手了！

“其实，我们在刘曦茜的家里发现了一组 DNA，化验后显示，其中一个就是你弟弟的。”

就在夏岚还在因为周志廷有恐血症这件事而发呆的时候，陆博垣却已经开始了新一轮的心理攻击。

“你知不知道他和刘曦茜有往来？”

“廷哥，你没事吧，要不要我去把江哥叫来？”

看着周志廷的脸色很难看，一旁的化妆师担心地问道。

“不用了，”他勉强笑笑，“小文你先去忙吧，我有点儿事，想单独和他们谈谈。”

“嗯。”化妆师看了看他，又看了看陆博垣和夏岚，转过身离开了。

“我去刘曦茜家那天下了雨，就让阿亮开车去那里接我，我不知道他是不是碰了哪里，但是如果有什么，应该就是那时候留下的。”

“你确定？”

“不然还能因为什么，警察先生，你想问什么就直说好了！”

“倒也没什么了……”

“那没什么事，我就不送了。”

“好。”

“陆博士，难道这么轻易就放弃这条线索吗？”

“当然不可能凭周志廷几句话就这么算了。”他看着正在不远处拍摄的周亮，不知想起了什么，突然，嘴角扬起了一抹笑，俯下身凑近夏岚。

夏岚不晓得他这是怎么了，但是突然而来的压迫感，令她不自觉地向后退了一步。

陆博垣抓住她的手臂，没有理会她的窘迫，而是将脸靠向她，在她耳畔轻轻说了一句话。夏岚的脸，腾的一下红了。

“这，这样可以吗……”她有些踌躇，“万一真的伤到可怎么办？”

“不会的，我有分寸。”

“可我们这样，算不算非法取证？”

“取证？”不知是不是夏岚的错觉，她总觉得陆博垣的眼中，仿佛掠过了一丝狡黠，“这只是办案过程中做的‘减法’而已。”

“那谁来看？我，我可不行啊！”

陆博垣看着她脸红的样子，竟然情不自禁地笑了。

“放心，有一个人比你更合适。”

说完，他掏出手机，按了一个号码：“苏珊你忙完没，忙完马上到市立医院来一下，事情是这样的……”

“好了，你先在这里等一下，顺便看着周亮，别让他跑了。”挂了电话，陆博垣对夏岚说道。

“那你呢？”

“我去安排一下，记住，周志廷无所谓，但不要让周亮离开这里，明白吗？”

“明白！”

待他离开后，夏岚也不敢一直站在那里，以免被周志廷看到，于是找了个角落，尽量低着头，假装自己是个工作人员，然后默默地观察着周亮的情况。

“哎哟，小文老师，你就帮帮忙吧！”

从后面传来的声音娇滴滴的，嗲得令她肝儿颤。

转过头，便看见刚刚扮演自杀少女的女演员正拉着那个叫小文的化妆师，朝着他撒娇。

被叫作小文的化妆师写了一脸的为难：“不好意思，我也没办法啊，这是剧情要求。”

“我不管我不管嘛！你不把人家化得漂亮些，上镜不好看可怎么办啊！”

“真不行，你演的是自杀的，都失血过多了，肯定面无血色啊。”

“把脸化得白一点儿无所谓啦，但是你好歹给人家涂个口红吧！”

“真的不行，只能涂成裸色的，你见过哪个失血过多的人，涂一个烈焰红唇的！这样虽然会很漂亮，也能提亮整个妆容，但是，真的不行……”

失血过多，烈焰红唇……漂亮……

夏岚脑海中一个念头一闪而过，具体是什么她说不上来，但总是觉得怪怪的。她觉得，有必要和陆博垣谈一谈。

周亮这场戏刚刚开机，暂时不会离开。

夏岚走出体检楼，虽然不知道陆博垣去了哪里，但是根据他离开的方向推测，他大概往前院去了。夏岚边朝前院的方向走边掏出电话，准备打给他。

电话通了，但是没人接，她隐约听到了陆博垣的手机铃声。夏岚挂了电话，四下张望，果然在不远处的停车场看到了他。

此刻，他正在和一个梳着马尾的女医生说话，她看不见那个女医生的容貌，但是对方身材高挑，穿了双三厘米左右的高跟鞋，医生袍下露出的小腿十分纤细。

他看着她，面色柔和，连眼神都带着笑。

不知他和那个女医生说了些什么，对方竟然也笑了起来，还挥起手臂，轻轻地给了他一拳。而陆博垣竟然没有生气，只是轻轻地摇了摇头。

接着，那女医生将一个纸袋递给了他，他接过来。夏岚看到他的嘴形，应该是轻声地说了句“谢谢”。

听了这话，女医生用手拍了拍他的肩膀，接着就离开了。而直到对方走远了，陆博垣才掏出手机，看了看上面的来电显示。

动作如此亲昵，难道说，这位女医生是陆博垣的女朋友？

奇怪，没听苏珊姐提起过啊……不过他们也有几年没见过了，就算陆博垣后来有了女朋友也不新奇。但是感觉又不太像，要不然……是他暗恋的人？

心里燃烧着八卦的火焰，夏岚朝他快步跑了过去。

“陆博士！”

陆博垣回头，他其实不太习惯别人这么称呼他，“怎么，周亮要离开？”

“没有啊，只是……”

被突如其来的八卦打断了思路，夏岚本就对自己的推测不算自信，害怕在陆博垣面前露怯便不打算再提。

“只是看你这么半天没回来，以为你这边出了什么事。”

“提前做了一些准备，既然如此，那等着苏珊吧。”

“好。”她看看他手中的那个袋子，“这是……”

他低头看了看，语气和表情又恢复了平淡：“道具而已。”

道具？

见他不解释，夏岚也没有再追问。俩人又从停车场折回了正在拍戏的体检楼。

大厅里，周亮的戏份终于拍完了。

导演窝在机器前看回放，其他工作人员都能稍微放松一会儿。

周亮和周志廷坐在一起，两个人有说有笑的。那个叫小文的化妆师也在旁边，正在帮两人补妆。

陆博垣毫无眼力见儿地走了过去。

周志廷刚才还生动欢快的表情，立刻蒙上了一层阴霾："你们不是走了吗？"

"还没，"他将手放到口袋里，低头俯视着他们，"例行询问，你懂的。"

气氛顿时变得尴尬起来。

"那个……刚才佩佩姐叫我帮她补妆来着，我先走了，你们聊。"化妆师很识时务地站起身离开。

"周亮先生，你好，我姓陆。"

只是普通的介绍，完全没有伸出手与他握手的意思。

周亮可不像周志廷那么好说话，表情显得有些愤怒，本就有道伤疤的脸，看起来更加狰狞了："我听我哥说了，你别老烦他行不行！那个女的这么不要脸，死了就死了，有什么好查的！"

夏岚莫名觉得有点儿火大，什么叫死了就死了！那可是一条人命，何况她还怀着孩子，是两条活生生的人命啊！有些人，就是事不关己，冷血无情！

"周先生，请注意你说话的态度！现在是警方要求你配合调查！"

她不客气地说道。

周亮抬起头，看了她一眼，然后嘴一咧，嘿嘿一笑，那眼神令人感到十分不悦。

陆博垣却没有给对方任何转移话题的机会，直接切入正轨。

"那个女的……这么说来，你认识刘曦茜？"

周亮愣了一下："名字不知道，不过是去她那里接过一次我哥。"

“刘曦茜和你哥以前不是交往过好几年吗！”夏岚追问道，“你敢说你连她的名字都不知道？”

“切！”他表现出一脸的嗤之以鼻，“你们别套我话，我前年才从老家过来找我哥发展的，那些个陈芝麻烂谷子的事儿，我哪里晓得！”激动之余，竟然连乡音也带了出来。

说真的，这两兄弟，不光长得像，就连声音也有几分相似。

若不是周亮的脸上有一道伤疤，还真的无法轻易分辨！不过……夏岚又仔细观察了一下，她突然发现，这个周亮的左耳上，竟然有三个以上的耳洞，虽然什么都没戴，但他很有可能就是那个照片中的穿环爱好者。

那就是说，陆博垣的推测……也许真是对的。

又简单地问了几个问题，此时陆博垣的电话突然响了。

“喂？”

他拿起电话，仿似不经意地给了夏岚一个眼神。

看来是苏珊到了。

夏岚朝着大门的方向望去，果然一眼就看到了穿着米色风衣和黑色高跟鞋，一手拿着电话，一手正在推门的苏珊。她显然也看到了陆博垣和夏岚，微微颔首后，便又退了出去。

见状，屋内的两个人对视了一下，夏岚随意找了个借口，提着陆博垣刚刚交给自己的那个袋子，朝着大门的方向跑去。

大门外，苏珊站在那里正等着她。她接过夏岚递来的纸袋，从里面掏出一件医生袍：“行了，你回去等着吧。”

夏岚还是有些不放心：“行吗？”

“哈哈哈，只能见机行事了！”

“那你小心。”

“别担心，要是真失败了，”苏珊见夏岚还是不放心，拍了拍她的肩膀，安慰道，“还可以靠武力解决的！”

武力！好吧，不愧是苏珊。

转身回到大厅，其实……真正艰巨的，现在才刚刚开始呢！

“阿廷，阿亮！喝饮料！”

一直没有出现的经纪人刘江，此刻端着两杯饮料走了过来。但当他看到陆博垣和夏岚的时候，表情显得有些不自然。

“哎哟，真不好意思，不知道二位大驾光临，没准备你们的！”

他将饮料递给周志廷他们，眼神却瞟着陆博垣，阴阳怪气地说道。

“不用客气。”刘江的话，其实正好给了陆博垣一个借题发挥的点，只见他朝着夏岚歪了一下头，示意她去旁边的饮水机接水。

于是夏岚听话地点了点头，跑到饮水机旁边。拿起一个纸杯，大声道：“你要凉的还是热的？”

竟然还学会心理暗示了，不错，孺子可教也。

“热的吧。”

“可是这水很烫啊！”

“没事，正好暖暖手。”

“哼！”白了他们一眼，周志廷没说话，低头喝着刘江刚买的饮料。

“哎，快看！快看！周志廷在那里！”

随着一声尖叫，一群穿着粉色护士装的年轻小护士蜂拥着冲了进来。

周志廷有些不耐烦，微微蹙起了眉。倒是他旁边的周亮显得比他兴奋得多，连饮料也放下不喝了，坐直身子，朝大门的方向望去。

夏岚刚接好一杯水，正要接第二杯的时候，无意间的一瞥发现，那群小护士里竟然不和谐地站了两个穿着医生袍的美女。而其中一个，正是苏珊。

此时，她还是穿着黑色的丝袜和高跟鞋，长卷发披散在肩头，妆容比刚才更加浓一些，虽然披了件白色的医生袍，但是隐约可以看到里面的红色连衣裙。在一群近乎素颜、穿着平底鞋的小护士里，显得格外引人注目。

站在她旁边、被她挎着胳臂的女医生，感觉……有点儿像刚刚和陆博垣说话的那一个。

这人梳着马尾，个子相当高挑，一张清冷却富有魅力的脸，化着淡妆，鼻子上还架着副眼镜，斯文之中透着一丝干练。

在一群又是尖叫、又是招手，热情似火的小护士粉丝中，只有她显得那么优雅。

“哥，不错啊！”周亮回过头，看着周志廷笑道，“有几个还挺漂亮的！”

周志廷没理会，甚至连脸都没抬，低头看着剧本。

“不好意思！能不能给我签个名！”

“可以拍照吗？”

几个较为热情的粉丝，已经迫不及待地跑了过来。而苏珊和那女医生，则不紧不慢地跟在后面。

这群冒着粉红色泡泡的小护士蜂拥而至，陆博垣知趣地退后了一步，站到周亮的身后。

“怎么有两个周志廷？”

“好像啊，根本看不出！”

“他是，”真正的周志廷冷着脸，站起了身，“不好意思，我只是替身罢了。”

“骗人，我觉得你比较像！”

他不耐烦地笑了：“你没看我连特效妆都没化吗！替身又不露脸，用不着这么仔细。”

“也对，不过……”其中一个小护士左看看右看看，然后捂着嘴道，“两个都蛮帅的，而且长得真的好像啊！”

“是啊，这伤疤是化妆化出来的吗？好真实啊，跟真的一样！”

“不好意思，”周志廷在刘江的帮助下，推开重重包围，“我先出去，你们自己找廷哥签名吧！”

随着他话音刚落，这群小护士再一次扑了过来，拉住已经笑开花的周亮，又是索要签名，又是握手合影的。

周亮倒是很享受这一切，来者不拒。但他搂着几个小护士拍照的时候，眼神却时不时地朝着苏珊和那位女医生的方向瞟去……

很好，时机刚刚好！陆博垣站在他身后，朝夏岚使了一个眼色。

她点了点头，拿着两杯水，假装很胆战心惊的样子，朝着他的方向走了过来。

“都让让，都让让！开水啊！小心别烫着！”

她大声叫着，但是在热情的小粉丝面前，这些话说了也等于没说，大家仍旧激动地簇拥着周亮。

夏岚绕过几个人，眼看就要接近陆博垣的时候，突然，不知道是谁从后面推了她一把，她来不及惊叫，整个人就直接扑了过来。

手中的两个水杯，还紧紧地攥在手里，但是里面的水却洒了出来。

其中一杯，不偏不倚地泼到了周亮的裤裆上……

“啊！”他大叫一声，跳了起来。

其实那水并没有想象中那么烫，只是温水罢了，但是陆博垣和夏岚刚刚故意说了几次开水、很烫……所以周亮的潜意识里也觉得水的温度很高。

这是种简单的心理暗示，屡试不爽。

“你想烫死我啊！”

夏岚还没站稳，就见那周亮一个巴掌抽了过来。

好在她反应够快，灵活地往旁边一闪。

“嘶……”

虽然完美地躲了过去，但却因为重心不稳，崴到了脚，她下意识地倒吸了一口气。

陆博垣很自然地拉住了她的手肘，低下头，看着她：“你还好吧？”

“没事。”夏岚皱着眉头，勉强朝他挤出一丝笑。

原本热闹的场面，因为这突如其来的变故而陷入了一片沉默。直到……

“哎呀，泼到这个部位，不太好吧！”一直没有说话的苏珊推开众人，来到周亮面前，“你要不要紧？要不我帮你检查一下吧？”

苏珊微微弯着腰，低头看着周亮被淋湿的地方，语气温柔，声音关怀之中还带着一丝性感。她适时地撩了一下头发，发梢在他胸前扫过。周亮隐约能看到她医生袍领口里露出的一截雪白的脖子……

周亮倒吸了一口气，眼光微动：“你是？”

“哦，”她抬起头，妩媚地一笑，“你好，我姓苏，在外科工作。”

“不好意思，周先生，”就在他还在犹豫的时候，一旁的陆博垣并没有放开夏岚，而是转过头，朝他抱歉地点了下头，“你还是跟这位医生去看看吧，如果有什么，我和我的同事会负责的。”

“负责？”他冷哼一声，不去理会陆博垣，转头看着苏珊，“苏医生，那就麻烦您了！”

“好，你跟我走吧。”

“用不用先去挂个号？”

“没关系的，现在是午休，正好没有人，直接来吧，你的伤要紧！”

就这样，苏珊搀扶着走路有些不自然的周亮，缓缓地朝着门诊楼的方向走去。

刚刚还很花痴的那群小护士，也慢慢散开了。只有那个梳马尾的女医生，还站在原地，微笑地看着还搀扶着夏岚的陆博垣。

“你确定没事？”他再一次问道。

“嗯。”夏岚点点头，想要走两步试试，但是脚刚落地，就是一阵钻心的疼。

“还是交给我吧！”那女医生走过来，扶住她的另一只手，对着陆博垣道，“你去忙你的吧，你同事这边，我来处理。”

“好。”他又低头看了夏岚一眼，然后抱歉地笑笑，放开她，朝着苏珊那边大步追了过去。

“不好意思，给你添麻烦了。”

夏岚不知道要说点儿什么，而且此刻脚踝也着实太疼，只好在她的搀扶下，一瘸一拐地找了个椅子坐下。

女医生笑着摇摇头，蹲下身，也不嫌脏，帮她脱了鞋，轻轻握住她的脚踝。

“是我给你添麻烦了，我那个弟弟，想起一出是一出，奇葩得很！”

“弟弟？”

“是啊，哦，还没自我介绍呢，”她抬头看着夏岚，“我叫陆雅媛，是博垣的姐姐，你也可以叫我 Monica。”

姐姐！

仔细一看，他们两个还真的很相像呢！

都是高高的个子，而且气质清冷，面容轮廓、眉梢眼角……夏岚之前没发现，这一说，这俩人确实像是从一个模子里刻出来的！唯一不同的，比起陆博垣那张冷冰冰的扑克脸，陆雅媛则显得温柔了许多。

“你真的是他姐姐？”

“是啊，我才是这里的外科医生，现在他们就是借了我的办公室给那嫌疑人验身呢！”

说到“验身”两个字，陆雅媛突然扑哧一声笑了。

与其说苏珊和陆博垣是青梅竹马，倒不如说，她才是和苏珊一起长大的那一个。

她们住在一个大院，而且同岁，从幼儿园到高中一路读下来，两人一直都是同学。

后来陆雅媛出国留学，毕业后留在当地工作，不过却在三年前回了国，回国后第一时间就和苏珊取得了联系，她们现在又成了邻居。

苏珊这个人，哪里都好，长得漂亮，人也直率。要说唯一的缺点，那就是……太豪放了！医生这行，见过太多人的身体，而她做法医的，见得自然更多。久而久之，也就没羞没臊起来。

可因为这样，竟然叫她去给个犯罪嫌疑人验身！这种鬼点子，也就只有博垣能想得出来，当然了，也就只有苏珊能答应。

只可惜苦了这娇滴滴的小女警，不光崴了脚，还差点儿被那混账男人打到。

她低头仔细看了看夏岚的脚踝，“不碍事的，就是扭到了，没伤到骨头，一会儿我给你开点儿药，你回去敷上，过个十天半个月就好了。”

“十天半个月！”夏岚声音里透着股绝望。

“嗯，伤筋动骨一百天呢，可别小瞧了崴脚啊！”她微笑，这姑娘还蛮可爱的，也难怪自家弟弟会这么上心，“没事别自己乱揉，有可能会加重伤情的，到时候更不容易好了！”

“哦。”夏岚认命地点了点头。

市立医院，门诊楼二层，外科一号诊室。

“其实……已经不太疼了。”

周亮坐在检查用的病床上，破天荒地竟然有些脸红。他穿着拍戏时的医生袍，手按在腰带上，一脸的踌躇。

苏珊站在他对面，眼睛眨都不眨地盯着他“那里”，眼神中闪着一抹奇异的光。

她当法医这么多年，见过各种各样的尸体，可重口到在那种部位穿环打孔的，她还真没遇到过。此刻，她内心有种难以言喻的兴奋，当然这并不代表她有什么恶趣味，要知道，她可是抱着一颗探索的心，想要为案件寻找重要的嫌疑人!

可她这种眼神，在周亮看来，却又是另一番景象了。

这个女人也太热切了吧，虽然表面淡定，但看她这如狼似虎的眼神，怕是早就等不及想要扒了他的裤子吧!

他见过不少喜欢大哥的女粉丝，可像她这么直接的，倒是第一个。

如此说来，今天被那女警这么一泼，他倒是因祸得福了。

嘿嘿，这女医生长得本来就不错，身材也玲珑有致，现在穿着医生袍，更是有种说不出的韵味。

周亮那见惯大场面的内心，竟也有了小小的羞涩。

“你怎么了？”苏珊见他一直没有反应，有些不高兴，索性走过去，用手拍了拍病床，“赶紧的！那里烫伤可大可小呢，你不想传宗接代了啊！”

传宗接代……

倒吸了一口气，周亮不再犹豫，直接扯开腰带，拉开裤子上的拉链，然后屁股一抬，将裤子连同内裤一起脱了下来。

刚刚被水烫了一下，而且搞得裤子湿漉漉的，现在脱下来，接触到空气，股间那一丝清凉，又怎是语言可以表达的!

苏珊双眼放光，嘴角也微微扬起，伸出两只手，扳住他的膝盖。

“腿分开点儿！”

霸道的女王范儿。

周亮觉得，自己就快坚持不住了!

接着，她就这么蹲下了身子……

啊，救命！这女人简直……不要啊！

咔！咔咔！

手机拍照的声音。

奇怪，她不是应该……

“我去！真的是你啊！”苏珊一边各个角度地拍着照，一边自言自语道，“看实物，可比照片震撼多了！口味太重了，弄成这样你不疼啊！”

果然，周亮就是刘曦茜照片里那个没有露脸，身材不错，且在私密处穿环的家伙。

“你……你干什么？”

周亮还没有反应过来，呆呆地看着她。

“哎哟，竟然还生气了！”

她大叫着，继续对着他猛拍照，而且这次也不再仅仅局限于那里，就连他的脸，也被拍了好几张。

直到此时，周亮才终于有点儿琢磨过劲儿来了，刚刚还因为羞涩和期待而涨红的脸，此刻则因为愤怒颜色更加深了几分。

他跳下床，伸手去抢她的手机。

苏珊往后退了几步，要去开办公室的大门。

他叫着想冲过去，但是忘了自己的裤子还挂在腿上，行走十分困难，险些摔倒。

就在他急急忙忙地提上裤子时，门已经开了。

陆博垣站在门口，面无表情地朝他招了招手。

周亮简直气结。

苏珊三两步跑到陆博垣的身边，举起手机凑到他面前：“就是他没错！刘曦茜照片里那个！”

听到眼前这个女人的话，周亮知道，他这次是彻底栽了。

只是不知道栽在了谁的手里，是那个该死的陆博垣，还是这个骗自己脱了裤子的女人！

而那两个设计出这场戏的罪魁祸首，还在那边讨论着他隐私部位的照片。

“对自己下这种狠手，小伙子不简单啊！”

“我不记得让你拍照啊，不是说只要确认一下就行吗？”

“别啊！这种好东西我得拿回去和大家分享啊！”

“删了，你想看，别人不一定想看。”

“唉，行吧行吧，我这就删。真是的，人家当事人还没说话呢……”

看着这俩人你一言我一语，周亮长叹了一口气，颇有种大势已去的感觉。

几乎没费什么力气，他就全都招了。

周明，也就是周志廷，和周亮是双胞胎，两人小时候长得一模一样，有时连他们的父母都分不清两人。他们生长在一个幸福的家庭，直到十五岁那年，两人念初三。

参加中考那天，父母很重视，开着车子去送他俩。谁知走到半路，周明突然很想喝可乐，父亲把车停在路边，周明下去买。

一辆失控的大卡车突然从后面冲了过来……

坐在副驾驶的周亮从前挡风玻璃飞了出去，躺在柏油路上，脸也被划破了，流了一地的血。而他们的父母则直接被卡车碾过，当场身亡。

本是幸福的一家四口，结果父母就这样死在了自己的面前。弟弟的脸血肉模糊，躺在那里，身子不停地抽搐。

周明从没见过那么多的血……遍地都是，甚至流到了他的脚边。他很怕，不停地后退。也就是从那时起，他得了恐血症。

他没有念高中，而是努力地赚钱，他觉得对不起周亮，也对不起死去的父母……多少次午夜梦回，他都流着泪惊醒，然后一次次地问自己，如果不是他下车去买饮料，爸妈是不是还活着，他和周亮是不是能有一个完整的家？

不过周亮却并不这么想。

他身上的伤，陆陆续续地好了，脸上的伤，却要跟他一辈子。但他不介意这道疤痕，男人有了疤，更显得彪悍。于是，他开始抽烟、喝酒、打架……他的命是捡来的，所以这第二次生命，他绝不能得过且过！他认识了一群坏朋友，拿着哥哥打工赚来的血汗钱，肆意地挥霍。

他喜欢在自己的身体上穿环，喜欢宿醉后疼得要命的脑袋，喜欢跟人干架时把对方揍得鼻青脸肿，也喜欢那些把他当成周志廷，围绕在他身边，把他当成大明星的女粉丝……

都说双胞胎的品位相似，周亮和周志廷两兄弟也是一样，所以当周亮第一眼见到刘曦茜时就喜欢上了她。

所以，他要得到她，哪怕只有一次。

那是三个月前，周志廷接了一个汽水广告。在不用做替身的时候，周亮就是他的司机。

他就是在那个时候认识刘曦茜的。

当时，她抱着广告商给的两箱饮料站在路边，怎么也打不到车。

周志廷的部分还没有拍完，因此还在摄影棚里，周亮开着车到处乱转，正好看到了路边的刘曦茜。第一天拍摄没有刘曦茜的镜头，因此她确认明天的工作后就离开了。

他被这个漂亮女孩吸引，停下了车，主动帮忙。他当时戴着棒球帽和口罩，正好遮住了脸上的伤疤，刘曦茜只看他的眼睛，自然而然地把他当成了周志廷，就这么上了他的车。

两个人一路相谈甚欢，也是在这个时候，周亮才知道，大哥曾经和这个女孩交往过。

他不想碰大哥的女人，哪怕他们已经分手。于是他礼貌地将刘曦茜送回家后，也没表露自己的身份，就找了个借口离开了。

为了掩饰内心的爱慕，他并没有将他和刘曦茜见过面的事情告诉别人。直到有一天他听见大哥和刘江在房车内讨论，有个女人竟然企图偷拍他大哥！

再后来，周亮发现他们口中的那个女人正是刘曦茜。

他没想到自己喜欢上的姑娘竟然这么有心机，搞不好就连那天拿不动饮料站在路边装无助，也是她早就设计好的。周亮之前送过她回家，一时气不过就跑去找她理论，却又在与她争吵时，鬼使神差地将她按倒在了沙发上……

事后他甩了一沓钞票给刘曦茜，还在她耳边恶毒地说出了自己的真实身份，让她别再做梦，妄想着能用什么不雅视频去勒索大明星周志廷，接着又当着她的面，撕烂了沙发上的玩具熊。

不过令他意外的是，那个玩具熊里并没有什么摄像头，他心里还泛起了嘀咕，想着难道是大哥平时见镜头见多了产生错觉了？可他该说的已经说了，该做的也已经做了，事到如今也没什么后悔的余地了。

从那以后，他再没见过刘曦茜。

第五章　死亡催命符

“你说你再没见过刘曦茜？”审讯室里，徐子峰一脸严肃地问道，“那么勒索的信息或者电话呢，你有没有收到过？”

周亮摇头：“没有，我也是后来才知道她拿怀孕的事敲诈了我哥，但……”

他看看一旁做笔录的夏岚，有些不好意思，不过事关自己会不会被当成嫌疑人，他只能如实交代道：“我跟她就一次，她就算真怀上了，那孩子也不能是我的吧？”

接着他又按照徐子峰给的时间范围，做了不在场证明。

说来也是巧，刘曦茜遇害那晚，周亮刚好因为酒驾被抓进了拘留所。凶手确实不是他。

周志廷和刘江之前支支吾吾的，只说刘曦茜遇害那晚他们去交通队保释一个朋友，但并没有说清楚那人是谁。现在算是捋清楚了，原来那晚出事的人正是周亮。

接着徐子峰又接连抛出了几个问题，周亮还算老实，全都一一交代了。不过就在审讯即将结束时，夏岚的手机屏幕又亮了，是在外面旁听的陆博垣发来了消息。

他问：让周亮确认下，那个被撕烂的玩具熊里真的没有摄像头吗？他破坏玩具熊时，有没有说明里面有偷拍设备，刘曦茜又是什么反应？

夏岚将这些问题拿给徐子峰看了看，徐子峰眼神微微闪动，整理了一下语言，便将这些问题一一问了出来。

而周亮的反应，也再一次印证了他们之前的推测。刘曦茜应该并不知晓有偷拍这件事，所以当她看到周亮撕扯那个玩具熊时，显得有些不知所措。

“我一看没有摄像头，心里就咯噔一下，想着该不会是我哥太敏感了，误会了她。可当时我干了那档子事儿，完事儿就后悔了，生怕她去报警抓我，哪里还敢说别的，赶紧就撤了。”说到这里，他又有些愤恨，双手握成了拳，“不过她后来还真去勒索我哥了，这说明我们压根儿就没误会她，她就是个……”

他的话没说完，因为一直没怎么说话，看着像小白兔一样安静的夏岚突然拿着手中的记事本，狠狠地拍了下桌子，声音之大，就连一旁的徐子峰都哆嗦了一下。

周亮知道她不爱听自己说话，也不喜欢他用那些不好的措辞来形容刘曦茜，于是乖乖闭了嘴。反倒是徐子峰咳嗽了一声，然后严厉地盯着他道：“虽然人已经不在了，但是你用暴力强迫妇女发生性行为这件事是板上钉钉的。”

之前周亮光想着要如何把自己给择出去，却忘了自己的那种行为本身也是一种犯罪。他这次是真的怕了，紧张地问道：“徐警官，我这，我不会……不会被判刑吧？”

“哼，你觉得呢。”

徐子峰和夏岚都没再说话，俩人收拾东西，前后脚地走出了审讯室，只留周亮一人百感交集地坐在里面，不知道接下来等待自己的将是什么样的审判。

审讯结束后，特案组的几人，包括陆博垣，将今天的调查结果汇总到了一起。

首先发言的是徐子峰：“我先说说刘曦茜那个同母异父的哥哥吧，他叫郑阳，也在本市，是刘曦茜的母亲头婚时生的。他两岁的时候，父母离了婚，几年后他母亲改嫁，这才有了刘曦茜。按照郑阳的说法，他和刘曦茜小时候压根儿就没见过，只是最近几年，刘曦茜来了本市，她妈妈怕她一个小姑娘在外面不安全，这才特意拜托儿子照看一下。不过郑阳生活条件一般，与其说是他照顾刘曦茜，不如说是刘曦茜这个当妹妹的偶尔会接济一下他。”

“他和刘曦茜之间存在债务关系吗？”陆博垣垂眉问道。

“那倒是没有，郑阳去年已经把欠的钱都还清了，我看了他俩的银行记录，不存在债务关系。而且案发当晚，郑阳也有不在场证明。但是他提了一个有用的信息，说是刘曦茜之前同居的那个男朋友叫小文。出事前一周，刘曦茜曾经去找过他，当时就是那个叫小文的开车来接的，郑阳远远地看了一眼，因为对方戴着帽子，没看清他的脸，只看出他头发染了色，有些发蓝，还有就是，那个小文当时开了一辆黑色的奥迪，看着不算新，前保险杠还有些歪。”

“头发发蓝？”夏岚惊叫，“地漏里的蓝灰色假发！”

“对，是叫小文。”负责将刘曦茜父母从车站接到分局问话的聂程涛也跟着道，“刘曦茜之前打电话回家也跟自己的父母提过，说他俩最晚明年结婚，不过对方全名是什么，具体干什么工作都没说，只说也是干这行的，知根知底，叫父母放心。”

“也是这行，那也就是说，这个小文也是模特喽？”苏珊想起之前那些不雅照，现在只有一个一直没有露脸的未知男性不知道是谁，应该就是那个小文，“那就对上了，这个身材，还戴假发，应该是模特了。”

“那也未必，还是不要先入为主的好，毕竟这个行业的规模比较大。”陆博垣随口道。

而原本一直没有参与讨论的车瑞扶了扶鼻梁上的眼镜，咧开嘴，嘿嘿傻笑了一声：“看来还是我这边的突破比较大。”

今天大家各忙各的，都没有时间汇总彼此调查到的信息，车瑞等了大半天，终于有机会将自己的调查成果展现给众人了。此刻，他脸上的表情透着股得意，看样子是发现了什么不得了的大事。

“你们看，”车瑞指着电脑上一张刘曦茜的单人照片，这是她的同居人帮她拍摄的，“今天我研究了这个照片一上午，希望能从刘曦茜的瞳孔里看到给她拍照的人，但是画面太模糊，根本看不清，不过……”

他边说边将画面放到最大，并用软件调节了分辨率和清晰度：“虽然看不清人，可是却意外地拍到了墙上挂着的一件 T 恤。”

顺着他指的方向，果然能隐约看到那里挂了件黑色的短袖 T 恤，胸前还印了一个机器人状的 Hello Kitty。

“你们再看这里，”车瑞将那张照片最小化，又调出了刘曦茜公寓大厅里的监控，“上午听了夏岚说的假发颜色后，我想着蓝色的头发不多见，就把之前大厅里的监控都调了出来，发现最近两个月，蓝色头发的只有三个人，另外两个都是女生，头发都很长，只有一个短发的，头发的长度应该符合，而且，这人刚好穿了那件 Hello Kitty 的衣服。”

画面中，一个短发、戴着棒球帽和眼镜、穿着那件 T 恤的年轻男人匆匆走过。车瑞适时按了暂停键，虽然监控中看不太清楚那个男人的脸，可那个人帽檐下的头发颜色确实是蓝灰色的。

“妈呀，车瑞你这是闷头干大事啊！之前怎么没发现你小子这么厉害！”聂程涛激动得直接从椅子上跳了起来，从后面搂住车瑞的肩膀，伸出一只手，在他头上一阵猛揉。

就连陆博垣也赞许地朝他投去了一个感激的目光：“辛苦了。”

车瑞性格腼腆，被人夸了之后，脸有些微红：“不辛苦，应该的。”

虽然他嘴上这么说，但大家都知道即便只是看监控，也是个十分费体力费精神的活儿，更何况他一口气翻看了前面两个月的视频监控，工作量之大，一般人根本难以想象。

有了刘曦茜父母和哥哥提供的线索，再加上车瑞发现的信息，案情很快就有了新的进展。特案组先是从出事的圣亚花园调到了监控，证实确实有一辆符合条件的黑色奥迪进出过停车场，而且进出登记时用的是刘曦茜的名字，但是登记的次数不多。好在车辆出入登记时，为了以防万一都留了车牌号，于是他们很快就查到了车主。

但奇怪的是，那位车主既不是秃子，也不戴假发，说起来，这人的身份还有点儿特殊。他竟然就是周志廷和周亮所在的那个剧组里的剧务，而按照他自己的交代，这辆车算是公司买的，平时都作为公用车，组里很多人都借着开过。

“按照他给的名单，用过这车的人可多了去了。”拿着那一串长长的车辆使用登记表，苏珊觉得接下来的工作量一定十分艰巨，“剧务陈广全、李丁，服装组的郑思杰，化妆师陈俊文、张晓晴……”

“等一下，陈俊文？”听了这个名字后，夏岚扭头看了看陆博垣，虽然她没将话讲明白，但陆博垣知道她是想问，这个陈俊文是不是就是他们之前见过的，为周志廷化妆的那个化妆师。

“应该是他。”陆博垣的动作很快，一边说着一边掏出手机，打开了周志廷所在剧组的官博，并且很快就在开机仪式的大合照中，找到了那个陈俊文的身影。

看着照片里的人，他的眉头微微皱起，但很快又像想通了什么似的，舒展开来。

“先重点查查这个陈俊文吧。”

徐子峰不太了解其中的情况，好奇道：“哦？为什么，除了名字里有个‘文’字，他身上还有什么符合嫌疑人的点吗？”

“有。”陆博垣放下手机，露出了一个久违的微笑，“因为他也戴假发。”

按照他的指引，众人将视线放到了那张官博的大合照上。

照片里的陈俊文没戴帽子，一头清爽的淡棕色短发。他站的位置比较靠前，和穿着戏服的周志廷距离很远。

“这剧开机大概是一个多月前，当时陈俊文是短发，后来我们去剧组时见到的他却留着一头长发，还梳了辫子。”夏岚怕自己解释得不够清楚，又跑去周志廷的微博搜了半天，终于找到了一张梳辫子的陈俊文正在给周志廷上装的花絮照。

“这可新鲜了，就听说过头发越剪越短的，没听过一两个月之内能长这么长的！”

这方面苏珊的经验要比别人多一些：“他这情况要么就是接发，要么就是假发。正好名字里还有个‘文’字，还借过那辆奥迪，三种情况都吻合，确实应该先查查他。”

既然种种证据都指向了陈俊文，特案组自然不会耽误时间，马不停蹄地对他展开了调查。结果不出所料，他们很快就证实了陈俊文就是刘曦茜那个神秘的同居男友——

陈俊文确实没有头发，他从小就头发稀少，到了二十岁左右，就已经出现了谢顶的情况。与其整天担心掉得所剩无几的头发被别人耻笑，倒不如洒脱一些，干脆将头发全部剃光，其实光头帅哥也是挺受欢迎的。

后来，他学了美容美发，当了一个化妆师。

没有人会喜欢光头的化妆师，即便是最普通的理发馆，也很少人愿意找一个光头来给自己剪头发。

于是，他开始戴各式各样的假发，从一开始不懂，只能买些便宜货，到后来质量越来越精良，根本看不出真假。

男人做化妆师，多多少少都要有些娘，女顾客可不喜欢被一个男人在脸上摸来摸去。可如果你是个弯的，或者有些娘娘腔，她们就会把你当成姐妹，愿意跟你交心，也愿意把自己的脸都交给你。

即便，你根本不是那样。

陈俊文和刘曦茜是老乡，两个人都来自南方的某个小城市。两个人也都是少时离家，来到大城市打拼。

偶然地合作一次，偶然地留了电话号码，偶然地吃了个饭，又偶然地……相爱了。

他们在一起的时间不长，只有一年多。但这一年多的时间，却是两个人生命中最幸福的时光。

至少，半年多前是这样没错。

但是没过多久，陈俊文在刘曦茜的电脑里发现了一个文件夹，里面竟然是她和皮凯秋多年前的床照。

他当然知道他们所在的行业很乱，她也曾是个现实的女人，但他没想到那个死胖子皮凯秋，居然也跟自己的女朋友上过床!

想到他们两人在公司抬头不见低头见，陈俊文就怒火中烧，但是忍着没有发作，可又不想这么放过皮凯秋，于是便用刘曦茜的手机给他发了消息，叫他给自己打两万块钱。

没想到，皮凯秋竟然真的按他给的账号把钱转到了刘曦茜的一张副卡上。

他知道刘曦茜基本不用这张卡，就没把那些钱取走，可心里却埋下了不安的种子。

他不知道皮凯秋为什么这么轻易就把钱给了她，难道他们余情未了，一直还有联系？除了皮凯秋，她的床上，还有过多少男人？

于是，他在家里偷偷地安装了针孔摄影头。

很长一段时间，除了他们自己，他什么也没录到。刘曦茜自从跟了他，就再也没和别的男人有过关系。

他很欣慰，觉得她为了自己改变了。人生第一次，他有了想要结婚的念头。

三个多月前，就在他想要把那个摄像头拆下来的时候，却在里面看到了张伟龙，那几天他刚好在出差，视频里显示张伟龙敲开了她的房门，在客厅的沙发上对着刘曦茜又亲又抱，然后扯着她的胳膊把她拽进了卧室……

看到这些，他气坏了，气到被愤怒蒙蔽了双眼，完全没能注意到张伟龙走后，刘曦茜一个人跌跌撞撞地从卧室走了出来，趴在沙发上哭得像个无助的孩子。也没注意到她走进了浴室，在里面待了将近两个小时才走出来，并且扔掉了那晚穿过的衣服和整套被褥。

他强装无事，就这样又过了一个多星期，刘曦茜接了一条汽水广告，风风火火地跑出去赶工，甚至还扛回了两箱饮料。她的脸上又有了笑容。

可几天后的晚上，就在他结束了影楼的外拍工作，打算回家时，刘曦茜却发来消息说接了个外地的工作，要离开一段日子。他当时就觉得不对劲，火速赶回家，却发现刘曦茜早就收拾好行李，不见了踪影。

其实他知道前几天周志廷曾来过他们的小家，周志廷似乎注意到了放在玩具熊里的摄像头，这件事把陈俊文惊出了一身冷汗，好在刘曦茜没发现。于是他连夜将摄像头换了位置，放到了另一面墙上的花瓶里。

那新布置的摄像头虽然位置比较偏，但依然拍下了刘曦茜被周亮推倒的场景。他们两个人当时好像在争吵，周亮年轻，透着股狠劲儿，刘曦茜中途有好几次都试图反抗，却被对方强行以暴力压制住，只能乖乖就范。

当时的陈俊文并不知道周亮是周志廷的孪生兄弟，也并不关心这些。他只是一门心思地认为，这才是刘曦茜匆忙找借口离开的原因。

她根本没有加急的工作，只是怕自己回家后看到她这一身痕迹，猜出她背着自己干下的那些丑事！

这一次，陈俊文不想再忍，他打了无数个电话给刘曦茜，可她一个都没有接。

他不停地打，不停打……直到连自己手机的电量都被打光，她也没有给他一个回信。

陈俊文怕了，他怕刘曦茜出事，也怕她是铁了心要把自己甩掉。坐在凌乱不堪的沙发上，他一宿都没合眼。直到第二天，刘曦茜终于打来了电话，跟他说自己昨晚弄丢了手机，他悬着的那颗心这才放了下来。

那一刻什么背叛都无所谓了，他一个大男人，抹着眼泪，在电话里跟刘曦茜求了婚。

回到家，两个人都哭了，哭完又笑了，就像当年第一次在一起的那个夜晚一样，爱得纯粹又疯狂。

几天后，刘曦茜去医院检查，确认了怀孕，看到检查报告的那一刻，她就知道这个孩子是陈俊文的，于是她喜气洋洋地将这个好消息告诉了陈俊文。

她以为他们可以喜上加喜，却不知道这个消息成了自己死亡的催命符。

在一系列的证据面前，陈俊文对自己与刘曦茜交往并同居的事情供认不讳。但他却表示自己并不知道不雅照这件事，更不承认杀了人。

"我们给你平时经常戴的几顶假发取了样，现在正在和刘曦茜家里发现的假发做对比，是不是符合，我想你心里应该清楚！"徐子峰边说边将打印好的、物业摄像头拍到的画面和经过车瑞处理的、刘曦茜眼中的画面推到他的面前，"这是圣亚花园公寓大厅的摄像头拍到的，这是我们在刘曦茜照片的眼睛里提取到的反光画面，这件在你家搜出来的 T 恤，也证明了你和她就是同居人的关系！"

陈俊文看了看那些照片，淡淡地一笑："我承认和刘曦茜是前男女朋友的关系，但是我们一周前已经分手了！"

“一周前？就算你们分手了，也不用把房间清理得这么干净吧，证明你存在过的东西，一点儿都不剩！也就是那几根假发，我看你是知道验不出 DNA，所以才懒得收拾吧？”

“警官先生，您想象力也太丰富了吧！两个人分手了，自然应该把属于自己的东西拿走啊，至于有些没拿走的，谁知道是不是刘曦茜自己扔了！”

“你现在是想说，你们分手后，就再也没有见过？”

“没有，分都分了，干吗分得不干不净的！”

“那你又怎么解释你恰巧会出现在周志廷和周亮的剧组里？你俩都是刘曦茜的前任，这事未免也太巧了吧。”

“这有什么，影视圈就这么大，抬头不见低头见的，周志廷和皮凯秋不是也跟刘曦茜在一起过，他们后来处得也挺好啊。”

见他一直打马虎眼，从刚才起就和徐子峰一起在审讯室里进行审讯，但是一直没有说话的陆博垣终于开了口：“陈俊文先生，请问刘曦茜勒索你的时候，开价是多少？”

陈俊文一直小心提防着，生怕自己哪句话不对，露出马脚。可他千算万算，却没想到对方居然会直接抛出这么一个问题来，一时间连反应也来不及了：“啊？”

“刘曦茜拿肚子里的孩子勒索了很多人，你既然是一周前与她分的手，那你应该也在孩子父亲的可能范围之内。我问你，刘曦茜跟你要了多少？”

听到这里，陈俊文这才搞明白他是什么意思，他脸上的表情顿时变得有些悲伤，又有些愤怒：“我不知道这事儿，她也没勒索过我。还有你说她有了孩子，但是直到我们分手，她都没跟我说过。”

“你说谎都不打草稿啊！”一旁的徐子峰冷哼一声，被他气笑了，“你俩住一起，她怀孕了你不知道？那她吃的那些保胎的药，还有把猫送走这件事，你也都没发现？”

陈俊文咬死了不肯松口：“我每天上班就够累的了，回家哪有精力注意这些。还有那猫，本来就是她要养的，后来她腻了，把猫送了人，我能说什么？”

“好，别的也不说了，你就给我解释下，为什么刘曦茜给所有发生过关系的男人都发了消息要打胎费，唯独你被排除了呢？”

“我怎么知道，也许她自认为对不起我？也可能是因为我们才分开，她还没来得及勒索我。也许我的收入她根本看不上。”

徐子峰气结，心说这话没法再问下去了。

“陈先生，我劝你还是坦白的好，如果警方手上没证据，你觉得我们会贸然把你请到警局来谈话吗？”陆博垣语气严肃地将手上的一系列证据都放到了他的面前，“我们查了你和刘曦茜近半年的网购记录，刘曦茜买的大多数是生活用品和女性用品，并没有购买过摄像头之类的设备；但你不一样，半年内，你买过三次摄像头。”

见他不说话，陆博垣又继续道：“而且按照我们的调查，刘曦茜本人对于电子设备并不是很在行。皮凯秋也交代过，他和刘曦茜的那些陈年旧照一直是以隐藏文件的方式，被他藏在了刘曦茜的电脑里，因为时间太久，分手后也忘了删除。以刘曦茜对电子设备的了解，她恐怕连什么叫隐藏文件都不知道，更别说动手找出来。那些存在刘曦茜手机里的照片是通过云盘下载到手机的，我们通过你的同事了解到你对电子设备很在行。你既然懂行，就应该知道，不管在网上做了什么，一定会有痕迹。虽然上传那些照片是用了刘曦茜的手机，验证码也是发送到她的手机上，可是人的习惯却不会骗人，设置的密码应该不会和刘曦茜的常用密码一样。要不要我找技术人员试试，看看密码究竟是什么，和你之前用过那些密码有没有重合？”

陈俊文长吸了一口气，原本他以为这个年轻英俊的警察就是个绣花枕头，但现在看来，对方比自己想象中要厉害得多。

“对，我确实在家里安了针孔摄像头，就是想看看她有没有背着我把别的男人带回来，结果却看到……我们就是因为这个分的手，我以为她变了，结果还是一样！对，是我把照片拷到她的手机里，我只是想让她知道，我不是傻子！她做了什么，我一清二楚！”

陆博垣看着他，突然又道：“所以是你勒索她了？”

这突如其来的问题，令陈俊文愣住了："呵呵，诬陷！完全是诬陷！你们是不是还想诬陷我杀了刘曦茜？"

对于他这个问题，徐子峰和陆博垣一不回答，二不理会，毕竟现在是他们来审他，不能本末倒置，将双方的位置搞混。

不过放任他这么无理取闹下去也没什么意思，还是早些解决的好。

陆博垣摇摇头，看上去有些不耐烦："别绕圈子了，不如我来替你回答吧！虽然我们之前都已经知道有人以刘曦茜的名义对其他几名关联人发出了勒索信息，但事实上，刘曦茜自己也是受害者。最好的证明就是，你趁她不注意，把照片存进了她的手机，而不是通过自己的手机发送，就是因为怕她知道那些照片是你发的！你勒索她，叫她给你钱，可是身为她的同居男友，又不可能把自己排除在外，你们拍摄的那些照片，虽然大多数是以你的角度进行拍摄的，但偶尔也会有几张合影，你为了不露脸，便把自己的脸都截掉了，只留下身体的部分。这样，一来可以排除你的嫌疑，让她以为你也是受害者；二来，也不会在她的手机里留下任何你和她交往过的证据，好把自己撇干净。"

"我没有。"陈俊文低声道。

"我不知道你是通过什么方式来勒索她的，也许是匿名邮件，她虽然知道你的邮箱，但是你只要重新注册一个邮箱就可以了；也许是电话，你只要买个简易的变声器，她就不会听出你的声音。当然了，用的肯定不是你的常用手机。"

"我没有。"这一次，陈俊文的声音更低了。

"你想报复她，报复她对你的不忠，所以你要让她付出代价！她说孩子是你的，可是你根本不信！"

"我说我没有！"

他突然大叫，站起来，用力地拍着桌子。

"你干什么！"徐子峰被陈俊文突如其来的爆发吓了一跳，但毕竟是老刑警，临危不乱，反应相当快，"给我坐下！"

陈俊文激动地喘着气，怒视着坐在自己对面的陆博垣。

陆博垣也看着他，脸上却没有任何表情。

“坐下！”徐子峰大声吼道。

良久，陈俊文才强压住怒火，坐回了椅子上。他看着陆博垣，“我再说最后一次，我没有勒索刘曦茜，更没有杀她！你没有证据，就不要乱给我扣帽子！”

是的，证据，这才是整个案子的关键。

此时此刻，审讯室外的夏岚、苏珊、车瑞和聂程涛也同样捏了一把汗。陈俊文这件事做得太绝了，他承认了同居和勒索皮凯秋他们，却不承认杀人。警方已经搜查了他现在所居住的出租房，依然没有找到任何有用的证据。

陈俊文甚至没有要勒索的那些钱，那些钱还好好地存在刘曦茜的副卡上，他连一分都没取过。

“你说你案发当晚一个人在家睡觉，有谁能证明？”

“那你们说是我杀了刘曦茜，又有谁能证明！”

“刘曦茜家没有强行闯入的痕迹，这说明杀害她的人有她家的门钥匙。”

“我们已经分手了，谁知道她后来有没有别人？”

答非所问，而且态度极其不好。这个陈俊文，真的很难对付。

刘曦茜所住的圣亚花园，只有公寓大厅的出入口和电梯有监控，案发那段时间，完全没有查到任何陈俊文出入的影像。虽然陆博垣推测，他很有可能是变装后，早早进了公寓，躲在楼梯间里，一直到半夜才潜到刘曦茜家实施的杀人。可他们确实没有确凿的证据，并不能因此而指控他，更别说给他定罪了。

审讯陷入了瓶颈，徐子峰虽然愤怒，却没有办法反驳陈俊文的话。

一旁的陆博垣，却笑了。

“你笑什么！”

此时的陈俊文，就像个刺猬，浑身戒备，一丝一毫也不肯放松。

“你是化妆师。”

“废话，”他皱眉，“你不是知道吗！”

“那你也应该知道，孕妇是不能化妆的，可为什么刘曦茜的家里会有两支口红呢？”

沉默，陈俊文有种不好的预感，这个男人似乎比他想象中更难对付。

果然，陆博垣不等他回答，就替他答道：“因为，即便整体不化妆，可只要有口红，一样可以提亮整个人的精神面貌，让人气色显得好起来。”

审讯室外的夏岚突然瞪大了眼睛，是的，这句话自己听到过，就是前两天，在拍摄现场的时候，那个很嗲的女演员央求陈俊文帮她补妆时，陈俊文自己说的。

他当时说的是：“你见过哪个失血过多的人，涂一个烈焰红唇的！这样虽然会很漂亮，也能提亮整个妆容，但是，真的不行……”

夏岚虽然当时敏感地察觉到这句话和这个案子有关，但是还是因为经验不足而没有进一步探究下去。

陈俊文完全不吃陆博垣那套：“你到底想说什么？”

“我想说的是，你是化妆师，你在她死后为她涂上了红色的口红，我知道这是出于你对她的爱，我也知道，你很可能在她的唇上留下了最后一个吻。”

这些话，声音并不大，但字字铿锵，直说进了陈俊文的心底。他不作声，等待着陆博垣的进一步发问，谁知道，陆博垣突然说出这么一句话来。

陆博垣直视着他，眼神明亮而坚定：“你很聪明，擦掉了口红管上的指纹，可是你难道不知道吗？除了指纹，每个人的唇纹也是不一样的，这就像你身份的象征，只要我们将刘曦茜嘴上残留的、不是她自己的唇纹和你的进行对比，就能证明，那一晚在她死后留下最后一吻的那个人究竟是不是你！”

所有的伪装，在那一刻，全都破灭了。

陈俊文清理了他在那里出现过的所有的证据，却因为那一个吻，而推翻了自己精心策划的一切。

不知道为什么，他反倒觉得安心了。

“哈哈，哈哈……哈哈哈哈！”

从小声的轻笑，到越来越大声，最终变成了仰天狂笑……直到笑得眼泪都不自禁地流了下来。

尘埃落定，还有什么可说的呢？

“她该死，她背着我，一次又一次地和各种男人上床，还好意思跟我说孩子是我的！”

“孩子呢？你把她肚子里的孩子藏到了哪里？”

“在周志廷用的那个化妆间，我把他放在一个瓶子里了，想找个机会，放进周志廷的背包里。”他苦笑，这个孩子的父亲，八成是周志廷两兄弟中的一个，虽然她只把他们各带回过家一次，可谁知道，在他看不见的地方，又有多少次，“可惜他的经纪人看得太紧，我一直找不到机会。”

“你就这么肯定那孩子是他们两兄弟的？”

“她跟那么多人发生关系，被勒索之后，她第一个想起来的就是周志廷，当时我正好发现了她给周志廷未发送的信息！”

“你难道从没想过，也许孩子真是你的？”

“那她为什么要跟那些男人睡！”

“她可能是被强迫的，你通过摄像头监视这么长时间什么都没发现吗？”说到这里，陆博垣停顿了一下，似乎是在犹豫，要不要将真相告诉他。

有时候，比起谎言来，真相才更令人绝望。

刘曦茜的本名叫刘红，来自一座南方的小城市。

她从小就很漂亮，也因为漂亮，所以她不甘心一直生活在那个小城市里，不甘心像身边大多数的小姐妹那样，随随便便找个男人，结婚、生子、操劳家务……就这么终老一生。

十五岁那年，一个在B市开网店的远房亲戚回家探亲，偶然见到了她。她那时正值青春年少，一心想去大城市闯一番事业，于是想都不想就跟着那个亲戚来到了这里，成了那家网店的一名平面模特。

这样的日子过了大半年，一个叫皮凯秋的男人突然出现在她的生活里，并彻底改变了她的人生。

皮凯秋带领她打开了新世界的大门，从此，她改名为刘曦茜，成了一名职业模特。

那时候，他们是真的相爱过，也疯狂过。但人总会随着时间而改变，功成名就之后，谁不想拥有得更多、更好……

他们和平分手，很快又各自找到了新的伴侣。

而刘曦茜的新男朋友周明，也就是后来的周志廷。他们两人都是模特，有着相同的朋友圈，也更有共同语言。可刘曦茜却非常没有安全感。

不能否认，像周明这样的帅哥，带出去非常有面子。可他太帅了，帅到随便哪个女人都想凑过去跟他扯上关系！俩人虽然中间也发生过一些误会和争吵，但总算分得体面，也没闹到老死不相往来的地步。

再后来，她遇到了陈俊文。

那是一个和她有着相同经历的小镇男孩，他们都是年纪轻轻就独自出来打拼，都受过苦，挨过饿。

她一直都记得自己最辛苦的那段日子，三天只吃了一个馒头，用开水泡榨菜，当作是汤。当她把这些事说给陈俊文听的时候，他却笑着说这算什么，他还曾经两天没吃过饭，被房东赶出来，举目无亲，在公园的长椅上睡了一宿。

两颗心，就这么彼此温暖，彼此靠近。

刘曦茜觉得，她找到了自己追求一生的爱人。

有生之年第一次，她不再向往物质带来的满足，她只想陪在他的身边，有粥吃粥，有饭吃饭，同甘共苦。

但是陈俊文却不这么想，他不甘心做一个碌碌无为的小化妆师，他想要给刘曦茜更好的未来。

他长得不帅，为了能配上她，他努力健身，短短时间里，竟然把身材练得比很多专业的男模还要好。他接了自己能接到的一切工作，有时甚至为了几百块钱，一大早就爬起来去给婚纱影楼打工，跟着出外景，甚至连摄影、修图这样的工作也主动扛了下来。饥肠辘辘一整天，回家时，已经是半夜……

这些，刘曦茜都看在眼里，也疼在心头。于是她也想要趁着年轻多赚些钱，为两个人的将来早做打算。

其实她和张伟龙早就认识，对方这些年没少骚扰她，但是她都没有顺了对方的心意。毕竟她也是有原则的，尤其是像张伟龙这种有家有业的男人，她不会为了钱而出卖自己。以前不会，有了陈俊文后，就更不会了。

直到有一天圈里人聚会，张伟龙也在现场，他喝多了，又凑过来占她的便宜。刘曦茜吓坏了，随便找了个借口就跑了回来，可她刚回家还没半小时，那喝得烂醉的张伟龙就找上了门。

她本不想开门的，但他死赖着不走，说有个东西要给她，她怕他一直闹腾下去会被邻居看到，就傻傻地打开了门……

事后她也想过报警，但强烈的羞耻感和对陈俊文的愧疚令她忍了下来。那晚她独自在浴室洗了一遍又一遍的澡，用搓澡巾将自己擦得浑身皮下出血。接下来又做了好几天的噩梦，直到陈俊文回了家，这才令她找回了久违的安全感。

张伟龙自知酒后乱性做了违法的事，为了封口，找到了刘曦茜所在的公司，跟她签了约，捧她去拍电视广告。已经红起来的周志廷也参与其中，这是个天大的机会，公司连问都没问她一句，就擅自替她签了约。刘曦茜不知道这个广告是张伟龙补偿给自己的，也没在拍摄场地见过张伟龙，就单纯地认为是公司给牵线找的工作。

拍摄广告时，她遇到了周志廷和周亮这对孪生兄弟。

她没想过要和周志廷发生什么，但他却在来过她家后莫名其妙地发了一通火，逃跑似的离开了。而那个周亮更不是个人，他闯进她的家，用暴力占有了她，还在她耳边说自己是周志廷的弟弟，叫她不要再妄想得到周志廷了。

被酒后的张伟龙强暴，已经让刘曦茜觉得恶心和痛不欲生了，现在又来了个周亮，对于刘曦茜来说，这一次不仅是精神上的摧残，连身体也遭受了极大的伤害。

带着那一身的伤痕，她甚至想到了死。她连夜收拾东西离开了她和小文的家，想找一个没人知道的地方结束生命。

可第二天看到手机里陈俊文打来的那九十多个未接电话，她又舍不得离开了。她想活着，哪怕要说谎，要一辈子带着这些痛苦的回忆，她也奢望着能跟他有一个美好的未来。

那之后的一段时间，仿佛一切都在向好的方向发展。小文向她求了婚，他们还即将拥有一个孩子。

只是刘曦茜到死都不知道，那个勒索了她，并最终杀死自己的人，正是陈俊文。

收到勒索电话的时候，她整个人都呆住了，然后，她在电话的指示下去看了自己的手机，发现里面被存了几十张不雅照。有她自己的，还有她和那些男人的……

她自己的，还有那些她和皮凯秋、陈俊文的照片都是在她知情的情况下拍摄的。而其余那些，包括张伟龙和周亮的，则是在她根本不知道的情况下被人偷拍的。

对方说，只要她能凑够一百万，就会将这些照片全都销毁，保证不会流出去。

可是，她要到哪里去找一百万呢！

难道要向小文要吗？他们才刚刚决定要结婚，有了孩子，现在却因为这种事管他要钱，她怎么开得了口，怎么有这个脸！

她很确定孩子的父亲是谁，所以，也就更加坚定了要赶紧摆脱这一切，赶紧和陈俊文结婚的决心。东拼西凑地，她只能拿出十几万，还差八十几万，她打算跟张伟龙和周亮要。

他们两个都在近期和她发生过关系，所以，她完全可以拿孩子作为借口，向他们索要打胎费。

虽然这并不是她的本意，可事到如今，她也是穷途末路，再没有别的办法。

编辑好的勒索信息一直没有发出去，她没有周亮的联系方式，难道要跟周志廷说吗？她一直在犹豫，到死都没发出那条勒索信息……

而就是这个原因，陈俊文最后的一丝幻想也破灭了。

他竟然真的以为，孩子是周志廷的。

他一心一意爱着的女人，竟然一次又一次地欺骗了他！他咽不下这口气，只有杀了她，他才能把她永远地留在自己的生命里……

第六章　消失的主厨

审讯结束，陈俊文对自己勒索、杀人、剖尸取子等供认不讳，被正式落案起诉。

“他也看过那些视频，难道从没想过，刘曦茜其实是被人强暴的？”办公室里，夏岚有些忧伤地问道。

没有人回答，毕竟这已经上升到了一个存在很久的社会问题。

女性从小就被教育不能穿短裙，否则会招来色狼；如果你独自外出，半夜回家，或是去酒吧、迪厅这些地方，也会被人认为你是在招蜂引蝶，自投罗网……

有时候，这世界对于女性来说，根本就不公平。

她们本身就是弱者，却又在被人欺负后，得不到理解，只留下骂名。

“陆博士，你刚刚为什么要跟陈俊文说现场留下的唇纹？”

夏岚的脚受了伤，因此行动不太方便。再加上陆雅媛特意嘱咐了陆博垣，近期不能让夏岚走太多路，所以他便担当起了护花使者，或者说是司机这个角色，主动开车送她回家。

“你明明知道这项技术，目前在国内应用还不是很广泛，如果一定要用这个来做他杀人的证据，似乎有点儿……”

“他不知道就行了。”

呃？这算什么！

“那你怎么知道刘曦茜是被小文勒索的？”

“也是猜的。”

夏岚扭头看他，他这算是使诈吗？这么狡黠的话，可不像从他嘴里说出来的啊！

“那个孩子也送去化验了，”说到这里，夏岚觉得有些难过，其实不管大人怎么样，孩子是无辜的，“如果结果出来，孩子是他的，不知道陈俊文会不会崩溃。”

陆博垣没有回答。

夏岚也不说话。

其实答案已经不重要了，事已至此，不管做什么都不能再挽回了，再来说这些又有什么用呢？

车子又转了几个路口，终于停在了夏岚家的楼下。

道了谢，也说了再见，她挎着包，一瘸一拐地朝着楼道大门的方向走去。用门禁卡开了大门，她扭着半边身子，用力拉着门，想往楼道里面去，可现在毕竟有一只脚不太方便，所以样子看起来有一点儿滑稽。

就在她和大门较劲的时候，身后突然伸出一只手，替她将门拉开了。紧接着，另一只手扶上了她的手臂，轻轻一用力，将她搀扶了进去。

不用回头也知道，是陆博垣。

因为她闻到了他身上那股淡淡的古龙水的味道。似有似无的清香，闻起来很舒服。

而且除了他，还能有谁这么好心过来帮自己？

“谢谢！”她回头，朝他报以感激的微笑。

他扶着她，走了进来：“我送你上去吧。”

“啊？不，不用了吧……”

其实，真不是怕他会对自己做出什么来，而是……他要是真的上去了，倒霉的是他才对。

“放心，我对你没兴趣。”

夏岚觉得，刚刚建立起来的好感，一瞬间烟消云散了。这个人，真的很不会和人聊天。

好吧！天堂有路你不走，地狱无门你偏要来！既然这么主动，那一会儿可别怪我没有提醒你！

她不再争辩：“四楼。”

“好。”

好不容易一瘸一拐地上了楼，两个人停在了夏岚家的大门口。

“你进去吧，我走了。”

“嗯，对了，陆博士！”就在他转身欲走的时候，她忍不住开口问道，“这案子结了以后，特案组是不是就……”

就没有存在的必要了？也就是说，他们都要回到原来的工作岗位上去了？

虽然只有短短的几天，可不知道为什么，她心里竟然非常舍不得。苏珊、车瑞、聂程涛、徐子峰……当然，还有作为技术顾问的陆博垣。

陆博垣想了想：“我这边倒是暂时还有时间，一切就看你们领导的安排吧。”

楼道里的灯，在他转身准备下楼的时候灭了。夏岚一只手拿着包，一只手在转动钥匙，来不及替他去开灯，于是下意识地，将钥匙轻轻一拧，将大门打开了一道缝，然后才腾出手来按亮了楼道里的灯。

一个毛茸茸的黑影从门缝里闪了出来。

陆博垣原本要迈开的步子，瞬间停滞了。

他整个人僵在了那里，然后缓缓地，低下了头……

“喵——”

“阿嚏！”

一人一猫，几乎同时出声，一个是讨好地在他裤管上蹭来蹭去，另一个则开始不停地打起了喷嚏。

“你……你……阿嚏！”看得出，陆博垣对猫毛过敏这件事，绝对不是假装，他已经打喷嚏打到快没办法说整句话了，“你……阿嚏！快把它……拿……拿走！”

“抱歉抱歉！”

夏岚没想到他反应会这么强烈，刚才想要故意捉弄他的想法也没有了，赶紧把那只又肥又圆的喜马拉雅抱起来，“这是我家饼饼，它不咬人的，也不挠人，可乖可听话了，你放心！”

陆博垣抽空白了她一眼，对猫毛过敏和猫本身乖不乖有什么关系！

不过……无意间瞟了一眼那只叫“饼饼”的肥猫，它倒真是猫如其名，一张大脸又圆又宽，塌鼻子，小圆眼，还真有那么一点儿像大饼。

其实他并不讨厌猫，小时候还养过一只。可自从养了那只猫，他就总是打喷嚏，然后才知道自己竟然对猫毛过敏。

她还举着那只猫，而那只猫，也还在看着他，叫声很嫩，好像是个小姑娘。

陆博垣用手捂住嘴，脸色十分不好看："我……我走了，再见！"

说完掉头就走，再也不听夏岚的任何解释。

"饼饼啊，"看着他的背影消失在楼道里，夏岚这才转头看着自己怀里的肥猫，"估计这个世界上，能把陆博垣逼成这样的，也就是你们喵星人了！"

三天后，关押陈俊文的看守所。

从刘曦茜身体里取出的胎儿尸体经过化验，已经得出了结果——孩子的父亲，确实是陈俊文。

特案组的几个人经过讨论，还是决定将这个消息告诉他。

他做了错事，必然会得到法律的制裁，但他身为孩子的父亲，有权利知道事情的真相。

这不仅仅是对他，也是对刘曦茜和孩子的一个交代。

出乎意料的是，陈俊文听到这个消息后，表现得十分平静。

也许真的像陆博垣所说的那样，他早就猜到了结果，只是不敢去想罢了。

"谢谢你。"

他坐在那里，平静地看着被派来将这个消息告知他的夏岚。微微一笑，却有股说不出的凄凉。

夏岚没有回答，心里有些不忍。他的确是爱刘曦茜的，只是他的爱太决绝。因为爱，他迷失了自己，也害了刘曦茜和他们的孩子。

当天夜里，陈俊文在看守所里自杀了。

他把床单拧成一股，把自己吊死在了床头。这样的方式……如果没有必死的心，其实是很容易获救的。

但是他忍住了，一声都没叫。

等被人发现的时候，他的身体早已冰冷，就像他的心，说不定，在杀死刘曦茜的那个夜里，也跟着一起死了。

他死之前，咬破手指，在墙上留下了一句话——

对不起，把我的一切都留给曦茜的家人，我只求将我们一家三口葬在一起。

陈俊文是个孤儿，他没有家人，按照他的遗愿，他死后，所有的积蓄都转交给了刘曦茜的家人算是补偿。但合葬这种事，刘曦茜的父母自然不会同意。

谁会同意把一个杀死自己女儿的凶手和女儿埋在一起！

陈俊文是孤儿，没有人来认领他的尸体，也没有人愿意帮他办身后事。

令人意外的是，周志廷却接手了这一切。

当然，是秘密的，没有让媒体知道。

葬礼很简单，来参加的只有周志廷、刘江还有特案组的几个人。

"其实这件事，我们也有责任。"火葬场外，周志廷戴着墨镜和帽子，把自己裹在厚厚的风衣里，抽着烟，叹了一口气。

如果那时候，他没有和刘曦茜再遇见，没有想起那些旧日时光，没有情难自控地送她回家还进了她家的门……也许，很多事情都不一样了。

"小文他……"刘江似乎也有话想说，但最终还是没有说出口。

站在陈俊文的墓碑前，夏岚的心里也不是滋味。那天，她告诉他的有关孩子的那件事，无疑成了最后一根稻草，彻底击垮了他求生的欲望。

"走吧！"苏珊从后面走过来，搂住她的肩膀，"咱们也算仁至义尽了！你也别太难过了，平静一下，以后还得接别的案子呢，一直这样可不行！"

"每次接一个案子，就说明有至少一个人要受害吗？"

"呵呵，"苏珊笑得有些无奈，"别人不好说，但是我出场的话，肯定是的。"

法医，才是见过最多生离死别的职业之一啊。

其实选了这行，就应该知道要面对什么。但也正是因为知道生命有多可贵，他们才能更好地工作，更好地为死者沉冤昭雪。

清晨 7 点，对于大部分人来说，正是一天开始的时候。

此时距离早高峰还有一段时间，路上的行人与车辆也并没有那么多，反倒是路边的小吃铺、早点摊聚满了人。里面的顾客大多数是上班族和学生，毕竟忙碌的一天如果能以一顿丰盛的早餐作为开场，总好过饿着肚子去赶公交地铁。

此刻，两个高中生打扮的少年正坐在一家早餐铺子里。他们穿着同一所学校的校服，其中块头稍大些的男生一边用筷子夹着根咬了一半的油条，一边跟同伴介绍道："我最近经常在这家吃，他家的包子不错，皮薄馅大，三鲜馅里还有虾仁和冬菇。"

与他相比，对面的男生则显得清瘦不少，戴着副黑框眼镜，头也不抬地吸溜着一碗颜色清亮、用料十足的牛肉面："包子不顶饱，撑不到第二节课就得饿，不过他家味道确实还行。对了，我看着外面还有卖奶茶的窗口，奶茶怎么样，你喝过没？"

"喝过两次，老正宗了。你是想买给赵晴晴喝吧，我看你最近老给她带吃的。"说完嘿嘿一笑，"你俩到底成了没？"

对方有些脸红，抬起头瞥了他一眼："谁说我要给她买了，我自己喝不行吗！"

"逗谁呢，你一平时都喝可乐的主儿，什么时候喝过奶茶……"

"哎哟！"

正说着，突然从旁边传来一声惨叫。

两个人不约而同地转头，只见隔壁桌一个中年胖子捂着嘴，一脸的痛苦。他低下头，不知道吐了什么在手里，看了以后，表情顿时从痛苦变成了愤怒，使劲一拍桌子，叫道："老板，你们老板呢！给我出来！"

他这一声吼，把大家的注意力都吸引了过来。

又喊了两声，一个穿着牛仔裤、开衫毛衣，一脸谨慎的中年男人从柜台后面走了过来："先生您好，您有什么事情吗？"

一张嘴，一口的港台腔。

“什么事儿？”那胖子拍了一下桌子，将手往前一伸，“你自己看！”

那吃着牛肉面的高中生离他比较近，一转头就看到那胖子的手掌里拿着一颗牙，上面隐约还沾着血迹……

“吃个包子，把我牙都硌掉了！你们这包子是拿什么做的！”

那老板的表情一下子紧张了起来，胖子嚷得这么大声，而且现在人证物证俱在，他可真是百口莫辩啊：“对不起，对不起！是哪颗牙掉了，要不要我帮你看看……”

他只是急于道歉，并且想要赶紧确认客人的伤势，别的也没有多想。

那胖子见他态度不错，也就暂时停止了叫嚷，张开嘴，让他帮着自己检查口腔。

他右边上面的槽牙部分，确实有血，但是……那老板皱着眉头，又仔仔细细地看了好几遍。

“先生，您，您的牙齿都在啊……”

“不可能！你是说老子碰瓷儿啊！”

胖子大怒，又使劲敲了一下桌子，吓得那老板赶紧弯腰赔不是。

“真的，确实有血，但是牙齿都在，没有少，不相信您可以自己摸摸看！”

“我告诉你，我跟你没完！”胖子虽然嘴上骂着，手却下意识地伸进嘴里，想自己确认下到底是哪颗牙掉了。

奇怪的是，他摸了一会儿，表情也变了。良久，才把手从嘴里拿出来。

他低头看着手里那颗带血的牙。

“怪了，这牙不是我的……”

就在所有人都呆滞着，不晓得究竟发生了什么的时候——

大门边的外卖窗口，一个女孩凄厉地惨叫起来。那叫声，可比刚刚被硌了牙的胖子要惊悚得多。

屋里的食客们都愣了，心说大早上吃个早饭，怎么奇怪的事情一桩接一桩，还有完没完了？

其中有几个好事的干脆连早饭都不吃了，放下手里的东西，拿着手机跑出去看热闹。那大块头的高中生也在其中，他扯着自己同学的胳膊，俩人一起凑了过去。

门外的奶茶外卖窗口前，一个二十出头的年轻女孩站在那里又蹦又跳的，一直在尖叫，而且伴着尖叫，时不时还干呕，一副要吐的样子。在她脚边是一杯打翻的奶茶，里面的配料也撒了一地。

“不就是打翻了奶茶吗，至于叫成这个样子？”一个食客失望地吐槽道。

“可不，不知道还以为出了什么大事呢！”大块头的高中生应和着，正要转身回屋里继续吃他的油条豆浆，却被身旁的同学一把拉住了。

“大壮……你……你看那地上……”

大块头有些不以为意，顺着他所指的方向望去——

那杯奶茶打翻在地，褐色的液体流得到处都是，里面的珍珠也滚了出来，但是在那些又黑又圆的珍珠里，有一颗显得格外大，足足比其他珍珠大了两倍。

他盯着那颗珍珠，虽然深秋的早晨气温并不高，甚至还有些冷，但是他却感觉到自己鼻尖上已经冒出了细细的汗珠。眼前的景象，实在是令人心惊胆战……

那不是珍珠，而是一颗眼球。

人的眼球。

“我觉得，我这辈子都不会再喝珍珠奶茶了！”

蹲在那杯打翻的珍珠奶茶旁边，苏珊盯着那颗眼球苦笑。她当法医这么多年，什么恶心的玩意儿没见过，可是把人的眼球当作珍珠，放进奶茶里，而且还出售给路人……这也太变态了！

夏岚站在她旁边，深有同感。

虽然这眼球不如之前看到刘曦茜尸体时那么有冲击力，但是恶心程度却高出了好几倍！

此刻，小吃店的门口被警察、卫生局的工作人员、受害者和围观群众围了个水泄不通。

警察是徐子峰和聂程涛叫来的，当然，还包括他们特案组的所有同事。卫生局的人员则是接到了群众举报赶到的。

原本刘曦茜一案结束后，特案组在整理卷宗后就准备解散，但是局里担心再有类似“孕妇剖尸取子案”的恶性案件发生，就保留了特别专案小组。在没有类似案件发生时，小组成员就回到原来的工作岗位；在有类似案件发生时，再抽调出来专案专办。夏岚此前还担心特案组会不会就此解散，谁曾想还没来得及考虑何去何从，新的任务就来了。

比起上一次，这次的案子更麻烦。案发地点是一家台湾小吃店，案发时又有不少围观群众，于是警方还没到，食客们拍的照片和视频就已经先一步被上传到了各种公共媒体，就算想事后删除也来不及了。

“出过这么多次任务，还真没见过这么多人的。”聂程涛看着眼前乱糟糟的一堆人，觉得自己头都大了，“除了咱们的人，还有卫生局的工作人员和吃过早饭的人，现在连那些网红也来凑热闹。我真不明白了，人血馒头就这么好吃？怎么就不想想受害者的心情！”

说起受害者……当然不可能是这颗眼球和那颗牙齿的所有者，而是那些在小吃店吃了饭的人。

那个被某人牙齿硌到牙龈出血的胖子，在知道真相以后，竟然吓得心脏病发作，被救护车拉走了。至于那个喝了人眼球奶茶的女孩，也在呕吐了好几次之后，被带去了医院做进一步的身体检查。

其余那些同样在店里吃了早饭的人，有的吓哭了，有的吵着要求店家赔偿或者带着去医院做检查。一时间，闹得不可开交。

“反正事情闹得这么大，想完全封锁消息是不太可能了，就看队长和陆博垣那边怎么能想想办法，赶紧把案子破了吧。”苏珊将那眼球收好，站起身，看向不远处的徐子峰和陆博垣，“我还以为上次的案子结了，短期内不会再需要我出马了，现在看来，还有的忙呢……”

“苏姗姐，这个真是人肉吗？”夏岚苦笑，凑到苏珊身侧，把声音压得很低，“怎么听着跟拍恐怖片似的。”

“包子馅儿是不是人肉还不好说，得化验完了才知道，但是那颗牙齿肯定是人的没错。”苏珊回道。

俩人正说着，陆博垣和徐子峰那边也在大致了解了情况后，赶来与他们会合。

作为小组负责人的徐子峰任务艰巨，连带着脸上的表情也比平时还要严肃：“目前受害者是否还活着也是个问题，如果这些是从活体上取下来的，那也许……”

他没有继续说，但是大家都明白他的意思。现在，时间就是生命，如果这个人还活着，他们必须赶紧找到突破点，说不定还能救下这个人的命。

“好了，先抓紧时间做笔录吧。”在短暂的叹息后，徐子峰拍手叫大家集中精神，“今天现场的环境有些混乱，大家动作快一点儿。”

“明白！”

“是！”

“小聂，你跟我走，咱俩去外卖窗口那边。”徐子峰说道。

“小夏，你跟陆顾问一起。再叫上车瑞，唉，对了，这小子上哪儿去了？”

“不知道，刚还看见了，等会儿我给他打个电话。”

“好。”

自从上次刘曦茜一案后，陆博垣似乎已经习惯了和夏岚组队，她很机灵，做记录时工整严谨，就连字也透着股娟秀灵动。俩人打了车瑞的电话，对方说自己就在现场，不过现在有事脱不开身，叫他俩先过去，自己五分钟后就到。

至于苏珊，她将刚刚取证好的眼球和牙齿装在包里，原本想要直接回实验室进行化验，却在走出人群后，发现不远处的大树下有一个熟悉的身影。

那人高高瘦瘦的，背着个双肩包，一头蓬松的卷发，一脸惨白。他一手拿着个电脑包，一手扶着树干，站在树下不停地干呕。

“我说怎么哪儿都找不到你，合着在这儿吐呢！”苏珊走过去，重重地拍了一下他的肩膀。

车瑞回头瞟了她一眼，脸色十分难看："都弄完了？"

"嗯，"苏珊点点头，拍了拍自己的包，"眼球和牙都在我包里，你要看……"

"哇！"

话没说完，车瑞又趴下去狂吐起来。

唉，苏珊看着他，叹了口气，就凭这个承受力，这人到底是怎么加入特案组的？

不过他本来就是技术人员，搞个电子设备什么的还可以，毕竟不是什么人都像她和陆博垣似的，从小就见惯了这些。他们两个，还有陆雅媛，从很小的时候就经常跟在父母身边，那时候也不像现在有那么多的规矩，有时候，他们还会跑到太平间去玩捉迷藏……

就在苏珊还陷在回忆里的时候，车瑞终于停止了呕吐，直起身，看着她："你知不知道夏岚他们在哪儿？"

"知道，就在里面。"苏珊回过头，指了指远处的小吃店里正在和夏岚一起给店主做笔录的陆博垣，"你赶紧的，这次的案子多艰巨啊！肉包子硌牙，人眼球冲奶茶……这新闻爆出去，全网都能自主节食减肥了！"

"苏珊你……"车瑞觉得自己胃里又是一阵翻滚，好不容易控制住的胃酸又开始噌噌往上冒。他趴下身子，扶着树干："唉，我不行了，你先走吧，我还得……还得，再吐一会儿……"

这家小吃店的老板叫许世光，台湾人，今年四十九岁。

他二十多年前随亲戚一起来大陆办工厂，后来认识了一个漂亮又能干的北方姑娘，俩人结了婚，三年后生了一个女儿。

半年前因为女儿考上了B市的大学，于是他关闭了工厂，一家人便搬到了这里，在大学城附近开了一家台湾小吃店。

每天的营业时间是早上7点到晚上9点，主要经营的是一些台湾的美食和小吃。迄今为止，已经开业一个多月了。

"你最近有没有受到什么威胁，或是和人发生矛盾之类的？"

如果真的有人想学电影里做什么人肉包子，那也没必要把一颗整牙塞进肉馅里，至于那个变态的眼球奶茶，要是杀了人，分了尸，想要神不知鬼不觉地处理掉，就更不可能这么干了！

所以比起杀人分尸、处理尸体来，陆博垣觉得，这件事更像是报复，故意和这家小吃店过不去，想要毁了他们。或者说，是毁了许世光。

“没有，绝对没有！我这个人做了二十多年的生意，知道什么叫以和为贵，不会轻易跟人结怨的！”许世光说这些话时，表情非常难过，两只手伸进头发里，使劲揉着头皮。

到底是谁和他过不去，非要这么害他！现在警察局、卫生局的人全来了，事情闹得这么大，搞不好一会儿连记者都会来，这要是曝了光，见了报，他这小吃店以后就只能关张了。

“你别着急，再好好想想，”一旁的夏岚提醒道，“是不是什么生意上的竞争对手？”

她这话倒令许世光眼前一亮，还真的想到了一个人。

“难道是他们……”

“你说的他们是谁？”

“哦，就是对面的那家饮料店，因为我们的外卖窗口也会卖一些奶茶和咖啡之类的，所以他们的店长来找过我两次，说我抢了他们的生意。”

“那你又是怎么回答的？”

“我真的没有啊，他那边是专门做饮料的，什么类型都有，我这里冷热饮加起来也没有几种。根本没有可比性，又哪里来的竞争啊！”

夏岚想起了那个眼球奶茶，看来……也不是没有可能。

“这些包子都是谁做的？”陆博垣问道。

“是我太太。”

“肉馅什么的，也是她自己弄的吗？”

“这个我不是很清楚。”说到这里，许世光笑得有些尴尬，“我一般不进后厨，也许是她，也许是阿明。哦，阿明是我们这里的伙计，在厨房做些杂工。”

此时的车瑞终于将胃给吐空了，惨白着一张脸，坐在对面的椅子上：“许先生，你这开的不是台湾小吃店吗，你太太又不是台湾人，怎么叫她做包子？”

“她捏的包子褶比较多，好看，况且跟我结婚二十多年了，那些简单的她也会做，不过我们这里另外还有一位师傅专门负责馅料，只是今天人还没到。”

还没到？

陆博垣抓住他这句话，紧接着问道：“他是不是叫李信雄？”

许世光侧目：“您认识他？”

“那倒没有，”陆博垣说着，指了指手上那份刚刚在做笔录时事先要来的员工名单，“你这店里一共有六个人，你们夫妇，还有你刚刚说的那个叫阿明的杂工，就是陈明，除了你们三个，这份名单上还有三个人，李信雄、赵莉和王斌。”

“嗯，对。”

“很显然，赵莉就是你们这里负责点单的那位女性，王斌和李信雄，从名字来看，李信雄是台湾人，你做的又是台湾小吃店，主厨自然要是台湾本地人！所以，李信雄是厨师，而王斌则是在外卖窗口的那位服务员。”

现在看来，那位一直没有出现的厨师，倒是有点儿令人担心了。

夏岚看了看陆博垣，又示意他看看隔壁餐桌上的包子，那厨师该不会……在这包子里面吧？她这举动对于陆博垣来说倒是没什么杀伤力，不过却苦了一旁的车瑞，他赶紧从包里掏出一颗随身携带的薄荷糖塞进了嘴里。

“你太太呢？”陆博垣没有理会这些小插曲，径自问道，“她现在在哪里？”

“在医院，刚刚有两位顾客不舒服，送医院就医了。我们这边需要有人跟着，药费什么的，还得我们来负责。”

言谈间，他没有一丝的埋怨，反倒充满了愧疚。

这位老板，真的是非常谦逊懂礼，夏岚看着他，实在想不出像他这样的人会和人结仇。还是说，这件事根本就是随机的，并没有针对许世光个人？

他这种态度，显然也令陆博垣十分欣赏。陆博垣虽然表情上没有什么改变，但却微微点了点头，表示赞许。

“许先生，麻烦你给李信雄打一个电话，问问他今天为什么没有按时来上班。”

“早上打过了，可是没有人接，我想可能是在路上，没听到。谁知道后来又出了这样的事，一时之间，就更顾不上了。”

“那就再打一次。”

“好的。”

许世光点着头，掏出手机：“通了。”

又等了一会儿，还是没有人接，他皱了皱眉，想要把电话挂上。

“先等一下！”陆博垣制止道，然后扭过头，朝着厨房的方向望去，“你们有没有听见？”

“什么？”

“铃声。”

夏岚静下心，也侧起耳朵，努力地听着，果然，厨房的位置隐隐传来了一阵音乐声。

“这个是信雄手机的铃声！”许世光说道。

陆博垣不再说什么，站起身，朝着厨房走去。

几个负责现场勘查的工作人员正在厨房里检查，不过他们的注意力多数集中在案板和操作台上，那铃声却是顺着厨房内侧的一道厚厚的大门传过来的。

“这是什么地方？”陆博垣来到那道大门前，问道。

许世光赶紧走过来：“哦，这是冷藏库，我们的好多原材料都是从台湾空运过来的，需要放在冷藏库里面。”

紧随而来的夏岚和车瑞对视一眼，一种不好的预感隐隐而生。

“打开！”陆博垣指着冷藏库的大门道。

“好。”

许世光把电话挂好，门另一边的铃声也停止了。他走过去，伸手就要拉大门。

“等一下，先把这个戴上。”夏岚怕他破坏重要的证据，从旁边的同事那里借了一双塑胶手套，递给许世光。

许世光也没多想，听话地将手套戴在了手上，然后将大门拉了开来。

随着大门打开，一阵寒气扑面而来，夏岚忍不住打了一个寒战，下意识地退到了陆博垣身后。

“啊！”许世光大叫一声。

夏岚从陆博垣身后探出头，朝冷藏库里面望去——

一个男人蜷缩在地上。他面朝着大门，脸上、手上、身上……所有裸露在外的皮肤，都已经冻得泛白，挂满了冰霜。这个人已经冻得僵硬，但双眼紧闭，看起来十分安详。

不论是谁，只要看一眼，都能看出他已经死了。

“这个人就是李信雄？”虽然明知道答案，但夏岚还是忍不住问道。

许世光没有回答，也没办法回答。

这画面对他来说，冲击力实在是太大了，大到他还来不及回答，就直接昏了过去。

由于事发突然，陆博垣赶紧给苏珊打了电话，让她赶回来帮忙检查李信雄的尸体，许世光也在聂程涛和另一个在场同事的陪同下，被送去了附近的医院就诊。

待苏珊驱车回到小吃店，就看到了这样的画面——

冷藏库里，夏岚正在搜集物证，陆博垣则蹲在尸体旁边进行观察，徐子峰已经给几个店员做完了笔录，也进来帮忙，此刻，他正拿着手机拨打着死者的电话。

“奇怪了，哪里都找不到，这个李信雄到底把手机藏到哪里去了？”

苏珊走进冷藏库，一股寒气迎面而来，只穿了件贴身羊绒衫的她，不禁打了个寒战。她缩了缩脖子，走到尸体旁边：“让我来吧！”

“嗯，”陆博垣答应了一声，站起身，“他应该是被人关进冷藏库冻死的，而不是死了以后才被人移尸过来的，另外……他两只眼睛都在。”

按照规定，在法医到来之前，任何人都不能擅自移动或接触尸体，以免对现场以及尸身造成破坏，身为技术顾问的陆博垣自然也没有这个权限，只是在旁边大致看了看。

“两只眼睛都在？”苏珊皱了皱眉，“这么说他不是那杯重口奶茶的受害者了！”

“起码奶茶不是。”

“该死，什么破玩意儿！”就在俩人正在研究尸体的时候，一旁的徐子峰咒骂道，“这破烂房间根本没信号啊！”

“一般这种地方都没有信号。”一旁的夏岚接道，说完，又觉得哪里不对，“奇怪，刚刚我们都听到了死者的手机响啊……”

陆博垣冲徐子峰摆了摆手，示意他去外面再打一次电话试试。

徐子峰退出了冷藏库，果然，这一次再拨打电话，电话就通了。

屋里的几个人都停下了手里的工作，侧着耳朵，一起寻找手机所在的位置……

“找到了！”

终于，夏岚在冷藏库后墙发现了一扇40乘20厘米左右的小玻璃窗，那窗子是可以推开的，但是所推的缝隙不是很大，手机貌似就掉到了窗子的下面。由于不在冷藏库里，所以还是可以接收到信号的。

夏岚个子矮，手又短，根本够不到手机。

陆博垣走过来，伸出手，将那手机捞了回来。

手机还在响，上面有一串陌生号码，陆博垣认出那是徐子峰的。

“找到了啊？”门外的徐子峰挂上电话，走回冷藏库，“有品位，知道用这首歌！”

他说的是李信雄的手机铃声。

那是一首英文老歌，还蛮抒情的，夏岚没听过，但也觉得还不错，于是随口问了一句：“峰哥，这是什么歌啊？”

“皇后乐队的*love of my life*。”

“呵，想不到，您对老歌这么有研究！”

“不懂了吧，我们那个年代不听点儿英文的，就不叫潮男！”

“哈哈哈哈哈！”

两人说笑着，原本冷冰冰的冷藏库，也仿佛多了一层暖意。

“徐队，您找人把电话拿回去查一下，看看从昨晚到现在，李信雄都和谁通过话。”

比起别人都叫徐子峰为“峰哥”，陆博垣对他的称呼则官方了许多，毕竟身为顾问的他只和特案组的人员有接触，并不会遇到局里其他姓“徐”的队长，也不用担心叫错了人。

徐子峰接过手机，放进塑封袋里。

“嗯，一会儿我找人去查查。”

就在徐子峰说话的同时，夏岚这边也收集到不少有用的信息。

“现场有血迹，但是不多，而且已经被人擦拭过了。”刚刚现场有同事做了简单的酚酞溶液检测，证实了现场确实有人血的痕迹，“具体是不是李信雄的，则需要回到实验室做进一步化验。”

“嗯，指纹呢？”

“厨房那边的指纹已经采集过了，至于冷藏库这边，里外的门把手也正在进行采集。”

“好。”

“我这边也差不多了！”苏珊举手示意，“跟刚刚猜测的差不多，死者脑后有明显钝器伤，手臂两侧也有明显防卫过的痕迹，应该是活着的时候被打晕，然后被拉进了冷藏库。”

她说着，站起身，指了指死者的脸：“还有他的脸，这外伤挺明显的，但具体是什么东西造成的，还需要等我把尸体拉回去，解冻了才能知道。”

“很好。”徐子峰点头，心想组里有个法医就是效率快，要是平时，还得等着排队、等着结果……别提多浪费时间了。

“行，那我先回去。”

几个人正在说着话，突然传来一阵敲门声。原来是看到尸体后差点儿昏厥，被徐子峰派去收集附近社会监控的车瑞。

他瞅了瞅李信雄的尸体，虽然神色依旧不太好看，但到底还是坚持住了，没再呕吐。

“峰哥，我已经把店里和街对面的监控都拷出来了，要是没什么事，我现在就回局里去看。”

“嗯，好的，你和苏珊先回去，我还得再去趟医院，有些事还得再跟许世光确认一下。”徐子峰说完看看夏岚和陆博垣，“你们俩是跟我走，还是先回局里？”

陆博垣毫不犹豫地回答道：“去医院。”

第七章 “人肉包子”

到了医院，他们很快就见到了许世光一家。

许世光做完了检查，医生说他没有大碍，只是一时受了刺激，悲伤过度，需要好好休息一下。也没给他开药或者输液，而是找了一间观察室，让他先躺一会儿，调整一下，如果几个小时后检查还正常，就能出院回家了。

徐素梅，也就是许世光的妻子，此刻正坐在病床边，给他削着苹果。床前还站着一个穿短裙的年轻女孩，如果没猜错的话，她应该就是许家夫妇那个上大学的女儿许瑶。

“那两个吃了包子和喝了奶茶的受害者已经回家了。”观察室外，聂程涛向徐子峰汇报着情况，“医生给做了检查，说没有大碍，本来他们还嚷着要赔偿，结果看到许世光也昏了，还被救护车拉过来的，而且徐素梅也承诺肯定会补偿他们，就没再说什么，留了电话就走了。”

“许世光呢，他现在心情如何？”

“这个……”聂程涛想了想，说道，“我觉得那厨师死了，他是真的伤心。”

“哦，何以见得？”

“他倒是没哭，可从刚才起，一直不肯说话，后来医生急了，这才问一句答一句，不过反应老是慢了半拍。”

是的，真的难过时，人是不会哭的。

夏岚突然想到很多年前，把自己从小带到大的外婆去世了，当时家里所有人都哭得不行了，唯独她，虽然心里堵得难受，可就是哭不出来。一直到出了殡，回了家，看到屋里那个外婆亲手缝给自己的靠垫，眼泪一下子就涌了出来，怎么都收不住……

现在的许世光，应该也和自己那时一样，心里有根弦绷着，等到哪天他绷不住时，才能全部宣泄出来。

看来，他们的感情应该很深厚吧？

“许先生，我知道你现在很难过，但是有些事，我还是需要问你一下。”

不等徐子峰问话，陆博垣率先走了过去。不过考虑到对方的心情，他并没有像以往那样态度强硬，夏岚甚至隐约觉得他还刻意放慢了语速，以配合许世光的情绪。

许世光点了点头，虽然悲痛，却没有拒绝：“好，几位警官有什么问题，就尽管问吧，许某一定配合。”

“你最后一次见到李信雄，是什么时候？”

“昨天傍晚，我们店本来是营业到晚上 9 点的，可是我昨天有点儿事情，就提前走了。走之前，我还和信雄说了话，跟他说，最近天气凉了，汤面类比较受欢迎，叫他以后多做一些。”

“是啊，”一旁的徐素梅削好了苹果，却没有将苹果交给许世光，而是转手递给了自己的女儿，“这个我可以做证，他们说话的时候，我就在旁边。”

陆博垣点了点头：“好，既然说到这里，徐女士，今天出事的那个包子，是你包的吗？”

“对，我包的，包好上屉，阿明帮我蒸的，不过……那包子馅是老李提前一天做好的。”

她口中的“老李”，自然就是李信雄。

“提前做好？”

“对，一直是这样的，先弄好馅儿，然后放冰箱里，面也要提前一天弄好，先醒着，等第二天一早再包，否则要是早上现弄，根本来不及。”

“原来如此。”徐子峰问道，“那这包子馅，也一直是李信雄来弄的吗？”

听他这么一问，徐素梅嘴角掠过一抹冷笑：“可不都是他，说什么有秘方，不让别人碰！”

几人对视一眼，听她这语气，似乎不太友好啊！

“那你今天包包子的时候，没觉得哪里不对吗？”

“能有什么不对的？东西都在该放的地方放着，跟平时都一样，我来了也没多想，直接就开始包了。”

“你没看到包子馅里有颗牙齿吗？”

“警官，我一把年纪的人了，眼神没有那么好，那牙又不大，混在肉馅里，根本看不见！要是看见，我早就报警了，何必等到出了事再说。”

和许世光的恭敬谦卑比起来，他这个妻子倒是泼辣得很，说起话来，似乎也总是夹枪带棒，并不太合作。

“是啊，不就是颗牙吗。”一直在旁边啃着苹果没有说话的许瑶也忍不住开了腔，“饭馆里吃出个什么头发、虫子的，都是正常的，你们化验肉馅没有，到底是不是人肉啊，别见着颗牙，就趁机冤枉我们！”

见她说话这么不客气，门口的聂程涛有些不高兴了，无奈病房里人太多，他进不去，只能在门口嘀咕着：“不只是牙，你别忘了，还有颗眼球呢！”

“况且，冷藏库里还有个死人！”屋里的夏岚也跟着补充道。

“哼，就算真是人肉馅的，那些都是李信雄弄的，你们要找，就找他去！再说了，他死在冷藏库，关我们什么事儿！我看八成是他作奸犯科，畏罪自杀了！那个恶心的奶茶，肯定就是他的手笔！”

“瑶瑶！”

病床上的许世光突然大喝了一声，他太激动了，以至于脸憋得通红，不停地喘着粗气。

“爸，我说的可是实话！”

“行了，你给我闭嘴！”

“对不起，让你们见笑了。”许世光努力压抑住自己激动的情绪，朝着几人抱歉地笑了笑，“小孩子不懂事，胡乱说的，你们别当真。”

看来，这个家庭并不像想象中那般和睦啊！

原以为这许世光为人谦和，他太太徐素梅也很能干，两个人为了女儿放弃了那么多，举家搬到 B 市来，按理说，应该是父慈女孝，家庭幸福才对。可现在看来，妻子对丈夫似乎并不是那么关心，女儿也实在是没大没小，口无遮拦。

陆博垣没有回应他的话，而是继续追问着关于李信雄的个人信息，“这个李信雄，你对他了解吗？”

话音刚落，不等许世光回答，一旁的女儿就冷哼了一声，苹果也不吃了，直接扔进了床边的垃圾筐，转过身，朝门外走去。

“麻烦让让！”

她和夏岚说起话来，也是一点儿都不客气。

夏岚赶紧往旁边闪了闪身，让她过去。

“真是抱歉，瑶瑶就是这样。”许世光再一次替自己的女儿向他们道歉。

“没关系，麻烦许先生回答我刚才的问题，以你对李信雄的了解，你觉得他是怎样的一个人。”

“我们，我们……”说到这里，他眼眶里似是泛起了泪，强忍着才没有哭出来，“实不相瞒，我和信雄认识已经有 27 年了！我早在来大陆前就认识他了。”

他说这些话的时候，表情有种说不出的伤感落寞，连眼神中都不经意地流露出对旧时光的怀念。与他相比，坐在他旁边的徐素梅则显得有些不悦，沉着脸，一直没有吭声。

“那时候，他在我大学附近的一家餐厅里做学徒，我在那边也短暂打过工，我们两个同龄，一来二去就认识了。后来，家里叫我到大陆来发展家族生意，那时候两岸往来还不像现在这么便捷，我这一来，就回不去了……联系也就这么断了。直到两年前，我回台湾的时候，竟然又遇到了他。他当时已经是一家餐厅的主厨了，可当听说我要来 B 市开餐馆，他就辞了职，到这里来帮我……”

说到这里，许世光有些哽咽。虽然他只是轻描淡写地交代了一下俩人的关系，可不难看出，他们这段失而复得的友情，在许世光的心里是多么珍贵！

“现在想想，说不定……说不定是我害了他……”

许世光这么说着，眼泪终于抑制不住地落了下来。

看着他老泪纵横的样子，夏岚觉得心里也怪难受的，她不自觉地走了过去，伸手轻轻拉了拉陆博垣的衣角，希望他暂时不要再问下去了。

没想到陆博垣这次竟然很配合，真的没有继续追问。于是徐子峰针对几人的不在场证明又做了一些询问，就在他们问完马上要走出病房的时候，许世光的手机突然响了。

铃声同样是一首英文老歌。

许世光擦了擦眼泪，接了电话："喂？哦，王斌啊，没事，他们刚走……"

电话里是小吃店那个叫王斌的伙计，也就是负责外卖窗口的那位。

听许世光说话的内容，无非是几个伙计担心老板的身体，说那边也问得差不多了，想要一起来医院看望他。许世光以心情不佳、大家都累了为由婉拒了，还在电话里叫他们积极配合警方的工作，没事的话，就先各自回家休息。

"感觉这位许老板，人倒是不错！"走出医院，夏岚说道，"至于他那个女儿……"

"唉，这也是没办法的，现在的孩子可不都这样！"聂程涛接口道。

徐子峰笑了，拍拍聂程涛的肩膀。

"你才多大，说话语气怎么跟个老头子似的！"说完话锋一转，又回到了案情上，"不过这位许老板跟李信雄的关系应该不错，你们有没有注意到他的手机铃声。"

"手机铃声怎么了？"

"Queen 啊！"

"Queen？"

夏岚虽然平时不怎么听老歌，可听到徐子峰的提示，还是马上就想了起来："哦哦，我知道！那首歌叫 *Don't stop me now*，是皇后乐队的歌，是一部电影的插曲，我看过那片子好几遍。"

徐子峰点头，露出个意味深长的笑："是啊，两个人认识二十多年，而且都用同一个乐队的歌曲当铃声，你们说巧不巧。"

一路无话，几个人回到分局，已经是将近一个小时以后了。

在这期间，车瑞已经针对小吃店以及附近的监控都做了调查。今天早上，并没有任何可疑人员出现，也没有李信雄到店的记录。甚至连他前一天晚上从小吃店离开的画面也没有，这说明，他很可能根本就没有离开，而是在昨天晚上就遇害了。

“很奇怪，我原本以为这种饭馆最后关店门的应该是店长，可是许世光反倒是第一个走的。”车瑞此时已经恢复了平静，一点儿也看不出他刚刚在小吃店门口吐得昏天暗地的模样，“而且更奇怪的是，最后关店门的竟然不是店里的伙计，而是……”

大家顺着他手指的方向看去，屏幕上，那最后一个在大门口关铁闸门的，竟然是……

“许瑶！”

夏岚脱口而出道。

“许瑶？”

“嗯，她是许世光的女儿，我们刚刚在医院里见过她！”

车瑞点了点头：“老板的女儿跑来关店，也不是不可能，可她好像不在许世光提供的工作名单上，为什么要做这种事呢？”

难怪刚才在医院里那么急于撇清关系，看来，她和这件事有着相当的联系啊！

“除此之外呢，还有没有什么可疑的地方？”陆博垣问道，“小吃店是不是只有大门的地方有监控？”

“嗯，只有大门和收银台的地方有，后厨什么的都没有，不过，这个许瑶来店里的时候，除了李信雄，还有一个人也没走。”

“谁？”

“厨房里的那个杂工，好像是叫什么明的。”

“陈明。”一旁的聂程涛提醒道。

奇怪了，看监控上的时间，当时已经是夜里十点多，将近十一点了，许瑶一个女孩子，父母也不在，为什么这么晚跑去自己家的小吃店呢？

难道说，她是去找人的？那她要找的，究竟是陈明还是李信雄呢？

车瑞继续调着监控，将画面从路口一直延伸到店里，可以清楚地看到，将近十一点的时候，许瑶一个人打车到了小吃店，下车后，是陈明在里面给她开的门。然后俩人一起进了店里，朝着后厨的方向走去……画面就这样空了大概二十分钟，陈明一个人离开后，又过了三分多钟，许瑶才独自离开。

她走的时候，还关上了电灯和大门，包括外面的铁闸门。

两个人的表情看起来都有些不太好，但是行为还算正常，并没有杀了人之后的那种紧张、激动。

至于李信雄，他从一开始就不在画面里，也没有看到他离开。

但是陆博垣却注意到，陈明原本穿着件枣红色的工作服，在给许瑶开门时，他的衣服扣子是从第二颗开始扣住的，可等到他离开时，那件衣服的扣子却往下顺延了一个。

而就在许瑶离开以后，后厨的方向有灯光亮了起来，虽然距离很远，根本看不清，但是能从地面的反光看出确实是开了灯……而且这灯一直持续开了半个多小时才被人关上。

可此时的店铺里，除了李信雄，应该已经没有人了。那么究竟是谁开了灯，又把灯关上的呢？

难道李信雄不是他杀，而是自杀！可那冷藏库的门，明明就是从外面关上的，里面根本打不开啊！

可如果是他杀，那个凶手又是怎么凭空消失的呢！

就在几个人反复看着监控，想要寻找突破点的时候，苏珊也带着化验结果回到了办公室。

小吃店内的包子，都是正常的猪肉馅，那颗牙确认来自死者李信雄。可那眼球——却是属于一个不知名的年轻女性。

就目前已知的证据来看，李信雄的死，与那不知名的女子之间，似乎并没有直接的联系。

另外，李信雄的手机记录，也很快被调查出来。

除了与许世光，以及几个蔬菜、肉类营销商有联系，这个李信雄几乎没有任何亲戚朋友，甚至可以说与他人毫无交集。

按理说那个叫陈明的也算是李信雄的半个徒弟，可他俩竟然连微信都没加。不仅如此，身为老板娘的徐素梅也只是和李信雄互存了电话，却并没有加过好友关注。

放眼整个小吃店，李信雄只和老板许世光一人有联系。

且两个人的聊天记录一直都在，至少最近两个月的信息全都保存得好好的，几乎一条也不少。

看来他们两个人之间的关系，远比众人想象的还要深厚。

“现在看来，这个案子可比刘曦茜那个复杂多了！”聂程涛看着眼前这一大堆报告说道，“而且这个眼球的主人是不是还活着，也是个问题！”

虽然从报告来看，这眼球是受害者还活着时就从她眼睛里摘下来的，可已经过了这么久，谁知道那位受害者还在不在人世。

“李信雄生前确实和人发生过冲突，他手臂上有防卫伤，应该是被人用棍棒一类的东西打的。”

“棍棒？”

“嗯，怎么？”

“没什么。”徐子峰笑笑，“只是说到棍棒，又在厨房里，我觉得会不会是擀面杖之类的？”

“很有可能。”苏珊点了点头，“关于这一点，我已经和小王说了，也让他去做对比了，等结果出来，他会给我打电话的。”

苏珊所说的“小王”，正是夏岚那位做现场勘查的师兄。

“另外，死者脸上也有瘀伤，应该是被更厚重的物品打击所致，具体是什么我还没有搞清楚。”苏珊说到这里，转头问夏岚，“夏岚啊，你们在现场有没有见过什么圆的、比较大的东西。”

“圆的？大概有多大？”

苏珊用手比画了一下，夏岚想了想，回答道：“有个案板，比你说的大一点儿，可是我不觉得那种东西可以随便举起来往人脸上打，我当时拿了一下，还蛮重的。”

“哦，不是案板吗，那是什么……”

“折椅！”一直沉默的陆博垣突然张口道，“现场有一把折叠椅，就是圆形的。”

“哦，对！确实有那么一把椅子！”

经他提醒，夏岚才想起厨房里确实有这样一把折叠椅。当他们打开冷藏库的门，看到李信雄的尸体时，许世光激动得昏了过去，她和陆博垣一起搀扶着把他抬出了厨房，当时慌慌张张的，她还不小心碰倒了一把放在墙边的折叠椅。

那种圆形的折叠椅很普通，几乎每家都有，厨房里有也不是什么新鲜的事儿，因此谁都没有在意。现在看来，那椅子很可能就是打伤李信雄的凶器。

“不行！我回去看看！”

她激动地站了起来，开门就往外走。

“你干吗去？”

“去找那椅子，说不定上面有指纹！”

椅子上应该没有血迹，她相信现场勘查人员的专业能力，如果真的有血迹，他们一定会将那椅子带回来重点检查的。

“我和你一起去。”陆博垣拿起搭在椅背上的西装外套，也跟了出来。

看着他俩风风火火地跑出去，徐子峰无奈地摇了摇头，继续为其他几人布置任务：“苏珊你再去查一下那颗眼球，看最近有没有符合的关于年轻女性失踪的报案。”

“嗯，交给我吧。”

“车瑞和小聂，你俩去李信雄家里看看，说不定能找到什么有用的资料。”

“知道了！”

“找到了！就是这把椅子！”

驱车赶往小吃店后，夏岚先是和负责看守现场的同事交代了一下，这才带着陆博垣一起赶往后厨。

如预料一般，那把折叠椅还好端端地靠在墙边。

夏岚戴上手套，蹲下身，仔仔细细地观察了一下那把椅子，按理说，人坐在椅子上，椅子应该很光滑才对，可现在这把椅子的表面却有一点儿脏，不用化验，只用肉眼就能看出，那是与人的皮肤直接接触后所留下的残留物。

“应该是用这一面直接打的李信雄的脸。”夏岚说着，模拟着当时的情景，“手握住椅子，这里应该会留下明显的指纹！”

“可是，你不觉得奇怪吗？”陆博垣站在她旁边，双手交叉抱在胸前，“明明擦拭了现场的血迹，可是为什么不好好收拾一下这把椅子呢？”

“也许……凶手觉得没必要，以为警察不会注意到这把椅子，也有可能他已经擦掉了上面的指纹。”

“不，他应该没有擦掉指纹，如果有的话，不会没注意到上面留下的李信雄的上皮组织。”

呃，这么专业的事情，凶手真的会考虑到吗？

陆博垣没有继续话题，而是走到厨房的深处，站在整个厨房的正中央，开始四处打量。

“陆博士，你在找什么？”

“过来帮我一起找！”他话音刚落，却突然发现了什么，指着一面墙对夏岚说道，“你觉不觉得，这里有什么不对？”

“不对？”

夏岚顺着他所指的方向望去，那堵墙是放杂物的地方，摆着一个大大的橱柜，上面的东西摆得整整齐齐的，如果一定要说有哪里不对劲……墙的颜色好像有些怪，有一块好像比墙整体的颜色要浅一些，差距不是很明显，要仔细看才能看出来，这种感觉就像是……

“有人挪动过这个柜子！”

陆博垣说完，也不等夏岚帮忙，直接走过去，稍稍扒开那柜子，往后面的墙壁看去。

他眼睛一亮，嘴角也微微上扬，退了几步，继续将柜子往旁边挪。

夏岚虽然不太明白是怎么回事，但还是过去帮着他一起挪动那柜子。待两个人终于将橱柜挪到了旁边，她这才发现，原来那柜子后面竟有一道后门，门很窄，也就够一个人通过。而更令她吃惊的是，那门打开后通着的竟然是某居民小区。

夏岚用随身携带的工具对后门把手上的指纹进行了采集。回到分局后，陆博垣和车瑞一起针对该小区的监控进行了调查。

这种老小区安置的监控摄像头数量较少，有很多监控死角，但尽管如此，还是拍到了相当有力的证据。

“徐女士，请您解释一下，这是什么情况？”

审讯室里，徐子峰将监控画面所打印而成的照片举起来，示意徐素梅给自己一个合理的解释。

“我们今天上午在医院询问您丈夫的时候，您并没有吐露昨天回过店里，而且，还是案发的时间段。”

照片中，夜幕低垂，但伴着路灯，还是可以清晰地看到徐素梅正从私家车上走下来。车牌号和她的脸，看得都很清楚，日期和时间正是昨天23：37，也就是许瑶和陈明刚刚离开小吃店不久。

这是监控在小区门口的马路边拍到的。小区里不能随便进外来车辆，故而徐素梅只能把车子开到小区门口，随便找个车位停下，然后下了车，步行进了小区……

“徐女士？”

徐素梅负气地一笑，也不正面作答：“怎么，我回自己家的店里都不行吗？”

“别告诉我你是落了东西回去拿！从你下车，到回到车上，足有整整37分钟！这37分钟，你究竟在店里做了什么！”

徐素梅眼神有些飘忽，看得出，是正在想要怎么回答。

“请你老实交代交代！”

“好吧，我确实把车停在了小区门口，但是我没回店里，我是去那小区找人。”

“找人？”夏岚被她这借口气笑了，“好，那你找的是谁，几楼几门，哪户人家？有没有人给你做证？”

“我……那个人不在家，我一直在他家楼下等。”

都快编不出来了，竟然还嘴硬！

与此同时，另一间审讯室里，车瑞和苏珊则负责讯问许瑶。

与徐素梅的狡辩和不配合相比，许瑶这边的讯问，比想象中要顺利得多。

几乎没费任何唇舌，许瑶就承认了自己昨晚去过店里，而且坦白了与陈明的关系。原来，这两个人已经私下交往了两个多月。

“我没跟我爸妈说，他们肯定不会同意的，我妈嫌贫爱富，陈明就是个伙计，还不是正式工。”

苏珊有些不解：“你们那家店铺开了也没有两个月啊，怎么会交往这么久？”

“员工都是正式开业前就请了的，他帮着做了不少前期工作，而且陈明还和另外两个负责收银的不同，他是做菜的，李信雄这个人特别麻烦，要求陈明必须提前上岗，说需要什么磨合期。”

“哦，看不出，你家那位大厨还挺敬业的。”

“呵。”许瑶没回应，只是不屑地冷哼了一声。

说完这些，话题也开始进入了正轨，车瑞一边做着记录，一边问道：“你承认昨晚和陈明在店里见过面，那你们昨晚有没有见过李信雄？”

“没见过。”

“你不用狡辩了！”苏珊将那把折叠椅的照片拿到许瑶面前，“昨晚有人用这把折叠椅打过李信雄的左脸，椅面上有他的皮肤组织，而且我们还在这把椅子上找到了嫌疑人的指纹，你猜，经过对比后，这上面的指纹是谁的……”

见她不说话，苏珊又紧接着道：“李信雄的指关节有很多防卫伤，说明他被袭击的时候曾经反抗过，而你那位男朋友刚刚已经验过伤了，我在他的胸口处发现了几处瘀青。还有，你昨晚可能没注意，但是陈明当时还穿着工作服，他前胸的位置别着工牌，而李信雄指关节的伤口里恰恰有一些金属碎屑。手指里也夹杂着一些和陈明的工作服颜色一致的纤维，说明他俩有过接触。”

“殴打老人也就算了，还把已经昏倒的李信雄拖到冷藏库里，啧啧……”车瑞与苏珊一唱一和，几句话就给许瑶和陈明定了罪，“这是多大仇，居然下这么狠的手！”

“你俩少血口喷人！”

见他们说得如此笃定，而且证据确凿，许瑶也是有些怕了。可她也知道，这时候，如果在气势上弱了，那就会被他们牵着鼻子走，有理也说不清了。

与其被他们查到，还不如自己先坦白承认。

“我们确实打了他，他活该挨打！但是我们没杀他，也没把他拖到冷藏库里去，我不知道他是怎么死的，这件事，跟我和阿明一点儿关系都没有！”

“他有什么了不起的，不就是我爸的老朋友吗？而且还那么多年没联系过了。嘴上说得好听，说是帮我爸的忙，其实还不是看我爸有钱了，就贴过来，想趁机捞一笔！”

提起李信雄，许瑶一脸的鄙夷，即便是她和陈明殴打李信雄这件事被曝光了，她还是没有任何悔改之意。

“就是个厨子而已，拽什么拽，搞得好像他才是老板一样。我偶尔去店里找我爸要钱，他也会说三道四的，不让我爸给我。我才是姓许的，花我们自己家的钱，他管得着吗？”

“你是因为看他不顺眼，才半夜和陈明一起去店里打了他？”

“别说得我们跟蓄谋了似的，那是意外！其实平时他不招惹我，我也懒得搭理他。可是那天晚上，我本来和阿明约好一起去看电影，等了很久他也没来，打电话过去，说是李信雄拉着他在研究什么新菜单，好像说是最近天气凉了，想多弄些汤面类的吃食。”

许瑶这么说着，却不知道李信雄之所以要研究新菜单，全是因为她父亲许世光的一句话。

说者无心，听者有意。

许世光只是随口提了一下，但李信雄却放在了心上，而且马上就开始着手实施了。

“阿明一直脱不开身，我只好去店里找他。”

“直接去？你就不怕李信雄发现你和陈明的关系吗？”

“哼！他早就发现了，不过我不怕他，他能怎么样，大不了告诉我爸呗！”

“所以一言不合，你们就打了起来？”

“是啊，谁让他倚老卖老，不放阿明走也就算了，还数落我，说我裙子短，不检点，说阿明没立业就乱搞男女关系，没有上进心什么的！阿明急了，就推了他一把，他就吵吵着要把我俩的关系告诉我爸，还……”

“还怎么样？”

许瑶想了想，最后还是坦白道：“还说他有一次没走，看到我俩在厨房……那个……”

那句“那个”说得声音极低，但是车瑞和苏珊还是明白了她的意思。

厨房啊……苏珊撇了撇嘴，现在的年轻人还真是随便，才在一起多久啊！哪像她年轻的时候，交个男朋友都两三个月了，才敢牵牵小手而已。

“后来阿明生气了，就拿擀面杖打了他几下，他竟然敢还手，我怕阿明吃亏，而且当时我也挺气的，就没多想，顺手抄起旁边的椅子照着他的脸就拍了过去。”

“唉。”苏珊叹了一口气，“你知不知道，你们这样是故意伤害啊！”而且，很有可能直接把他拍死！当然了，这后面一句话，她没有直接说出来。

“他确实是昏过去了，可是他没死！”

许瑶显然被“故意伤害”四个字吓到了，却还是故作镇定地继续解释道：“后来我和阿明还特意查看了一下，他就是昏了，呼吸还均匀。”

“然后呢？”

“然后？没有什么然后了！做就做了，我俩也没想过要藏着掖着，什么也没收拾，把他扔地上就走了，心想过个几分钟，他自己也就醒过来了，谁知道……他后来竟然跑冷藏库里去了！我俩也不是故意隐瞒什么，他要是没死，你们问起来，我一准儿说实话！”

“那为什么你俩要前后脚离开小吃店呢？”车瑞调出监控，用笔记本播放给她看，“中间隔了三分钟左右，而且你离开的时候还在打着电话。”

“对，我是接了个电话。”许瑶点了点头，“本来正在气头上，他又突然昏过去了，我有点儿怕，谁知道这时候，我妈突然打了电话过来，问我去哪里了，怎么这么晚还不回家？我怕阿明在旁边，说话不方便，就叫他先走了，然后我才走的，走之前，还关了店门。”

“李信雄当时还在店里，你为什么要把店门关上？”

“他人在厨房，又不在前台，要是进来贼偷了钱怎么办！他自己有我们家店面的钥匙，等他醒了，自然会自己开门出去！”

同样的话，后来，他们也对陈明进行了讯问。

答案几乎一致。

两个人因故意伤害罪被拘留了起来。

第八章　眼球奶茶

至于徐素梅这边的第二次审讯，有了许瑶认罪这一前提，再加上徐子峰和夏岚的连番轰炸，徐素梅也终于松了口。

令所有人都想不到的是，这位勤劳能干又任劳任怨的老板娘，竟然就是杀死李信雄的真正凶手。

“其实，我早就隐约察觉到了瑶瑶和阿明的事，但是问她她也不承认，我又没证据，就没当面揭穿，那天……”徐素梅苦笑着道，“世光跟朋友有约，早早就从店里走了，晚上也没回家，家里就我一个。瑶瑶说她和朋友去看电影，看完就回来，但是我等到十一点了，她还没回来，我就知道，她肯定是和阿明出去了。”

“这么说，你回店里，其实是为了堵她和阿明？”

夏岚觉得有些奇怪，既然她没看到许瑶和阿明，那直接回去不就好了，干吗要杀了李信雄呢？

“我下了车，给她打电话，她说刚看完电影，马上就回家，但是我不信，就从后门进了店里，想看看她是不是和阿明在一起。”

说到这里，她闭了一会儿眼，仿佛又想到了昨天发生的那一幕。

“我一进去，就看到老李躺在地上，周围特别乱，地上还有血，我还以为进了贼，把他给打了，当时吓得够呛，后来又推了他半天，他都没有反应，我就想，他可能是死了！”

这一点她应该没有说谎，毕竟现场虽然做了清理，可那把作为凶器的折叠椅却并没有擦拭指纹。说明她根本不知道这把椅子就是证明许瑶打晕李信雄的关键物证。

“你当时是怎么做的？”

“当时的情况太混乱了，我不知道他是怎么倒在那里的。我本来想要报警的，可又一想，万一……万一是瑶瑶和阿明……我这闺女虽然不太听话，可好歹是我亲闺女，我不能这么害了她！我就……”徐素梅停顿了一下，竟然有些哽咽，“我就脑子一热，把他拖到了冷藏库里，然后把门从外面插上了。”

“厨房的后门，也是你用柜子挡住的？”

徐素梅叹口气：“对，第二天我去得早，趁着后厨没人时，就把柜子推了过去。”

“那现场呢，也是你收拾干净的？还有那盆肉馅，也请你解释一下。”

“我就是把血迹擦了擦，倒也不多，两三下就擦干净了……至于那盆肉馅，当时就放在桌上，我也没多想，转个手，直接放进了冰箱里。”

这件事确实是个巧合，许瑶用椅子打李信雄的时候，打掉了他一颗牙，牙齿正好飞到放肉馅的盆子里。徐素梅不知道，就慌慌张张地把那肉馅放进冰箱冷藏了起来，第二天又用那肉馅包了包子，这才有客人在包子里吃到了李信雄的那颗牙。

这么说来，徐素梅完全是为了保护女儿才这么做的？

这当然不可能，毕竟特案组的调查工作也不是白做的。车瑞和聂程涛在李信雄的家中发现了一大箱的证据，尤其是三本写得满满的日记簿，上面每一个字都像是对徐素梅这番话的有力反驳。

“徐女士，我觉得你还是说实话比较好！”徐子峰叹了口气，说真的，这一次的真相，远比想象中还要沉重。

徐素梅有些惊讶，但马上就平复了自己的情绪：“你说什么呢？我说的都是实话啊！”

“过程也许是对的，可动机绝不会是为了你的女儿。”

“我不懂你说的是什么！”

“你懂！”徐子峰看着她，声音不大，语气中却有股令人无法反驳的气势，“你恨李信雄，你早就恨不得杀了他，因为……”

因为，他是许世光的旧情人。

27 年前，台湾高雄。

许世光那时候还是个大二的学生，他学的是金融管理。可事实上，他根本不喜欢自己的专业。

他喜欢听歌，尤其是一些英文歌，这在那个年代很流行。不过比起听歌来，他更喜欢自己唱。

父母不同意他学音乐，他就用打工赚来的钱偷偷地学，学会了弹吉他，又想学钢琴。可钢琴却不是那么容易买的，他没有那么多钱，于是便找了一份在餐厅驻唱的工作。

每天晚上 8 点到午夜 12 点，他都要抱着吉他，在餐厅里接受客人的点唱。

也就是那个时候，他认识了李信雄。

李信雄在许世光驻唱的餐厅里做学徒，他们两个同龄，李信雄也喜欢英文歌，不同的是，他只是喜欢听，自己却不会唱。

那里说是餐厅，可基本上过了晚上 10 点，就只卖酒水和简单的小菜了。李信雄闲下来的时候，也会靠在厨房的大门口，有时甚至找个空位坐下，看许世光弹琴，听他唱歌。

日子一天天地过去，两个人从不相识到见了面也会打个招呼、寒暄几句。再后来发生了一件事，彻底改变了两个人的命运……

许世光个子不高，但年轻时也是白白净净、斯斯文文的，颇有点儿文艺青年的范儿。他的嗓音也透着股清新隽永，干净的手指轻拨着琴弦，在这家餐厅里显得那样格格不入，又那样超凡脱俗。

几个喝醉的大佬故意找他的麻烦，点了些粗俗不堪的歌曲叫他演唱。

许世光是个大学生，他有自己的尊严，面对这种侮辱，他虽然没有能力反抗，但却选择了沉默。

他拒绝演唱那些歌曲。

其中一个客人恼怒起来，抄起酒瓶就往台上砸去。许世光躲闪不及，竟被打伤了额头，鲜血顺着伤口流出来，滴在白衬衫上，甚是吓人。

那人还不解气，继而来到台上，要砸了他的吉他。

许世光与他抢夺之中，又被另外几个人打倒在地，眼瞅着吉他就要被毁了。就在他万念俱灰的时候，李信雄突然冲了上来。手里还拎着一把菜刀。

他是做学徒的，平时用惯了菜刀，也有一把蛮力，因此要起来似模似样的，还真有些吓人。几个客人被吓退了，许世光的吉他也总算保住了。

但是也因为这件事，他们两个人都被老板炒了鱿鱼。

头上有伤，许世光不敢回家，也不敢回宿舍。

拿着辛苦抢回来的吉他，他俩一起回到了李信雄租住的小屋……

那一夜，李信雄帮许世光包扎了伤口，而许世光则弹着琴，为李信雄唱了半宿的歌。

有人说，这个世界上，只有三件事是你无论怎么隐藏也藏不住的。

贫穷，感冒，还有——爱情。

许世光本来就不是个善于说谎的人，他自然也没办法掩饰自己对李信雄的爱。他生在一个书香门第的家庭，家里几代都是本本分分的读书人，他们绝不会允许他爱上一个男人！

几次强制安排的相亲失败后，正好许世光的舅舅在大陆做起了生意，父母便一狠心，将他托付给了舅舅，甚至是以死相逼，才把他送到了大陆。

在那个没有网络、没有手机的年代，通信是非常不容易的。许世光走得匆忙，他们甚至连告别和分手的机会都没有。

这一别，就是二十多年。

刚开始时，李信雄曾经疯了一样找许世光。他去了许世光的家，还去了许世光的学校，他和很多人相爱过，也分手过……从没有人会像许世光这样，在感情正浓时，连一句话都没有就突然人间蒸发了。

他不甘心，但不甘心过后，更多的却是不舍得。

失去后，他才发现，自己竟然爱得这么深……

许世光却妥协了。

他以为自己这辈子都不会再见到李信雄，于是遵从长辈的意愿，和徐素梅结了婚。坦白说，这么多年，他们之间也不是没有感情的，徐素梅做事勤奋、果断，正好弥补了他性格中的优柔寡断。

何况他本也是可以接受女人的，李信雄的出现，也许只是他人生中一段美丽的意外。

他从没想过会再遇到李信雄。

就像命运对他们开了一个玩笑。兜兜转转二十几年，当那段逝去的青葱岁月已经变得好像别人的故事一般，当早就放弃了寻找，也放弃了等待，那个人却突然出现在了面前。

虽然青春已经不再，但那温暖却依旧如故。

李信雄知道许世光关闭了工厂，要去 B 市开餐馆，第一时间就辞了职，答应来帮他的忙。但是李信雄却不知道，正是因为自己的出现，才让许世光有了结束自己干了二十多年的事业，而转投餐饮业的想法。

其实，他们潜意识里还是很在乎彼此的。

但今时今日，很多事情已经不一样了。

许世光不再是单身，他有了自己的家庭，李信雄也早就过了能为自己喜欢的人什么都不管不顾的年纪。

可即便是这样，他们之间的那种默契与温情，却仍旧刺痛了徐素梅的心。

她不是瞎子，连女儿都看出了李信雄对许世光的关心，她又怎会看不出来！

她为了这个家，付出了自己的一切，但李信雄的出现，却让她第一次有了危机感。

所以她宁愿去厨房当一个杂工，也不要坐在柜台里收钱。只因为她要时刻紧盯着李信雄，绝对不能给他任何与许世光独处的机会。

在徐素梅看来，自己已经够隐忍的了。可李信雄却变本加厉，不光在厨房里对她发号施令，就连对她对待许世光和许瑶的态度，也要指手画脚。

矛盾一天天地激化，终于，在看到他昏倒在厨房的那一刻，爆发成了杀机。

分局的走廊，当许世光知道是自己的妻子杀死了李信雄，而且他的女儿也牵涉其中……看着她们两个人被带走，这个中年男人的天仿佛塌了下来。

短短一天之内，他竟然失去了他在这世上最重要的三个人。

“这个，是给你的。”

夏岚思前想后，最终还是将李信雄的手机交给了他。

案子还要上交法庭审判，所以这部手机现在还是物证之一，并不能直接解封。她在手机外面套了一个塑封袋，递给了许世光。

手机屏幕显示的，是短信的界面。

当时在冷藏库没有信号，李信雄想要求救，电话却怎么都打不出去。他一度想要放弃，毕竟许世光已经有了自己的家人，但他想在最后见一见曾经的爱人。他努力站在窗边，想要找到信号，却失手将手机掉了出去……

手机里，有一条他绝望时敲下的信息，但是因为发不出去，只能存在草稿箱里。

“那条留言到底写的是什么？为什么许世光看了以后，会哭成那个样子？”

事后，苏珊也曾好奇地问过夏岚。而夏岚的回答，则令人唏嘘不已。

“那里只有一句话，李信雄在最后只跟他说了一句话……”

他说——

对不起，让你与我相遇。

虽然成功破解了李信雄之死的谜题，但关于外卖窗口处奶茶里出现的不知名女性眼球一案，特案组却仍旧毫无头绪。

徐素梅和许瑶拒不承认与那颗眼球有关系，监控录像里也看不出任何可疑的地方。现在唯一能查的，就剩下许世光曾经提过的街对面的那家饮品店了。

聂程涛和徐子峰一大早就赶去那家饮品店，找了店长问话，但是那店长回答得十分痛快，看样子也不像是在说谎。又接连问了几个店员，也没有问出什么有用的信息。

不过走的时候，二人却被强行送了好几杯奶茶，外加一大摞集点卡。

“拿回去，让大家都尝尝，要是觉得好，随时过来！还有这个，喝一杯，就能盖一个戳，盖够十个，我们就免费送一杯价值十五块钱的饮品，种类任选！”

不得不说，这位店长真的很会做生意。

至少在喝了他家的奶茶之后，苏珊已经决定要去他家光顾了。

“味道可以，性价比也高！集齐印章还能送一杯，不错不错！以后咱们喝个下午茶什么的，可以直接团购这里的！尤其是这款奶茶，太有创意了，别的地方都没喝过！”苏珊盯着聂程涛手里那杯加了生鸡蛋的奶茶说道，“你们几个年纪轻轻的，可得好好补补！”

“补了也没用啊，”聂程涛看着她，一脸无奈地小声道，“都是单身……”

苏珊呵呵一笑，挑起了眉毛：“小屁孩！你懂什么，身体补好了，说不定很快就脱单了！”

苏珊说完这话，自己倒是没什么，但聂程涛和车瑞的脸却一下子都红了。徐子峰强忍住笑，夏岚则根本没听懂。至于陆博垣……

他只是拿着一杯没开封的奶茶，在桌上倒腾来倒腾去的，好像是个在玩玩具的小孩，表情却相当严肃。

“噗！”

车瑞本来正盯着屏幕，结果不知道看到了什么，突然呛了一口奶茶，使劲地咳嗽起来。

“怎么搞的！”苏珊坐在他对面，从椅子上抬起身，探出手，帮他拍打着后背，“好点儿没有？”

车瑞又咳嗽了一阵，脸也憋得通红，半晌才缓过来，他用手指了指自己的电脑屏幕：“你们看看这个！”

本来在办公室里，车瑞一直是习惯将电脑关着声音的，但是为了让大家都听到，他将声音也调到了公放的状态。

那是一声凄厉的、女子的尖叫。

“这不是许世光那个小吃店吗！”聂程涛指着电脑屏幕大叫起来，“峰哥你看，就是那家店的外卖窗口，还有那棵树，车瑞那天在那棵树底下吐了好几次！”

屏幕上，一个穿着长款毛衣的年轻女孩在小吃店的外卖窗口大声地尖叫，地上躺着一杯打翻的珍珠奶茶。

车瑞将画面又倒退回去，于是，大家便看到了这样一段视频画面——

女孩在外卖窗口买了一杯饮料，她离开了画面一段时间，然后又返了回来，不知道在和店员交涉着什么。直到她将手中饮料杯的杯盖掀了起来，又将一根吸管塞了进去。

她的脸突然就变了颜色，先是一声尖叫，紧接着把那饮料杯远远扔了出去。

饮料打翻在地，是一杯珍珠奶茶。

但从杯子里滚出来的，却不只是珍珠，还有一颗硕大的球状物。

虽然画面有点儿模糊，看不太清楚是什么东西，但是特案组的几个人都心知肚明，这就是那颗人眼球。

“这是什么情况？”徐子峰皱着眉，他当时也在现场，所以很清楚这段视频的真实性，“这谁拍的！”

“一个 ID 叫‘wzy831’的，几个小时以前传上网的，现在点击率已经过万了。”

“奇怪了，你们不是查过这附近的监控了吗，怎么没找到这段？”苏珊好奇地问道。

“这……”车瑞的脸色也相当不好看，“这好像是用手机拍的。”

“手机！”

“对，你看，这画面有一些轻微的晃动，应该是用手拿着的。”

陆博垣点击鼠标，将画面再次倒回视频一开始的地方，那位女顾客从对街走过来，直奔着许世光所开的小吃店外卖窗口而去。

“你们看，这视频从开始就在拍摄着外卖窗口，画面很连贯，不像是剪接过的，说明他一直在等着这一幕的发生。即便是后来有人买了奶茶，离开了，也没有停止拍摄，而是坚定地等着她回来。”

说到这里，陆博垣停顿了一下，视线一一扫过众人：“你们有没有想过，他为何这么肯定她会回来？”

确实，如果拍摄的人就是凶手，他应该直接跟着那受害者才对，干吗非等在那里，守株待兔呢？

等一下，难道……

“你们当时不是问过这个店员吗，问他怎么会有眼球混在珍珠里，他说珍珠都是放在一个桶里，每天早上现冲泡的，他当时一袋一袋地打开，没发现有什么眼球，给顾客装饮料的时候也没有发现。”

“对，他就是这么说的！”

“所以我们才找不到任何突破点，当时大家都以为，这个眼球和李信雄的死有关，当然，他的死也确实混淆了大家的视线。但是除了这个店员，我们却忽略了这起案件中，另一个有机会直接接触到这杯奶茶的人！”陆博垣说完，伸出修长的手指，指着屏幕上那个正被定格住的穿着长毛衣的女孩，“她，才是这起案子的关键！”

此刻，桌上放了两杯奶茶。

陆博垣用手拿起那杯今天徐子峰他们带回来的普通的塑料杯奶茶：“这是一般路边饮料店卖的，因为成本问题，用的是塑料包装，上面也是塑封好的，不管怎样摇晃，里面的液体都不会流出来，但是相反的……许世光店里卖的这种，则用了纸杯，这种杯盖也是可以打开的，先不管味道如何，只看杯子的话，确实是这种显得干净也更高级一些。”

几个人面面相觑，还是不太懂他要说的是什么。

还好，他做了进一步的解释。

“我刚才说了，除了外卖窗口的店员，还有一个人可以直接接触到那杯奶茶，就是当时买了那杯奶茶的那位女顾客。她在之前的笔录上说，是路过那里，临时起意想要买一杯珍珠奶茶，后来将奶茶买走以后，喝了几口，发现珍珠太大，吸管根本吸不上来，于是又走回去想找店员换一根大一号的吸管，这才看到里面有一颗眼球。”

他说着，又指了指视频画面：“你们看，她是从哪里走到许世光的店门口的？”

大家按照他的意思，又仔细看了一次视频。

“从这个角度看，她应该是从对面那条街走过去的。”

“嗯，过了条小马路，直接走到了外卖窗口。”

“哎？等等，”夏岚终于发现有哪里不对了，忍不住道，“如果是从对街走过去的，那里不就有一家现成的饮料店吗！”

是的，她本来走着的那条街上，已经有一家很醒目的饮料店了，可是她没有光顾，而是径直走到了对街，许世光的小吃店外卖窗口。

她为什么要舍近求远呢？

“她从画面中消失了大概两三分钟，然后才折了回来。”陆博垣说着，又翻出了鉴定的报告，“当时为了方便调查，工作人员采集了她和外卖窗口工作人员的指纹，证实这个杯子和杯盖除了他俩，没有别人碰过。但是，你们有没有对那根吸管做检测？她是否真的像自己所说的那样，用吸管喝过这杯奶茶呢？”

说到这里，大家似乎都有些明白了。

聂程涛第一个举起了手：“我知道了！如果说店员真的是无辜的，他在制作奶茶的时候，没有将那颗眼球扔进去，那也就是说……”

“也就是说，唯一可能将眼球放进去的，就是那个顾客！”一旁的车瑞也恍然大悟道。

见状，徐子峰赶紧拍了拍手：“既然都知道了，那还等什么！”

好歹也在一起破获了两起案件，而且每个人也都各有所长，也不用过多的吩咐，大家就很有默契地开始分工起来。

车瑞按照 ID 的注册信息开始寻找这个上传视频的用户。苏珊和夏岚主动请缨，准备再看一次整条街的监控，希望能找到那个人拍摄视频时的画面。聂程涛联络了那位女顾客，说还有一些问题要问，请她来分局再做一次笔录。徐子峰则根据做笔录时那位女顾客所留下的信息，针对她个人展开了调查。

而他们所做的，很快就有了结果。

那名 ID 叫 wzy831 的用户，实际上叫汪子彦，他是那名买了眼球奶茶的女顾客——陈筱的男朋友。这两个人不仅仅是男女朋友的关系，他们还是同学，而他俩所在的学校，则是 B 市著名的一所传媒大学。

对这两个人的审问，只能用一句话来形容，那就是——不费吹灰之力。

他们几乎是直接承认了，那颗眼球就是他俩放进去的。而且，他们这么做的原因也非常简单直接，就是为了出名，为了赚点击量。

或者换句话说，他们是想用“眼球”来“吸引眼球”。

“我不知道那颗眼球是人的！”说到这里，陈筱还有些心有余悸，“真的，如果知道，打死我也不会摸！我们最初的想法很简单，就是想造成轰动，你们想想，眼球奶茶，多刺激啊！这要是放到网上，保准红！”

他们所学的专业，要的就是让更多的人认识自己，要的就是这种爆炸性的新闻！

“现在不是没给你机会啊，我们查了你和汪子彦，他五天前在朋友圈里发了图，说是你们找到了这颗眼球。你要是想请求宽大处理，就赶紧把发现尸体的地方告诉我们！”

事情闹得这么大，陈筱早就没了刚才的淡定，吓得哭了起来。脸上的妆也花了，眼影顺着眼泪融成了一大块，黑黑的，挂在眼圈旁边，看起来十分滑稽。

“我坦白，我坦白！警察姐姐你一定要帮我啊！”她抽着气，抓住苏珊的手，“其实，我没发现什么尸体，找到那颗眼球的是弹头！”

弹头是汪子彦养的一条狗，今年三岁，是条纯种的拉布拉多，性格温顺，毛色偏深黄。

事件的起因，是五天前的某个傍晚。

当时，汪子彦和陈筱吃过消夜，一起出去遛狗。虽然他们两个现在还是学生，可汪子彦家境富裕，在本市有两套房子。其中一套正好在学校附近，于是，两个人都没有住校，而是同居了。

拉布拉多是很聪明的犬种，而且性格极好，可训练度也强。汪子彦平时会和它玩扔球、捡球的游戏，这几乎成了每天必做的功课。

这天，自然也不例外。

汪子彦和陈筱手牵着手，站在路边的街灯下亲吻。弹头将汪子彦扔出去的球捡回来，然后用头蹭着他，示意他再扔。

反复了很多次，弹头仍旧乐此不疲。

它喜欢这种游戏，如果可以，它甚至能玩一整个晚上。

“真烦人，还有完没完！”

陈筱有些不高兴，弹头一次又一次地打断她和汪子彦，实在是让人烦心。她生气地抢过球，铆足力气将那颗周身有刺的塑料球远远地扔了出去。球被扔进了空地上的草丛，又弹了起来，消失在夜色之中……

弹头不知道她生气了，扭过身，兴奋地朝着球掉落的地方冲过去。

这次球扔出去比较远，弹头去的时间也稍微长了一些。不过俩人心不在此，自然也没有注意到。

过了一会儿，弹头终于跑了回来。它摇着尾巴，还是那么兴奋。用头蹭了蹭汪子彦的手，示意他接住球，然后再把球扔出去。

汪子彦连头都没有转过来，直接伸了手。弹头也是习惯了，往前一步，把嘴里的球放进他的手里。

奇怪，这次手感好像不太对。“球”黏糊糊的，但是很光滑，而且有点儿软，隐约还能感觉到上面沾着小碎石和沙砾，有些硌手。这绝对不是那颗带刺的塑料球该有的手感。

汪子彦低下了头，借着路灯，看着手中那颗球。

一个粉红色的肉团，但是仔细一看，又不是肉，里面是白色的……这分明是一只眼睛！

他大叫一声，松了手。

“啊，好恶心啊，这是什么鬼东西！”

陈筱也终于看清了那是什么，吓得后退了两步，拉着他，示意他赶紧走。

但是汪子彦却下意识地掏出了手机，给这个眼球拍了张照片，并且顺手发了朋友圈。

这个时代的年轻人，不管做什么，都要拍照发图。

吃东西要拍照，买了新鞋子要拍照，和女朋友亲热要拍照，就连和朋友去喝酒，喝到吐了，也要拍照……

没有秘密，没有隐私，曝光自己生活所带来的快感，甚至已经成了习惯！

照片刚发到网上，就有好几个人点了赞。

刚刚还在害怕，但此刻，汪子彦的心里却生出了其他的念头……

这绝对是个馅饼，是个天上掉下来的大大的馅饼！

有了它，还怕不能出名吗！

他没理会陈筱的阻拦，将那颗眼球用塑料袋装好，带了回去。他苦苦思考了一宿，并最终和陈筱自编自演了这一场闹剧。

按照汪子彦所给的信息，警方带他们回到上次遛狗的地方，汪子彦和陈筱还站在当时的那盏路灯下，给特案组的几个人指着他们扔球的方向。

“我就是朝那边扔的球，球滚到了那边的草坑里，具体是哪里我就不知道了。”毕竟发现眼球的是弹头，而不是他俩。

“这可不好办啊！”苏珊看着那少说也得有几百平方米的一大块空地，觉得有些头大，一脸无奈地看着陆博垣求救道，“这么一大片，就咱们几个人，怎么搜啊！”

正说着，一辆红色的吉普从远处驶过来，开车的正是刚才一直不在的徐子峰。

车子靠着路边停了下来，不过徐子峰下了车，却没有马上走过来与众人会合，而是走到后面，打开了后面的车门。

“阿呜！”

“阿呜怎么来了！”

原来，徐子峰知道要搜寻尸体，特意回了趟家，把阿呜带了过来。

徐子峰将装眼球的塑封袋打开，放到阿呜的跟前，让它嗅了嗅。

阿呜扭过身，朝着那片空地跑了过去，东闻闻，西嗅嗅，看似漫无目的地找了一会儿。但是很快，它就确定了方向，朝着一个地方奔了过去。到达那里之后，它先是跳起来，用前爪猛踏着地面，狂叫了几声，示意徐子峰他们已经找到了。然后就低下头，开始使劲地用爪子挖着地面上的土。

“找到了！”

车瑞大叫了一声，几个人朝着他的方向望去，果然，土里隐隐透出了一些颜色。他弯下腰，又用手扫了扫，那是一个蓝色的编织袋。

见已经挖到了他们要找的东西，为了不毁坏现场的环境和编织袋里的尸体，陆博垣果断喊停，然后一个电话打回了分局，调了一批专业人士来继续下面的工作。

那是一包被分割切碎的女性尸块，虽然指纹还在，但数据库中并没有相吻合的资料，证明死者生前并无犯罪记录。经过法医的检验，死者应该是个二十来岁的年轻女性，虽然面目全非，已经无法看出生前的模样，但是能确定死者做过微整形和隆乳手术，且万幸的是，她手术的地点是一家正规医院，通过填充物的序列号，很快就查到了其身份。

死者名叫周琦，今年二十一岁，是某外语学院二年级的在校学生。

大约一周前，她的家人来报警说她失踪了。不过因为她已经成年，且并没有住在家里，所以备案后也没能得到重视。

“这个年纪的女孩居然就跑去整容，本身长得还挺秀气的，非把自己弄成网红脸，这又是何必？”车瑞是个钢铁直男，看着屏幕上周琦整容前后的对比照，十分不解地说道。

“整形与否是个人选择，自己觉得漂亮，不后悔就行了。”苏珊对此持有反对意见，而且比起整形这件事，她其实更心疼死者的父母，“唉，不过她爸妈也是够可怜的，一个下了岗，一个在市场卖杂货，辛辛苦苦把孩子拉扯大，好不容易送进大学，结果就这么没了。”

徐子峰在刑侦大队的时间最长，经验也比其他几人要丰富得多，听了这话，率先想到了一个问题：“周琦的父母都是工薪阶层，她又是个在校的学生，哪里来的这么多钱做整形？据我所知，随便一个小手术也得万八千吧，她动了这么多刀，还不得十来万？”

这话提醒了众人，确实如徐子峰所说，周琦的家境并不富裕，而且按照特案组的调查，她生前也没怎么打过工，那么这些手术费又是从哪里来的呢？

“给陆顾问打个电话吧，现在死者的身份已经确认了，说不定他能提供一些有用的看法。”

虽然陆博垣是分局特招的技术顾问，但他并不需要每天都来局里报到，因为他还在 B 市的公安大学讲课。特案组这边已经习惯了发现重大线索就邀请他一起出谋划策，于是苏珊就按照组长的吩咐，拨通了陆博垣的电话。

“喂。”为了方便徐子峰交代案情，苏珊打通陆博垣的电话后，就按下了免提键。令人意外的是，接电话的却不是陆博垣，而是一个小女孩。听起来年纪也不大，至多四五岁的样子。

特案组的几人，除了苏珊，全都愣了。

难不成，这小女孩是陆博垣的闺女？

不等几人反应，苏珊却先笑了：“小溪，怎么是你接的电话？”

那个被她称作“小溪”的小姑娘也笑了，声音清脆动听：“干妈妈，舅舅在开车呢，你等一下，我叫他听。”

别人也许还不明白，但夏岚却了然了。原来这小姑娘是陆博垣姐姐陆雅媛的女儿，而且看样子，她和苏珊之间的关系也挺亲近。

几秒过后，电话另一边传来了陆博垣的声音：“身份确认了？”

他显然是碍于外甥女的存在，故意将“死者”和“尸块”这样的词语省略了下来，用最简洁的话语问道。

苏珊应了一声：“你赶紧过来吧，这事儿不太好办。”

“嗯，我先把小溪送回家。”对方说完，直接挂上了电话。

“吓死我了，我还以为这小姑娘是陆博士的闺女呢！”聂程涛夸张地用手拍了拍胸口，“原来是舅舅，还好，还好。”

“人家结没结婚，有没有娃，关你什么事？”苏珊笑了，不过想了想，仿佛又有点儿理解聂程涛的心情。

毕竟陆博垣那座冰山，别说结婚生子了，就连有女朋友……都让人难以想象。

“没听陆顾问说过啊，苏姗姐，这孩子是他姐姐还是妹妹的啊？”

“姐姐，在市立医院当医生，夏岚见过。”苏珊说着，朝夏岚点点头，

“是我姐们儿，大美人一个，现在单身。”

“单身还有孩……”聂程涛嘴快，不过话没说完就意识到对方应该不是离异就是丧偶，于是有些尴尬地笑了笑，马上转移了话题，“大美人肯定要认识一下啦！哈哈哈，苏姗姐哪天组织组织，咱们一起聚会吧！哦，对了，我刚才怎么听那小姑娘叫你干妈妈啊？”

“对啊，我是小溪的干妈，嘿嘿，我家干闺女可漂亮了，长得跟洋娃娃似的！”不等说完，苏珊就秉承着老母亲想要炫娃的心态，将手机相册打开，拿给大家看，“看看，不是我吹牛，你们见过这么漂亮的小姑娘没！”

照片是苏珊搂着小溪照的，小姑娘年纪不大，应该在五岁左右。皮肤很白，头发的颜色则比一般孩子要淡一些，浓眉大眼，五官深邃，看上去有点儿像混血儿。

“哇，这孩子都这么好看，那她妈妈得多美啊！”这下聂程涛是彻底信了。

徐子峰敲了敲桌面，示意几人赶紧收心工作，却也耐不住好奇瞅了一眼苏珊手机里的照片。原本平静而严肃的表情，却在看到小溪的模样后明显愣了一下。

“居然是她。”

转过身，他脸上闪现出一丝不易被人察觉的笑，却又在心里盘算起了刚刚聂程涛说过的话。

看来，等这个案子有了眉目后，他们也是时候拉上陆博垣好好聚一聚，缩短一下彼此的距离了。

“我认为徐队的推测说不定确实可以成为本案的突破口。”看完手上的资料，陆博垣表示自己完全赞同徐子峰的说法，“周琦的经济来源很有可能就是她被害的原因，当然私生活方面也需要认真调查一下。”

“嗯，关于这一点，目前我们已经有了一些反馈。”徐子峰是个行动派，在他有了这一推测后，就开始着手调查了，虽然得到的信息并不具体，可大致已经能推断出周琦这个女学生并不像想象中那么简单，“周琦的账户在近半年内，可谓几进几出，最大的一笔进账足有 8 万，根据银行提供的记录确定，是她自己带着现金去银行存的，没有转账记录，目前也不清楚这笔钱的来源。而金额相对大的那些出账，则全都是在一家整形医院，这一点已经和院方确认了，都是正规手术。”

“8 万，还是现金？”陆博垣蹙眉，“她父母有没有说过每月给她多少生活费？”

负责和周琦父母接洽的是夏岚，她举起手，主动回答了陆博垣的这个问题：“她的学杂费每月大概有 1400 元左右，再加上生活费和其他的花销，她的父母每个月会给她打 2500，如果当月有额外的费用或是她有需要，也会酌情增加，不过据她父母说，最多的一次也不过是打了 4000 块。我们查了周琦的存款记录，她现阶段有两张卡，一张用来交学费，里面的钱不多，目前还有 3257 块的余额；另外一张是可以透支的信用卡，也就是她用来支付整容费用的那张卡，现在里面还有小 5 万块的余额。”

“不过有一点很奇怪。”徐子峰补充道，“根据老师和同学的口供，周琦平时并没有打工，虽然有人说她交了个有钱的男朋友，但他们口中的那个‘男朋友’又好像不是同一个人。”

“不是同一个人？”

见组长解释不清，说话比较直接的苏珊干脆凑过来，用最直白明了的言语解释了一番：“意思就是这个周琦脚踏好几条船，交了不止一个男朋友。按照她这个银行卡记录，我怀疑她谈恋爱是假，找金主是真。”

说完还怕其他人不认同自己的说法，直接用手机点开了周琦的朋友圈：“刚才峰哥只说了周琦的存款，没说她平时穿的用的，你们看她背的这个包，今年新款，还是限量的，国内都买不到，得国外代购，里外里各种税加起来，少说也得 12 万！”

听了这话，聂程涛不可思议地睁大了眼睛：“我没听错吧，这包多少钱？”

“12 万，你没听错。而且以我十几年的消费经验来看，这包绝对是真的，不是高仿货。”

“啧，有这个钱，都够买辆车了。”

陆博垣看了一眼照片里的周琦，她本身就做过微整形，这张拿着名牌包的照片又用修图软件精修过，眉眼和五官虽然看着漂亮，但却透着股不真实。

第九章　高级私人会所

“其实，我怀疑她做了裸贷。”

徐子峰半倚在桌沿上，双手抱肩，神情严肃地说道。

“已经叫车瑞那边去查了，目前还没有消息，但是……”他抬起下巴，侧目朝着办公室外撇了撇头，“老乔那组人最近正在查校园裸贷，我私下去探了探口风，这个周琦所在的学校，刚好也是他们调查的对象之一。周琦的经济来源目前为止还是个谜，我们唯一能确定的就是，她这些钱来路都不太正。如果，我是说如果，她真的参与了这些，那这个案子极有可能会牵扯出更多的内幕，我希望大家都能有个心理准备。”

徐子峰口中的老乔全名乔卫民，他是在公共信息网络安全监察部门，说白了就是网警，专管网上犯罪的那些事儿。他们这个部门虽然不敢说是整个分局里最辛苦的，但工作内容绝对是最烦琐的。

大到利用互联网阻止和抓获诈骗、贩黄、传销、赌博……小到网络监管，阻止造谣，可谓事无巨细，什么都要管。校园裸贷自然也在他们的工作范畴，虽说这几年经过国家宣传与立法，已经不像过去有那么多人上当受骗了，可对于物质的需求还是会令一些年轻人铤而走险，成为身陷其中的受害者。

陆博垣刚从国外回来不久，对于“裸贷”这个词并不是很理解。他皱着眉，希望有人能给他做出解释。

夏岚是个小姑娘，陆博垣又是异性，她拉不下这个脸。但是苏珊无所谓，眉飞色舞又声情并茂地做出了一番解释，连带着还发表了一些自己的评论，让陆博垣很快明白了“裸贷”究竟是什么意思。

他半天都没说话，只是拿过苏珊的手机，翻看着周琦的朋友圈。终于，在翻了足有三四个月的记录后，真被他找到了一些有价值的线索。

“你们看周琦的这些照片。”

和一般的年轻女孩差不多，周琦的朋友圈也多是一些去了什么地方玩儿，吃了什么美食的生活记录，不过陆博垣却眼尖地发现，有一个地方在周琦的朋友圈内出现的频率极高，甚至到了每周必去的地步。

“看这沙发的款式，像是吃饭的地方，桌上的那些点心果盘也都挺高级的，但这光线……”聂程涛以前跟着徐子峰在刑侦大队的时候，也去过一些声色场所抓嫌疑人，在他看来，这里的氛围怎么看都不像是个正经做生意的地方。

“她的朋友圈有没有定位？”徐子峰随口问道。

夏岚摇摇头，伸手拿过陆博垣手里的手机，随意刷了几条：“没有，真奇怪，她平时去别的地方都有定位，唯独这里没有。”

这并不符合周琦的习惯，所以必定有鬼。

“确实有可疑，想想办法，看能不能查出这地方的确切地址吧。”

关于这些问题，都需要进一步调查，现在留给特案组能够突破的，也就只剩下周琦被发现时，那些尸块所呈现出的信息了。

“尸体一共被分成了 46 块，加上那个意外掉出来，然后被发现的眼球，应该是 47 块。”报告已经打印了出来，但为了方便陆博垣了解情况，苏珊还是亲自做出了解释，“死者的头颅被人用重物砸得面目全非，牙齿都被打碎了，指纹倒是还在，所以也不好说凶手是具有一定的反侦查意识，还是单纯的凑巧？

“这个周琦生前还做过美甲，但却不是每一根手指上面都有保存完整的指甲。有一根手指上是没有指甲的，而且是死者还活着的时候，被连根拔起来的！至于是凶手干的，还是出于什么其他原因造成的，暂时就不得而知了。”

看着验尸报告，陆博垣点了点头：“看来这次要找的凶手，和之前那些冲动犯罪的不同，他属于那种心理素质很高的。”

是啊，要是没有点儿承受能力，谁能干出这种杀人分尸的事儿来啊！

夏岚也有同感：“那会不会，这次的凶手是从事医务方面的工作的？”

“不一定，苏珊的报告上也写了，尸块的切口深浅不一，骨骼断面也不是很整齐，有阶梯状的斜坡，这说明他分尸用的工具并不专业，如果是医务工作者，他完全有能力使用更好的刀具。”

“是啊，如果真是医务工作者，那这个人应该知道指纹对于警方定案的重要性，断然不会连尸体都切碎了，还放任指纹不管。”徐子峰补充道，“那能不能推断出，是用的哪一种刀呢？”

苏珊有些抱歉地说道：“就现在大多数人可以拿到的刀具来说，菜刀或者西瓜刀之类的可能性会比较大……他应该用了不止一把刀，不然这么大的工程，刀肯定会钝。另外，由于刀刃比较薄，所以砍击的过程中，有些刀的刃部会崩裂，个别尸块里夹杂了金属碎片，可究竟是什么，我还在等对比报告，另外，要确定作案工具，也需要找到凶器以后才能做对比。”

“那装尸块用的袋子呢？”

这一次回答的是夏岚：“是随处可见的红白蓝编织袋，并且凶手在分尸之前将死者的衣物和首饰全部处理掉了！如果按照苏姗姐说的，周琦生前穿的用的都是名牌货，说不定凶手会把这些东西拿到二手市场变卖。”

这些看似有帮助的推断，其实都是些空话，暂时对他们破案起不了什么太大的作用。

看着手上由车瑞调出来的，已经打印好的周琦的电话簿和微信联络表，那上面足有几百人……唉，要在这复杂的关系网中找到犯罪嫌疑人，当真是和大海捞针一样难啊！

徐子峰的推断没错，经过多方调查，他们终于掌握了周琦参与裸贷的有力证据。如今这个案子已经不是特案组独自侦办了，扫黄组和公共信息网络安全监察部门也加入了其中。

虽然他们一直没有找到杀害周琦的真正凶手，但好歹确定了周琦朋友圈里经常去的那个地方，是本市一家名为“馨”的高级私人会所。

这间会所的营业执照并不存在任何问题，扫黄组也抽查过几次，但不知是不是事先收到了风声，警方并没有在这里发现什么违规的地方。

案情一度陷入了瓶颈，因为长时间调查无果，大家的心情也越来越烦躁。尤其是徐子峰和车瑞，一个忙着和其他部门协调，一个整天研究周琦注册过的那些交友 APP……俩人又急又躁，起了一嘴的泡。

这么下去也不是个办法，好在这两天上级部门有了新的规划，特案组要等到新指示出台才能继续行动，于是便打算借此机会举办一次包括陆博垣在内的聚餐，来缓解一下大家工作上的压力。

聚会的地点，定在了苏珊的公寓。

周六中午，打算提前过来帮忙的夏岚敲响了苏珊家的门。

"不好意思，来得有点儿晚了！"

"没关系，反正他们傍晚才来呢！"

苏珊今天穿得很居家，也没有化妆，完全没有了平时的御姐风范。只是简简单单地套了件灰色的棉质卫衣，下面穿着格子睡裤，光脚踩了一双与她年龄极不相符的粉红色的棉拖鞋。长卷发随意地梳了个马尾，倒也别有一番韵味。

"我换双鞋，咱俩先去对面吃个饭，然后去超市买东西！"苏珊说着，从玄关的包里掏出一个信封，"峰哥周五下班前给我的，嘿嘿，我看了下，这次的活动基金还挺多，今晚可以大吃一顿了！"

"行。"

眼瞅着苏珊换了鞋，大大咧咧双手插兜，就要往对门的邻居家走，夏岚愣了。她还以为苏珊说的去"对面吃个饭"是指去楼下的哪家餐馆，没承想，她这话居然就是字面意思，真要去对门邻居家。

"这……你……苏姗姐，这不合适吧！"

作为邻居的苏珊也许和对门很熟，但夏岚是个外人，根本不认识人家，就这么跟过去蹭饭，她还真拉不下这个脸。

"你怕什么，又不是没见过，再说陆博垣也在，有什么不好意思的！"

"哈？"这回夏岚更懵了，"陆博垣！"

"对啊，雅媛就住对面，陆博垣早上已经到了。"

夏岚有些晃神："你说的是陆博垣的姐姐？"

"是啊，别告诉我，你忘了她叫什么名字了。"

苏珊一边笑，一边敲响了对面的大门。

门开后，陆雅媛就站在里面。她今天穿了件白色的毛衣，米色的裤子，头发盘在脑后。虽然没有像上次见面时那样戴着眼镜，可看起来仍旧很有气质。

“哎呀，你过来啦！”

显然，她这话是对着夏岚说的。

“陆医生好！”夏岚说着，将手中的礼物递了过去。现在她很庆幸自己来见苏珊时买了些水果，不然都不知该拿什么给陆雅媛当见面礼。

“谢谢，早上小溪还吵着说想吃草莓了呢！”她接过来，温柔地朝夏岚一笑，“我刚煮了咖啡，你要喝吗？”

“哦，好啊，谢谢陆医生。”

陆雅媛听她这么称呼自己，不由又笑了：“现在又不是在医院，你又不是我的病人，别叫我医生了！”

“嗯，雅媛姐。”

“这就对了。”

陆雅媛招呼她进屋坐下，又帮她们倒了咖啡：“菜都炒好了，就差个沙拉了，另外煲了一锅汤，还在火上炖着……哦，苏珊上次说带小溪去吃比萨，结果没去成，我打算下午烤两个，你们拿去和同事一起吃。”

见夏岚有些茫然，陆雅媛便将自己的情况简单地对她说了一下。

原来，和苏珊同岁的陆雅媛，早年曾经结过婚。

她嫁给了一个美国人，并且生了一个女儿。不过结婚仅仅两年多，他们就离婚了，离婚后，陆雅媛带着女儿陆溪回到了国内。

这大概也就是苏珊曾经说过的，陆博垣三年前回国的原因了。

三年前，陆雅媛离了婚，后来正式回到了国内定居。

“大概还有多久才能吃饭啊？”苏珊看了看表，问道。

“快了，等汤煲好就行了。”

“哦，对了，小溪和陆博垣去哪里了，怎么从刚才就一直没看见？”

“他们啊，”陆雅媛伸手指了指里屋的房门，“他陪小溪玩呢！”

陆博垣陪小孩子玩！这也太不可思议了吧！

夏岚瞅了瞅她所指的方向，实在难以想象那扇大门后会是怎样的情景。

“雅媛姐，我帮你吧！”

夏岚卷起袖子，走了过来。在马上就要靠近陆雅媛的时候，却被苏珊挡住了。

“不用不用，这边我来，你去把他叫出来吧！”苏珊笑嘻嘻地说道，“马上就开饭了，让他们出来洗手吃饭。”

“哦。”

夏岚点了点头，虽然有些不好意思，但还是转过身，朝着苏珊所指的房间走去。

她轻轻地敲了敲房门，却没有人来应。

房间里似乎很安静，夏岚犹豫了一会儿，伸手推开了房门。

那是一间典型的小女孩的房间。淡粉色的墙壁，小碎花的窗帘，窗台上摆满了毛绒玩具。白色的公主床，上面铺着松软的，印着小熊的被子……

而那张小床上，赫然睡着一大一小的两个人。

陆博垣和他的外甥女——陆溪。

陆博垣穿了件白色的衬衣，黑色的西裤，领口微开，领带则被摘下来，扔到了一旁。许是因为今天是休息日，所以头发也没有像平时那样梳理得一丝不苟，而是蓬松地垂在脸上。他怀里躺着一个四五岁大的小女孩。

女孩穿了件呢子的红色连衣裙，里面是白色的打底衫和打底裤。一头棕色的自然卷，长长的睫毛，就像个熟睡的小公主。

陆博垣轻轻地搂着她，手边还放着一本打开的故事书。看那插画，应该是小红帽的故事。

阳光透过碎花的纱帘，洒到小床上。

这一大一小的两个人，就这样安静地睡在一片阳光之中。

似乎是听到了她开门的声音，陆博垣皱了皱眉，睁开了眼睛。

"陆……"

夏岚想要叫他，却见他将手指放到了嘴边，做了一个噤声的手势。

他缓缓地坐起身，将手臂从陆溪的肩膀下抽了出来。

女孩睡得很熟，发丝贴在娇嫩的脸颊上，更显得可爱。

陆博垣尽量轻地从床上坐了起来，小心翼翼地，生怕把她吵醒。他的动作是那么轻柔，就连眼神里也写满了宠爱。

那一刻，夏岚觉得陆溪一定是全天下最幸福的小姑娘。

他又为她仔细盖好被子后才下了床，然后悄声地退出了房间。

睡意还未完全褪去，他关上门，孩子气地揉了揉眼睛，这才低下头，看着她："你来啦。"

听不出是什么语气，但是刚睡醒的声音，带着微微的沙哑，有种说不出的性感。

20分钟后，菜都已经摆上了桌。陆溪也已经睡醒了，穿着她那件红色的小连衣裙，坐在椅子上，一双穿着白袜的小脚悬空晃来晃去，双手支着头放在桌上，等着他们。

"你就是小溪吧？我叫夏岚，你好！"

虽然夏岚平时很少和小孩子打交道，可是简单的儿童心理她还是知道的。对待小孩子的必杀方式就是，你千万不要把她当成小孩来看待！只有做到了年龄上的平等，她们才会把你当作自己的朋友。

果然，陆溪嘴角扬起了笑："你好。"

陆博垣没说话，帮忙端菜，又将饮料放好，这才转身去洗手，准备吃饭。

"你该不会……"看到他进了卫生间，陆溪仰起头，看着夏岚道，"是我小舅舅的女朋友吧？"

啊？！

"这，这……"

夏岚一时语塞，不知道该怎么回答。

陆溪却以为是自己猜对了，不由又扬起了笑："我就知道！小舅舅从来没带女孩子回来过，你是第一个，所以，你肯定是我小舅舅的女朋友！”

说完，又觉得“女朋友”这个词有点儿不好，咬了咬嘴唇，伸出一根稚嫩的小指头，在自己脸上轻轻刮着，朝她皱了皱鼻子。

“羞羞脸，羞羞脸！”

她这话，让夏岚完全呆了，而她身边的陆雅媛和苏珊，则笑得几乎弯下了腰。

“在说什么，这么开心？”陆博垣从卫生间出来，就看到了这样一幅其乐融融的景象，心情也跟着好了起来。

“没，没什么！”夏岚怕陆溪真的会说那番话，赶紧打岔道，“在说吃饭，陆博士，咱们赶紧吃饭吧！”

美食当前，陆溪也没再说什么，夏岚这才放心地去洗了手。

总体来说，这顿饭吃得还算愉快与舒心。

荤素搭配，又有营养。而且味道也是咸鲜适口，非常美味。

陆雅媛长得漂亮，性格好，厨艺也好……夏岚真的想不出，什么样的男人会在娶到了这么好的太太后，竟然不知道珍惜，才两年的时间就跟她离了婚。

饭后，陆博垣抱着陆溪，两个人窝在沙发里看着动画片。

陆溪似乎很黏他，即便被动画里的情节吸引，时不时发出爽朗的笑，也仍旧不忘把手里正在吃的草莓举起来，送到他的嘴边。

陆博垣没有说话，直接张开了嘴，去接那草莓。

一大一小的两个人，却异常和谐。

他们本来还想稍作休息，但是苏珊的电话响了起来，原来车瑞他们已经到了楼下，却忘了门牌号，于是打电话来询问。

苏珊和夏岚赶紧回了对门，陆博垣则抱了箱罐装啤酒，又拎了瓶红酒一块儿跟了过来。

令人意外的是，队长徐子峰竟然还带了阿呜一起来。

闲来无事，几个人支了桌子，开始打麻将。夏岚不会，于是主动承担了帮大家斟茶倒水、递送水果的任务。陆博垣则拿了根火腿肠，和阿呜玩起了木头人不许动的游戏。

直到今天夏岚才知道，原来，他竟然这么喜欢小孩和动物。

“喜欢孩子和动物的男人，肯定错不了！”去上厕所的苏珊在经过夏岚身边的时候，看似漫不经心地说了这么一句。

几个人又玩了一会儿麻将，宅男车瑞除了是无敌大胃王，竟然还是个隐藏的“雀神”，几乎从头赢到了尾。

他们不玩真的钱，苏珊提前买了一大堆金币巧克力。看着自己面前越积越多的金币，车瑞笑得嘴都快合不拢了。

其他人即便是输了，也没有生气，反而觉得车瑞面前堆满巧克力金币的样子甚有喜感，心情也跟着愉快了起来。

陆博垣和阿呜玩完了木头人的游戏，又开始玩握手。看着它训练有素又好脾气的样子，夏岚不禁想起了自己家的肥猫饼饼……唉，同样都是动物，差距怎么这么大啊！

正想着，突然传来了敲门的声音。别人都在忙，夏岚便起身，跑去开门。

打开门，就看到了一身小红裙的陆溪。她手里还托着一个大盘子，里面放着陆雅媛烤好的比萨。

“妈咪叫我送来的！”

“嗯，谢谢！”

夏岚接过比萨，友好地和她握了握手。阿呜听到声音，也从屋里跑了出来。

糟了！

夏岚第一反应是，千万不能吓坏陆溪！于是也顾不上手里的比萨，赶紧弯下腰，把陆溪抱了起来。

阿呜摇着尾巴，围着她打转。夏岚一手举着比萨，一手抱着陆溪，又担心陆溪害怕，所以只能扭动身体，不让她和阿呜对视上。慌乱之中，猝不及防地跌进了一个温暖的怀抱。

陆博垣从背后搂住她，一只手撑住她抱陆溪的手臂，另一只手则接过装比萨的盘子，随手放到了玄关的鞋柜上。

阿呜的注意力被比萨的香气所吸引，掉转身，前爪搭到鞋柜上，卖力嗅着。

“阿呜！”

听到动静的几个人也放下手里的麻将，跟了过来。徐子峰喝止住阿呜要闻比萨的举动，过来牵住了它的项圈。

“徐叔叔？”

被夏岚和陆博垣抱在怀里的陆溪却在看见徐子峰后，露出了惊讶的表情，而紧跟着，她就看见了正被徐子峰拽着的阿呜。

“阿呜！”她大叫着，脸上也绽放出了灿烂的笑容。

原来，徐子峰和陆雅媛曾有过一面之缘。这之中，还包括陆溪和阿呜。

徐子峰曾经抓获过一个控制青少年进行盗窃的团伙，其中有几个孩子是孤儿，破案后，为了防止他们再次走上歧途，徐子峰帮助联系了相关的部门，把他们送进了某慈善机构所开的福利院。

即便后来调去了别的部门，但徐子峰却一直没有和这几个孩子断了联系。

他几乎每个月都会去看望他们，有时也会带着阿呜一起去。

福利院的孩子们都很喜欢这个总是带着零食和大狗狗来看望他们的叔叔，而最近，他们还喜欢上了另一个人。

这个人，就是经常带着陆溪一起去福利院做义工的陆雅媛。

自从知道陆博垣和陆雅媛的关系，徐子峰就一直想见见陆雅媛，当然，他这么做也是有私心的。

福利院里有一个叫韩正林的男孩子，今年十一岁，是个艾滋病患儿。

他出生没多久，父亲就死了。八岁那年，同样患有艾滋病的母亲也离开了人世。因为他的身份和病情，亲戚们都不愿照顾他，甚至还丧心病狂地把他卖给了人贩子，希望在他临死前，再利用他捞上一笔。

他辗转了几户人家，最后流落街头，被徐子峰破获的那个犯罪组织看中，禁锢了起来。

他们逼着他学习偷窃，让他变成了一个小扒手。

但这孩子的本性却十分善良，常常因为完不成任务而被打骂，小小年纪，浑身是伤。他的抵抗力本就比一般的孩子弱，再加上营养不良，精神压力太大……以至于身体状况非常不好，即便后来遇到了徐子峰，被安排进了福利院，还是三天两头地生病。

最近，他的身体似乎已经到了极限，病情也开始恶化了。

徐子峰和陆雅媛仅仅有过一面之缘，当时俩人聊到了韩正林的病情，却因为徐子峰临时接到了出警电话，只能先一步离开。

他走得匆忙，忘了和陆雅媛交换联系方式。原想着先和陆博垣说一说这件事，再从他那里要到陆雅媛的电话，却没想到，电话还没来得及要，他们就以这样的一个方式见了面。

见徐子峰和小溪认识，又提到了好姐妹陆雅媛，苏珊干脆做主把陆雅媛也叫了过来，和特案组的人一起聚会。

收起了麻将桌，徐子峰和陆雅媛到阳台聊起了韩正林的病情。苏珊和夏岚准备着晚饭，聂程涛则负责打下手。车瑞、陆博垣和陆溪什么也不用做，而是围在一起给阿呜打扮。于是，半个小时以后，当徐子峰从阳台出来，就看到了头上绑着粉红色蝴蝶结，脖子上还围了一条大红围巾的阿呜。

阿呜抬头看着他，眼睛里似乎噙满了委屈的泪。

徐子峰却笑了，阿呜虽然是男孩子，可谁说男孩就不能可爱了？

晚饭比午饭还要丰盛。

陆博垣带来的酒水也派上了用场。

陆博垣和徐子峰要开车，只能喝无酒精饮料。聂程涛酒量不行，慢悠悠地喝了一罐罐装啤酒。令人意外的是，陆雅媛倒是挺能喝，她和苏珊对饮，两个人几乎喝了一整瓶的红酒。

“唉，峰哥，可惜你今天开车，不能喝！”苏珊喝得面色红润，举着红酒杯说道，“这酒真的好，陆博垣那个抠门的，你们不来，他也不把这么好的酒贡献出来！”

说完，她又转头看了看车瑞：“你不来点儿？”

“不用了，”车瑞摇头，“我不喜欢喝酒。”

“其实我以前就想问你了！”苏珊一边摇着酒杯，一边搭上他的肩膀，“你是男人啊，怎么能不喝酒！”

“不好喝。”

“怎么不好喝了？”

“白酒太辣，啤酒太苦，红酒又太酸。”

一席话说得几个酒友都愣在了那里，然后又不约而同地笑了起来。

当然，这之中并不包括陆博垣和陆溪。陆博垣埋头吃着菜，而陆溪则靠在他的怀里，似乎已经睡着了。

大家的笑声太大，他怕陆溪被吵醒，站起身，打算把陆溪抱回去睡。

“给我吧！”陆雅媛站起来，接过女儿，“你们聊，我安顿好她再过来。”

“嗯。”

“雅媛姐，我帮你！”夏岚坐在靠外面的位置，站了起来，跑去帮她开门。

待到她俩都离了座位，喝得醉醺醺的苏珊看瓶子里剩下的红酒不多了，便从冰箱里翻出了一瓶雪碧，兑着红酒倒进了一个杯子里，并随手放到了桌上。

她没注意到的是，她的这杯“特制饮料”和夏岚喝的葡萄气泡水颜色有些相近，而且就连摆放的位置也紧挨在一起。

回了座位的夏岚继续和同事们吃东西，聊天，说到一半时，她拿起了那杯淡粉色的气泡饮料，放到嘴边喝了一口。

那是一种她没喝过的味道，甜甜的，带着些微酸，感觉竟然还不错。

大家忙着聊天，谁也没有注意到，陆博垣也是在她喝了几口后才发现那杯饮料不是她的。不过她看起来并没有任何异样，所以陆博垣也没有说什么。

在他看来，那杯子里的红酒并不算多，度数也不高，而且还兑了雪碧，即便是平时不喝酒的，喝这么一点儿也不会有什么。

可他却不知道，夏岚是不能喝酒的，一滴都不行。

这个世界上，喝醉了酒的人会有很多不同的反应。

有人会哭，会闹，会疯狂地大叫、唱歌……做尽丢脸的事情。也有些人，会觉得难受，吐得昏天暗地，把身边的人折腾得够呛。而酒品好一点儿的，则是倒头就睡，好比聂程涛。

而夏岚，却属于更加奇葩的类型。

她酒精过敏，只要喝一滴酒就会皮肤泛红，从头红到脚。甚至连加了酒精的感冒药水，她也不能喝。

此外，她只要一喝醉，就会不停地笑，根本停不下来。

虽然加在饮料里的红酒并不多，但却足以让她喝醉，也让她变成一个彻头彻尾的“小红人”。

短短十分钟的时间，已经喝了六七口，夏岚已经开始醉了。她红着脸，看着坐在对面的陆博垣，就像个陷入热恋的花痴少女，笑得阳光灿烂。

陆博垣开始的时候还没注意，但是到了最后，也被她笑得有点儿毛了。

他甚至低下头，又检查了一遍仪容，不知她笑成这样究竟是为了什么。

其他几个人也被夏岚这反应吓到了，菜也不吃了，都放下筷子，注视着她。

看了半天，还是身为医生的陆雅媛看出她这是醉了，赶紧拍了拍她后背：“夏岚，你还好吧？”

“嘿嘿嘿……”夏岚转头看着她，只笑却并不回话。

“你们谁给她喝酒了？”

“呃……”

“脸都红成这样了，连脖子都红了，估计是酒精过敏。”

“啊！她把我刚兑了红酒的雪碧给喝了。”苏珊叫道。

“那现在怎么办？”

“应该问题不大，早点儿休息就好了。”陆雅媛叹了口气，接着抬起头，叫着坐在对面的弟弟，“博垣啊，你认识她家，把她送回去吧！”

陆博垣一手拿着夏岚的包，一手搀扶着她，好不容易才把她塞进了副驾驶的位置。

其实，她喝醉的反应除了皮肤发红和傻笑，正常的行动还是可以自理的，只是……脑子会变得不太好使，反应也慢了不是一拍两拍。

“安全带。”

陆博垣不理会她的笑，一边发动汽车，一边提醒道。

“哦！”

虽然嘴上答应得很痛快，但是她却一点儿也没有动，还是呆呆地注视着他的脸，笑得花一样灿烂。

陆博垣叹了口气，将自己已经系好的安全带先解开，探过身子，替她绑安全带。

两个人离得很近，甚至可以感觉到彼此的呼吸。

她咯咯地笑着，发丝乱颤，扫过了他的脸颊，有些暧昧，有些温柔……

陆博垣的脸，竟然微微有些红了起来。

好在她现在呆得厉害，根本没有察觉到他的窘态，仍旧仰着头，对着他微笑。

陆博垣不再看她，将自己的安全带再次系好，发动了汽车。

一路上倒也安静，夏岚酒品很好，虽然一直在笑，但却没有闹，甚至到了最后，陆博垣都觉得，自己这么板着脸不理她，实在有点儿不近人情。

“你还好吧，要不要喝点儿水？”

趁着等红灯的时候，他从车后座掏出一瓶矿泉水，递给她。

夏岚嘿嘿一笑，接了过去，一边拧着盖子，一边还不忘低声说了句“谢谢”。

呵，即便是醉了，也还是很懂礼貌嘛！

她似乎没有什么力气，费了半天劲，也没有拧开矿泉水瓶。

“我来吧。”陆博垣叹着气，把车停在路边，拿过水瓶，轻松地就拧开了瓶盖，“给。”

夏岚接过矿泉水，放在嘴边，也不喝，而是咬着水瓶的边缘，瞅着他笑。

陆博垣的脸更红了。

今天她化了淡妆，又因为喝了酒，面颊通红。路边的街灯下，车子里只有他们两个人，淡粉色的嘴唇咬着矿泉水的水瓶边缘，直勾勾地盯着他微笑……

不知道，如果换了一个人，她会不会也这样？

想到这里，陆博垣竟然莫名有些火大！但转瞬，又变成了安心，庆幸送她回家的人是自己。

他不知道为什么会有这种奇怪的想法，恍惚间，伸出了手……

修长的手指，几乎都要碰上了她的脸颊，却又停在了半空，然后转了个方向，轻轻敲了敲她手中的矿泉水瓶。

“乖，把水喝了。”

夏岚看着他，点了点头，然后听话地举起了水瓶。

结果，水瓶没拿住，矿泉水“哗”地洒了出来……她的下巴和前襟湿了一大片，她终于止住了笑，但似乎没有意识到此刻发生了什么，低下头，看着自己正往下滴水的毛衣发呆。

其实她今天是穿了件呢子大衣的，可是因为是陆博垣送她，出门时，苏珊只是简单地将大衣帮她套好，却没有扣扣子。本来也没什么，天气也不是很冷，走几步就到车里了，所以谁也没有在意。可现在，那水洒了出来，她外面也没有大衣挡着，全都洒到了身上。

那是件薄荷绿的马海毛毛衣，嫩嫩的颜色，衬得她的皮肤更加白皙。她胸前还挂了条小猫吊坠的项链，又可爱又时尚。

陆博垣赶紧从纸巾盒里抽出纸巾，刚要伸手帮她擦水，却意识到这个位置着实有些尴尬。

他有生之年第一次犯了难。

他原想着是要把她送回家的，但是没想进门，毕竟夏岚家里有一只大肥猫，他又对猫毛过敏。可现在这个样子，他怎么把她一个人丢在家里啊！

这湿衣服肯定要换，她自己能做到吗？

当然了，要是让他来帮她换衣服的话……

他叹了口气，不再犹豫，掉转车头，不再往夏岚家的方向，而是朝着自己所住的公寓式酒店开去。

停好车子，他像刚才一样，一手拿着夏岚的包，一手挽着她，朝着酒店走去。

酒店大门口，门卫帮他开了门，脸上似乎还带着一丝玩味的笑。

陆博垣也不理会，搭着夏岚回到了自己的房间。

他没有马上带她去卧室，而是把她放在了客厅的沙发上。

夏岚红着脸，身子软绵绵的，几乎坐不住，直接躺倒在上面。

他俯视着看了她一会儿，摇摇头，转过身，开始脱外套，换拖鞋。

等他再回到客厅时，夏岚已经窝在沙发上睡着了。她均匀地呼吸着，脸颊红润得像一颗熟透的苹果。奇怪的是，此刻陆博垣的脑海中，竟然闪现出四个字——娇艳欲滴。

"夏岚，夏岚？"

他弯下腰，轻轻地唤了两声。

夏岚没有理会他，翻了个身，脸朝里，背对着他。

陆博垣笑了，嘴角轻轻地扬起，然后伸出双手，将她拥进了怀里。

睡梦中的夏岚皱了皱眉，却没有反抗，顺势将脸埋进他的胸膛。陆博垣拥着她，一使劲，站了起来，就这样抱着她，朝卧室走去。

房间里安的是声控灯，随着他的脚步，骤然亮了起来。但是光线却并不强，暖暖的，打在那张柔软又宽敞的双人床上。

上面铺着白色的床单，陆博垣轻轻地把她放在了那里，然后直起身，扯开了自己的领带……

第十章　鱼饵

早上 7 点半，健身房。

这个时候来健身的人不多，何况今天还是周日。

尤其是在这种公寓式的酒店，这里的住客一般都是海归，他们喜欢玩闹，生活往往是半夜才开始的。这个时间，一部分人根本还没起床，而另一部分则刚刚要去睡觉。

陆博垣却是习惯了早起健身，多年以来，风雨不改。

和很多脑力劳动者不同，他并不是完全呆坐在那里思考，因为这样会让思绪凝固。他喜欢动起来，一边做运动，一边想事情。

此刻，他穿着件灰色的圆领 T 恤，灰色的运动裤，黑色的运动鞋，脖子上还搭了一条毛巾，正在跑步机上专注地跑着步。这形象和他平时西装革履的样子完全不同，但看起来依旧俊朗，也更加平易近人。

早上起床后，他怕洗漱声会吵醒她，只是远远地看了她一眼。她穿着他的 T 恤，裹在被子里，睡得十分香甜。

发丝垂在脸上，呼吸均匀，皮肤已经不像昨晚那般红，散发出健康的光泽。

难得的周日，他不想吵她，何况昨晚又喝醉了，如果可能，陆博垣希望她能多睡一会儿。

他已经运动了半个多小时，又跑了一会儿，还去做了做器械，看看表，已经 8 点多钟了，这才用毛巾擦了擦汗，准备回房去。

昨晚她的衣服上洒了水，他不方便帮她换，于是就打电话叫了酒店的女员工来帮忙。他那里没有女式的衣物，平时穿的也多是衬衣、西装。酒店员工就替夏岚套了件他的 T 恤，然后又简单地帮她擦洗了一下，就将她塞进了被子里。

其实，他本来是想单独为她开一个房间的。可是这家酒店都是家庭公寓式的，并没有普通的套间。再加上他有点儿担心她夜里醒过来没有人照顾，于是就让她睡在了自己的床上，而他则在客厅的沙发上将就了一宿。

下了电梯，远远就看到夏岚上半身还穿着他那件 T 恤，下面则套了条他的西裤，正站在他房间的门口，和门把手较着劲。

那衣服穿在她身上本就肥大，裤子更是长了不少，即便是卷了好几层，还是松松垮垮地堆在一起。她没穿鞋，光着脚，神色十分慌张，双手攥着门把，眉头紧蹙。

他快步走了过去。

“啊，陆……”

夏岚听到脚步，回过头，一眼便看见了他。

原本已经涨得通红的脸，更添了一分红晕。

“我……我出来看看，结果门自己带上了……”

陆博垣愣住了，但是只愣了一下，就伸出手，将她拦腰抱了起来。

夏岚扭着身子：“你，你干什么！”

“别乱动！”

他低吼了一声，随即又深深地叹了口气，语气也温柔了许多：“地上凉，怎么鞋都不穿？”

夏岚一怔，不再挣扎。

陆博垣打开房门，两个人回到了屋里。

他把她整个放到了沙发上，以免她的脚再踩到地面。

虽然客厅的房间里铺着地毯，可若是光脚踩在上面，还是有些凉的。

他也不着急坐下，皱着眉，低头俯视着她。

“怎么跑到门外面去了？”

“我，我……”夏岚小声地，声音里带着委屈，“我看你半天没回来，就说出去看看，不知道门怎么就关上了。”

“你知道这是我的房间？”

奇怪，她昨晚醉成那样，几乎是一进屋就倒头睡了，按理说，她应该不知道这是哪里才对。

“我打开衣柜想找条裤子穿……看到你的衣服，我……我认出来了。”

其实就算不看，她也能认出他的味道。

那张双人床上，被子、枕头……无不溢满了他身上特有的气息。

当然，这些话，她是不可能告诉他的。

而此刻陆博垣的心里，却在想着另一件事。

她比看上去还要瘦弱，那腰身……几乎可以用盈盈一握来形容。即便是将她整个抱起来，也没有多少斤两。

她太瘦了，瘦得叫人心疼。

两个人相对无话，又沉默了一会儿。陆博垣轻轻地叹了一口气：“洗漱了吗？”

“嗯。”

“那你早餐想吃什么？”

他平时是吃惯了西式早餐的，冰箱里有切片面包和火腿，但是如果她想吃别的，也可以直接去酒店的餐厅，或者去外面吃中式的早餐，他都不介意。

“都可以。”

她似乎有些踌躇，红着脸，执意不去看他。

陆博垣正想说些什么打破尴尬，外面却适时地响起了敲门的声音。

“您好，陆先生，我来给您送昨晚干洗的衣服。”

接了衣服，陆博垣不忘给小费，这也是他虽然在这里住的时间不算太长，却深得酒店众人关注的原因之一。

“给，你的衣服，昨晚叫酒店的女员工帮你换的，已经洗干净了。”

他看出夏岚不好意思，而且他在场的话，她也不方便换衣服，于是主动提出去买咖啡。

夏岚平时明明很多话，可这个时候，却又红着脸，什么都不说。今天的她，显然和平日里不太一样，但不知为什么，陆博垣并不讨厌，甚至还对她生出了几分怜惜……

手刚刚放到门把上，还没将门拉开，身后却突然响起了脚步声。

夏岚那纤细荏弱的小手，轻轻地拉住了他的衣角。

他还没来得及回头，就听到她怯怯地问道。

“昨……昨晚……我们有没有……”

“什么？”

他是明白她的意思的，但这种时候，不管怎么回答，都会尴尬。适当地装傻，才是最聪明的表现。

夏岚见他这么说，一颗悬着的心终于放下了。

昨晚的事，她真的记不太清楚了。最后的记忆，也只停留在陆博垣搀扶着她，让她坐到了副驾驶的位置。后来，他好像还帮着自己系了安全带……

至于怎么没有送她回家，而是带她来了这里，她就不得而知了。

想到这里，她不由又红了脸。

陆博垣嘴角微微翘起，伸出手，轻轻地揉了揉她的头：“放心吧，什么事都没有。”

周一一早，分局办公室。

有了上周六的聚餐，大家再见面时，气氛融洽了不少。

夏岚酒醉，特案组的几个人都很关心，不约而同地问了她后来的情况。她只是红着脸，找了些借口搪塞了过去。至于陆博垣，虽然没有刻意提醒，但也默契地对那天的事只字不提。

关于碎尸案的调查，还在继续。

和之前大海捞针般的排查不同，案件走到今天，终于有了些新的进展。

按照扫黄组的反馈，周琦经常出没的那家名为“馨”的高级私人会所，看似普通，实则暗地里专门招揽一些在校或是刚毕业的女大学生进行援助交际。其中不少人都参与过裸贷，所以现在有理由怀疑这是一条灰色产业链。

年轻女性裸贷后无力偿还债务，就被迫成为这些不良营业场所的女公关或是酒托，招揽客人，甚至做出更多违法犯罪的事。

最有力的证据就是，周琦虽然经常去这里，但是这家店却没有她的任何消费记录。

在周琦朋友圈发的照片中，那些酒水饮料、小吃果盘都价格不菲，但周琦每次都能免费享受这些，说明结账的另有其人。

往常对待这种案子，警方采取的态度都是放长线、钓大鱼，但这次牵扯到命案，自然不能再适用这种方法，要尽快破案。

毕竟周琦的死亡背后，很可能牵扯出更多内幕，甚至于一些长期从事此类犯罪的重大团伙，因此必须重视，局里特地给特案组分配了相关技术人员。

除了之前徐子峰说过的那位负责网络犯罪的乔卫民，扫黄组也派了两个同事来一起跟进这个案子。这两位恰巧一男一女，男的名叫曾亮，四十来岁，戴眼镜，地中海发型；女的相对要年轻些，三十出头，短发，名叫连小枫。

他们三人连同特案组开了一个长达 3 个小时的会议，待会议结束时，徐子峰的神情既严肃又有些无奈。

他双手抱肩，将视线在苏珊和夏岚的身上来回转换，最后苦笑着叹了口气，敲了敲夏岚的桌子，示意她跟自己回办公室一趟。

夏岚知道，组长肯定是要交给自己一个特别重要的任务，她有些忐忑，但更多的是跃跃欲试的期待。可谁知徐子峰一开口，竟然是游说她去当“卧底”。

“这次要伪装成女大学生，苏珊有点儿……”徐子峰有些无奈地低下头，他本人当然没有说苏珊年纪大的意思，可事实摆在那里，确实还是夏岚更合适。

“怎么样，你能去吗？”其实他倒是不担心夏岚的能力，可对方的经验太少，万一她表现不好，反而会坏事。

夏岚没有说话。

她也是想尽快破案的，为了这个案子，他们调查了太久，但时间越长，案子就越难侦破。这些她不是不懂，作为特案组的一员，她有牺牲小我、成全大我的觉悟。可是，让她去哪里卧底都好，为什么偏偏是那种地方……

她一个年轻女孩，怎么都会有顾虑的。

徐子峰没有催她，只是静静地等着她的回答。

“如果我去了，能保证我的人身安全吗？”良久，她终于说出了自己所担心的事。

徐子峰没有马上回答她，似乎也在默默思考着。所谓计划赶不上变化，他也不能完全打包票，就一定让她毫发无伤。可至少在能力范围所及，又或者说，即便是他能力范围以外，哪怕是拼尽全力，他也会尽量保护她，不让她受到任何的伤害。

他们是同事，也是战友，绝不可能看着她出危险。

“我只能说尽力，事实上不只是你，这件事牵扯太多，搞不好之后还有别人也要参与进来……”

“好，我相信组织的安排，也相信您。”

“真的？”徐子峰有点儿难以置信，“这么说你答应了？”

“嗯，不过我没什么经验，还请您多帮忙了。”

于是，事情就这么定了下来。而夏岚也在第二天，获得了一个新的身份——夏澜。

身份证、户口本，乃至学生证、图书证、乘车卡……一应俱全。夏岚不知道徐子峰是怎么在一夜之间就搞到这么多假证件的，而且那些证件真到连专业人士也看不出有什么区别。

另外，为了调查周琦的死亡真相，她还需要重回校园上课，外加住校。

夏岚工作后是一个人在外居住，她不放心将胖猫饼饼独自留在家里，可又不方便向父母吐露她去做卧底的事，还好擅长养动物的徐子峰自告奋勇地领走了饼饼。

起初，她还担心徐子峰家里已经有了阿呜这么一条大狗，再养一只猫，肯定会打起来。谁曾想，这一猫一狗相处得竟然比她想象中要融洽得多！

由于接下来还有一系列的安排，特案组的人都不方便出场，夏岚只得自己一个人拎着行李，来到周琦生前所在的那所大学，办理了相关手续。

周琦被人杀害和分尸的这件事，除了校方几个重要领导，其余人一概不知情。包括周琦的老师、同学和室友在内，还以为她办理了退学，不曾有人起疑。

根据线人提供的消息，除了周琦，这所学校里还有另外一个女学生经常出入“馨”，但她和周琦不同专业，也不晓得是不是真的有联系。

经过徐子峰一番运筹帷幄，夏岚顺利入住到周琦曾在的302宿舍。

这里有一个负责接应她的同学，名叫王萌，是校方安排的接待人员。当然，她对夏岚的任务与她的真实身份都不知情，只知道夏岚是校领导安排进来的插班生。

于是王萌便对外宣称自己和夏岚是初中的旧同学，这样即使她俩私底下说些悄悄话什么的，也不会有人觉得奇怪。

除了她俩，302宿舍里还有另外三个女生。她们的名字分别叫徐乐乐、肖丽欣和孙燕。

徐乐乐人如其名，是个性格爽朗、总是把笑容挂在脸上的姑娘。她和王萌的关系很好，虽然是第一次见到夏岚，可听说她和王萌是老同学，马上就忙前忙后地帮着夏岚收拾行李，非常仗义。

肖丽欣则是传说中的学霸，黑直发，扎着马尾，鼻梁上架着副黑框眼镜，一副不苟言笑的样子，甚至可以说是冷冰冰的。

至于孙燕，一直到吃晚饭的时候也没有出现。听说是翘了课，出去和朋友玩了。

“那个孙燕啊，你少搭理她！”学校的食堂里，王萌私下提醒道。

“怎么了，她这个人有什么不好吗？”

“她啊，呵呵。”有些话，身为学生会副会长的王萌不方便说，但是徐乐乐却不在乎，她看了看四周，低声解释道：“不是好人，私生活不检点！”

夏岚警觉地抬起了头。

其实他们早就调查过，知道这个孙燕和死去的周琦都曾经多次出现在那家高级私人会所，而且按照公共信息网络安全监察部的调查，孙燕也曾经参与过裸贷。

她和周琦的背景情况相似，很可能成为本次破案的关键人物。

当天吃过晚饭，王萌和徐乐乐热心地带着夏岚在校园里转了转，给她大概介绍了一下。尽管夏岚的实际年龄比她们大了一些，可基本上还算是同龄人，再加上彼此也谈得来，很快就成了朋友。

回到宿舍，三个女孩子又交换了手机号和微信号，开开心心地聊了好一阵子。当然，为了案件结束后，不影响到夏岚的正常生活，这手机号和微信都是新申请的。

还有几分钟就要熄灯的时候，孙燕终于回到了宿舍。

她一进屋，夏岚就闻到了一股浓烈的烟酒味。

"哟，来新人了啊！"

孙燕这个人虽然作风有些问题，但是还算热情，一见到夏岚就主动打了招呼。

"你好，我是新转来的，我叫夏澜，波澜壮阔的澜。"

"我叫孙燕，你叫我燕子就成。"

"哼！"

话音刚落，就听到学霸肖丽欣冷哼了一声。她此时已经换好了睡衣，正半倚在自己的床上，借着床头灯看书。见孙燕回来了，她直接关了灯，拉上了床帘，准备睡觉。

徐乐乐也没说话，爬回上铺，直接躺下了。

"孙燕，你下次注意点儿！别总是在快熄灯的时候才回来，你这样会影响大家休息的！"身为学生会副会长的王萌提醒道。

"放心，知道你们看我不顺眼。"孙燕也不生气，一边脱衣服，一边漫不经心地说道，"我最近手头紧，过几个月等我手上宽裕了，就出去租房，不会打搅你们的！"

她穿了件豹纹的贴身连衣裙，黑色的高跟鞋，外面是黑色的皮衣，妆化得很浓，尤其是那张烈焰红唇，怎么看都不像是个在校的学生，再加上这一身的烟酒味，一看就是个夜店咖（经常泡夜店的人）。

王萌还想再提醒孙燕几句，谁知这个时候突然熄了灯。她也懒得再说什么，摸黑爬回了自己在上铺的床位。

宿舍里很安静，孙燕也不搭理任何人，径自换了睡衣和拖鞋，又拿了洗面奶和毛巾，打算去公共的盥洗室洗脸卸妆。

“哦，等一下，我也要去！”夏岚见她要走，自然不肯放过这个独处的机会，赶紧拿了个水盆，又拿了洗衣液和一件内衣，假装要洗衣服，跟了出去。

那是一件淡粉色带蕾丝和薄纱的内衣，而且还是名牌，可爱之中，又透着性感——这件内衣，是陆博垣亲自帮她选的。

她要去卧底，自然是要接触一些做这个行业的“同行”，而最能令她们马上就对夏岚产生兴趣的，无非就是名牌效应。包包、衣服，自然是必不可少，但这内衣，却是画龙点睛的一笔。

夏岚临行前，特案组和扫黄组就双重申请，帮她拿了很多没收在库里的衣物和皮包，甚至还有内衣……她自己真的没有这种类型的，平时穿的也都是棉质的，一看到这些，便彻底傻了眼。

徐子峰虽然是组长，可他一个大男人，根本不好意思跑来帮年轻的女下属挑这些东西，找了个借口就趁机躲了出去。反倒是刚巧来局里找他开会的陆博垣，面不改色地钦点了这件。

桃红蕾丝的小花边，几条轻飘飘的缎带……说真的，夏岚是真没想到一向高冷的陆博垣竟然喜欢这种类型。

“又纯又欲，啧啧，不愧是你。”就连同样跑来帮着挑选服饰的苏珊看了，也忍不住拍手鼓起了掌，再看向陆博垣的眼神中仿佛带上了潜台词。

“不错啊！”孙燕一边洗着手，一边有意无意地扫了一眼夏岚正在洗的内衣。在看到这个款式和颜色后，眼神中掠过一丝轻蔑的笑，但当她注意到牌子后，明显地愣了一下，随后便酸溜溜地夸赞了起来。

“是真货吗？”

夏岚听出了她语气中的嫉妒，按照陆博垣和苏珊帮她设定好的台词说道：“是啊，昨天刚买的。”

“不少钱吧？”

“还好，”她耸耸肩，故意表现得有些无所谓，又有些刻意炫耀的样子，“反正也不用我掏钱。”

孙燕没有回话，若有所思。她低下头，沉默地洗着脸。

“对了，咱们学校有帅哥吗？”

夏岚看似漫不经心地抛出这么一句话来。

“干吗问我？”

“别闹了，不问你问谁？”她轻轻一笑，然后故意朝寝室的方向看了看，小声道，“总不能让我去问她们吧？学霸、宅女，还是学生会副主席？”说完，还冷哼了一声，一脸的不屑。

听夏岚这么说完，那孙燕竟然笑了。其实比起有共同的嗜好，共同的敌人才更能拉进女人之间的友谊。尤其是像她这种类型的女生，与其装热情，还不如多聊些别人的八卦，说些是非，反而更能激起她的兴趣和亲近感。

孙燕用毛巾将脸擦干净，然后撞了撞夏岚的肩膀，眉毛一挑：“帅哥也不是没有，可得看看你喜欢什么类型的？”

“你呢，你喜欢什么样儿的？”

“男人啊……还不都那样！脸什么的，都不重要，主要是拿得出手！”

都能拿得出手了，还说脸不重要？这不是前后矛盾吗！不过夏岚转念一想，她所谓的“拿得出手”，说不定还真不是长相，而是财力吧？

“我倒是觉得，长得帅一点儿的好，有钱没钱无所谓。”

“无所谓？”孙燕皱了皱眉，下意识地扫了一眼她正在洗的内衣。

“是啊，”夏岚接着她的话头继续道，“要钱的话，也不是没有人给我花……”

说完，又好像意识到什么似的，赶紧收了声。同时还不忘撇了撇嘴角，装作一副不小心说漏嘴的样子。

孙燕秒懂，却没有继续追问。

第二天一早，夏岚和王萌她们一起去上课。孙燕则赖在床上没有起来，同宿舍的人也没有人愿意叫她，由着她翘课在宿舍里睡觉。

上午上的是大课，两个班一起，夏岚这样的新面孔，很快就吸引了不少人的注意。

没等老师介绍，就有几个好事的男同学偷偷地打听起了她的名字，甚至还有人传来了纸条。

夏岚懒得理会，直接把纸条揉成一团，扔到了废纸篓里。

这一幕，恰巧被姗姗来迟的孙燕看了个正着。她嘴角扯起一抹笑，拿着书，随意找了个位置坐下，跟着大伙儿一起上第二节课。

转眼上午的课就要结束了，还差几分钟下课的时候，夏岚的手机突然响了起来。

她没有挂上电话，而是拿起手机，在众目睽睽之下抄起包跑出了教室。

几分钟后，下课铃声响起来，孙燕收拾好东西，来到走廊上，打算去食堂吃饭。结果她刚从教室出来，一眼就看到了正趴在楼道的窗户上讲着电话的夏岚。

"嗯，知道了，一会儿我在学校门口等你！"夏岚看见了她，伸出手，打了个招呼，脸上依旧眉飞色舞，声音也娇滴滴的，"老公，你上次说的那个包包，到底什么时候帮人家买啊？"

孙燕轻笑一声，没有立刻走开，而是停下脚步，站到了夏岚的身边。

"知道了，你别骗我就行！嗯，那就这么说定了，我现在就出去！"夏岚说完，又转过身子，故意背对着孙燕，小声地对着话筒亲了一下，"一会儿见！"

"哎哟哟，这大中午的，你酸不酸啊！"见夏岚挂上了电话，脸上还闪着娇羞的红晕，孙燕斜倚在墙上，打趣道。

夏岚有些不好意思，红着脸，轻轻地打了她一拳："讨厌！"

"跟我说讨厌有什么用，赶紧地跟你那老公说啊！"她见旁边人来人往的，于是便向前探了探身子，在夏岚耳边小声道，“明明都有男人了，昨天还叫我给你介绍帅哥！你这不是害我做坏人吗？”

“就我那老公，一个星期才见一次，有跟没有有什么区别！”

“这么久见一次，异地恋？”

“这……”夏岚仿似有些欲言又止，“哪天再跟你说，我还有事，先走了，下午的课就不上了。”

“嗯，行，你走吧，有事晚上再聊。”

“晚上啊……”她有些踌躇，“晚上可能也回不来，看情况吧。”

虽然没有进一步的解释，孙燕却了然了。

那一晚，夏岚果然没有回宿舍。

“怎么搞的，这么晚还没回来？”

王萌和徐乐乐并不知情，因此还有些担心。

“她啊，今晚估计是不会回来了。”孙燕今天倒是没有出去，而是乖乖地留在宿舍里。

听到她这么说，王萌似乎是明白了什么，只是“哦”了一声，就没再过问。反倒是一旁不知情的徐乐乐不禁有些惊讶。

她张大了嘴巴，感叹道：“这才第一天上课，下午就翘课了，而且还夜不归宿！她这是……”

“这是原形毕露了啊！”一向不怎么和她们搭话的肖丽欣，突然冷笑着插了这样一句话。

与此同时，夏岚正和车瑞一起坐在徐子峰的办公室里。

“我觉得，这样好像不太好吧？”她面露难色，有些不好意思地说道。

徐子峰却直接反驳了她：“就这样，我已经和学校的负责人说好了。”

原来，为了进一步配合夏岚的卧底行动，不仅仅是她自己，连车瑞也被安插进了学校。当然，他也要换一个新的身份，不过不是学生，而是老师——新来的计算机课老师。

之所以会安排他，主要是考虑到当时在调查周琦的时候，出面的多数为聂程涛和徐子峰，学校里难免有人会对他俩有印象，安全起见，这次的卧底行动，他们两个都只能退居幕后，做一些辅助工作，不方便再露面。

因此能作为学校老师来接应夏岚的，也就只剩下了车瑞。

“干吗一定要这么安排？”

“只有这样，才能更快地接近那个孙燕。”徐子峰说着，将手机举到她的面前，屏幕上显示的是孙燕上学期的成绩单，“她的学习成绩很不好，尤其是计算机。之前一直缺课，还和老师吵过架，这门课程，她是绝对不可能过的。”

是以，车瑞这个计算机老师的出现，必然能引起她的注意。

第二天早上，夏岚在徐子峰的护送下回到了学校。

为了能被更多人看见，他们特意选了一大清早学生们准备上课的时间段。但是为了以防万一，怕有人认出自己，徐子峰特意戴了墨镜，换了一套平时根本不穿的西装，并且从朋友那里借了一辆很拉风的跑车。

到了学校门口，徐子峰没下车，而是让夏岚自己开了车门，提着从苏珊那里借来的新款包包，一脸喜悦地走了出来。

就这样，还没正式上课，夏岚昨晚彻夜未归，今早又被人用高级跑车送回来的消息，已经传遍了整个班。

“切，看着挺清纯的，没想到，也是个不要脸的货色！”

“听说那个男的挺大岁数的，肯定已经结婚了。”

“小点声儿，你也不怕被人听见！”

“怕什么，既然敢做，就不怕被人说！”

教室后面，几个女生小声嘀咕着，毫不掩饰地朝夏岚投来各种鄙视的目光。

夏岚心里颇不是滋味，可也不好表现出来，只得强打精神，装作什么都没听见。

昨天还跟自己坐在一起有说有笑的王萌和徐乐乐，今天见了她，也只是普普通通地打了个招呼，却没有跟她坐在一起。

夏岚叹了口气，找了个没有人的角落，独自坐了下来。

就在她以为今天上午的课只能自己一个人上的时候，孙燕在这时走进了教室。

眼瞅着就要打上课铃了，孙燕环视了一下四周，然后走过来，坐在了她的旁边。

夏岚心里立刻涌起了一阵小小的激动。

“早！”孙燕笑着坐到她旁边，眼睛却盯着她放在桌上的新包包，“包不错啊，新买的？”

夏岚点了点头，朝她笑了笑。

夏岚原本想要继续顺着这个话题和孙燕聊一下，可上课铃声却在这时响了起来。

她没再多说什么，却在看着教室大门的方向时，怔住了。

车瑞夹着几本教材走了进来。平时总是简单的牛仔裤、宽松的卫衣，可今天，他却认真地打扮了一番。

车瑞穿了黑西裤、黑皮鞋、白衬衫，外面还套了件开身的深蓝色毛衣，配上他那黑框眼镜，还有自来卷的发型，别说，还真有那么一点儿“教授”的感觉。

“哎，奇怪，怎么换老师了？”

“那个孙老头儿呢？”

教室里，一片窃窃私语。

“安静了，安静！”

车瑞丝毫没有怯场，他推了推架在鼻梁上的眼镜，制止了讲台下正在讲话的同学们。而后他转过身，拿起粉笔，在黑板上写下了自己的名字。

不过，因为他的姓氏比较特别，所以并没有用真名，而是改了一个姓，改为姓“陈”。

夏岚头一次发现，车瑞的字，竟然还挺好看的。

“我姓陈，叫陈瑞，从今天起，由我来给你们上计算机基础这门课。”

“陈老师，那孙老师呢，他怎么没来？”

“是不是辞职了啊?！”

“没有，孙老师没有辞职，只不过最近家里有些事，请了长假，我只是来临时代课的。”

站在讲台上，车瑞的目光扫过一排排的同学，然后落在了夏岚的身上。

没有任何表情，大概停留了两秒，又转头看向了别处。

“现在开始点名，叫到名字的同学，喊一下‘到’。”

说完，他也没低头看名单，又直接把目光投回了夏岚那里，直视着她道：“夏澜！”

这一切都是他们之前商量好的，所以看到他这样，夏岚自己并不觉得奇怪，可除了她，其余的人都不禁有些纳闷起来。

为什么新来的老师连名单都不看，就知道她的名字呢？难道说，他们两个早就认识？

她也不急着答应，显得有些不太高兴地皱起了眉头。

“夏澜！”

他又叫了一次她的名字。

夏岚咬了咬嘴唇，虽然不情愿，但还是轻声地答了一句：“到。”

车瑞这才低下了头，看着名单，继续点名。

“怎么回事，你俩认识？”孙燕在她旁边小声问道。

夏岚点了点头，眼睛却一直盯着讲台：“嗯，他是我的……前男友。”

第一节课刚结束，夏岚就收拾好包包，从教室里走了出来。

车瑞看着她离开，作势想要追出去，但是身边围着几个来问问题的同学，实在是不方便脱身，因此只得作罢。

这一切都被孙燕看在了眼里，她跟着夏岚，一起回到了宿舍。

“怎么回事，”见夏岚闷闷不乐地趴在床上，孙燕坏笑着打趣道，“该不会是为了追你，所以才跑到这里来当代课老师的吧？”

“谁知道！”

“看着年纪不大，没想到，还挺长情的嘛！”

“哼，狗皮膏药一样，真烦！”

“哎哟哟，还傲娇了，反正也没别人，你说说，到底是因为什么分的手？”

夏岚想了想，最后还是坐起了身，从上铺跳了下来，坐到了孙燕的旁边。

“那我只告诉你一个人，你可不许跟别人说啊！”

“嗯，你放心吧！”

“其实他人还不错，长得虽然不算太帅，又比我大了几岁……可对我还真挺好的。”

“那为什么要分呢？”

“没上进心呗！”说到这里，夏岚不由撇了撇嘴，“我啊，最烦那种没上进心的男人了，他专业成绩挺好的，要是能找个公司干个设计什么的，每个月总能有个几万吧？可是他不干，说当设计太辛苦，老得加班熬夜，还得伺候甲方爸爸，到时候没时间陪我。”

孙燕笑了：“那不是挺好的，知道黏着你啊！”

“好什么好！家又不在这里，没车没房的，将来租房子不要钱，吃饭不要钱啊！再说我还得买衣服，买包……他也不看看自己几斤几两，养得起我吗？”

果然。

孙燕看着她，嘴角轻轻牵起一抹笑。

虽然看起来还挺清纯的，但是这个叫“夏澜”的女孩，脑子并不笨。她很有主见，做起事来也很果断，换句话说，目的性很强，很清楚自己要的到底是什么。

这样的她，令孙燕想起了周琦。

“话也不是这么说的，不是都说莫欺少年穷吗，他这么喜欢你，肯定愿意听你的话，你多劝着点儿，怎么都会好起来的。”

“哼，就他……”夏岚冷哼了一声，“根本是个扶不起的阿斗！哪像我现在的男朋友！”

早上孙燕在食堂就听说了，夏岚今天是被人用高级跑车送回来的。刚才又看到了她手上拎的那个包，确实是今年的新款，价格并不便宜。看来，她这新男友倒是舍得为她花钱，也有的是钱可以给她花。

“新男友交了多久？”

“也没多久，两个多月吧。”说到这里，夏岚的脸上却没有什么甜蜜的感觉，反而显得有些无所谓，好像在她看来，这一切就像一场交易一样简单，根本没有走心。

“那陈老师跟你都跟到学校里来了，你打算怎么办？”

“唉，就是不知要怎么办啊！烦死了！”

第十一章　上钩

接下来的计算机课，夏岚和孙燕都没有再去，而是窝在宿舍深聊了一整个上午。午休时，俩人的关系似乎也亲近了不少，挽着手，一起去学校的食堂吃饭。

可刚刚走到食堂门口，她们就碰到了早就站在那里等着她们的“陈老师”。

“你怎么搞的，上午课都没上！”

他在那件毛衣外又套了一件西装，笔挺地站在那里，一脸的严肃。

夏岚看着他，有些想笑，平时看惯了他穿着肥肥大大的帽衫、背着双肩背的理科男打扮，这么认真正经的样子，实在是让人不习惯。

夏岚故意扭过头，不去看他，以免自己会不小心笑出来。

可这样的表现，在孙燕眼中却被解读为另一种情况。有了前男女朋友这层设定，她理所当然地以为，夏岚之所以不理会也不看他，是因为不想再和他扯上任何的关系。

虽然她们才认识不久，可是孙燕并不介意卖一个人情给夏岚。

“陈老师，澜澜刚刚不舒服，我陪她回去休息了。”

“哦，不舒服？”

车瑞平时看起来总是一副木讷的样子，没想到演技竟然不错。

他此刻皱着眉，表现得非常焦急，伸过手就想要去扶夏岚的手臂，“现在怎么样了，要不要我带你去医院？”

“不用了。”夏岚小声嘀咕了一句，错了个身，挣脱开他的手，躲到了孙燕的后面。

“那到底是哪里不舒服？我去帮你买药！”

“呵！”一旁的孙燕轻声笑了出来，打趣道，“陈老师，您对学生可够好的啊！这么贴心！”

车瑞有些尴尬，咳嗽了一声，想要越过她，直接和夏岚说话。怎奈，夏岚一直低着头，根本连看都不看他一眼。最后，他也有些生气了，沉下脸道：“刚刚你没在，所以不知道，下周上课要进行一个小测验，这次的测验占学期总成绩的百分之三十。”

“什么！”他话音刚落，不等夏岚回话，孙燕就先叫了起来，“陈老师，你这是假公济私、公报私仇啊！”

“陈瑞，你别太过分了！”夏岚装出一副生气的样子，终于直起了腰，从孙燕身后走了出来，怒视着他，“一来就搞什么测验，还要占总成绩，你这分明是针对我啊！”

“就是，你们俩有事儿，就自己解决，拿成绩要挟，也太下贱了吧！”

“你说什么呢！”

车瑞瞪了孙燕一眼，却忍住没有发作，“我不知道她跟你说了什么，但是我们俩的事儿你既然知道了，劝你也别多嘴，不然后果自负！”

“哎哟，我还真不信了！”孙燕被气得竟然笑了，就连嗓门也跟着大了起来，“陈老师，有你这么求人回心转意的吗！”

午饭时间，食堂门口本就进进出出的有很多人。她突然这么一嚷嚷，自然吸引了一些好事者停下脚步，纷纷朝着这边看了过来。

车瑞本就十分难看的脸色，变得更加阴郁了。本来还想多说些什么，这个时候也不方便再继续说下去了。

“哼，”他突然轻轻一笑，瞥了她俩一眼，“总之，你好自为之吧。”说完这话，他头也不回地转过身，走了。

夏岚看着他的背影，心中暗道，这个车瑞，虽然平时不言不语的，可别说，真认真起来，还颇有些腹黑男的神韵。

几天后的晚上，宿舍里。

因为第二天要测验，孙燕今天难得提前回了宿舍，打算借同学的笔记来抄一抄，画画重点。

肖丽欣一向独来独往，自然不会把自己的笔记借给她。徐乐乐借口说也要复习，抱着笔记不肯松手。只有身为学生会副主席的王萌愿意将笔记借她。

王萌的笔记非常工整，重点要考的内容，也用彩笔画了出来。不过临时抱佛脚，孙燕仍旧没有把握。比起好好复习，她此刻想的更多的是要怎么做小抄。除此之外，她想不到别的方法可以通过这次测验。

上个学期计算机课的成绩就已经不及格了，如果这学期还不及格，那她升学都成了问题。

明明上网看帖子、运用各种社交平台什么的，她都玩得很好，可这计算机课程却怎么也搞不定。

好端端地，突然要搞什么测验，全都怪那个陈老师！

当然，真正的罪魁祸首，其实还是夏澜。

包括她在内，所有人都被整死了，可是这个时候，偏偏夏澜却不见了踪影。

“奇怪，到底跑哪里去了？”

她小声嘀咕着，叹了口气，认命地画着重点。

谁知就在这时，宿舍的门开了。

夏岚穿着件短裙，外套的扣子也没系，头发蓬乱地走了进来。

“怎么才回来，你不复习啦？”

王萌朝她随便打了个招呼，就端着水盆去洗衣服了。

肖丽欣和徐乐乐则连理都没有理她，仍旧躲在自己的床上看着书和笔记。

夏岚也不生气，别人不理她，她正好也懒得搭理她们。歪着头，看着正瞅着自己的孙燕，她嘴角扬起了笑，朝她招了招手。

“有事？”孙燕问道。

“嗯，有事，你过来。”

“干吗啊？”

“叫你过来你就过来啊！还怕我吃了你不成！”夏岚说完，也不等孙燕回应，就自己跑了过来，拉住她的手臂，拽着她下了床，朝着门外走去。

孙燕慌慌张张地穿上拖鞋，被她拉着，一直跑到了楼道里。

两个人找了个没有人的角落，夏岚这才神秘兮兮地将包打开，然后从里面掏出两张 A4 打印纸。

“这是什么？”

孙燕好奇地接了过来，但是当她看清这上面写的究竟是什么时，眼睛一下子就瞪大了。

“这，这是考题！”

“不止，”夏岚轻笑，小声道，“还有答案呢。”

“你……”孙燕简直不敢相信，看看四周，压低了声音，“你怎么搞到的？”

“呵，当然有我的方法了。”

“难道是从陈老师那里……”

夏岚不回答，可她的表情却无疑是默认了。

也对，这种事，反正也不是第一次了，曾经的男女朋友再有一次也没什么。不过……

孙燕看着她，颇有种刮目相看的感觉。

“你不怕他再缠上你？”

“缠不缠的，也就那么回事，反正各取所需罢了，要是有必要，我也不介意陪他玩玩儿。”

孙燕看了她好一会儿，突然笑了。这个叫夏澜的女孩目的性强，长得也够清纯，别说，还真符合老唐的要求……

想到这里，孙燕摇了摇头，毕竟才刚认识几天，现在就下定论还太早，总要过些日子，如果真的有可能，再把她介绍给老唐。这样，刚好能补了周琦的缺。不管怎么说，要先把这次的测验通过了才行。

“快收好，我那里有原件，这个是我特意给你复印的，明天的测验，你可别都答对了啊，怎么也要故意错一些。”

“放心吧，我懂。”

“还有，”说到这里，夏岚又看了看宿舍的方向，“别让别人知道。”

“好，澜澜，”孙燕看着她，“你可真够姐们儿！”

“那是，有福同享，有难同当啊！”

第二天的计算机测验，犹如预想般顺利。

早就拿到答案并且熟记于心的孙燕和夏岚，早早就交了卷子。尽管故意错了几道题，可没有意外的话，起码也能考个前五名。

接下来的日子里，她们两个人似乎成了非常要好的朋友。虽然谈不上形影不离，但也总是相约一起逛街吃饭。

吃饭时买单的，一般都是夏岚。孙燕发现，她花起钱来真的是一点儿都不在乎。

至于车瑞所扮演的“陈老师”，依旧时不时地来找夏岚。孙燕则静观其变，只是一味地跟着她玩闹，却并没有任何的表示。可言谈举止间，与夏岚的关系倒是又增进了几分。

眼看时机成熟，通过特案组几个人的商议与安排，终于在夏岚入学半个多月后，使出了大招——

车瑞，或者说是陈瑞老师，被人揍了。

他伤得似乎很重，足有三四天没有来学校。再出现的时候，手上绑着夹板，脸上都是瘀青，一只眼睛还肿了起来。

他没解释情况，只是草草地办理了离职手续。有人说，他是出了车祸，也有人说，他是惹了什么人，被人寻了仇……

而他不在的这段日子，夏岚也没有出现。

不管孙燕怎么打电话，始终都是无法接通。

看到这样的陈老师，孙燕隐约觉得，夏岚可能也出了什么事。谁知到了傍晚时分，夏岚终于出现了。

她状态非常不好。脸上没化妆，穿的也比平时要素雅得多，整个人都无精打采的。

“怎么了，到底出了什么事儿？”孙燕的好奇大过担心，故作关心地问道。

见到她回来，别的人都很默契地躲了出去，宿舍里没有别人。

不知从什么时候开始，“夏澜”也和孙燕一样，成了不受欢迎的人。

“没什么，”夏岚有些心不在焉，“和男朋友分手了。”

尽管多多少少能猜出个大概，可孙燕还是觉得有些不可思议。

“该不会是你男朋友知道了你和陈老师的事情吧！”

“嗯，”夏岚点点头，把脸埋进手臂里，唉声叹气道，“我现在算是人财两空了。”

噗。

孙燕没想到她会这么说，不由笑了。

“笑什么啊，唉，我是真的很惨啊！他还找人把陈瑞打了一顿，说让我滚蛋，临走还把我的卡也给要回去了。哦，还有之前帮我买的那个包！”夏岚越说越激动，最后干脆从床上爬了起来，嚷嚷道，“太过分了，卡收走就算了，干吗把包也要走！我和别的男人怎么了，我都没介意他有老婆孩子呢！”

孙燕摇摇头，心说自己还真没看错，她找的那个“男朋友”果然是个有家室的。

“燕子啊，”夏岚一把拉住了孙燕的手臂，“你得帮我啊！”

“啊，帮你？”

“嗯！”夏岚用力点着头，用一双水汪汪的大眼睛看着她，“我看你平时穿的戴的也都不错，肯定有些有钱的朋友吧？”

“还好吧。”

“唉，你别看我这样，其实我真没钱啊，我家里都不管我的，顶多给我交个学费、生活费什么的，其他的我都得靠自己。可我哪来那么多钱啊！咱是好姐妹，你要是有法子，可得帮帮我啊！”

听了她这些话，又想到相处这段时间以来她给自己的感觉，孙燕的心里也偷偷有了些打算，“你就没想过贷款吗？其实现在贷款也很方便，而且以你的条件应该很快就能还上……”

夏岚一听这话就知道裸贷这事儿肯定跑不了，但她更想直接一点儿，直捣要害。“贷款也不是没想过，你也知道我，不如找赚钱的活儿来得直接，你要是有赚钱的工作可要想着我啊！”

孙燕惊讶于夏岚的直接，没想到连“贷款”这步都省了，便打起了新的盘算，“赚钱的活儿啊，倒也不是没有……”

她似乎有些欲言又止，看着夏岚，暧昧地一笑，“就是不知道，你愿不愿意？”

“你真的有路子啊！”

夏岚看着她，眼中闪现出了奇异的光芒。

其实孙燕早就想拉她入伙了，只是一直找不到合适的机会，想不到事情竟然这么顺利……当然，她做梦也想不到，这所谓的分手契机，其实是特案组的人为了吸引她而故意设下的圈套。

老实说，夏岚的私生活真的干净得犹如一张白纸。

她从小到大，连 KTV 都很少去，夜店、迪厅、网吧……这些同龄人曾经沉迷或仍在沉迷的场所，她连大门都没进去过。

更何况是“馨”这种私人会所。

这里店如其名，当真是活色生香得很。

从外表看，只觉得这里是个高档又神秘的地方，其余并没有什么不妥，可推开软包大门，里面却别有洞天，另有一番景象。

大理石的地面，铺着一眼望不到头的高级印花地毯。大厅里的水晶灯和华丽的吊顶，她只在影视剧的豪宅里见过。

这里人不多，可每一个都是精心打扮过的。

男宾们几乎都是西装革履，虽然年纪、长相都不同，可一个个非富即贵。当然，这其中也不乏一些年轻帅气的，可在夏岚看来，这些长得帅的却并不像是客人。

事实上，他们也的确不是。

这里招待的，也不仅仅是男客，所以，自然也要有些男侍应。

至于女性，除了少数几位年长的、看起来像是客人的女士，其余大部分都是女侍应。这些姑娘有的化着浓妆，穿着妖艳；有的则长发披肩，略显清纯。不过总体来说，都符合了“青春貌美”这四个字。

乍看起来，这里确实不像风月场所，无论是客人还是侍应，都是规规矩矩、笑容可掬的样子。

他们两三个为一群，或是举着酒杯站在一起聊天，或是坐在沙发上跷着长腿，打着桥牌。

而这，仅仅是大厅而已。

里面的房间还有很多，大多数都关着门。

有的能从门缝下看到忽闪忽现的灯光，有的则干脆关着灯，不知道里面正上演着什么令人脸红心跳的戏码。

“怎么了，发什么呆？”

孙燕娇笑着，挽着她的手臂问道。

今天的孙燕和以往不同。

虽然她平时也喜欢穿紧身的裙子，也喜欢化浓妆，可比起平常来，今天她却更加刻意地打扮了一番。香水喷得比平时还要浓，领口开得也更低了一些……嘟着一张鲜艳的红唇，还故意在嘴边点了一颗痣。看起来，更多了几分性感妖娆。

来之前她也特意叮嘱了夏岚，让她也好好打扮一下。不过却没有要求她跟自己一样，而是叫她坚持本色，走清纯路线。

夏岚想来想去，也不知道要穿什么好。最后，还是在苏珊的帮忙下，借了一条改良后的青花瓷短款旗袍来穿。

旗袍原来的主人个子比她高，身材也比她丰满，于是她自己又在腰身上稍微勾了几针，做了个掐腰，更显得娇小可爱。

将头发简简单单地散在肩头，又把其中一边的发丝梳成个装饰用的小麻花辫，别在了耳后。耳朵上，则戴了两枚珍珠耳坠当配饰。

她平时是不穿高跟鞋的，可这次也是拼了，自掏腰包去买了一双足有十厘米的宝蓝色高跟鞋。穿上鞋子的一刹那，她整个人的海拔也高了起来，不自觉地昂首挺胸，就连气场也跟着被带了出来。

大厅里还有两个穿旗袍的姑娘，可比起她俩那高开衩、胸口都是薄纱的旗袍来，夏岚这身则素雅清秀了许多。

那俩人用画了粗眼线的眼睛斜睨着她，表情实在称不上友善。

夏岚心里虽然不是很舒服，却还是稍稍仰起了头，不想在气势上输给她们。

她这举动，被孙燕看在眼里。孙燕嘴角轻轻一扬，挽住她的手臂，笑了，“别搭理她们，小家子气得很。”

夏岚笑笑，点着头，“你说要介绍给我的那位唐先生呢？”

“哈，什么唐先生，我们都叫他老唐！”孙燕拉着她，也不顾大家投过来的目光，朝着走廊里一间关着大门的房间走去。

和灯火通明的大厅不同，这长长的走廊，灯光非常昏暗，暗红色的地毯，即便是穿着平时根本不穿的高跟鞋，走在上面也完全不会觉得累。

“老唐，你在吗？”

孙燕轻轻敲着房门，连声音也蒙上了一层甜腻。

夏岚觉得自己的心怦怦乱跳，几乎都快从嗓子里跳出来了。

房门打开，一个叼着电子烟的男人站在那里，他嘴角微扬，眼光完全集中在了夏岚的脸上。眼神轻轻一扫，便将她从上到下看了个遍。

夏岚很不喜欢他的眼神，那不像在看一个女孩子，更像是在看一件货物。

她觉得自己就好像是案板上的一条鱼，而他，则是一个随时可以手起刀落的鱼贩子。

“老唐”并不老，实际上也就二十七八岁的年纪，体形很匀称，脸异常白皙利落，亚麻色的短发，暗红色的衬衫，领口微微张开，漂亮的锁骨若隐若现，脖子上金色的大粗链子格外扎眼，黑色的西裤，擦得发亮的尖头皮鞋……

他斜倚着房门，那只拿着电子烟的手上，戴了好几枚泛着金属光泽的戒指，尤以其中一枚发乌的、蔷薇戒面的最为抢眼。

他本就长得透着几分妖娆，竟然还画了眼线……一双凤眼，更显得诱惑夺目。

倘若换了一般的女人，怕是早就花痴得靠过去了。

可夏岚，偏偏不是一般的女人。

老唐正好属于她无感的那一种类型。

从小到大，她都和花美男是绝缘体，当别的小伙伴都为了偶像明星尖叫的时候，她却完全不屑一顾。因为比起唇红齿白、小脸儿赛豆腐的花样男子，夏岚更喜欢有头脑的智慧型男子。

比如——陆博垣。

想到他，她竟然不自觉地脸红了起来。

这抹红晕看在老唐的眼中，却成了她也被自己的美貌所倾倒的证明。

“夏小姐！久仰大名了！”他不动声色地牵起她的手，放到自己的唇边，绅士地俯下身，想要亲吻她的手背。

夏岚心头一惊，大喊不妙！她可不想被这个妖男的口水玷污！

想到这里，她赶紧上前一步，伸出另一只手，拉住他，“唐先生，幸会幸会！早就听燕子提过您了，只是没想到，本人竟然这么帅！”

老唐没想到她会这么主动，愣了一下，不过仔细想想，自己一向招女人喜欢，尤其是像她这种小女生。因此也并不觉得意外，只是没能一亲芳泽，有些遗憾罢了。

“有了新人，就不管我这个老人了啊！”一旁的孙燕却在这时嘟着嘴，扑了过来，搂住了他的脖子，“我不管，你得亲我一个！”

老唐轻轻一笑，竟然真的在她嘴上蜻蜓点水地吻了一下。

而后，便转过头，直视着夏岚，“还是自我介绍一下吧，我姓唐，唐立青。”

“您好，我叫夏澜。”

“我们这儿可不兴用真名的！”

他微笑，将她让进了办公室，示意她们坐在那张浮夸的豹纹沙发上。自己则转过红木的办公桌，坐进一张红色的皮椅之中。

“哦，既然这样，”夏岚想了想，“就叫我 Sunny 吧。”

“好，这个名字不错！”

将手中的电子烟放到桌上，他倒了杯红酒，似笑非笑地睨着她，“来一杯吗？”

“不用了，我酒精过敏。”

“啊？”

这出乎意料的回答，令唐立青笑了起来，转头瞅了瞅一旁的孙燕，问道："你可没跟我说过 Sunny 不能喝酒啊！"

孙燕也不知情，看向夏岚的眼神，多少有些埋怨起来。

"你连酒都不能喝？开什么玩笑呢！"

"我真没开玩笑，不是不能喝，是真的喝不了！"

她早就想到了这帮人会让自己陪酒，这个时候，她酒精过敏的体质反倒成了挡箭牌。不过，为了以防万一，她还是决定夸大一些事实。

"哪怕就喝一口，也会全身起红斑，特别难看，而且我酒品也不好，因为不能喝，所以一丁点儿就醉，我醉了以后会很可怕。"

"可怕？哈，你会做什么？"

"会砸东西，不管是什么，只要我能看得见、摸得着，就抄起来乱砸。"

她这么说，可算是把所有的路都封死了。言下之意也就是说，若是非让她喝了酒，那不仅仅会变丑，导致客人不喜欢，而且还会乱砸东西、六亲不认，说不定到时候他们赚钱不成，还得大赔特赔一笔。

果然，听她这么一说，孙燕撇了嘴，唐立青纵使脸上没什么，但还是忍不住往椅子上又靠了靠，想来心里也颇有些无奈。

找了个不能陪酒的小姐，这生意可怎么做？

"那……"尽管如此，他还是扬起眉，问道，"抽烟吗？"

夏岚摇头，朝他微微一笑，"唐先生，我是烟酒都不沾的，我不知道你们这里平时接待客人都需要做什么，可我以前的'男朋友'都是些上了年纪的叔叔伯伯，你也懂的，他们喜欢的，可不是什么妖艳疯狂的……要的，就是我这种简简单单、不会太麻烦的类型。"

她这席话，颇有些"一语惊醒梦中人"的意味。那些来他们这里消费的年纪大的男人爱的不就是这清纯懵懂的调调吗！虽说他们这里的姑娘年纪都不算大，可真的能做到烟酒不沾的，又有几个？就像吃惯了荤菜，突然上了一盘素的，总会给人眼前一亮、胃口大开的感觉。

唐立青将双手交叉，放在办公桌上，饶有兴趣地看着夏岚，这女孩确实如孙燕所说，很清楚自己需要的是什么。而且，他通过刚才的接触也能肯定，她明白自己能拿来当资本的，到底是些什么，"这个还请夏小姐放心，我们这里是高级私人会所，不是什么低俗的地方，还会强迫你什么？”

“是啊，又没签卖身契，不过是从中收个中介费，大家双赢，挺好的！”一旁的孙燕也帮忙补充道。

何止是中介费，想来，你也是收了什么介绍费才对吧！

夏岚看着她，报以微笑，但心里却暗暗吐槽。

不过，她倒是没想到这次的卧底行动竟然这么顺利，只用了不到一个月的时间，就取得了孙燕的信任。

真希望能早一点儿找到跟周琦一案有关的人员，也希望在结束周琦的案件后，可以一举帮扫黄组的同事破获这个窝点。

“那咱们要不要先签合同什么的？”

“合同？”

“是啊，虽说是只收中介费，可总要有个明码标价才好吧？”夏岚先礼后兵，即便是假的，她也不想被人当成傻子，更何况这个合同将来也是要成为证据之一的，“白纸黑字写清楚了，大家的利益才有保障，您说是不是？”

唐立青点了点头，他这些年经手的新人不少，一见面就要求签合同的，她倒是第一个。

这姑娘，如果不是脑子太好使，那就是有目的。最近三天两头就有可疑的人过来，惹得他们会所也变了规矩，除非是熟客推荐，否则都不让新会员加入了。可客人的需求太大，恰巧又有几个公关怕惹事，离了职……他也是头疼。

想到这里，他又想起了周琦。好不容易帮她接下了一单大生意，那小“碧池”居然玩儿起了失踪！也不知这姓夏的小姑娘能不能补了周琦的缺，毕竟到手的订金，他可不想往外吐。

“你说的那个，我们确实是有的，不过名目上却不是很好说。”

“那也要有个章程才对吧？”

“那是，那是，咱们说好了，自然不会骗人，可这合同却是要过了试用期才能签的。”

夏岚皱了皱眉，“怎么还有试用期？”

“那当然得有了，妹子，你去实习不也得过了试用期才能签合同吗，咱们这里也是一样啊！是不是这块料，总得看看你有没有这个本事再说！”

“这个倒是没问题，可我要怎么证明自己呢？难道就坐在这里，等生意自己上门？”

“哦，你要是能给咱们拉到生意自然最好，这个也是另有一套标准的，不过要是一时找不到，只等着会所介绍，也是可以的。”

“那就等你们介绍吧，”夏岚想了想，“我目前还真没有合适的，早说几天就好了，可要是早说……怕也找不到你们。”

她说这话时，并没有避讳什么，在场的另外两个人也都心知肚明，只是含笑点了点头。

当然，他们也绝对不会知道，就在夏岚说这一席话的同时，生意也刚好找上了门。只是这一切并不是巧合，而是警方精心设计的。因为，那个新上门的客人不是别人，正是陆博垣。

坐在包厢里，陆博垣觉得浑身都不自在。

尽管这里的装潢很高档，表面上看起来也还算干净，可奢华的碎花壁纸经过常年浸淫，隐隐透着股烟油子的味儿。灯光略显昏黄，更衬得茶几上那红酒杯晶莹剔透，果盘里的水果看起来也都很新鲜，大颗的车厘子上甚至还挂着水珠。但这一切，都不能阻挡他将目光投射到沙发的另一角……

那里有几块可疑的斑点，相信这个时候如果用荧光灯照一照的话，这张沙发乃至这整个房间一定会色彩斑斓，非常有“料”。

还好他只是有轻微的洁癖，否则一定会觉得坐立难安，生不如死。

“陆先生，你不来一杯吗？”

一个拿着红酒杯、穿着黑色小礼服的年轻女人坐在他的旁边，甜腻腻地问道。

她长的什么样子，陆博垣甚至没有看清，因为自打一进门，他就被她身上那股浓烈的香水味儿熏得有些发昏了。即便他常年生活在国外，可是像她这样呛人的，也是不多见。

见他不回答，那女人更是得寸进尺地又往前靠近了一些，甚至都要挂到他身上去了。

“来嘛，就喝一杯吧！”

说着还伸出了手，搭上了他大腿……

陆博垣蹙眉，他虽没有刻意变装，但为了区分和平时的样子，还是将头发向后梳成了背头，同时在高挺的鼻梁上架上了一副金丝眼镜。

这样的形象，搭配他冷峻的气质，还真有那么一丝霸道总裁的味道。

被那女人摸了腿，他感到自己浑身不舒服，下意识地往旁边挪了挪，抬头盯着坐在自己对面的老金。

老金的本名叫金福达，是个资深的嫖客，扫黄组的熟人。据说前前后后被抓了不下十次，每次教育完放出去，很快又会再犯。用他自己的话说，这是瘾，怕是戒不掉了。

不过在经历了上一次改造后，他终于开了窍，决定转做警方的污点证人，或者说是眼线。现在的他，依旧在各大声色场所摸爬滚打，只是再也不用担心被抓了。

毕竟他现在是负责通风报信的，非但没有罪过，还有功劳。

而这一次，陆博垣能顺利进到这家不收陌生人的高级私人会所，也是拜了老金这些年的名号，得了他的引荐才得以完成。

此刻老金正左拥右抱着两个姑娘，坐在对面的沙发上说说笑笑。其中一个，居然还是个金发碧眼的外国人。

“喂喂喂！哪儿凉快哪儿待着去！”老金腾出一只手，朝那紧挨着陆博垣的妹子晃了晃，“把你们领班找来，就这货色，还想染指我大侄子！”

在这里，有钱就是上帝。那小姐虽然一脸的不高兴，可还是站起了身，小声嘀咕了几句，便走了出去叫人。

几分钟后，一个打扮入时的年轻女人带了三个比她年纪看起来更小的姑娘走了进来。

“哎呀老金，你可是有日子没来了啊！”

这种自来熟的打招呼方式，倒是亘古不变，仿佛已经成了这个行业的迎宾标语。

老金根本不认识这位女领班，可还是配合地摆出一副很熟悉的样子，“这不是前些日子太忙吗！来，给你介绍下，这是我朋友的侄子，姓陆，前些日子刚从美国回来，回来做大生意的，你可得好好帮我招待招待啊！”说完，又朝陆博垣挤了挤眼睛，指向那位领班，“啊，这是——”

“叫我 Mia 姐就好了！”女领班上前一步，伸出手，自我介绍道。

陆博垣看了她一眼，点了点头，却完全没有伸出手的意思。

气氛尴尬地停留了两三秒，最后油滑如老金，伸出手，直接把那领班的手拉进了自己怀里，“Mia 姐，赶紧着吧，给找几个嫩的！”

“哎哟，什么嫩不嫩的，咱们这里年纪大的，也就我了！”Mia 皮笑肉不笑地撇了撇嘴，用眼睛扫了一下刚才跟着自己一起进来的那三个姑娘，“来，过来见见金先生和陆先生。”

老金笑着扫了一圈，“不错，不错……”

从左往右望去，第一个短发俏丽，一件紧身的豹纹短裙，虽然偏瘦，可一双大眼睛十分引人注目。第二个体态匀称，长发披肩，长相略显一般，可肤色却比屋里其他姑娘都要白皙，所谓一白遮三丑，再加上化了浓妆，看起来竟也别有一番韵味。第三个身材丰满，紫色的低胸纱裙，呼之欲出的上围，晃得人头晕目眩……

放眼望去，这三人也算是环肥燕瘦、各有千秋了。

可偏偏，陆博垣连眼睛都没抬起来。

见他还是不满意，Mia 也不知道该怎么办了。

老金赶紧张嘴，又一次打了圆场，“他不喜欢这种风尘味儿太重的，有没有新来的、清纯一点儿的？”

经他这么一提醒，Mia 顿时眼睛一亮，仿佛自言自语般说道：“我记得，今天老唐那里好像新来了一个姑娘。”

“新来的？”

“是啊，还是个大学生，今天第一次来，正在经理办公室面试呢，不知道谈妥了没有。”

老金听完，抬起头，朝陆博垣使了个眼色。

来之前，他们早就商量好了，陆博垣来这儿是为了接应那个被安排进来卧底的女警。想来，领班口中的那个新人，就是这次来卧底的女警官吧？

陆博垣不动声色地点了点头。

“好，那就她了！”老金得到指令，马上大喊起来，“今天，咱们就给小妹妹来个开门大吉，封个大红包！”

第十二章　裸照威胁

在 Mia 的引荐下，夏岚很快就被唐立青安排进了陆博垣所在的包厢。

孙燕陪同，顺便也想考察一下她的实力。

尽管是第一次，可夏岚看起来却没有半点儿扭捏，大大方方地敲门进来，互相介绍后，也不着急坐在陆博垣的身边，而是微笑着坐在了他的对面。

这是他们之前早就排练过的，可到了现场，夏岚还是忍不住有些脸红，尤其是看到陆博垣今天不同以往的背头和金丝眼镜时，一颗心也莫名其妙地狂跳了起来，面上却又强装镇定，强撑着不让自己露出马脚。

好在这包厢里的灯光并不算太亮，正好掩饰了她的胆怯与羞涩。

陆博垣之前并没有见过她穿旗袍的样子。何况，她也是第一次穿这么高的高跟鞋……一时之间，他好像又重新认识了她一次，目光也不由盯着她看，有些挪不开了。

见他这副表情，Mia 暗笑，知道他这次是满意了。

坐在旁边的孙燕也不由冷哼了一声，心想"夏澜"这运气倒真是不错。想不到第一天出台，就能碰上这种级别的客人。先不说他有钱没钱，光是这张脸、这身形……早知道，就过几天再把她带过来了，说不定自己还能捡个漏儿，钓上面前这位海归的帅哥。

"不好意思，我不会喝酒。"夏岚朝陆博垣微微一笑，拿过放在茶几上的酒水单，"能点些别的吗？"

"好。"陆博垣点了点头，示意她随意。

"那就来壶茶吧，最近风大，多喝些茶，正好暖暖胃，普洱还是铁观音？"她说着，将原本摆放在他面前的那杯红酒往旁边挪了挪，"您等一下还要开车吧？喝酒太危险了，不如，也来杯清茶吧！”

老金还搂着那俩姑娘，此时却不禁咂了咂嘴，“都学着点儿，看看人家是怎么待客的！”

“那就普洱吧！”Mia边说边走过去，笑得一脸的春风洋溢，“前些日子新进的，说是好得很，陆先生一定会喜欢的！”

陆博垣答应了一声，目光依旧盯着夏岚，看都没看她一眼。

待到服务员上了茶，两个人又旁若无人地聊了一会儿，似乎已经熟悉了很多。

包厢里，老金搂着两个姑娘说说笑笑，一边喝酒一边吃着水果。夏岚则和陆博垣有一搭没一搭地说着话，偶尔夏岚还会欠起身子，在他耳边低语几句，陆博垣则报以淡淡的微笑。

孙燕坐在角落看着他们，闲得无聊，便掏出手机和唐立青发起了微信，将夏岚的表现一五一十地汇报给了他。

唐立青自然满意，却也不抱希望这第一天就有客人能带她出台，只是叮嘱了孙燕，叫她好好观察，有什么情况随时告诉自己。

时间又大概过去了半个小时。

老金似乎已经沉不住气了，搂着那俩妹子，心猿意马，恨不得赶紧带了她们离开。

这边的动静越来越大，陆博垣他们也有些坐不住了。

此时，他已经不知不觉地和夏岚坐到了一起，搂住她的肩膀，在她耳畔小声说了一句什么。夏岚红了脸，咬着嘴唇，轻轻点了点头。

随后，他们便按了服务铃，和领班Mia谈妥后，带着人一起离开了会所。

哼，装什么斯文，到头来还不是个猴急的臭男人！

孙燕身份尴尬，没有任何人要带她，在包厢门口和他们分了手。不过唐立青也不是傻子，自然不会放任一个新人自己外出，安排了一个叫“顺子”的手下跟着他们。

车子一路向前，直接开回了陆博垣所住的公寓式酒店。

下车后，他拉着她的手，一起回了房间。

顺子一向机警，把车停好后，也不着急去跟，而是在酒店里乱逛，找了几个工作人员打听起了陆博垣的情况。

陆博垣回国也有几个月了，这里也的的确确是实名制登记的，可他具体做什么工作，酒店的人却并不知情。再加上这种正规的酒店，员工也是有职业操守的，什么该说，什么不该说，自然明白。

纵使顺子塞了钱，也只是套出了些边边角角、无足轻重的消息。

他有些丧气，却也不着急走，而是坐在大厅里，打算死守到底，看看那姓陆的究竟什么时候能完事儿。一会儿，他还要向唐经理汇报这新来的小妞表现如何呢！

而陆博垣的房间里，却是另外一番景象。

这是夏岚第二次单独来到他的住所，虽然这一次是为了完成任务，也算是公事，但气氛却比上一次还要尴尬。

毕竟此时此刻，他们两个人的身份不仅仅是同事，还是……呃，怎么说呢？

夏岚咬着嘴唇，苦着脸。

她坐在沙发上，实在不知道这漫漫长夜该怎么办，低头看了看手机上的时间，已经凌晨了，说真的，她其实有点儿困了，可是……

“你要是困了，就先去睡一会儿吧。”

陆博垣已经换上了家居的运动服，坐在她对面，平静地说道。

“陆博士，”夏岚看着他，并没有回答他刚才的话，而是脸颊发烫地说道，“你说，我几点离开比较合适？”

离开太晚的话，她不好意思。可离开太早……偷摸打量着陆博垣，好像对他的能力又比较……

“没关系，明天早上再走就行了。”

“早上？”

“是啊，已经很晚了，赶紧上床睡觉吧。”

他说完这话，站起了身，帮着她拿被子铺床。

“对了，还穿这件衣服吧，你上次拿回来以后，我一直没穿过。”

他说着，从柜子里拿出一件 T 恤，正好是上次夏岚酒醉在他这里过夜时穿过的那件。

夏岚的脸腾地一下就红了。

“那，那你……”

“我还是睡沙发，”说完，他抱着被褥走回了客厅，“你今天辛苦了，洗个热水澡，早点儿休息吧，明天还得早起呢。”

“早起？”

“是啊。”

他没有做进一步的解释，只是看着她，目光如炬。只是不知为什么，夏岚却在他的眼中看到了一丝丝的狡黠，不知道是不是她看错了，她竟然觉得，陆博垣的嘴角微微上挑，好像是在笑。

第二天早上8点，顺子被一阵饭香吸引，迷迷糊糊地醒了过来。

他看了看墙上挂着的钟表，没想到自己昨晚竟然趴在大厅里的椅子上睡着了。

“糟了！”

他猛地站起来，心说这下可坏事了，也不知道那新人完事没有，现在是走了还是没走。

如果他回去不能好好汇报，少不得要被唐经理骂一顿，说不定还会扣他的奖金。

正在担心的时候，夏岚却从电梯里走了出来。

她仍旧穿着昨晚那件旗袍，黑着眼圈，一张小嘴又红又肿，微微地张着，看起来好像是一宿没睡，没有什么精神。

顺子只看了一眼，就明白了。

夏岚没见过他，所以他根本不担心她会认出自己是唐立青派来的，也不急着躲闪，而是饶有兴致地打量着她。

这小妞，长得其实也就是中等偏上，可比起会所里那些打扮妖艳的姑娘来，倒是清秀了不少。不过她现在是素颜，要是上了妆，说不定也是个小美人。

不然，昨晚那客人又怎么会一宿都舍不得放她。

夏岚从他身旁经过，虽然心里知道他是唐立青派来的，但脸上却只能不动声色，看都不看他一眼，自顾自地扣上大衣的扣子，推开酒店的大门走了出去。

陆博垣刚刚已经帮她叫了车，一走出大门，就有辆出租车等在那里。当然，她绝不会傻到在这个时候回家，而是让司机直接把车开到学校，打算回宿舍再休息。

伸手摸了摸自己的嘴唇，夏岚在心里把陆博垣又狠狠地骂了一次。

那个令人发指的神经病！

老实说，有了上次和车瑞那一出“戏”，她以为这次无非是在拨乱头发的基础上，再解开两颗旗袍上的扣子也就够了，谁知道，他竟然……

凌晨半点左右，她收拾完毕上床睡觉了，可才睡了短短3个小时，就被陆博垣叫了起来。由于睡眠严重不足，早上起来她的黑眼圈严重到好像熊猫一样。陆博垣还不让她化妆，说是这样才能给人一种一宿没睡的错觉。

至于她这张又红又肿的嘴，就更是令人无语了。

身边没有合适的特效化妆师来帮她打造吻痕，他竟然让她在清晨4点的时候吃了整整一盆特辣级的小龙虾！

他早就知道她不是很能吃辣，有次工作到很晚，大家一起去吃了麻辣烫，当时她要的就是微辣。而他，竟然利用了她的弱点，对她进行了这种毫无人道的美食攻击！

24小时待命的特效化妆师不好找，但是24小时的麻辣小龙虾店却遍地都是，他显然是早就有预谋的，打开手机迅速点餐完毕。

困得要命，一大早又吃了这么多辣的东西，胃多多少少也有些不舒服，她此刻没有别的想法，只想快点儿回到宿舍埋头睡一觉。

上午的课是英语，不过夏岚并没有理会，回到宿舍，简单地梳洗了一下，换了睡衣，就爬回了自己的铺位。

她不知道孙燕此刻在哪里，也许昨晚她走了以后，孙燕也有了生意。又或者，她是跟那个姓唐的在一起……总之，这都不是她所关心的。

她只希望，这种日夜颠倒的日子赶紧过去，不要再让她去扮演一个跟她完全不一样的人了。

心里这么想着，很快就被困意侵袭，沉沉地睡了过去。

梦境中，不知道为什么，却又再一次见到了陆博垣。他西装革履，俊朗依旧，手里却拿着根皮鞭，一边挥舞着一边狰狞地笑着，逼着她吃下了一只又一只红彤彤的、挂着辣油的小龙虾……

这样的日子又过了大概一周，特案组和扫黄组都暂时按兵不动，只等有了进一步的消息和证据再做打算。这期间，夏岚每天都要去“馨”报到，而陆博垣则风雨无阻，每天都来光顾她的生意。

有时是关起门来搂在一起聊聊天，因为他们担心包厢内会有摄像头，也不敢太过敷衍。陆博垣对她真的要从头搂到尾，时不时还耳鬓厮磨，当然，这耳边的私语所说的却不是什么情话，而是小声地交流着最近她打探来的消息。

有时，他也会像第一天那样，带她回去过夜。唐立青派人跟过他们两次，也就没再继续。

这天陆博垣依旧来到了会所，准备带夏岚回去。他去取车时，夏岚暂时和他分手，回到员工休息室的储物柜拿东西。就在她转过走廊，马上就要进入休息室的时候，却听到里面有两个人在窃窃私语。

夏岚来这里的目的就是收集证据与消息，自然要打起十二分的精神。何况，她刚刚明确地听到了最想要听的那个名字，于是停下脚步，侧了侧身，站在了休息室的大门旁。

“周琦以前一直跟的就是那个老头儿啊，难道你不知道吗？”

“这哪能不知道，周琦那个新包不就是那老东西给买的，哼，到处显摆，生怕别人不知道……不过周琦有日子没来了，杨姐说她拿着钱跑了，可我觉得没这么简单。那可是块肥肉，哪有到了嘴边还不吃的道理！”

“这个啊……”另一个女孩犹豫了一阵儿，最终还是说道，“也没准儿是真跑了，我知道个事儿，可就告诉你一个人，你别说出去啊。”

“哎，你看我是那种嘴巴不严的人吗！”

“其实，那老头儿包了周琦，不是自己用。”

“啊！那是帮谁包的？”

“是给他儿子。”

“不是吧，这么变态！给自己的儿子找小姐？！”

“周琦那样儿，不是挺能骗人的吗，不知道的还当是个正经的女学生呢，其实脸上刀子动得比咱们还多。”

“那这个老头儿这么做，是不是有什么目的啊？”

里面沉默了一会儿。

“那就不好说了，不过，我听周琦提过，她说……”

“说什么？”

“她说那老头儿就是个变态！”

“变态？该不会是跟他儿子一起……”

“那倒没有，而且只是这样的话，也不算什么啊。”

只是这样……不算什么……

夏岚瞠目，这群姑娘的接受能力还真不是一般的强！但当她听到接下来的那一番话时，却真真正正地吓了一跳，完全呆了。

“不是这样，那是怎样？”

“周琦说，他那个儿子啊……是个植物人。”

“什么？植物人！”

此话一出，别说屋里那正在和她说话的女孩了，就连在门口偷听的夏岚，也吃了一惊。

“你没开玩笑吧，植物人找什么小姐！”

“所以才说变态啊，那老头儿想找个姑娘给他儿子当女朋友！”

“哈？那周琦能干？！”

“所以才跑了啊，说是一开始还算正常，就是去医院陪他儿子坐一坐，说说话，念念故事书什么的，钱好来得很。”

“哦，我记得，那阵子周琦开玩笑说，自己的男朋友是个睡王子，说的就是这个人吧？”

“嗯，就是他，我还看过照片呢，是她拍的，那男孩长得还挺不错的，可能是常年在病床上躺着，白白净净的，年纪好像也不大。”

听她这么一说，另外一个女孩反倒有些羡慕了起来，“要真是这样的话，倒也不错啊，万一哪天真能把那男的唤醒呢！”

“别逗了，你偶像剧看太多了！植物人哪是说醒就醒过来的！听说后来又有了别的要求。周琦就不高兴了，说给多少钱也不做了，受不了！”

“啊？到底是什么要求啊！”

“周琦没说，但是我觉得吧……”

对方压低了声音，似乎是在耳语。音量太小，夏岚实在是没听清。

可接下来，那个听了这番话的女孩却尖叫了起来，“不会吧，这也行！”

“嘘，你小声点儿！”

“哦哦，不过你说的这是真的吗？怎么听着跟拍电影似的，不对，电影里也不敢这么写吧。”

“我也是猜的，周琦嘴硬，死活不肯说。但是那件事没多久，她就跑路了，你也知道她多贪钱，要不是实在接受不了，她肯定不会跑。”

俩人都没说话，沉默了好久。

良久，屋里才又传出低低的声音：“那周琦是真跑了？该不会，那老头儿把她灭口了吧。”

“应该不是，老头儿岁数也不小了，再说他有的是钱，犯不着为了这点儿事儿就杀人……况且要真是他干的，哪还有脸回来找唐经理要新人。”

要新人？

夏岚蹙眉，这话的意思是，那老头儿今天又过来了，打算叫唐立青再帮他物色一个姑娘，好给自己的植物人儿子当女朋友？

不知为什么，她心里觉得，周琦被害这件事，和这老头儿以及他那“睡王子”的儿子，肯定有关系！

她这么想着，当下掏出手机，给陆博垣发了一条微信，说是有事情，过一会儿再去停车场找他。

唐立青的办公室没有人，夏岚知道，他肯定是上了二楼的贵宾室。她只上过二楼一次，那里平时都是关着门的，她也不太清楚里面招待的都是些什么人，只知道一般客人确实上不来。

她和二楼的保安打了招呼，想要上去看看，谁知那保安居然油盐不进，死活不让她上去。就在夏岚无计可施，想着要怎么再找机会时，走廊里却传来了脚步声，唐立青和一个穿着西装的老男人一起从楼梯走了下来。唐立青脸上仍挂着招牌式的笑容，那老男人沉默着，昏黄的灯光下也看不清是什么样的表情。

对方也看到了她，站在走廊上，停下了脚步。

“真巧啊 Sunny，正好想找你呢。”

就在她愣神的时候，唐立青突然朝她招了招手，然后也不等她反应，拉了她的肩膀，把她往前带了几步。

“江老，这是我们这里新来的，您看怎么样？”

夏岚抬起头，看着他口中的那位“江老”。此人看起来年纪不算太大，也就五十岁左右的年纪，头发只有鬓角处微微有些泛白，个子不高，有些瘦骨嶙峋，鼻子上架了一副玳瑁的眼镜，穿着剪裁合体的西装三件套，颇有些仙风道骨的感觉。

此刻，他正含笑地打量着夏岚，眼神中完全没有普通客人那种猥琐下作，一派和蔼可亲的模样。

“江先生，您好。”

她伸出手，毕恭毕敬道。

“你好啊，夏小姐。”

出乎意料地，他竟然知道她。

“真是百闻不如一见，你比我想象中还要漂亮得多。”

夏岚愣了愣，随即又笑了，与对方简单地握了握手，“是我冒昧了，刚刚有事找唐经理，有些吵闹，没打搅您二位谈事情吧？”

“没有，刚好谈完，小唐还跟我提起了你呢！没想到说曹操曹操就到了。”

俩人的脸上都带着微笑，说话的态度和语气也都是恭恭敬敬、客客气气的，怎么看都不像是在谈这种买卖。

“来，Sunny，我给你介绍一下。”唐立青走过来，帮忙引荐道，“江老，万信集团的负责人，咱们这里的贵宾！”

万信集团？

夏岚当然知道，这是B市有名的大企业。难怪这男人一来就进贵宾室了……

“唉，不要说什么贵宾，我其实也不怎么来的。”

不知为什么，他脸上流露出的表情，明显有些厌恶，好像他之所以会来这里，全是出于被逼无奈，根本不是自己想来。

“对了，你突然上来找我，有什么事吗？”唐立青转头问道。

“哦，也没什么，就是这几天一直想找您说说我这个合同的事儿。”夏岚笑了笑，将刚才灵光一闪突然想好的借口抛了出来，“来了也有一段日子了，不知道试用期过了没有？”

“啊，这个啊，你不找我，我也想找你呢，早就准备好了！”

“真的吗？”夏岚尽量表现出高兴的表情，雀跃道。

“嗯，不过……”唐立青欲言又止，看了看旁边的江老先生，轻轻地使了一个眼色，“您可还满意？”

那姓江的又转头将夏岚上下打量了一番，点了点头，表示满意。

夏岚虽然不知道具体是什么意思，但也明白，唐立青这是又做了一笔买卖，将自己卖给了姓江的。不过，这也正好中了她的下怀。

三个人又寒暄了几句，夏岚便跟着唐立青一起将江先生送了出去。一直将他送到了停车场，见他上了车，这才作罢。

随后，她也不急着去找陆博垣，而是跟着唐立青又回到了他的办公室。

唐立青说到做到，竟然真的拿了合同给她签。这合同写得虽然含蓄，但却条理清晰，夏岚签了字，唐立青也签了字，并盖了公章，然后一式两份，两个人各执一份。

夏岚心里暗暗高兴，不管怎么说，这证据算是落下了。即便周琦的死暂时还没查出什么，可这合同却能帮他们的大忙，成为他们要求唐立青配合调查的重要保障。

见她喜形于色，那唐立青也顺势提起了刚刚那位姓江的老先生。

这江老先生，本名叫江万信。他确实也如自己所说的，并不怎么来这里，即便加上这次，也不过是他第三次来访。

他第一次来，就是为了帮自己的植物人儿子找一个女朋友。

而说到这里，竟然还真有一番极富戏剧性的故事。

江万信今年五十三岁，他白手起家，开创了今天的事业，但是对自己的个人生活却并不在意，直到四十五岁，才交了人生中的第一个女朋友。

他的这个女朋友，也就是他现在的太太，姓金，比他小了六岁，长得一般，学历也不高，就是个普普通通的中年妇女，而且还离过婚，带了个九岁的儿子。

而这个儿子，就是大家口中的“睡王子”，那个植物人富二代。

他的名字叫金旭，后来因为母亲和江万信结婚，故而改了姓，改名为江旭。

两人认识的时候，小旭已经是个植物人了。据说他是在去上学的路上被车撞了，肇事司机一直到现在也没抓到。这件事当时曾经引起了不小的轰动，上了报纸和热搜，也有一些好心人进行了捐助。

江万信也是在那个时候认识了他们母子。

不知道为什么，他对小旭这个孩子特别上心，除了捐钱，还经常去医院看望他。一来二去，就和小旭的母亲走到了一起。

他并没有因为小旭是个植物人就嫌弃他，相反，还投入了大量的金钱和人力物力，给了他最好的治疗环境。可即便是这样，小旭还是没有醒过来，这一躺，8 年就过去了。

那荏弱的九岁孩童，在他无微不至的照顾下，安然地成长为一个十七岁的英俊少年。

他的病情一直没有好转，但也出奇地没有恶化。就像是一个熟睡的王子，等待着他的真爱，以一吻来唤醒那已经渐渐长大的身躯。

可又有谁会来爱一个植物人呢?

江万信病急乱投医，在熟人的推荐下，第一次来到了“馨”。

他知道，钱可以解决的问题，都算不上是问题。可比起那些见钱眼开的庸脂俗粉，他想要给小旭的是一个真正能配得上他的，纯洁而又美丽的少女。

所以，他认识了周琦。

这个任谁第一眼看了，都觉得清纯可爱的女孩。

尽管，她并非表面看到的那般。

“我听说周琦失踪了，还有人说她死了。这件事儿，该不会和那位江老先生有关吧？”

尽管明知道唐立青不会正面回答自己，可夏岚还是摆出一副担忧的样子问道。

唐立青皱了皱眉头，“你别听她们胡说！咱们虽然是做这种生意的，可杀人不是小事儿，而且无冤无仇的，也不可能把你们往火坑里推！”

言下之意，也就是这周琦不论生死，都和会所，以及江万信无关。

眼见夏岚低头不语，似乎还有犹豫，唐立青干脆放出了大招。

“Sunny 啊，我知道你在那姓陆的身上也赚了不少，可你总要想清楚，是不是就拽着他一个客人不放？还是说，有到手的生意，你也不想做？要知道，江老那边给出的，可是这个数。”

说完，对着她伸出手指，比画了一个“二”字。

“这是？”

“两万。”

夏岚笑了，“也没有多少嘛。”

“是一次两万。”

“哈？”

“你没听错，是按照次数结算的。你好好想想，他儿子就是个植物人，你过去也不费事，就是给他念念故事书，坐在旁边说些闲话，一周只有一两天，具体时间也由着你安排，要我说，陪个病人怎么都比陪个活人简单吧。”唐立青没说之所以按照次数结算，主要是有了周琦这个例子，江万信怕再被骗，“咱们这边都是按月结的，可江万信那边是按次数，直接给你现金，你多去几次，赚的钱想买什么不行？”

听到“现金”二字，夏岚就大概明白了，难怪周琦之前都是自己带着现金去银行存钱，想要查她的转账记录都不容易，原来是提防着日后落下把柄，所以都按照次数来结算。

“可陆先生这边还蛮黏人的，要是我跟他提分手，恐怕……”

“哎哟，你这傻姑娘，咱们又没规定你一次只能接一个客人！”唐立青笑了，“江公子那边你抽空去就行，最好是周末。至于姓陆的，只要他别把你榨干了，我才不掺和呢！毕竟你挣得多，我抽成也多，你说对不对！”

“这……”

夏岚却没有马上回答，而是在这个时候站起了身，“陆先生还在等我呢，我先走了，您说的这单生意，我得想想才能给您答复。”

“还想什么，钱可不少呢！”

“少不少的，也得想想，我虽然爱财，但也不能不要命，周琦是死是活还不知道呢。”

“哈？就他！”唐立青向后靠进椅子里，脸上闪过一丝不屑，“一个糟老头子，又养尊处优那么多年了，你觉得他能干出杀人的事儿来吗？”

夏岚不动声色地打量着他，看起来，他是真的不知道周琦已经死了。

她也没再说什么，笑了笑，退出了唐立青的办公室。

走廊上，她加快了脚步，想要赶紧到停车场与陆博垣会合，好把刚才的发现告诉他，再找组长徐子峰商量商量该怎么办。谁知却在路过大厅的旋转门时，看到一个留着短发，踩着恨天高，面色不太好看的妇人走了进来。她身后还跟着一个戴眼镜的女人，低着头，唯唯诺诺的样子，似乎很不好意思。

旋转门内，她们一进一出，女人冷冷地睨了夏岚一眼。而夏岚也在擦肩而过时注意到，那女人身后跟着的，就是扫黄组的那位女同事连小枫。

“欢迎光临。”

身后响起男公关们热情的招呼声，唐立青也迈着长腿从二楼的楼梯上跨步而来。

“干妈，您怎么来了？”

他笑容满面，挽上了那位妇人的手臂。

“好久没来了，今天带了个朋友。”女人笑笑，朝身后的连小枫招了招手，“孙太，你别怕，来，我给你介绍介绍，这是我的干儿子。”

听了她的招呼，连小枫这才抬起了头，冲着唐立青露出一个青涩的笑，“你好。”

那是一个极其安静的下午，干净的纱帘，深秋的阳光。

窗台上，摆着几盆可爱的绿植，阳光洒在玻璃鱼缸上，里面有两条红色的金鱼，它们在水中悠闲地游来游去，吐着泡泡。

这里的一切都是白色的。

白色的窗帘、白色的沙发、白色的病床和床单……就连躺在那里的江旭，也穿着一件白色的睡衣。一切看起来，安详而静逸。

他双目紧闭，可面容看起来却非常平和，并不像是个病人，反倒更像是在午睡。

至少有一点，周琦并没有说错。

他真的长得很帅，即便说他是个王子也不为过。

虽然已经昏迷了多年，但是他的发型却是时下流行的样式，甚至还染成了棕色。至于这件白色的睡衣，也是经典款，看起来一点儿也没有落伍的感觉。

长长的睫毛，高挺的鼻梁……那双眼睛虽然没有睁开，但是夏岚相信，如果他能睁开眼，眼神一定非常清澈、明亮。

“怎么样，对我们小旭印象还好吧？小旭有护工照顾的，不过今天你第一次来，我就叫她回去休息了，要是有什么需要，你别客气，直接跟我说。”

江万信帮夏岚倒了一杯水，递过来。脸上的笑容相当和蔼，即便江旭并不是他的亲儿子，可他夸赞起江旭来，那种自豪感却一点儿也不亚于亲生的父子。

夏岚点了点头，接过他手中的水杯，朝他微微一笑，表示自己满意。

三天前，她接受了唐立青的提议，接下了江万信的单子，而今天也是她按照约定，第一次和江旭见面的日子。

“江叔叔，江旭他……是怎么变成这样的？”

“这个啊，他以前遇到了车祸，后来就一直没有醒过来。”

“撞他的那个人呢？后来有没有抓到？”

“这个……”江万信的表情似乎不太好，他显然并不想继续这个话题，“没有，不过已经不重要了，小旭现在也挺好的。”

“嗯，江叔叔您放心。”夏岚点点头，这一次，她说的倒都是心里话，“您把江旭照顾得这么好，他一定会好起来的！”

“你真的这么想？”

江万信已经很多年没有听到这样的话了，即便当时找了周琦来，她收了钱，也做了他要求的事，但这种话却从没有说过。

时间太久了，久到医生放弃了，私人护理放弃了，最后，连江旭的生母、江万信现在的妻子金雅琴也……

没有人相信江旭还会醒过来，除了他。

但是眼前的这个女孩，明明只是第一次见面，却跟他说出了这样的话！他能看出她的诚恳，不由心里一阵感动。

“老这么躺着也不是办法。”夏岚说着，站起了身，从包里掏出了一条崭新的小毛巾，“江叔叔，我帮江旭擦擦手，活动活动身体吧！”

“啊？”他没想到她会这么主动，甚至有些不敢相信自己的耳朵，“你说什么？”

“我说帮他擦擦手，活动一下身体，老这么躺着也不太好，适当动动，对他有好处。”

“哦，好啊，那就麻烦你了！”

夏岚现在帮江旭做的，无非也都是一些普通的护工会做的事情。可在江万信看来，却头一次有年轻的女孩这么主动地提出做这些事，他把这理解为，她是真的很喜欢江旭。

能找到这个女孩，他真是捡到宝了！

夏岚走到洗手间，用温水将毛巾打湿，然后回到病床前，轻轻地掀开江旭的被子。

江旭的四肢因为常年卧床而得不到锻炼，所以跟常人比起来十分纤细。但要是跟同样状况的人相比却好得多，看得出来，江家对他的照顾是真的用了心的。

夏岚帮他擦过手，又把自己的手和他的手握在一起，十指相扣，轻轻地按压，这些都是她以前照顾生病的外婆时学到的。捏完了手，又帮他按摩了手臂和肩膀。

毕竟是第一次见面，她还没有自来熟到去掀开人家被子连下半身也按摩的程度。即便他只是个植物人，她也不好意思这么做。

江万信一直在旁边看着她，满意的同时，也终于下定了决心，“夏小姐，我有个不情之请，不知道你能不能接受？”

夏岚笑笑，“您说说看，如果能帮上忙，我一定帮。”

“你……”江万信有些踌躇，但最终还是握住了她的手，一脸恳切地问道，“你能跟我们家小旭过夜吗？”

第十三章　碎尸病房？

“他真这么说的？”孙燕一脸的惊讶，拉着夏岚尖叫道，“之前听她们这么传，我还以为是假的，没想到那老东西真的这么变态啊！”

夏岚点了点头，一副心有余悸的样子，“其实我觉得那孩子也挺可怜的，年纪轻轻的就成了植物人，以后能不能醒过来也是个事儿。”

“你这么说，难道还真打算和他上床啊！”

“怎么可能！就算我再贪钱，也没到那个地步吧！”夏岚摇着头，然后又像是突然想起什么似的说道，“对了燕子，你在会所时间长，我听说，这江万信以前找的是个叫周琦的，她好像也是咱们学校的吧！你认识她吗？”

孙燕撇了撇嘴，一脸的不屑，“认识倒是认识，不熟。”

“哦，我听她们说，周琦好像是跑了还是死了，你说，她该不会是被江万信杀了吧?！”

“那谁知道，你问老唐没？他要是说不是，那就不是。”

“问是问了，他也说不可能，可……”夏岚摆出一副不放心的样子，“毕竟他是做生意的，能赚钱就行，怎么会管底下人的死活！”

两个人沉默了一会儿，孙燕见她吓得脸都白了，似乎很是担心的样子，于是发善心地拍了拍她的肩膀，“你也别太担心，这事儿也不是完全没有办法。”

“什么办法？”夏岚仿佛抓住救命稻草一般，一把拉住了她的手，“燕子，你可得帮我啊！”

“这事儿我可帮不了你，你啊，还得找老唐。”

“找他能有用？”

“当然有用了！你不知道吧，嘿嘿，我告诉你啊……”孙燕说着，朝夏岚努了努嘴，接着又转过头，朝着唐立青办公室的方向望去，“其实，那江万信的老婆，就是老唐的干妈。”

“什么！”

夏岚简直不敢相信自己的耳朵，“居然还有这层关系……可我去求唐立青，他就能帮我？”

“嘿嘿，这个嘛……”孙燕笑得有些暧昧，“天下自然没有白吃的午餐了。”

每个人，都有自己的秘密。

不管你表面有多风光，可内心总会有着小小的黑暗。

世上没有不透风的墙，阳光更不可能照遍每一个角落。

唐立青见过太多太多的人，他做这行做得越久，也就越能发现别人发现不了的东西。

他的原名叫唐靖，B 市本市人，今年二十九岁，原来也是做皮肉生意出身的，早年还是业内相当有名的一位风云人物。关于他的传闻有很多，比如有人为了帮他过生日，砸了十几万包场子；还有人说，曾经有两位阔太太，为了他而大打出手，最后还闹出了人命官司……

可如果你认为他只是靠以色侍人，那就大错特错了！事实上，他能爬升到现在这个地位，全靠着他锁在保险柜里的那几个移动硬盘。

刚开始时，里面无非是一些所谓的“正派人”出轨寻欢的照片和视频，再后来，那些人和他关系熟了，也就越发口无遮拦起来。

贪污、受贿、吸毒、猥亵……

唐立青知道得越多，那些人就越怕他，越想和他搞好关系。如此循环往复，彼此利用，互相攀附着往上爬，却不知自己做的错事越多，站得越高，等到某一天跌落谷底时，也就越疼。

唐立青在听了夏岚的请求后，沉默了半晌，终于叹了一口气，“我就知道这钱不好赚，你们一个两个的，这种时候反倒介意起来了！”

说到这里，他不由苦笑了起来，“其实，办法也不是没有……”

“真的？”夏岚激动地握住了他的手臂。

旁边的孙燕笑了笑，什么也没说，站起身，默默地走出了办公室。她离开时，还随手带上了房门。

唐立青拉起夏岚的手，轻轻地揉捏着，夏岚微微蹙眉，尽管那双手白皙修长，非常好看，可她却感到一阵阵恶心，连鸡皮疙瘩都要起来了。

好在唐立青并没有进一步的动作，反而笑嘻嘻地问道：“那个姓陆的是什么来头？你天天跟他睡在一起，到底摸清楚了没有？”

他这话问得太过突然，别说夏岚愣了，就连窃听器另一边的特案组成员也愣了。

“摸清什么？”

夏岚还处在半蒙状态，完全跟不上他的节奏。

“这个姓陆的，不简单啊！”

什么叫不简单？难道说，他看出陆博垣的真实身份了！

“你知不知道，咱们B市卫生局的局长是谁？”

叹口气，唐立青终于松开了夏岚的手。他慵懒地靠在沙发上，摆弄着自己手上那枚蔷薇戒面的戒指。

夏岚摇头，这个问题，她是真的不知道答案。

“你不知道，那我就告诉你，卫生局的局长叫陆德武。”他说到这里，故意顿了顿。但夏岚还是不明白他的意思，卫生局局长和陆博垣又有什么关系！

“唉，平时看着挺机灵的，怎么这方面反应这么慢啊！”他用手戳了戳夏岚的脑袋，颇有一番恨铁不成钢的意思，“陆德武姓陆，你那客人也姓陆，最近我还听说，那陆局长有个儿子在国外留学，年纪应该和他差不多。你说……这姓陆的，会不会是卫生局局长家的少爷呢？”

不、不能吧！

夏岚觉得自己有点儿蒙。她曾经听苏珊提过，说陆博垣的父母都是医生，俩人现在应该都在国外。所以这位陆局长，应该和陆博垣没有关系吧？

“钓了个金龟都不知道，你还真是暴殄天物啊！”

“呵呵呵……”夏岚笑得十分尴尬，“唐经理你别开玩笑了，他知道我的底细，怎么可能……”

“就是因为不可能，你才得为自己打算打算啊！ Sunny 啊，我第一眼看到你，就觉得你是个有福气的人，这姓陆的是局长的儿子，江万信那边，也是富甲一方，你这要权有权，要钱有钱，前途不可限量啊！”

“还不是唐经理提拔。”

“提拔什么的不说，江万信那植物人儿子的事儿，我要是帮了你，你是不是也得帮我一个小忙啊？”

夏岚眼睛一亮，“你真能帮我摆平江旭？”

“你得先告诉我，你是不是还愿意接他这单生意？”

其实当时周琦也来找过他，不过她的反应太过激烈了，而且她一向目中无人，也不懂撒娇讨饶，嘴巴欠得很！唐立青也懒得搭理她，直接终止了她手上所有的客人。

哼，没钱还想挑三拣四？那就干脆断了所有财路，看她还能硬气多久！

“如果还能继续接，那肯定是想的，可就怕……”夏岚皱着眉，一副我见犹怜的样子，“我做不到江先生交代的事，他以后也不会想再见到我了。”

“这个你放心，我看得出他挺喜欢你的。”

是啊，那江万信事后还特意打了电话来对他表示感谢，另外又加了一笔介绍费。可见他对 Sunny 真的是十分满意。

“那你到底有什么办法能把他蒙混过去啊？”

“嘿嘿，这个嘛……”他含笑道，“我自然有我的办法！”

“你的意思是，只要你交出和我的床照或者视频，唐立青就能帮你摆平江万信？”

陆博垣看着夏岚，露出了难以置信的表情。他实在想不通自己刚回国没多久，又不是什么大人物，唐立青为何要大费周章地给自己下这么个圈套。

“我也觉得纳闷，他干吗要费尽心思地抓你的把柄啊，你该不会……”夏岚试探性地问道，“真的是卫生局局长家的大少爷吧？”

“不是，陆骁现在还在美国没回来呢，而且我俩也不在同一个城市，他念书的地方是西雅图。”

等等，这个陆骁又是谁？

见她一脸的茫然，陆博垣耐心地做出了进一步的解释：“哦，我爸和他爸是亲兄弟，我爸叫陆德文，他爸叫陆德武。”

简而言之，那位卫生局局长并不是他爹，而是他亲叔叔！

唐立青则是收到了错误的信息，把他当成了陆骁，他那个还在美国没有回来的堂兄弟。

夏岚觉得，这信息量有点儿大，她得好好消化一阵子。

“看来是我大意了，前几天刚跟二叔吃过饭。还在饭店遇到了一男一女。男方是做药品监管的，跟我二叔有过几面之缘，他的女伴倒是很年轻，看着不像是下属也不像是他所谓的亲戚，应该就是他俩把这个错误的信息传递给了唐立青。”

唉，也难怪人家会误会了，姓氏、背景全都吻合，如果说陆博垣的父亲和卫生局局长是兄弟的话，那他们两叔侄长得应该也有几分相似吧？

“你爸和你二叔长得像吗？”

“他俩是双胞胎。”

夏岚扶额，好吧，这么说来，也怪不得人家搞错了。

“我听会所里的几个人提到过，说唐立青的办公室里有个保险柜，里面装了一大堆有权或是有钱人的隐私。现在看来，他想要你的照片也是因为这个，毕竟，你虽然没什么利用价值，可卫生局局长就不一样了！”说完，又忍不住笑了，“其实这些东西就是双刃剑，唐立青也算是聪明反被聪明误。他也不想想，比他官大有钱的主儿多得是，真要是遇上个狠角色，说不定直接像捏死一只蚂蚁一样，就把他给咔嚓了！”

夏岚说这些话，本来是想搞搞气氛，可陆博垣却没有笑，而是拧着眉，思考着什么。过了好一会儿，他才站了起来，翻箱倒柜，似乎在找什么东西。

夏岚开始还只是看着，看了一会儿，也不禁好奇起来，跪在沙发上，歪头望着他，“你找什么呢？”

陆博垣连头都没有抬，“手机。”

“手机？”夏岚有些不解，“找手机干吗？”

“拍照。”

“哦。”

答应完，又坐回了沙发上，呆愣了三秒。夏岚这才后知后觉地大声叫了起来，“拍照？”

这家伙要拍照！这是什么情况啊？

“你也别闲着，”陆博垣找手机的同时，还不忘抽空嘱咐道，“去把笔记本打开，密码是 193812。”

“开电脑又是要干吗？”

“你上网搜搜那种照片应该怎么拍。”

“我可不知道上哪里搜……”夏岚感觉自己的脸烫烫的，说不清是因为害羞还是生气。

“怎么不知道，有关键字啊，”他的语气非常平淡，就像说的这件事跟自己毫无关系一样，“情侣床照、亲密照、床……对了，刘曦茜那个案子，你不是看了不少。”

“行了，你别说了！”夏岚捂着脸，说什么也不肯再回应他。

为了能让照片更清晰，陆博垣打开了客厅的大灯，同时为了缓解夏岚紧张的情绪，他还细心地找出了一些音乐，用手机播放了出来。

待到这一切都准备完毕，他才在沙发上坐好，然后仰头看了看正站在自己对面的夏岚，“上来吧。”

夏岚攥着拳头，咬了咬牙，索性豁了出去，骑在了他的腿上。

陆博垣示意她放松，然后用一只手按下了手机的延时拍摄功能。

夏岚用手搂着他的脖子，感觉自己浑身都在颤抖。

“别怕！”他张开双臂，轻轻地环住她，一只手抚上了她的大腿，另一只手则从她的腰一直延伸到了后背，紧紧地将她抱住，自然地将头搭在了她的肩膀上，同时侧过脸，对着她的耳朵轻轻说道，“现在，帮我把上衣脱了……”

这声音，仿佛是一种蛊惑。

夏岚几乎停止了思考，只是按照他的引导，伸出手，抬起了身子，帮他把那件套头 T 恤脱了下来。

他比想象中还要结实，手臂和胸膛上的肌肉都很发达，小腹虽然没有明显的腹肌，但也没有一丝多余的赘肉。皮肤光滑紧实。接触到他肌肤的一刹那，夏岚觉得自己连指尖都开始发烫。

陆博垣将放在她腿上的那只手拿了起来，握住了她的手腕。有那么一瞬间，两个人什么话也没说，只是静静地对视着。

虽然客厅里还放着音乐，可对他们两个人来说，却仿佛安静得可以听到彼此的心跳。

夏岚慢慢停止了颤抖，陆博垣则努力试着让自己冷静下来。

“夏岚……”他轻声地唤着她的名字，“抓紧我。”

接着不等她回应，他直接用双手圈住她的腿，盘在自己的腰上，一路往厨房的方向走去。

突然悬空的感觉令夏岚惊叫了一声，喉咙就像被卡住了一样，再也发不出任何的声音。可手臂却不由得紧紧勾住了他的脖子，生怕他抱不紧，把自己摔下来。

厨房是开放式的。洗手池的对面有一张大桌子，下面是储物柜，而上面则铺着厚重的大理石台面，平时陆博垣会把这里当餐桌用，上面摆着个果盘，还有一些简单的调味料瓶。

“冷吗？”

他把她放在大理石的桌面上坐好，轻声问道。

夏岚摇了摇头，却不敢直视他。

他问这句话的时候，非常小心，语气里充满了温柔与怜爱。

“躺下去吧，下一组照片，咱们在这里拍。”他说完，又道，“要是冷就说话，我给你铺条毯子。”

夏岚紧张地揪住毛衣的一角，踌躇了一会儿，终于还是点点头，将双手张开，撑住桌面，缓缓向后躺了下去……

他伸出一只手，握住了她左边的脚踝。

“把眼睛闭上。”

他低声提议道。

“陆博士，你要干什么？”夏岚心慌，只能硬着头皮追问。

可她这声“陆博士”却惹得陆博垣蹙起了眉，其实他之前就已经说过了，不要叫什么顾问或是博士，只称呼他全名就好。

陆博垣和陆博士，明明只差一个字，难道叫起来就这么难吗？

“别叫我陆博士了，叫我陆博垣。”他沉沉地叹口气，接着道，“我知道你不好意思，没关系，你闭上眼……其他交给我就行。”

不知他这番话有什么魔力，夏岚点了点头，真的听话地闭上了眼睛，“好，我、我信你。”

她那副娇羞的样子实在是可爱极了，陆博垣的唇角不自觉地翘起。

他从没有过这种经验，但并不代表他不懂。

只是他从没演练过，不知道自己以前所学到的那些知识是不是真的有用，还是只局限在纸上谈兵？

不过他很高兴，自己演练的对象可以是夏岚。

尽管他并不喜欢这第一次演练是在这样的状态下进行，也不喜欢拍照并拿给别人看，可转念一想，有了这次的经验，下一次他一定可以做得更好，心里也就多少舒服了一些。

“别紧张。”他一边说，一边用修长的手指扫过她柔软的肌肤，轻轻地摩挲着她的小腿。

夏岚觉得自己一阵痉挛，许是因为闭上了眼睛，没有了视觉上的刺激，触觉反而更加灵敏了起来。

她甚至可以感觉到他正俯下身，将脸贴在她的腿上……

新生的胡茬儿扫过，一阵轻微的刺痛过后，随之而来的却是从胸口处涌起的难以抑制的躁动。

“陆博垣……”她情不自禁地发出了一声呻吟，轻轻唤着他的名字。

那声音仿似是一种蛊惑，或者说，更像是一种鼓励，刺激得陆博垣更加燃起了斗志和无限的求知欲……

那一晚，夏岚做了一个梦，一个从没有过的绮丽而荒唐的梦。

梦中，她和陆博垣变成了两棵树。

树枝相交，藤蔓相缠……他们就这样紧紧盘踞着彼此。就像是他那双温柔的手，扫过她的脸颊，用力地揽住她的腰。

树叶轻柔地摩挲着她，而她，则整个依附在他的身上，感受着他那强而有力的身躯所带来的前所未有的体验。

这是一个令人脸红的梦，夏岚就这样红着脸醒了过来。

房间里很安静，她睁着眼睛，盯着天花板，甚至想不起自己昨晚是在什么样的状态下结束了拍照的任务，又是怎么回到卧室，换上了睡衣，上床睡觉。

一股浓郁的咖啡香气从客厅飘了过来。

客厅与卧室之间，虽然有墙壁作为隔断，但却没有大门。她这些日子以来，都是在对陆博垣无比信任的情况下，与他分处于两个房间而眠的。

夏岚爬起身，捋了捋蓬乱的头发，掀开被子，下了床。

“你醒啦？”

陆博垣还穿着昨天那套家居运动服，坐在他们昨晚拍照时躺过的餐桌旁，一边喝着咖啡，一边敲打着笔记本电脑。

“嗯。”夏岚尴尬地笑笑，站在原地，完全不敢走近。

她生怕一走过去，就会想起昨晚的疯狂。

更怕他会想起自己在他怀里颤抖时的样子……

他们昨晚，什么都没有发生。

这只是一个任务，是工作需要！

她在心里默默地告诫着自己。

可如果昨晚换了别人，她是不是还会这么轻易地答应？是不是会像昨晚那样，从一开始的不好意思，到最后，甚至变成了一种她不想承认却又不得不承认的……乐在其中。

“照片已经选好了。”他昨天睡得很晚，拍了照，一刻都不敢耽误，直接把照片转存进了笔记本电脑里，一张张地看，一张张地选，一直折腾了大半宿，才把可以拿给唐立青的那些挑了出来，存进了准备好的U盘里，“给，你把这个给他就行了。”

夏岚接过U盘，挣扎着，不知是看还是不看？

陆博垣似乎是看出了她的犹豫，“放心，能看到你的脸的，我都没有存。”

“哎，这样行吗？”

“没问题的，他要的是我的把柄，不是你的，如果他问起来，你这么说就行了。”

夏岚看着他，心头一阵柔软。

“去洗漱一下吧。”他没有继续这个话题，神情也十分自然。

见她站在那里没有动，陆博垣终于抬起了头。他的眼神深邃，充满了温柔。

“快去吧，再不去，早餐就要冷了。”

当天晚上，唐立青的办公室。

夏岚坐在沙发上，浑身不自在。

刚刚她已经把准备好的U盘交了出去，此刻唐立青正在用电脑一张张地浏览着她昨晚和陆博垣一起拍摄的那些照片。

他用手指轻点着键盘，每看一张，脸上的笑意也就愈加深了一层……

“拍得不错，”唐立青转头看着她，笑呵呵地说道，“看来那姓陆的小子，技术不错啊！”

夏岚红着脸，装出一副满不在乎的样子，没有回应他，而是低着头，看着自己的指甲。

“怎么都是他的，你也没露个脸？”

果不其然，全都看完以后，唐立青提出了这样的疑问。

夏岚撇了撇嘴，冷笑道：“唐经理，我可不傻，你要的是他的照片，又不是我的！我帮你抓到了他的把柄，你是不是也该兑现对我的承诺了？”

“哈哈哈，那是当然，我一向说话算话，这一点你大可以放心。”

唐立青说着，关上了电脑，将U盘拔下来，锁进了抽屉。

“我想你应该也听说了，江万信的老婆金雅琴是我干妈。”

他不打算解释自己和金雅琴之间为何会有这层关系，毕竟这不是他要谈的重点。

“金雅琴和江万信之间的感情，并不像外界报道的那么好。”他啜了一口酒，信步走到写字台前，轻轻地靠在了上面。

“就算关系再不好也是夫妻啊，我想只要有金女士出面，江万信还是会听她劝的。”

夏岚不知道他打的什么算盘，只能试探地问道。

唐立青此时已经喝完了一杯酒，又走回吧台那里，给自己续上了一杯。

“如果你以为我找了她，就能打消江万信的想法，那你就错了！”这一次，他没有着急喝，而是举起了酒杯，轻轻地晃着，“相反，如果金雅琴插手了这件事，只会让情况变得更加糟糕而已。”

“更加糟糕？”

“是啊，他俩肯定会因为这件事吵起来，不过这么一来，你的转机就到了。”

“可这么一闹，江万信会不会彻底放弃跟咱们做这笔买卖了？”

“这个你放心，以我对他们两口子的了解，绝对不会的。”

他太清楚金雅琴的为人了，她市侩、自私……但江旭是她的底线。

而作为继父的江万信，又何尝不是如此呢？

这两夫妻，说来也挺好笑的。他们以前根本就不认识，却因为江旭而走到了一起。两个人的婚姻，是以江旭的健康为前提才达成的。只不过，他们对待这个植物人儿子的方式完全不同。

金雅琴对江旭的苏醒已经不抱任何希望了，她只是急切地想要过好自己的生活。当然，这一切都是以江旭的病情不再恶化，而且能够一直衣食无忧为前提的。

但是江万信要的却不仅仅是这些。

他想要江旭醒过来，让他活得跟一个正常男孩没有任何区别。

所以他才会纠缠着周琦，甚至在对方试图解约后，他又开出了高价，希望周琦能回心转意。江万信愚蠢地以为，如果真能突破男女关系这道难关，说不定，江旭就可以再一次睁开双眼。

这个掌管着大型企业、看似坐拥一切的男人，实际上，天真得可怕。

有了唐立青的帮忙，夏岚在第二次去疗养院探望江旭的时候，再次见到了传说中的金雅琴。

夏岚原本以为，能让江万信这种钻石王老五心动，甚至不在意她有个昏迷拖油瓶，还执意要娶的女人，应该长得很美，是个坚韧、温柔的女人，才会让江万信这个工作狂有了归属感……

那天在会所门口，俩人只是匆匆擦肩，而且隔着旋转门也看不太真切，今日离近了才发现，这金雅琴和自己的想象，完全背道而驰。她个子不高，瘦瘦小小的，皮肤很黑，还透着股不健康的黄。眼睛倒是挺漂亮的，而且很有神。可两腮却极其消瘦，法令纹很重，显得比实际年龄还要老几分。

她穿了件红色的连衣裙，橘色的呢子外套，显然是想靠着鲜亮的颜色使得自己看上去年轻些，但这颜色却只是衬得她的肤色更加暗哑，甚至还有一些土气。

“你就是小夏？没有想象中漂亮啊。”

这是金雅琴见到夏岚后所说的第一句话。

她坐在病床边的沙发上，跷着二郎腿，一边歪头瞅着她，一边拿起背面镶满水钻的手机，用那瘦骨嶙峋的手指飞快地敲打着，似乎正在和什么人发着信息，一副不以为意的样子。

夏岚有些尴尬，不知道该怎么回答。半晌，才怯怯地点了点头，“伯母您好！”

“就别说这些客套话了。”这一次，她索性连头都懒得抬了，“知根知底的，我就直说了吧，江万信是不是让你跟我儿子睡觉啊？”

“这……”

“不用支支吾吾的，他要是没说这些话，估计立青也不会叫我出面的。”

这个金雅琴，为人倒是很痛快，说起话来也够直接。

“那老东西也不知是怎么想的，他不嫌脏，但我可不能答应。毕竟不是什么女人都能上我儿子的床的，尤其……是你们这种。”

这下夏岚更加尴尬了，愣在那里，搭话不是，不搭话也不是。

更何况当她们正在进行这场交谈的时候，病房里还有另一个人。

那是一个四十岁左右的护工阿姨，她的皮肤偏白，人也有些发福，脸色相当红润，穿了件不起眼的长款深灰色毛衣，戴着格子套袖，正拿着一块抹布擦着窗台旁的储物柜。

金雅琴又低头发了条信息，然后欠起身子，从茶几上拿起了茶杯。她有些不太高兴地皱起了眉头，“阿珊，没水了！”

“知道了！”

那被唤作阿珊的护工阿姨赶紧点着头，放下了手中的抹布，先跑去卫生间洗了个手，而后又从里面走出来，拿起放在茶几上的热水壶，帮金雅琴把茶杯蓄满水。

倒完水，那护工阿姨又开始继续打扫卫生。夏岚自知无趣，也不再和金雅琴没话找话，而是站起身，坐到病床边，帮江旭按摩起手指。

三个人各自忙着各自的，谁也没再搭理谁。

大约一刻钟后，约好和她们见面的江万信才姗姗来迟。

“行了，人也到齐了。”直到此刻，金雅琴才又跷起了二郎腿，仰起头，瞅着他俩说道，“今天咱们就把话说清楚！”

“我刚进来，连口水都没喝呢，你就不能让我歇歇！”

江万信明显有些不高兴，但毕竟当着外人，并没有表现得那么过激。

“那个……”见他们有事要谈，护工阿姨有些不好意思地停下了手上的活儿，说道，“我先出去了，不妨碍你们了。”

“嗯。”金雅琴答应了一句，倒是没有为难她。

反倒是江万信有些过意不去，“辛苦了，阿珊啊，你先找个地方休息。要不你去吃点儿东西也成。”

说完，还掏出手机打算给她发个红包。

“没事没事，我去花园里溜达溜达。”护工那张白皙的脸，竟然因为江万信的一句客套话，而微微泛起了和年龄极不相符的红晕。

这一幕，恰巧被夏岚看进了眼里。

“江万信你简直有病！”

待房门关上，病房里再没了不相关的人，金雅琴这才从沙发上站了起来。她双手抱肩，瞅着江万信，道出这么一句话来。

夏岚看看他俩，又扭头看了看躺在床上的江旭。

这两个人都是为了他着想，也都是爱着他的，可他们夫妻之间的关系真的怎么看都称不上“和谐”。

江万信听到妻子在别人面前这么说自己，脸色微变，但并没有发怒，只是沉着声音道：“你说话注意点儿。”

“哈？叫我注意？”金雅琴失笑，“你自己说说，这一次又一次的，有意思吗？”

言下之意就是说，周琦的事情，她也是知道的。

江万信皱起眉，显然不想让她提起这件事来，可又有些气不过，“我做事，自然有我的道理，你不用插手！”

“不用我插手？哈哈哈哈哈哈！”

笑声中，仿佛充满了讽刺。但她笑过以后，却话锋一转，突然变得犀利起来。

“你别忘了，小旭是我的儿子，是我怀胎十月、亲生的儿子！”

她这句“亲生的儿子”，对于江万信来说，显然十分刺耳。一下就戳中了江万信的心窝子，彻底地将他激怒了。

“金雅琴，我警告你，你别太过分了！”

“过分？”

“对，你别忘了，是谁给了你现在的生活！”

他本想说，如果不是他，她现在还是个起早贪黑在菜市场卖菜的下岗女工。如果不是他，她只能穿着地摊儿上买的衣服，拎着廉价的手提包，在超市里排队买大减价的卫生纸……

可话到了嘴边，还是被他生生地咽了回去。

这是他欠她的，也是他咎由自取。

但是即便如此，他还是惹怒了金雅琴。对方阴沉着脸，冷笑了一声，抬起手，指着他破口大骂起来，“江万信，我告诉你，这是你活该，你别忘了，要不是我，你早就进监狱了！”

她只顾着自己骂得痛快，却忘了还有个外人在场。夏岚在听到她这句话时，不由一阵激动。

难道说，金雅琴知道什么内幕？还是说，江万信真的有什么不可告人的秘密，而她刚好掌握了他的把柄？

江万信瞪了她一眼，示意她赶紧住嘴，“有人在，你少说两句！”他说这些话时，语气明显比刚才软了许多，甚至还在说话的同时，轻轻地拽了拽金雅琴的衣袖，颇有那么一丝讨好、示弱的意味。

金雅琴也是个明白人，知道什么话该说，什么不该说。而且她也达到了目的，便知趣地闭上了嘴。

夏岚反倒有些着急起来了。好不容易听到个话头儿，结果他俩却就此打住，这让她的调查怎么继续啊？

“叔叔、阿姨，你们别吵了，被小旭看到不好。”她试探性地讨好道。

江万信点了点头，朝她微微一笑，“嗯，还是小夏考虑得周到，我们确实……”

“哼，少来了！”金雅琴白了他一眼，又扭头瞅着夏岚，“你也不用再装了，我知道你打心里看不上我儿子！不过你放心，睡觉这事，我也不会答应的，毕竟……”

她说到这里，双手抱肩，不屑地冷笑了一声，“我可不想让我儿子染上什么病！”

说完，踩着恨天高摔门而去。

金雅琴走后，江万信思索再三，似乎是怕金雅琴不高兴，终于还是打消了自己想让夏岚跟江旭睡觉的念头。他跟夏岚道了歉，借口还有工作，匆匆离开了病房。

见护工不在，夏岚闲得无事，拿起了刚刚护工出去前放在床头柜旁边的扫把，开始打扫起了卫生。

这时，她不小心碰到了床头柜上插着玫瑰花的花瓶。还好她眼疾手快，在花瓶即将倒下来的时候，一把扶了起来。

可即便是这样，还是有不少花瓣撒落，弄得满桌、满地，甚至连病床上都掉落了几片鲜红的玫瑰花瓣。

她先将桌上和床上的花瓣用手扫落到地上，接着再用扫把扫进簸箕里，准备一会儿倒掉。

其中有几片花瓣飘落到了床下以及床头柜的缝隙里，她不得不挪动柜子，弯下腰，用扫把使劲儿地清扫着。

突然，一个奇怪的声音传进了她的耳朵里。

那声音并不大，似乎是什么东西被她扫进了簸箕。夏岚低下头，看着簸箕里面。除了灰尘和红色的玫瑰花瓣，并没发现有什么别的东西。但是摇了摇簸箕，那声音又一次响了起来。

夏岚低下头，红色的花瓣里，除了灰尘和头发，好像还有一片奇怪的东西，刚刚就是它发出了声响。她伸出手，将那东西拿了起来。

那是一片指甲，殷红似血，又仿似玫瑰花的花瓣。

如果没猜错的话，这是人的指甲。

确切地说，是周琦的指甲。

第十四章　剜出的眼睛

“化验结果已经出来了，这确实是周琦的指甲！”

经过了这么久的调查，案件终于有了进展，苏珊的脸上掩饰不住地露出了激动的神情。

“指甲找到了，说明周琦死前肯定去过那里啊！说不定，她就是在江旭的病房里被人杀了，然后分尸的。”聂程涛也兴奋地说道。

一旁的车瑞也跟着点了点头，“我也觉得有这个可能，怎么看那个江万信都不像是个正常人，他应该能干出这种事儿来。”

但是夏岚却咬着嘴唇，想了想，说道：“不知道为什么，我总觉得，不会是江万信。”

“岚啊，你这是怎么了，一开始，你不是也怀疑是他吗？”问话的是苏珊。

“嗯，开始我确实这么觉得，可是……”

“可是什么？”

“不知道，就觉得有哪里不对劲儿，他虽然不是江旭的亲生父亲，可我看得出来，江万信是真的心疼江旭。试问哪个当父亲的，会在自己心爱的儿子面前杀人分尸呢？再说，那里虽然是一家私人疗养院，可杀人分尸这么大的动静，又有护工和医生护士……反正我觉得不太可能。”

她说完，其他人也陷入了沉默。显然都认同了她的这个分析。

“其实还有一件事我也不太明白。”良久，徐子峰突然说道，“按理说，一个后爹，没必要对和自己没有血缘关系的孩子这么好，如果说他们夫妇俩的感情好，那我还能理解。可按夏岚说的，他们两夫妻似乎并不和睦，既然这样，为什么要对这孩子这么好呢？”

“之前金雅琴说过，如果不是她，江万信早就进监狱了！所以……”

“你是说，那个金雅琴手上，有江万信犯罪的证据？”

“嗯，”夏岚点点头，“开始我还想，可能和周琦的事情有关，可后来又觉得不是。”

“不是因为这个，那是因为什么？”

“我也不清楚，如果是因为周琦，那江万信以前就不会对江旭这么好。这江万信生意做得那么大，总会有些灰色地带吧？远的不说，就说他和唐立青以及周琦的那些生意，这就不合法。”夏岚说着，转头看了看坐在自己对面的陆博垣，似乎想问问他有什么想法。

陆博垣微微垂首，从刚才就一直在捣鼓着手机，好像根本没有认真听大家的讨论。可偏偏在夏岚望向他时，他抬起了头。

两人对视，陆博垣的脸上露出个清浅但却好看的笑。

他刚刚虽然没有抬头，但显然还是将夏岚的那番话听了进去，顺着她的思路道：“我觉得夏岚的怀疑是一方面，还有一件事，可能才是真正把江万信、金雅琴和江旭连接在一起的关键。”

“哦，是什么？”

“我觉得，当年造成江旭昏迷的、那个撞了他然后逃逸的司机，很有可能就是江万信。”

此话一出，在场所有人都吃了一惊。

“如果真是这样的话，也犯不着娶了金雅琴吧？”苏珊第一个发出了质疑，“就算江万信真的是良心不安，以他的经济实力，完全可以私了啊，他这是脑子进了水还是怎么的，非要搭上自己的下半生来偿还啊？”

“话是这么说没错啦，可对于一个女人来说，有什么比结了婚、让对方成为自己的长期饭票更能带来安全感啊！”一向不懂女人的车瑞，却在这时说出了这么一句真理来。

陆博垣将手机举起来，示意大家注意他刚刚找到的，有关当年这起交通肇事案的新闻，“江旭的这个案子，当年造成过轰动，但是肇事司机一直都没有抓到。据说是发生车祸的地点比较偏僻，没有摄像头。不过我找到了一些新闻照，夏岚你看看，能看出什么来？”

他之所以叫夏岚来看，倒不是有什么私心，只不过夏岚本身的工作就是这些，要比其他人更有发言权。

夏岚往前倾了倾身子，那些新闻图上除了有明显的刹车痕迹，还有几片黄色的车头灯碎片，地上放着一个染了血的书包，从侧面看，似乎还沾染了一些黑色的油漆。

“这可是车祸现场，图片居然就这么大大咧咧地放网上？”车瑞表示不理解，“就没有人管管吗？”

徐子峰叹口气，“应该也是没办法，要是有人看到这些照片能提供证据，说不定还能多些线索。”

“车前灯是黄色的，肇事车辆是黑色的。”待到他们讨论完，夏岚才开口道，“江万信当时开的是什么样子的车？”

“江旭这件事之前，他开的就是这样的车。”陆博垣再次搜索出一个界面，里面是江万信站在一辆黑色轿车前拍摄的照片，“但有趣的是，这件事发生后，他就换了车。”

果然，下一张照片里，江万信开的车子变成了红色的吉普。

“你确定他是在江旭出事期间换的车？”徐子峰问。

陆博垣微微颔首，“至少按照网络上的显示，应该是同时。”

“好，既然如此，那现在就锁定江万信，做一下调查。”徐子峰说着，看了看聂程涛，“小聂，我记得你有个朋友在交通队，这件事你来负责。”

“是！”

“至于周琦这边，虽然指甲已经发现了，但是并不能确定疗养院的病房就是第一现场。车瑞，你负责联系一下疗养院以及周边的路口、商铺，看能不能调到录像，找到周琦最后一次出现在那里的具体时间。”

“好，没问题，就交给我吧。”

“那我呢，那我呢！”

苏珊环顾四周，大家都有了要忙的事情，唯独她没有，于是举起手来大声询问道。

徐子峰想了想，“你再去查一下金雅琴，还有那个负责照顾江旭的护工。”

苏珊撇了撇嘴，“一个护工，有什么可查的？”

“可查的多了！”徐子峰正色道，“你想，如果周琦真的是在那里遇害的，作为护工，每天都要打扫，怎么会看不出来？”

“嗯，有道理。”

“至于夏岚，你还是像现在这样，努力接近江旭和江万信。”

“那会所那里，我还用去吗？”

夏岚看看徐子峰，又下意识地转头瞅了眼陆博垣。

这一次徐子峰还没回答，陆博垣却抢先一步说道：“还是要去，现在最重要的是，不能打草惊蛇，不过……”

他看着她，眼神深邃，有种说不出的感觉，可语气却刻意寡淡，仿似漫不经心道：“去我那里的次数，以后可以慢慢减少一些，把重点放到江旭那边比较好。”

时间仍在继续，案件的调查也在悄无声息中慢慢地展开。

关于“馨”的事情，似乎已经逐渐淡出了夏岚和陆博垣的生活，两个人不再频繁地见面，但为了不引起唐立青的怀疑，他们还是会隔三岔五地“约会”一次。

夏岚增加了去疗养院的次数，渐渐地，也和那位照顾江旭的护工熟了起来。

那位被江万信称为“阿珊”的护工阿姨，原名叫江珊。她是江万信的一个远房堂妹。两个人本来也算是青梅竹马，可后来上山下乡的时候，江珊被迫留在了农村，嫁给了当地的一个农民。

他们的生活并不和谐，也一直没有孩子。听说那男人很粗鲁，动不动就是又打又骂的。直到几年前，那男人得癌症去世了，江珊才得以解脱，终于回了城。

她无依无靠，过得十分辛苦。

后来一次偶然与江万信见了面，江万信本来想念在亲戚一场，给她些钱，让她做些小买卖。可是江珊很倔，也知道自己不是做买卖的料，便主动提出帮他照顾江旭，靠自己的体力劳动来混口饭吃。

她这一干就是 4 年，平时打扫打扫房间，帮江旭擦擦身子，偶尔按摩一下，根本不觉得辛苦。

而且江万信对她很好，说是混口饭吃，可她的工资并不比一般的小白领差多少，该上的保险也都上了，还在疗养院附近帮她找了一套房子。

对于这样的生活，她真的十分满意。除了……那些被江万信找来的，不干不净的女人。

“夏小姐啊，其实你不用经常过来的。”江珊倒了一杯水，放到了她的手边。但不论是语气还是态度，都远没有她对金雅琴那般恭顺。

夏岚最近确实来得比较勤。一方面她想给江万信留个好印象，更方便接近他。另一方面，她也想趁机再找找看，看这病房里还有没有其他可疑的地方。

不过这些在江珊看来，都成了不怀好意。

“反正闲着也是闲着，过来坐坐，还有钱拿，挺好！”

夏岚故意不去看她，现学现卖地效仿着金雅琴的样子，一边用手机发着信息，一边漫不经心地回答道。

“哦，那你随便坐吧，我还有事，去忙了。”

见她这种态度，江珊也懒得再应付了，直接甩了这么一句话便离开了房间。她打算去护士站拿条新床单，顺便再拿一套新的病号服帮江旭换上。

夏岚看她离开，赶紧站了起来，警觉地将门从里面插上，然后从包里掏出了事先准备好的取证工具，趴到地上，仔细地寻找开来。

她已经连续来了三天，可是总找不到机会单独一个人留在房间里。

虽然也假借上厕所的机会，在卫生间和盥洗室都取了证，可并没有采集到任何有用的证据。

看来，周琦并不是在这里被分尸的。

按理说，切割尸体这件事最理想的地点就是盥洗室的浴缸了。可那里却出奇的干净，别说血迹和人体组织了，连毛发都只有江珊和江万信两个人的而已。

江万信有时候会接替江珊，留下来照顾江旭，能检验到他的毛发也属于正常现象。

难得今天逮到了机会，夏岚决定好好检查一下病床以及床头柜的缝隙，毕竟上次那枚指甲就是从这里找到的。

“太脏了！”她看起来是在自言自语，其实是对着胸口上藏着窃听器的装饰胸花说道，“一堆的灰尘，都成团了，也不知道能不能发现有用的东西？”

“别管有没有用，先带回来再说。”

“好。”

夏岚一边应着，一边用事先准备好的小镊子将灰尘团夹起来，放进塑封的袋子里。

她整理得相当认真，全然没有注意到门口的动静。毕竟她已经将房门反锁了起来，就算真的有人，也进不来。

可谁知就在这时，房门的门把却突然响起了被人扭动的声音。

紧接着，江万信的声音从门外传了过来。

“大白天怎么锁着门？”

夏岚心头一惊，赶紧从地上爬了起来。

“开门啊，谁在里面？赶紧开门！”

随着敲打门面的声音越来越急促，看起来，江万信这次是真的着急了。

“江万信来了！”

夏岚对着话筒说了一声，然后麻利地将刚刚收集好的证物放进了随身携带的手提包。接下来，她想都不想地解开了今天穿着的羊毛衫扣子，露出了里面有着蕾丝花边的淡粉色的吊带……

“呀，江叔叔，您怎么来了？”

夏岚的面色微红，捋了捋头发，把江万信让了进来。并且下意识地顺手带上了房门。

这时江万信才注意到，她毛衣的扣子竟然解开了几颗，露出了里面淡粉色的吊带。

就在他觉得略尴尬的时候，门口却突然响起了脚步声。

房门推开，江珊抱着新的床单和病号服，走了进来。

“大哥，你咋来了？”

她看到江万信时，脸上还挂着笑，可一转头，看到了衣衫不整的夏岚，表情瞬间凝固在了那里。

“这……”江万信看了看她，又看了看夏岚，知道她肯定是误会了，赶紧摆着手解释道，“不是你想的那样！”

“是啊，不是那样的！我刚刚觉得后背不太舒服，可能是新衣服的标签有些扎人，就把门关上，脱了衣服想看看，谁知道江叔……”

夏岚努力解释着，毕竟她也不想让人误会她和江万信有什么私情。

可是很显然，比起她的解释和江万信的否认，江珊似乎更相信自己的眼睛所看到的。

那一瞬间，她的表情从难以置信到悲伤，再由悲伤到绝望，最后竟然变成了一种很可怕的癫狂。

“狰狞，对，就是狰狞！”

事后回想起当时的情景来，夏岚仍旧觉得心有余悸。她从不知道，一个人可以露出这么可怕的表情，那一刻，江珊就像是一头野兽，恨不得直接扑到她的身上，将她拆骨扒皮，置于死地。

她瞪视着夏岚，然后突然回过头，将房门反锁上。

“阿珊？”

江万信和夏岚面面相觑，不知道她这是要干什么，但两个人心里都觉得不太对劲。尤其是夏岚，她甚至有了种很不好的预感，下意识地摸了摸胸花上的窃听器。

“大哥，你就非得这样吗？”

“我怎么了？”

“一次又一次的，这种女人，你不觉得脏吗？”

“阿珊！”

江万信虽然不知道她要说些什么，可这话里话外的不尊重，着实令他觉得尴尬。其实他也不想给江旭找个当公关的女友，但是正经的女孩子，谁会答应这种要求呢？另一方面，他也真心觉得小夏和周琦不同，现在当着人家的面这么说，真的很没有礼貌。

但江珊似乎比他更加激动，一把甩开他伸过来的右手，“我真的受够了，你明知道她们都是见钱眼开的货色，干吗还给小旭找这样的女人回来，你到底是为了小旭，还是为了你自己！”

她越说越气，使劲推了江万信一把，把他推倒在了病床上，然后气势汹汹地朝着夏岚冲了过来。

夏岚下意识地退后了几步，却还是被她扯住了衣袖。

对方二话不说，一个巴掌抽了过来。

“你干吗！”

夏岚大叫，往后一躲，虽然躲开了那冲着自己脸拍过来的巴掌，却偏偏被她的衣服剐到了胸前装有窃听器的胸花。

那胸花的别针一松，从衣服上被甩了出去，在地上滚了几下，掉进了沙发下面。

此时夏岚已经无心顾及那窃听器还能不能正常工作了，因为江珊一巴掌没打到，又变本加厉地打了过来，拉扯之间，夏岚的身上、脸上都挨了好几下。尤其是有一拳直接打在了她的肚子上，害得她忍不住弯下腰，哀号了起来。

“夏岚，夏岚你还好吧?！”

藏在耳朵里的听筒，突然传出了陆博垣焦急的声音。

“你那边怎么了，用不用我们赶过去？”

平时负责监听的人不是徐子峰就是车瑞，可不知为何，今天却换成了陆博垣。此刻的他似乎没有了往日的冷静，只等她一句话，就会马上派人过去救她。

“阿珊，阿珊你这是干什么！”

被江珊推倒的江万信已经从病床上爬了起来，看到这样的情景，赶紧过来制止。他一边用力拉着江珊，一边怒道：“你疯了吗！你知不知道自己是什么身份！”

这本是他情急之下脱口而出的气话，但说者无心、听者有意。在江珊的耳朵里，这一席话却有了更深一层的意义，也彻底激怒了她。

她停下了手中的动作，看着江万信和夏岚，笑了。

“我什么身份？是啊，我算什么，我什么都不是！”

她的眼神是凶狠的，此刻却噙满了泪。

“阿珊……”见她这样，江万信一下子就语塞了，想起这些年，她是如何无微不至地照顾着江旭，他感到后悔，即便是一时情急，也不该说出这么伤人的话啊！

“对不起，我不是故意的。”

“你不是故意的……”

江珊重复着他的话，转过身，走到了床头柜的位置，背对着他们。

她的背影看起来十分落寞，透着股凄凉。

“其实……我，我真不是那个意思……”江万信解释着，朝她走过去，然后伸出手，搭在她的肩膀上。

“不是那个意思，那你是……什么意思？”

她开始说这句话的时候，语速并不算快，但是当说到最后四个字的时候，却突然回过身，抄起床头柜上的花瓶，重重地朝着江万信的脑袋砸了过去。

她这一下，砸得相当结实。

江万信几乎连声音都没出，就直接摔倒，躺在了地上。看着他倒在那里，额头汩汩地冒着鲜血，夏岚不由呆住了。

“夏岚，夏岚！”

听筒另一端，陆博垣等不到回应，再加上刚刚又隐约听到了些类似重物倒地的声音，心里越发担心起来。

江珊叹了一口气，将那已经被打碎的花瓶顺手扔到了一旁。她自己的手上也有血迹，应是刚刚用力过猛，被花瓶碎片割伤了手。

不过她看起来却一点儿也不在乎，只是朝前走了走，用脚踢了踢昏倒在地上的江万信。

事态会发展成这样，真的是夏岚无论如何都没有料到的。

江珊又踢了江万信几脚，见他没有任何的反应，这才抬起头，直视着夏岚。

虽然明知道她不可能听自己的，可夏岚还是忍不住劝道：“珊姐，你这是要干什么？江叔叔他可是你的亲堂哥啊！”

“亲堂哥又怎么样？在他心里，我不过就是个普通的护工，是个下等人。”

“你这么做，就不怕警察抓你吗？”

“抓我？哈！”江珊冷哼了一声，“我人都杀过了，也不怕再多杀一两个！”

夏岚心头一紧，马上联想到了周琦。

听筒另一边，陆博垣似乎等不及她的回应，已经做出了行动。他让徐子峰调了几个人直接包围了她们所在的病房。

眼看着江珊一步步地逼近，夏岚虽然有些担忧，可心里却十分清楚，这是能套出她真心话唯一的机会，她必须阻止有人营救自己。

窃听器已经被甩到了沙发的下面，她又不可能当着江珊的面去拿，当然也更不可能大声叫喊让门口的人别进来。

短暂地思考后，她做出了决定。佯装害怕，朝着后面跌了过去，完全不顾形象地一屁股坐在了地上。

“别，别过来！”夏岚大叫着，一边哭喊一边朝着沙发的方向爬去，尽量凑近沙发底部，大声道，“不要过来！有话……有话慢慢说……”

她说得虽然隐晦，可陆博垣和徐子峰却立刻明白了她的意思，用对讲机命令病房外的人先按兵不动。而陆博垣自己则加快了脚步，从离疗养院不远的监听地点跑了出来，朝着夏岚的所在地而去。

“现在害怕了吗？你早干吗去了！”

“你真的杀过人？是……是不是那个在我之前的？”

“还真让你说着了，不过那姓周的根本就是自己找死！”

江珊冷笑着，突然从裤袋里掏出了一把水果刀。

“看见没有？我就是用这把刀捅死她的！顺便我还把她的眼睛挖了出来，她的眼神真让人讨厌！哈哈哈……”

是的，就是这把水果刀，她当时就是用这把刀从侧面直接插进了周琦的脖子里。看着她不停地抽搐，却喊不出任何的声音，只有一声声从喉咙深处传来的闷哼。

那一刻，江珊并不觉得害怕，反而有一种前所未有的兴奋。

尽管这并不是她的初衷。

她根本不想和周琦扯上任何关系，可这个看似清纯可人的女孩，却一次又一次地挑战着她的忍耐度。当矛盾累积到了顶点，就这么一触即发了。

"你怎么来了？"

几个月前的一天夜里，一身酒气的周琦突然敲响了病房的大门。

那时候已经很晚了，江珊已经洗漱完毕，连沙发床都放好打算休息了。谁知却突然有人来敲门，她还以为是江万信，但打开病房的门才发现是周琦。

"怎么？不是老江，你失望了吧！"

周琦虽然只来过几次，但说起话来却一点儿也不客气。她刚刚喝了酒，原本就很漂亮的脸蛋上泛着微微的红晕，看起来更加娇美惹人怜。

她一把推开江珊，侧身走进了病房。

"你这是干什么，现在已经很晚了，我和小旭都要休息了！"江珊尽量压住火气，责问道。

"休息？哈哈哈，就江旭那个德行，不是一天到晚都在休息吗！喂！喂！我叫你呢，你倒是起来啊！"

周琦醉得厉害，歪歪扭扭地倒在了病床上，一边咧着嘴傻笑，一边拍打着江旭的双腿，"赶紧起来，别睡了，你爸不是说给我钱，让我过来陪你吗，你老睡着是什么意思啊！哈哈哈哈哈！"

"你别折腾了，赶紧说，你到底来干吗？！"

"干吗？陪我老公睡觉啊，嘿嘿，老公，我来了，今儿晚上，我肯定把你伺候得舒舒服服的！"

周琦说着，将一只手往上移动，隔着被子，攀上了江旭的双腿之间，然后不怀好意地开始摩挲起来。

见她这样，江珊一下子就急了，走过去扯住她的手，“你要死啊！别用你的脏手碰他！”

“脏手？你觉得我脏？”周琦被她这么一拽，稍微回过一点儿神来，坐直了身子，眼睛直勾勾地看着她，一把将她推开，然后站了起来，“大妈，你当自己是谁啊，你就是个护工，我可是江万信花钱找来的儿媳妇！嫌我脏？哼，你还是先搞清楚自己的身份吧！”

“呸，还儿媳妇，你不过就是个出来卖的！”

“出来卖又怎么样！哈哈哈，我年轻，要身材有身材，要脸蛋儿有脸蛋儿，我告诉你，你知道江万信为什么找我吗？那是因为我好看，他喜欢我！江旭喜欢什么样儿的，他哪里知道，江旭才多大就昏迷了，他知道什么叫女人吗！”

她这一番话虽然是在半醉的状态下说的，但却振振有词，江珊一时之间竟然找不到话来反驳，只能干瞪着眼看着她。

周琦见她不说话，更加得意起来，一边拿挑衅的眼神看着江珊，一边甩着手，挺了挺胸。她那天穿着件白色的圆领短袖雪纺上衣，下面配条低腰的牛仔短裤。裸露的腰身，充满了年轻人特有的活力，肌肤健康而紧实。

这一切的一切，配上刚刚那句“他喜欢我”，无一不像一把把利剑，笔直地刺进了江珊的心。

可好死不死的，那周琦却没有住嘴的意思，反而更加得意忘形起来。

“他们这些老男人啊，我见得多了，自己想偷腥，还道貌岸然的！装什么装！”

“你……闭嘴！”

“闭嘴？我干吗闭嘴！我啊，就是傻，以前没明白这个理儿，还真以为他是叫我陪江旭……其实他就是自己看上我了！拐弯抹角的，有意思吗！后来还到会所去找我，唉，不就是舍不得我吗！”

“我说了叫你闭嘴！”

“得了，我知道你喜欢那老东西，你看他那眼神儿都不一样，就差把他裤子扒了！哈哈哈哈！今天来的是我，不是他，你其实特失望吧！”

“别再说了……”

“凭什么不让我说，本小姐这一肚子气，还没撒出去呢！哼，你啊，别想了，就凭你，江万信根本看不……”

砰！

江珊没有再给她说话的机会，而是直接冲过去，用尽全身的力气狠狠地抽了她一个嘴巴。

周琦猝不及防，再加上喝醉了酒，又穿了一双极不平稳的坡跟鞋，脚踝一扭，脸朝下，直直地朝着病床的边缘撞了过去。

她下意识地伸出手，想撑住身体，可距离太远，终究还是没有够到床头柜，只有右手中指的指尖碰到了那里，但却没有撑住。长长的红指甲接触到了柜子角，由于下滑的惯性和她本身的重量，指甲霍地一下掀了起来，整片指甲就这么飞了出去。

鲜红的指甲上带着血肉，在地上弹了几下，掉入了床头柜和墙壁的缝隙之中。

周琦连吭都没来得及吭，一头撞在了江旭床边放的仪表器械上，双眼一黑，昏了过去。

看着躺在地上处于昏迷状态的周琦，江珊的第一反应是，绝对不能让她死在病房里。

这是江旭的房间，她不能让那个女人把这里污染了。

其实这个时候，她如果能叫医生护士来帮忙，所有的一切也都还来得及，可当时她既害怕又愤怒，竟然没有想到要怎么补救，只想着赶紧把周琦弄走。

她脑筋转得飞快，迅速地将周琦抱起来，拖到了屋里的一张可移动病床上，那张床本来是方便江旭做检查而准备的，有时候她也会把一些脏衣服、脏被子放在上面，直接推到洗衣房去。

她平时干惯了粗活儿，周琦本身也不算胖，把她抱到那张病床上，并没有费太多的力气。江珊又扯过了自己的被子还有几件脏衣服，全都一股脑地盖在了周琦的身上。

接着，她穿上了外出时的鞋子，想了想，又在衣服外面套了件护工服，找了个口罩戴在自己的脸上。

这样即便在走廊里被监控抓到，只要不仔细看，或是不熟悉她的人，应该都不会看出她的身份来。

临出门时，不知道是出于什么心里，她随手拿起了床头柜上的折叠水果刀，放进了自己的上衣口袋。

她推着车，小心翼翼地走出了房间，朝着洗衣房的方向走去。

一路上很安静，她也没有遇到任何人，大部分的房间已经黑了灯，只有少数几个房间还从门缝下面散发出微弱的灯光。

顺利地从洗衣房的后门离开了疗养院，江珊没有再继续推着那张移动病床，毕竟在外面还这样就有点儿引人注目了。她将周琦扶起来，搭着对方的肩膀，半拖半拽地，拉着周琦回到了自己在疗养院附近的住所。

这是一间只有 40 多平方米的单人房，麻雀虽小，五脏俱全，该有的一切都有。江珊不怎么回来住，但每次回来都会把这里打扫得很干净。

她把仍在昏迷中的周琦扔在了沙发上。

周琦双眼紧闭，丝毫没有醒过来的意思。直到此刻，江珊才后知后觉地意识到，自己这是摊上大事儿了。

“喂，喂！我说，你别装死啊！”她很怕，用手推了推周琦，对方却没有任何的反应。

这时，她鬼使神差地将那把水果刀拿了出来，轻轻地一折，用明晃晃的刀面轻轻拍了拍周琦的脸，“你要是再骗我，我拿刀捅你了啊！”

她这么说的目的，本是想吓唬吓唬周琦，可谁知道，那周琦好像是听见了她的话，竟然真的哼了一声，身子也动了起来。

江珊没想到周琦真的会动，被吓了一跳，就见周琦睁开了那双漂亮的眼睛，倒映着她现在狰狞的脸，仿佛还在无声地挑衅着她，耳边也想起那句“他喜欢我”……

那只拿着水果刀的手下意识地就举了起来，斜斜地朝着周琦的脖子捅了过去……

周琦刚刚才有苏醒的意识，被这么一扎，猛地瞪大了眼睛。那水果刀直接插穿了她的气管，她想叫，可是却很难发出声音来，只能瞪着眼睛，看着一脸错愕的江珊。

她张开嘴巴，似乎想要用力呼吸。

江珊吓得叫了一声，顺手将那把刀也拔了出来。

周琦吸了一口气，开始剧烈地抽搐，每一次随着胸口的喘息，都有血从嘴里涌出来。

她伸出一只手，捂着自己的脖子，鲜血将她的手染红了，她惊讶地看着自己手上的血，然后一边剧烈地抖动着身体，一边拉住了江珊的衣袖。

当面对自己觉得恐惧的事情时，每个人的反应都不太相同，有人会吓得大叫，有人会疯狂地逃走，有的人则会将恐惧全部化作愤怒，唯有反击，才能平息自己心头的不平静。

江珊，恰恰是那第三类人。

她看着周琦瞪着自己的眼睛，愤怒烧光了仅存的理智，她举起了手中的刀，朝着周琦的眼睛扎去，然后又一下接一下地朝着周琦的身体刺了过去……

时间仿佛被拉长了，当江珊终于冷静了下来，面前早已一片血肉模糊。

周琦死了，死得透透的。

江珊紧紧握着那把淌着血的水果刀，呆呆地坐在那里，良久，才“哇”的一声大哭了起来。

哭过以后，她看着面前的尸体，飞快地思考了起来。

她知道，如果想要保守秘密，所做的第一件事就是把周琦的尸体藏起来，并且即便是被人找到，也不能叫人发现她的真实身份。

这一点，说起来容易，可做起来却并不简单。

不过幸运的是，她上山下乡时所嫁的那个丈夫，偏巧是个屠夫。

那些年，她跟在他的身边，当他杀猪宰羊的时候，她就帮他打打下手，耳濡目染地也学到了一些关于肢解的常识。

家里只有两把菜刀，一把是切生冷海鲜的，还有一把是切蔬果和熟食的。

这两把刀对于她来说，已经足够了。

接下来发生的一切，即便是看惯了庖丁解牛的江珊自己，也不愿意再去回想。甚至直到最后结束时，她都处在一种似梦似幻的境界里，仿佛刚刚她所做的一切，不过只是一场绽放着血之花的凄美噩梦。

第二天，她借口身体不舒服，向江万信请了假，回到家里，继续着最后的收尾工作。

当她整理好了一切，将清洗好的尸块装进编织袋，又趁夜深人静把周琦的尸体碎块埋到了离她所居住的小区好几站地以外的一块空地里。

那里的绿化很好，周围种了不少树苗和小花，貌似是最近种下的，因此土壤比较松，也不平整，刚好可以掩饰她埋尸的痕迹。

当她忙完这一切，回到家里，真的大病了一场。

可她万万没想到，没了第一个周琦，江万信却又带来了另一个“周琦”。

江珊原以为，这姓夏的姑娘会好一些，她不像周琦那么市侩，对待自己也还算客气。可她却没想到，原来不叫的狗咬人才更疼。她竟然在不知不觉之间，和江万信勾搭到了一起。

至于江万信……江珊也搞不懂自己是怎么想的。

她早就过了那种做梦的年纪，青梅竹马也都成了过眼云烟。甚至在回到 B 市以前，她对江万信这个堂哥的印象，已经模糊到近乎路人了。

他能在自己无依无靠时伸出援手，她真的很感激。但这究竟是感谢还是心仪，她却始终无法确定。

可是她的自尊心却不允许自己白拿江万信的钱，她提出来照顾江旭，除了想和他平等，也许还有连她自己都难以察觉的微妙之情。

第十五章　撕票警告

“就因为她说了那么几句话，你就把她杀了？”

夏岚望着江珊，即便是已经面对过几次死亡，她仍旧无法理解那些行凶者的心态。

“不管有什么深仇大恨，生命都是值得尊重的！你知道有些人为了活下去，受了多少苦，付出了多少代价吗？”她撑着地，缓缓地站了起来，刚刚那胆怯的眼神已经不再，而是换上了满眼的坚定，“你又知不知道，这些人的家属、他们的朋友会有多难过！”

江珊陷入了沉思，因为她想起了江旭，为了让他醒过来，江万信付出了太多……可到头来，他还是没有睁开眼睛。

“是我害了他！如果不是我开车撞了他，他现在应该和普通的孩子一样一起上下学，一起踢球！”

江万信有一次去应酬回来，没有回家休息，而是直接来到了疗养院。他坐在江旭的床边，当着江珊的面，哭得老泪纵横。泪水顺着他的眼角滑下来，那皱纹里积满了这些年的悔恨与自责。

为了还债，为了更好地照顾江旭，他甚至不惜以婚姻为代价。

金雅琴也是知道这件事的，所以这些年她才能理所当然地花着江万信的钱，并且在他面前摆出一副高高在上的姿态。就连结婚这件事，也是她主动提出来的。

他们从没有夫妻之实，江万信也不介意她去外面找其他的男人，甚至还会为她买单。

唐立青的保险柜里，就记着这两个人的账。他套出了金雅琴的话，并且偷偷录了音。

江万信受到威胁，只能帮唐立青介绍生意，虽然他自己从不参与，但是会安排手下人直接带着那些生意上的伙伴去“馨”消费。

万信集团谈的都是大生意，唐立青自然是赚了个盆满钵满。似乎是为了感恩，他也变着花样想要回报江万信，当然，更是想拉江万信下水。

帮江旭找个女朋友这件事，就是唐立青对江万信的报答，甚至连周琦这个人选也是他主动帮忙物色的。只是，就连唐立青这种见过大风大浪的人也没想到，江万信不知是吃错了什么药，竟然突发奇想地要周琦去陪江旭这个植物人睡觉！

周琦不答应，他还百般纠缠。一气之下，两个人只好解了约。

解约后的周琦很快就有了新的金主，谁曾想好景不长，那新客户竟然是江万信的一个合作伙伴，他听说了这件事以后，马上就甩了周琦。

周琦气不过，喝了好多的酒，于是才有了借着酒醉大闹江旭病房的那一幕，并且因此稀里糊涂地送了命。

当然，除了车祸逃逸一事，其他的都是江珊所不知情的。

一直到江珊被抓起来以后，特案组的人才捋清了这些事情的真相与前后关联。

“去自首吧，现在去还来得及！”夏岚看着江珊，劝道。

“自首？”听到她这句话，江珊反而笑了，只是笑容中又带了几分苦涩，“你觉得还来得及吗？”

“当然，你要是害怕，我陪你去！”

夏岚这么说着，下意识地看了看躺在地上的江万信。他就倒在江珊的脚边，随时都有生命危险。

可是令夏岚没想到的是，这看似无意间的一瞥，却让江珊误以为她还是心系江万信，两个人确实有什么暧昧。

“陪我？好，那你就陪我上黄泉吧！”

江珊低吼了一声，拿着那把水果刀朝着她冲了过来。

“夏岚！”

话筒和大门外的声音同时响起，那是陆博垣的声音。

紧接着，“砰”的一声，原本紧闭的房门被人撞开了。

夏岚本以为，冲在前面的会是全副武装的武警同事，可谁曾想，她第一眼见到的却是陆博垣那张焦急的脸。

她从没见过他有这样的表情，但一瞬间，她悬着的心一下子就安定了下来。

江珊没想到会有人突然冲进来，晃了下神，陆博垣就在这时一把抓住了她拿着水果刀的手腕。

“别碰我！”

她挣扎着，试图抽出自己的手。

刀光闪过，陆博垣右手的虎口上，鲜血涌了出来。

他连眉头都没有皱一下。一旁的夏岚不知从哪里来的力气，她不管不顾地冲了过去，双手死死扣住了江珊的腕子。

接着徐子峰和几个便衣一拥而上，将江珊制住，抢下了她手里的刀。

“你没受伤吧？”

陆博垣完全不在乎自己正在流血，而是忙着将夏岚拉到身边，仔细打量着她。

她看起来没有受什么皮外伤，只是刚才与江珊纠缠时铆足了力气，以至于两只手一直在颤抖。她的指尖还沾了些鲜血，不过那血却不是她的，而是陆博垣的。

“你怎么样？”

就在他询问夏岚的同时，她也说了同样的话。接着她拉起他受了伤的右手，使劲按住。

“流了这么多血！”她眉头紧皱，写了一脸的担忧，“伤口好像还挺深的，估计要缝针了！先按好了，走，我带你去找医生！”

陆博垣低着头，看到她用一双小手用力帮自己按住受伤的位置，鲜血顺着她的指缝冒出来，但是她没有丝毫的介意。

那一刻，陆博垣心里涌起了一股说不上来的感觉。就连刚才还火辣辣的伤口，似乎也没有那么疼了。

“夏岚……”他突然低声唤着她的名字，张开修长的手臂，一把将她揽进了怀里。

夏岚的身体僵了一下，等她意识到自己此刻正被陆博垣紧紧地搂在怀中后，莫名羞得连耳根都发烫了。

“怎，怎么？”

“没什么，”他在她耳边轻轻地叹了一口气，如释重负道，“你没事就好。”

你没事……就好……

什么叫没事？明明都被人割破了手，还流了那么多血！

你知不知道这样，我很担心啊！

但是这些话，她终究没有说出口。

“走吧，现在赶紧处理你的伤口才是最重要的！”

江珊和江万信被捕后的第二天，针对唐立青所在的高级私人会所而进行的扫黄行动也正式开始了。

这一次，事情进展得非常顺利。

女警连小枫假扮成富豪太太，与金雅琴成了闺密，并在她的邀请下成功当上了“馨”的会员。她策反了会所里两位男公关出面当污点证人，在掌握会所运营方式的同时，还查到了与之相关的一个裸贷平台和一个网络色情直播间。

当然，这之中也有夏岚的功劳，她在卧底期间搜集到了不少会所进行非法交易的证据，并且提供了不少相关涉案人员的资料，其中也包括和她当过一段时间室友的孙燕。

令人没想到的是，孙燕在夏岚的劝解下，不仅坦白了自己的罪行，还主动交代了不少与校园裸贷相关的内容，挖出了几个安插在校园里的毒瘤。

至于唐立青锁在保险柜里的那些所谓“资料”，正如夏岚所说，真的成了一把双刃剑。他原以为可以凭借这些“污点”要挟那些达官贵人，没想到最后全都成了他的犯罪证据。

其实就在警方突袭检查会所的前两天，唐立青已经将他手上所有的收藏都转移到了他租下的一栋小公寓里。这里平时没人住，租赁合同上写的也不是他的名字，按理很难被找到。可陆博垣很有先见之明地，将夏岚交给他的那个U盘里放了个小型跟踪器，警方按照上面的提示，从这所出租房里搜集到了大量的证据，和很多不为人知的惊天大秘密，并一举查出了“馨”背后所牵扯到的真正大Boss……

当然，关于陆博垣和夏岚那段“资料”，已经和扫黄组打好了招呼，在打开保险柜的第一时间，就交还给了陆博垣进行销毁。

江珊以故意杀人罪被起诉，至于江万信当年犯下的肇事逃逸，身为受害者监护人的金雅琴并不打算追究，再加上他这些年确实对江旭尽心尽力，于是只予以了适当的罚款与教育，很快就恢复了自由。

这之后，夏岚以真实的身份去医院看望了他们一次。

虽然只有短短的几天时间，但江万信明显苍老了很多，原本颇有老教授风范的他，此时身形却显得有些佝偻，眼窝也泛起了青黑色。

“其实他也挺可怜的，这些年虽然逃脱了法律的制裁，但是终此一生，都逃不过良心的谴责。”回家的路上，夏岚坐在副驾驶，叹着气说道。

陆博垣没有说话，转头看了看她，嘴角微微翘了翘。

夏岚没有察觉到，仍旧沉浸在自己的世界里，继续道：“他还一直跟我道歉，好像害我受伤的不是江珊，反倒是他一样！”

陆博垣苦笑了下，“其实是我保护得不够好。”

“还说不够！你都受伤了好不好！”

“我说过了，那个是小伤，不碍的。”

“都缝针了还小伤！我告诉你啊，你这几天可千万别沾水，有什么事情，你跟我说一声，我帮你做就行了。”

“能有什么事……”说到这里，陆博垣却突然想到了什么，话锋一转，“洗澡也不行吗？”

“呃……”

这一回，轮到她说不出话了。

第二天一早，陆博垣闲来无事，去了陆雅媛的家里陪外甥女。

雅媛做午饭的时候，他就抱着陆溪，两个人一起窝在沙发里，一边吃水果，一边看卡通片。

“舅舅，今天小夏阿姨怎么没来？”

虽然只见过两三次，但是陆溪对夏岚好像颇有好感。

“哦，她去你徐叔叔家接猫了。”

“猫？”陆溪想了想，然后恍然大悟般说道，“哦，我知道了，就是最近徐叔叔家里养的那只大脸猫吧！”

奇怪了，陆溪只在上次特案组聚餐的时候见过徐子峰，他们关系已经这么好了吗？

陆博垣微微蹙眉，“你见过？”

“嗯，见过照片，徐叔叔微信里发了那只猫和阿呜在一起的合照。”

怪了，雅媛什么时候加的他微信啊！

“舅舅！”陆溪眨着一双纯洁无邪的大眼睛，突然往旁边一靠，靠在了他的怀里，“下次带我去小夏阿姨家看那只大猫吧！”

“你喜欢大猫？”

“嗯，”陆溪努力点着头，“小夏阿姨我也喜欢！”

听她这么一说，陆博垣没来由的，心里有些得意起来，“哦，喜欢她什么？”

陆溪仰起头，伸出一只小手，认真地数了起来，“长得漂亮，对我又好，虽然有点儿笨，可是还挺不错的。”

陆博垣嘴角扬起一抹笑，“有点儿笨啊……”

“不过，最重要的不是这些！”

“那是什么？”

“她跟舅舅在一起的时候，舅舅好像特别开心！舅舅开心，小溪就开心，所以我喜欢她。”

见她说得头头是道，陆博垣不禁笑了，揉了揉她的头。

一个小时以后，陆雅媛做好了午饭。她脱下围裙，走到客厅里。

沙发上，陆博垣和陆溪正趴在上面，聚精会神地下着跳棋。

“去洗手吃饭了！”她笑着说道。

“再等等，下完这局！”陆博垣连头都没抬，继续着手上的动作。

陆雅媛索性走到他们旁边坐下，“最近小溪老拉着我和苏珊下棋，你可来了，赶紧陪陪她吧！”

最近一段时间，陆雅媛总是带着小溪去福利院，她就是在那里学会的下跳棋。

那个教她下棋的孩子叫韩正林，跟徐子峰很熟，是个艾滋病患儿，为了他，徐子峰最近没少向她请教医学问题。

不过关于那孩子的病，她能帮的也不多。

明明年纪还那么小，唉……

她正想着，突然看到了陆博垣手上的纱布，俯身一把拉住他的手腕，“你手怎么了？”

“没什么，”他瞅了她一眼，仿佛在说别人的事情一般，淡淡道，“缝了几针。”

“缝针了？”

都这样了，竟然还说没什么！虽然一直知道他性格寡淡，不管发生什么，都不太会说出来，可毕竟是至亲手足，看他受伤，她这个当姐姐的，心里也跟着难受起来。

陆博垣没说话，笑着伸出手，刮了一下陆溪的小鼻子。

“你老实交代，到底怎么弄的？”

“都说没什么了，就是个小意外。”

“万一留疤怎么办？就算你是男人，也不能这么不小心啊！”陆雅媛无奈地埋怨着，可陆博垣的嘴角却不自禁地上扬起来。

直到此时陆雅媛才注意到，自己这个不苟言笑的弟弟不知从什么时候开始，似乎变得爱笑了，“就算留疤也没关系，以后等我有了孩子，我可以跟他说，是为了保护妈妈受的伤。”

声音不大，却掷地有声。陆雅媛甚至还从他那微微翘起的尾音和嘴角，察觉到了一丝不经意的“炫耀”。

“走了，小溪！去吃饭！”

像是为了转移话题，陆博垣将外甥女高高举起，朝着饭桌走去。他故意抬高手臂将小溪举过了头顶，惹得小溪一阵欢笑。

瞅着这一大一小两个孩子的笑脸，陆雅媛似乎也被感染到，情不自禁地跟了上去。

“不管怎么说，你下次可得小心些，千万不要拿自己的安危开玩笑。”

“知道了姐，你就放心吧。”他回头一笑，“哪有那么多危险等着我。”

殊不知，他们竟然一语成谶，原本平静幸福的生活，很快就被搞了个天翻地覆。

周一的午休时间，特案组的几人在食堂打了饭，围坐在食堂的一角，一边吃饭一边闲聊。身为组长的徐子峰垂着眼，精神看起来有些萎靡，也不参与其他人的谈话，一副愁眉苦脸的样子。

坐在对面的车瑞和夏岚不知道他发生了什么，还以为是工作中遇上了什么问题，又是好奇又是担心。

过了好一会儿，夏岚才试探地问道：“峰哥，您这是怎么了？”

徐子峰抬头，看了看她，摇头苦笑，“夏岚啊，你家饼饼走了以后，阿呜就跟得了相思病似的，这两天吃不好睡不好的，有好几次大半夜还醒了，围着前阵子饼饼睡过的竹筐，嗷嗷嗷地叫，搞得我都没法睡了。”

听了他这么说，再想想饼饼回了家以后，照样该吃吃、该喝喝，一点儿也没有难过伤心的意思，夏岚突然觉得有点儿对不起他们了。

“要不峰哥你改天带阿呜上我家玩吧，饼饼好像也挺想它……”

正说着，突然见到留守在办公室里的聂程涛慌慌张张地跑了过来，他人刚到食堂门口，还没来得及走近，就忍不住大叫起来，“峰哥！快点儿，出事了！”

原本正在吃饭的几人互相对视了一眼，不约而同地放下手中的美食，跑了过去。

“怎么回事，是不是有什么案子？”

聂程涛虽然年纪不算大，可也干了几年的刑警，平时很少见到他表现得这么慌张，所以几人猜想，这一次肯定是个大案子。

只见聂程涛红着眼睛，一把抓住了徐子峰的手腕，“哥，刚接到出警任务，说是市福利院里有两个孩子失踪了，院方的人查了监控，那俩孩子被一辆院外的面包车给带走了！”

徐子峰蹙眉，心道现在的绑架犯胆子也太大了，竟然明目张胆地到正规福利院里去抢孩子！光天化日的，这还有没有王法了！

可接下来，聂程涛说出的话，却完全震惊了所有人。

他道：“我问了两个失踪孩子的名字，一个叫韩正林，还有一个叫陆溪。”

事情的起因，还要从几个小时前说起。

今天正好是陆雅媛调休的日子，前段时间她工作很忙，已经有些天没去福利院了。难得休假，她就给陆溪请了一天假，没让她去幼儿园，而是带着她一起去了福利院，想去看看那群孩子，顺便帮大家做个简单的身体检查。

后来，她忙着给几个孩子检查身体状况，等到再想起陆溪的时候，才发现她不见了。

福利院的老师和工作人员赶紧帮忙寻找，这一找可了不得，原来不光陆溪不见了，那个患有艾滋病的孩子韩正林也一起失踪了。

听福利院一个年纪很小的孩子说，看到他们两个和一个不认识的男人一起上了一辆车。

陆雅媛急了，赶紧叫人调出了监控录像。监控里一个膀大腰圆、有些秃头的男人一手按着韩正林的肩膀，一手按着陆溪，从后门上了一辆白色的小货车。

这期间，韩正林曾经有过挣扎，甚至企图叫喊，而那男人则紧紧地卡着陆溪的后颈胁迫他，以至于韩正林最后只能选择沉默。

陆雅媛是个非常独立的女性，从小到大，一直如此。

她骨子里有着和陆博垣一样的果敢和坚毅，不管是对待婚姻，还是事业、生活……她都是一个敢作敢为、不怕打击、迎面而上的人。

但是陆溪的失踪，却令她第一次有了“崩溃”的感觉。她完全失去了方向，除了陆博垣，她谁也不能依靠。

于是她第一时间就给他打了电话，颤抖着向他诉说了这一切。而陆博垣也没有令她失望，即便是同样担忧，但他并没有表现出丝毫的软弱和紧张，很快就安排好了一切。

他先叫陆雅媛安排福利院那边的负责人报了警，然后叫她尽量发动福利院的老师和孩子，让他们来监控室认人，看到底有没有人认识那个秃头的男人。接着他又将电话打到了分局局长的办公室，亲自和他汇报了一下现在已知的情况，恳请对方能联系有关部门密切注意那辆白色的小货车，希望可以在半路将它拦截下来，或是找到那伙人的行踪。

待到布置完这一切，他从酒店公寓开车出发，以最快的速度赶到了福利院。

和他几乎同时到达的，还有警方。不知是巧合还是有意安排，涉及陆溪的这场绑架案，被安排给了徐子峰这一组人。

陆博垣没有浪费过多的时间去安慰自己的姐姐，便火速开始了现场勘查。功夫不负有心人，还真让他在后院发现了一处血迹和一枚咀嚼过的槟榔。

这里是福利院，除了教职员工就只有些孩子，根本不可能出现槟榔这种东西，所以这只可能是那个秃头男人留下的。

夏岚小心翼翼地提取了样本，和陆雅媛陆博垣姐弟微微颌了下首，便火速赶回了实验室。

车瑞调取了附近的监控，尽管最后还是跟丢了那辆车，但起码确定了它来的方向和去的方向是相同的，中间并没有任何的犹豫。

这证明，这个人是有目的性的，而他所针对的，不是韩正林就是陆溪。

韩正林是个孤儿，因此这个人为了绑架陆溪而来的可能性更高。

而又是什么人，知道陆溪的母亲家境优越，有能力支付赎金呢？

“那处血迹应该是那个叫韩正林的孩子的，刚做了 HIV 检测，呈阳性，而且血型也和雅媛姐之前帮他检查身体时所填写的相吻合。”拿到血液样本，并火速赶回分局实验室的夏岚，在电话里急切地想把自己检测到的一切都告诉陆博垣，“鞋码除了小溪和韩正林的，另一个男子的是四十二码，至于那槟榔，唾液已经提取了，正在和数据库的信息进行比对，暂时没有找到吻合的嫌疑人。”

说到这里，她才喘了口气，其实，她连声音都有些颤抖，因为她也同样关心着小溪。

“好，别担心，小溪一定会没事的。”陆博垣自己也揪着心，自然听出了她的担忧。

“嗯，雅媛姐呢？她现在怎么样？”

“暂时还可以，我们都在。”

“那有没有人打电话来要赎金？”

“还没有。”

还没有？陆溪已经失踪三个多小时了，如果是一般的绑匪，怕是早就打电话过来了吧！

就这样，又是半个小时过去了，特案组这边，竟然真的找到了第一个嫌疑人。

“他叫张楠，是给福利院送菜的一个工人。上个月，我们发现他送来的蔬菜缺斤短两，而且有不少菜的品质不新鲜，就找了他们家的领导，结果发现这个张楠年纪轻轻，却不学好，把批发商那边发给客户的新鲜菜品截了下来，用从别家批发来的烂菜替换。据说好像还做过假账，那件事之后，他就被开除了。”

说话的是福利院的副院长，一个五十岁左右、面容和蔼的中年妇女。

“听厨房那边的工人说，他有一次来送菜的时候，正好遇到了陆医生和小溪，他看陆医生开的车子不错，还说了几句风凉话。”

之所以说这个张楠有嫌疑，自然不仅仅是因为这些，福利院的孩子多数交友面很窄，并不太可能接触到社会人士。至于工作人员，虽然也不排除有阴暗面的，可多数人还是比较中规中矩的，毕竟能在这种地方工作，对物质要求都不会太高。

而这个张楠，不仅因为福利院的举报丢了工作，还曾经接触过陆雅媛和陆溪几次。最重要的是，张楠是福利院最近发生的事里最出挑的，所以当警方询问的时候，副院长一下就想到了他。而且他曾经顺手牵羊，拿过后厨工作人员的一些财物。喜欢占小便宜，又是个投机倒把的惯犯，因此他极有可能就是这起绑架的参与者。

“您说他给这里送过菜，那有没有什么办法能联系上他？”徐子峰焦急地问道。

院长的脸上露出了为难的神色，“他被解雇后，来福利院闹过一次，当时我们这边有几个职工和他吵了一架，事后大家好像都把他拉黑了。不过以前的电话倒是可以查得到，我现在就找人问问。”

“好，”徐子峰点了点头，“麻烦您了。”

又是一个多小时后，包括夏岚在内的所有人，都回到了陆雅媛的公寓。

一回家，陆雅媛就把自己关在小溪的房间里，默默地坐在她的床上，一声也不肯吭。

没有人去安慰她，也没有人能安慰她。

车瑞已经接好了所有的线路，随时可以对打进来的电话进行监听与跟踪。陆博垣坐在沙发上，翻看着韩正林的资料，并时不时地向坐在对面的徐子峰询问这孩子的情况。

聂程涛坐立不安地在客厅的一角来回踱步，苏珊守在监听器旁边，眼神涣散，整个人都仿佛垮了一般。

夏岚看着大家，心里也急，但现在能做的，就是尽量保持警觉，把两个孩子救出来，这比其他一切都重要！

她看着陆博垣，虽然作为亲属，他应该非常焦急，可他的表情却和平时一样沉重冷静。夏岚知道，他这是在强打精神，毕竟要是他先垮了，那雅媛姐就彻底没了依靠……

这时，陆溪的房间里突然传来了手机铃声，所有人都愣了，然后不约而同地朝着她的房间跑去。

陆雅媛的脸上还挂着泪痕，她快步走出房间，将手机屏幕对准了大家。

那是一个未知号码，她飞快地和弟弟对视了一眼，然后在得到对方的肯定后，接听了电话。

几乎同时，车瑞也按下了监听键。

“喂？”

“喂，是陆医生吗？”

一个陌生男人的声音从手机另一头响起来。

所有人的心头，都是一紧。

陆雅媛几乎是颤抖着点了点头，“是，我是。”

“你现在很着急吧？毕竟……”听筒另一端的男人笑了，“你女儿现在在我们手里。”

我们？那也就是说，他果然不是一个人犯案的。

“你想怎么样?！”

“我能怎么样，不过是听说你有钱，我没别的想法，就想跟你借点儿钱花花！”

“钱不是问题，但是我怎么确定我女儿现在在你手上？”

这些话，是在确定陆溪被绑架后，陆博垣第一时间教给姐姐陆雅媛的。很多家长在自己的子女被绑架后，都会丧失理智，任人摆布，这也让很多犯罪分子趁机钻了空子。

“你什么意思，你女儿失踪没失踪，你自己还不知道吗？”

陆雅媛强忍住眼泪，一旁的苏珊赶紧过去拉住了她的手，仿佛在给她注入无声的力量。

“总之，我一定要确保我女儿安全才会答应你的条件，如果你连这些都没办法证明，那我凭什么相信你？”

电话里，你来我往的，已经谈了好几句，但是谁都没有提韩正林的名字。这并不是说陆雅媛的心里只有自己的女儿，事实上，这也是陆博垣和她讨论后的结果。

韩正林是一并被绑匪绑架走的，但除了绑匪和福利院的老师，并没有太多的人知道。就连福利院的孩子们，也几乎不清楚。

如果来电的人在没有任何人提起的情况下，说到了韩正林，那这个电话就应该是真的。

果然，见她这么不配合，那边也有点儿撑不住了，直接不打自招起来。“我告诉你，你闺女和那小崽子就是老子绑的，这还用什么证明！我把他俩带走的时候，那小兔崽子还敢反抗，被我一拳揍了，流了满脸的血！你信不信我不光打他，我还打你闺女！”

听到他这么说，陆雅媛再也绷不住了，眼泪夺眶而出，转过头，用一双求助的大眼睛，紧紧地盯着自己的弟弟。

陆博垣冲她摇了摇头，让她少安毋躁，然后飞快地在手机上敲出几个字，递到她的面前。

夏岚眼尖，看到那几个字是：叫小溪听电话。

“好，我信你，但是我怎么知道他俩现在还活着？”陆雅媛强忍住悲伤，“除非你叫我女儿听电话，我要跟她说话！”

良久，听筒另一端传来了笑声，那个男人竟然笑了。

“那姓徐的在你身边吧？”

他不知道陆博垣的存在，但是关于徐子峰，却是知道得一清二楚。

陆雅媛愣了，下意识地抬起头，看着站在自己对面的徐子峰。

徐子峰不知发生了什么，可从她的眼神里，却能察觉到肯定与自己有关。原本一脸正气的徐子峰，此时因为愤怒和焦急，表情看起来竟似有些狰狞。

他挺起胸膛，“我来听。”

电话那边不知又说了些什么，陆雅媛终于咬了咬嘴唇，将听筒递到了他的面前。

徐子峰接过电话，沉声道：“喂，叫小溪或是正林听电话。”

那人挑衅地笑，“哈哈哈，真叫他们俩听了电话，你们就能乖乖给钱吗？徐警官，你可是老油条了，不要骗我啊！”

“你少废话，我说了叫他俩听电话！”

徐子峰怒吼道，他这个人平时总是一团和气，但真的生气起来，样子非常吓人，也非常有震慑力。

果不其然，绑匪那边还是妥协了，真的叫了陆溪来听电话。

“徐叔叔！”软软糯糯的声音自听筒另一端响起，用监听器听着电话的陆博垣也深深地松了一口气。

还好，他们还活着。

陆溪没有哭，但声音却有些颤抖，徐子峰知道，她那是在害怕。

“小溪，小溪你别怕，徐叔叔在！”徐子峰说着，伸出手，拉住陆雅媛的手臂，将她拉到自己身边。

陆雅媛也不介意，直接把脸贴了过去，和他一起听着听筒里的声音。

“徐叔叔，正林哥哥流了好多血，他会不会死啊？”

徐子峰皱起了眉头，“没事，我和妈妈会把你们救回来的！你别怕，他们没把你们怎么样吧？正林流血了，是不是他们打的？他们有没有打你？”

“没有，他们没打我们，正林哥哥的手是他自己割破的……”

话没说完，话筒又被抢了回去。

这一次，徐子峰是真的怒了，“你赶紧把孩子放了，我告诉你，你现在要是把他俩放了，我可以当什么事都没发生过，要是他俩掉了一根汗毛，我弄不死你就不姓徐！”

这些话，本不是一个刑警该说的，可事态紧急，他真的是顾不上那么多了。

“我告诉你，我可没碰那俩孩子，是那小崽子自己把手割破的，还敢威胁我，哼！我知道他有艾滋，血不能碰，可是到嘴的鸭子，总不能就这么飞了吧！”

徐子峰一愣，他倒是没想到韩正林竟然是因为这个才把自己的手割破……

他默默地和陆博垣对视了一眼，两个人都不约而同地想到绑匪这么久才和他们联络，也许就是这个原因。

他们要忙着处理一个流着血、有艾滋病的少年，而这少年之所以这么做，却是为了保护一个和自己毫无血缘关系的小妹妹。

“你到底要怎么样？”

对方笑了，因为听出了他在试着妥协。“一口价，八十万！一分不能少，我知道那姓陆的有钱，给外国佬生了孩子，肯定没少捞好处吧！”

徐子峰怒道："你嘴巴放干净些！"

"好好好，徐警官心疼了，我们就不说了！八十万，要现金，今晚十一点，送到东郊那个废弃的建筑工厂去，具体放哪里，再等我通知！送完就走，孩子明天我就给你们送回来。"

听到这一切的陆雅媛抬头看了看墙上的挂表，现在已经是傍晚了，银行早就关门了，他们怎么可能拿到这么多钱！

"这个时间了，我上哪里去给你找这么多现金？"

"那我不管，你要是凑不出，也成，什么时候凑到了，什么时候再说！不过……那孩子血要是一直这么流，到时候真死了，你可别怪我！"

徐子峰转头看了看旁边的陆雅媛，她用一双含着热泪的眼睛盯着他，看样子，已经全然没了主意，只等着他来决定。他咬了咬牙，"好，今晚十一点，我去！"

"谁让你去了，你不行，让那姓陆的女医生去！"

"你别废话，这种事儿怎么能让女人去！"

"你也别废话，现在孩子可是在我们手里！"

"你……好，那你说，你收到钱，要怎么把孩子还回来？"

"这个我自然有我的办法，你就不用操心了，总之如果今晚拿不到钱，你就等着给俩孩子收尸吧！"

说完，"啪"的一声，挂上了电话。

"八十万……"陆雅媛有些绝望，"让我上哪里找那么多钱，还要现金！"

"我来想办法。"陆博垣说道，然后看向车瑞，"电话是从哪里打来的？"

车瑞正在飞快地敲打着键盘，表情十分严肃专注。

陆博垣转头看向徐子峰，"那个打电话的绑匪显然是认识你的，徐队，你想想，他会不会和之前你帮忙破获的那个团伙有关？"

"我现在去查！"

徐子峰握紧了拳头，他不是两个孩子的父亲，也没有八十万，但是他对他们的关心，绝对不会输给任何一个人！

"陆顾问，有消息随时告诉我！"他低吼了一句，不再犹豫，转过身，朝着大门的方向走去。

第十六章　勒死的孩子

一个小时后，陆博垣拿着从银行取来的八十万现金上了楼。

“怎么样，有新的电话吗？”他怕自己出去这段时间情况有变，焦急地问道。

“暂时还没有，不过已经查到打电话的位置了，小聂也已经带人去找了。”苏珊回道。

那是个破旧的公用电话亭，距离交款的地方以及福利院都有一定的距离，看来绑匪确实是进行过谋划。

他们现在唯一希望的，是附近能找到有用的摄像头，把疑犯的正脸拍到，这样就方便他们锁定调查的对象了。

车瑞还坐在那一大堆的电脑设备前，努力搜索着，希望可以找到嫌疑车辆。

陆博垣的手机却在这时响了起来，来电的是徐子峰，他将手机放到桌上，按了免提。

“喂，陆顾问，是我！”电话那一头，徐子峰的声音听起来很急，还伴有呼呼的风声，显然人在室外，“之前的唾液对比有了结果，已经确定那绑匪身份了，他叫林大勇，我前几年抓过他，今年年初刚出狱。而且这小子确实和那个福利院送菜的张楠有关系！”

“这么说张楠参与绑架也已经确认了？”

“这一点还在调查中，不过张楠可能跟林大勇是认识的。前些日子林大勇坐着张楠的车，一起在福利院附近出现过，当时他们和加油站的员工发生了一些冲突，有监控录像可以证明。”

“好，徐队你现在在什么地方？”

“我正带人往林大勇住的地方赶呢，陆医生那边怎么样？还有，那八十万凑够了没有？”

“还好，钱凑够了。”陆博垣说着，又抬头看了看墙上的挂钟，“我等你消息，如果扑空了，再过两个小时，我们就出发。”

“真让她去吗？不行，她一个女人，太危险！”

“我去，我一定要去！”陆雅媛怕徐子峰再反对下去，会招来陆博垣的阻止，赶紧几步走过来，对着电话说道，“徐警官你听我说，他们俩都是我的孩子！我得去，我不去，还有谁能去？”

电话另一头沉默了，良久，徐子峰才叹了一口气，“好，你注意安全，千万不要逞强！不管怎么样，我们一定会把他们救出来的！”

“嗯，”陆雅媛点着头，“我知道。”

“我尽量在你去之前赶回去。”

“好。”

挂了电话，车瑞这边已经联系了分局里的同事，将那个林大勇的资料调了过来。

林大勇，今年四十二岁，B 城本地人，有着丰富的犯罪前科。

盗窃、抢劫、打架、斗殴……还有拐卖妇女儿童。

他被判得最长的一次，也是因为拐卖罪。

不过当看到他没犯过杀人罪时，众人的心里，多少还是松了一口气。

徐子峰终于在陆雅媛出发前赶了回来。

林大勇并不在他登记的住址，可这一趟也不算白跑。徐子峰了解到了一个非常重要的情报——林大勇的弟弟林大壮得了尿毒症，因为要定期做血液透析，他们又没有什么稳定收入，所以家里的积蓄已经花得差不多了。

他很可能是因为这个才决定铤而走险，再次犯案。

都说可怜之人必有可恨之处，反之亦然。

可在徐子峰看来，这并不能成为一个人犯罪的借口。

有很多人从一出生就遭遇了不幸，生活也并不尽如人意。但你并不能因为自己的痛苦，就去剥夺别人的幸福。说到底，还是因为自私，因为想要不劳而获，所以才会走上这条“捷径”。

陆溪和韩正林被绑架，而陆雅媛这边也凑够了钱，决定去交付赎金的这件事，徐子峰已经向局里报备过了。局长很重视，对他们的工作也给予了最大的支持和援助。

所以陆雅媛虽然是独自一个人开车赶赴交款地点的，可其实在那周围早就遍布侦查员了，只要拿赎金的人一出现，就一定能将他逮住。

“你听我说，别冲动，别和他们有任何正面的接触，不要看，不要问，放下就走。我们已经在这些赎金里放了追踪器，只要他们拿了钱，我们就能找到小溪所在的位置！”耳机中，传来陆博垣不知第多少次的叮嘱。

“明白，我听你的。”

陆雅媛双眼发直，目视前方，整个人几乎都是蒙的。

这种情况下，她本不该自己开车，可为了不让对方怀疑，也只好强打精神，独自上路。

不仅一路上安排了侦查员和刑警，特案组的几个人也都一直跟着她。有这么多人关心和爱着这两个孩子，他们千万不能出事！

快到指定地点的时候，陆雅媛终于又一次收到了绑匪打来的电话。

当然，因为手机安装了监听器，特案组和陆博垣那边也能听得一清二楚。

“你是一个人来的吗？”

只听那男人的声音，也能想象出那是多么面目可憎的一张脸。

陆雅媛点点头，“是，我一个人。”

“钱都够了？”

“够了。”

对方一阵闷笑，“我就知道你凑得出来，你可是身份高贵的千金小姐，哪像我们这些穷鬼！”

陆雅媛很厌恶他这种说话的态度，但也只能强压着火气，“我马上就到了，钱放在哪里？”

“你下了车，往里面走，那边有一片简易平房，你肯定能找到。到了那里，从左开始数，第三个房间，屋里有张大桌子，钱放上面就可以了。”

初冬的深夜，风不大，但是很冷。

尤其是在这种废弃的工地，几乎没有什么遮挡物，也没有照明用的路灯，陆雅媛刚一从车上走下来，就有股阴寒之气扑面而来。

她将手机的手电功能打开，伴着微弱的光，深一脚浅一脚地往那处平房的方向移动。

“千万小心，有事就大叫，另外，带着我给你的那个电棍了吗？”

徐子峰的叮嘱声，从耳机里传了过来。

“嗯。”她不敢太大声说话，只能答应一声，表示自己知道该怎么做。

“雅媛，”他想了想，然后一字一句道，“我知道小溪对你很重要，但是你答应我，千万不要为了救她，做出什么伤害你自己的事情来！”

良久，她又只回复了一个字：“嗯。”

除了她走路时呼吸的声音，听筒里不再有任何声音传过来。

所有人全都屏住了呼吸，将注意力集中到了监听器上。

看似很短的路程，陆雅媛走了将近五分钟。

“左边……第三个……”她一边数着，一边朝指定的房间走去。

这里不知废弃了多久，她只是把手放在门把上，还没用力去拧开门，就已经感觉到了把手上那层已经厚得积成硬壳的尘土。开了门，一股呛鼻的气味随之迎面而来。

陆雅媛皱了皱眉头，将手机举起来，环视着房间内的环境。屋内一片狼藉。几张空荡荡的木板床，地上还扔着许多看不清是什么东西的杂物。紧闭的大窗旁，支着张圆桌，桌上散落着扑克牌和一些好像是瓜子皮的垃圾。

这里似乎是一间废弃的工人宿舍。

她走过去，将那个装了整整八十万现金的箱子放在了桌上。

按照陆博垣所说，只要那群浑蛋把钱拿走，警方就能跟踪到他们所在的窝点。

“小溪，正林……”尽管知道他们根本听不到，可陆雅媛还是忍不住含着泪说道，“你们一定要平安回来，妈妈、妈妈等着你们……”

陆溪再次醒来的时候，已经是深夜了。

她靠在韩正林的怀里，蜷缩在房间的一角。

他们不是亲生兄妹，不管是年纪还是性格、背景都差了很多，可这并不能阻碍他们之间的友情。

上午她正在福利院的后院和一个叫花花的小女孩一起做游戏，远处突然走过来一个不认识的叔叔，她没见过那个人，不过对方说出了她妈妈的名字，还说了徐叔叔的名字。

他说，妈妈在找她，叫陆溪赶紧跟着他去一个地方会合。

陆溪年纪不大，但是警惕性却很高。

舅舅曾经告诉过她，千万不要和陌生人一起走，哪怕对方知道她父母的名字也不可以。如果旁边没有大人，也不要和他起冲突，而是尽量配合，然后找机会脱身，或是找大人帮忙。

于是，她看似顺从地答应了他，却没有叫他牵自己的手，也没有带上花花一起。

出了小院，那叔叔突然抱起她，带她往一辆白色的小货车那走。

就在她晃神的一瞬间，韩正林从后面冲了过来。

“小溪你快跑！”他大声叫着，直接扑过去，抱住了那个叔叔的腰。

然后，在她几乎没看清发生了什么的情况下，那叔叔就把韩正林打倒在地，韩正林捂着脸，鼻子上开始汩汩地冒血。那叔叔一边掐着她的脖子一边威胁着正林哥哥，正林哥哥不敢呼救，和她一起被按着上了小货车。

她还清楚地看到，车上还坐着一个人，那个人她倒是在福利院见过几次，只不过不知道名字。再后来，他们又被带到了现在所在的这个房间里。

陆溪很怕，一直将头扎在韩正林的怀里，不敢抬头看他们。没有饭，连水也不给，迷迷糊糊地，她很快就睡着了……

当她睁开眼的时候，却发现那个她曾经在福利院见过几次的叔叔，正蹲在自己的面前，一个劲儿地用手捏着她的脸颊。他脸上带着笑，但那笑容看起来十分恐怖。

陆溪大叫一声，把他的手打开。

韩正林也醒了，他慌忙站起身，将陆溪护在自己的身后。

“你干什么？”

“哟，一个有艾滋的，还交上女朋友了啊！”张楠嘲笑着他，回头冲正在喝酒的林大勇挤了挤眼睛，“勇哥，你还没女朋友吧？这个病秧子都比你强啊！”

林大勇听到这话顺手抄起一个酒瓶子，朝他们脚下扔过来。

酒瓶瞬间被摔得粉碎，陆溪吓坏了，紧紧抱住韩正林。

韩正林感觉到她在颤抖，抱着自己的那双小手上全是汗。陆阿姨和徐叔叔把自己当成亲生的孩子一样，对他特别好。他们都是好人，从不会因为他的病而嫌弃他，因此他也愿意用自己的一切去回报他们。

他弯下腰，捡起一块破碎的玻璃，一咬牙，狠狠地划开了自己的手掌心。鲜血瞬间涌了出来。十指连心，那种撕心裂肺的疼，瞬间就将他包围了。

他强忍着泪，朝着他们举起了手，“别过来，再过来，我就用手抓你们！”

一个手上满是鲜血的少年，皱着眉头，恶狠狠地看着他们。这画面，如果换了别人，也许根本构不成任何威胁，可偏偏，这少年有艾滋病……

两个成年人不约而同地愣了，看着他，一阵心悸。

刚刚在福利院的后院，林大勇打过韩正林一个嘴巴，导致他的鼻子流了血，还甩到了院里的花花草草上。当时林大勇就已经膈应得要死了，更没想到这孩子会有传染病，要不是怕他大喊大叫坏事，他根本不想带上这个拖油瓶。

谁想到现在，他竟然还割破自己的手来威胁自己！

“哼，你少拿这个吓唬人，信不信老子直接弄死你！”嘴上虽然骂着，可谁都没有再靠近。

“正林哥哥……”

陆溪心疼地从怀里掏出手帕，想要帮他包扎伤口。韩正林却抢先一步，将她的手挡开。

“别碰！”看着她含泪的小脸，他苦笑着摇了摇头，“没事，哥哥自己包扎，你别碰我的伤口，知道吗？”

“可是……”

“没关系的，你听我的话，乖。”

陆溪点点头，“嗯，我听哥哥的话。”

两个孩子默默地拥抱着，蜷缩在一起。开始时，韩正林还强打着精神，想要保护好小溪，可后来，孩子终究是孩子，终于还是没能坚持下去，他用没有受伤的那只手搂住她，沉沉地睡了过去。

张楠和林大勇坐在对面，一边喝闷酒一边看着他俩。

“小楠，这样不行啊！这小兔崽子也太碍事了！”林大勇啐了一口痰，说道。

张楠也是这么想的，韩正林认识自己，不像那个叫陆溪的小女孩，她年纪不大，又是陌生人，不一定能明确地指出他俩的样貌。

其实，他不想手上沾染人命的。即便以前偷奸耍滑，干了很多投机倒把的事儿，可他还没杀过人。

但张楠知道林大勇更需要钱，可以引诱他动手，他还有个卧病在床等着医药费的弟弟……

“一不做，二不休！”他仿佛下了狠心，恶狠狠地盯着韩正林熟睡的侧脸，“勇哥，八十万啊，他们几个小时就凑够了，你说要是咱们再加些，是不是也能行？”

林大勇眼睛一亮，“你的意思是？”

张楠笑了，原本就不大的眼睛，几乎眯成了一条缝，“八十万，咱哥俩对半分，一人只有四十万，可如果一人八十万，你觉得如何？”

交完赎金，陆雅媛并没有直接回家，而是坐到了陆博垣停在不远处的车上。

绑匪会以什么样的方式来取钱？每个人都没有答案。

等了大概三十分钟，徐子峰也赶到了现场。就在所有人的神经高度紧张，已经开始陷入焦躁状态的时候，一个拄着拐杖、穿得脏兮兮的拾荒老人突然出现在了大家的视线里。

他的头发乱蓬蓬的，佝偻着身子，穿了套破旧的棉衣裤。几乎没有任何的东张西望，也没有探路，直接拄着拐杖，从黑暗处悄无声息地走出来，朝着陆雅媛刚刚放赎金的那排平房走去。

站在车里看着监控的苏珊心头一紧，下意识地抓住陆博垣的手臂，“会不会是来拿赎金的?！”

但他皱了皱眉，感觉似乎不太对。

“少安毋躁，再看看。”

“还看什么，赶紧抓了他！”聂程涛也忍不住了，几乎要直接跳下车去抓人。

徐子峰这时候赶紧拦住他，“小聂！别冲动，万一不是就打草惊蛇了！”

“没看他目不斜视，连头都没转，直接就去了那边吗，峰哥，他不是绑匪还能是什么！”

“就因为他目不斜视，所以我觉得可能不是他。”

夏岚也在这时说道：“你们不觉得奇怪吗，如果他是绑匪，难道不担心附近有警方的埋伏？他这样也未免太大胆了些。”

“这……”

听她这么一说，好像确实如此。

时间一分一分地过去，又是十多分钟后，那拾荒老人背着个大大的编织袋从那宿舍里走了出来。

“很好！开始移动了！”车瑞所指的，自然不是那老人，而是放了跟踪器的钱箱。

“就是他，移动方向完全一致！现在没跑了吧？”聂程涛指着屏幕喊道，“峰哥，抓不抓？”

“先不行动，派人监视着他，另外，工地附近的人也不要撤离。”

徐子峰说着，拿起了对讲机，开始布置任务，“各组人员注意，A 组和 B 组，现在全面跟踪那个老人，C 组留在原地，继续监视工人宿舍的方向，D 组待命。”

穿便衣的侦查员换了好几拨，一直跟着那老头儿。但是他却好像全不在意，也没有一丝的察觉。大半夜的也不着急回家，而是走走停停，一会儿翻翻垃圾桶，找个塑料的水瓶子，一会儿又捡个别人抽剩下的烟屁股，点上火儿，拼了命地咂吧几口烟。

渐渐地，连侦查员们也有点儿沉不住气了。“那死老头儿，不是耍咱们吧？”

终于，那老头儿又转了一会儿，停在了一处平房的门口。那附近的环境极其脏乱，他掏出钥匙，打开门，走了进去。

屋里亮起了灯，而紧随其后的侦查员们，直接将那小屋包围了起来。

追踪器显示，那箱子没有再动，一直停留在那里，而此时，屋里却突然传来了一个小女孩的哭声。

“行动！”随着徐子峰一声令下，侦查员们直接撞开大门，冲了进去。车上的特案组成员们也一把推开车门，飞奔而下。

当随后赶到的陆博垣走下车时，小屋周围已经围满了警方的人。他让陆雅媛留在车上，然后拨开人群，走了进去。

那老头儿被几个侦查员扭着手臂，按在了地上。他的破棉袄有几处都被扯烂了，瞪着一双眼睛，眼神涣散，连看哪里都不知道，似乎完全搞不清现在是什么状况。

“这怎么回事？”紧接着，院子里的陆博垣便听到了苏珊从屋内传来的一声尖叫。

破破烂烂的木板床上，苏珊正抱着一个小女孩，但那孩子显然不是陆溪，而是一个和那拾荒老人有几分相似，同样满脸脏兮兮，穿着也很邋遢的小姑娘。

“爷爷！呜呜……囡囡要爷爷！”她扯着嗓子，哭得很大声，同时伸出手，使劲朝着院子的方向伸过去。

“峰哥！”聂程涛拿着那装赎金的箱子，快步走了过来。他将那箱子放在桌上打开，里面空空如也。

短暂地交涉后，除聂程涛和苏珊留下继续审问那个拾荒老人外，徐子峰和陆博垣等人又赶回了交付赎金的地点。

这时已是凌晨三点多钟了，但是大家都铆足了精神，丝毫没有倦怠，只希望可以尽快将两个孩子解救出来。

据留在原地把守的侦查员所说，他们离开后，并没有任何人接近过那片废旧工地，更没有人去那小屋里拿过赎金。

可那八十万现金，就是不翼而飞了。

陆博垣和徐子峰、夏岚还有其他的几名同事，在陆雅媛的带领下，回到了那间放赎金的废弃宿舍进行调查。

“好像没有什么不一样……”陆雅媛仔细思考着，并没有察觉到现在和刚才有什么区别。

陆博垣和夏岚则打着手电，开始进行地毯式的勘查。

“雅媛姐，你刚刚去隔壁了吗？”夏岚很快就发现了一条重要线索。她一边用手电照了照宿舍墙上的一处窗子，一边回过头问道。

那窗户连接的，是另一间工人宿舍，也就是这房间的隔壁。原本应该关闭着的窗子，此时却是打开的，满是灰尘的窗棂上有两处明显的擦拭过的痕迹，显然是最近才有人动过这里，或是干脆从这里翻出去跳到了隔壁。

“没有，”陆雅媛摇着头，肯定地说道，“我就是把钱放在桌上，然后就离开了。”

“走，去隔壁看看。”陆博垣走进了隔壁的那间宿舍。

和刚刚那间房不同，这里虽然大致上一样脏乱，可在灯光照射之下，能看出有几处非常干净，有人在这里停留过。而就在他们查看着各种线索时，一个警员突然低声叫了一下。

“啊，这是……”

“怎么了？”

夏岚走过去，弯下腰，捡起一条白色的一指宽的纸带，“这是银行捆钱用的，肯定没错。”

这话说完，多数人都愣了。

“我觉得，那个负责拿赎金的绑匪，肯定一开始就躲在这个房间里。”夏岚边说，边朝陆博垣投去询问的眼光。

他点了点头，“这个房间，肯定有能通到外面的路，雅媛来交赎金的时候，绑匪其实一直躲在这里，等到她走了，再把赎金转移到这个房间里带走，并且成功地躲开了我们的监视。”

“你是说，我刚刚来交赎金的时候，那个人就在隔壁？”

陆雅媛的这句话，令在场的每个人都不寒而栗。如果当时绑匪从旁边的房间冲过来，那也许……

就在大家都陷入沉默的时候，徐子峰却拍了拍手，“现在有两个可能，一个是钱还在这间房里，并没有被取走。另一个可能是这个房间里有一个秘密出口，很可能是地下管道之类的，能通到工地外面，让绑匪能神不知鬼不觉地脱身。”

“嗯。”陆博垣也道，“现在时间紧迫，越快找到秘密通道，也就能越快找到孩子们。”

“是！”

“明白了！”

徐子峰和陆博垣的话激励了在场的所有人，大家都投入了寻找，绝对不放过任何一条线索。

结果还是陆博垣眼尖，发现在一堆废弃的杂物旁边有一块木板，将那木板掀开，下面果然有个能容纳一个成年人进出的洞。

他刚想下去看看，却在这时，听到了一声尖叫。

那是夏岚的声音。

他赶紧抬起头，朝她的方向望去。黑暗中，他看不清她的脸，但是却在她直起身时，伴着月光，注意到她脸上有什么东西闪了一下。是眼泪……她竟然哭了。

陆博垣心头一阵发紧，赶忙冲她走去。

“怎么回事？”

“陆……”她本来用手捂住自己的嘴，不想让他看到自己在哭，可看他朝自己走了过来，眼泪再也忍不住了，别过脸，指了指角落里的一个纸箱。

她这个举动，令所有人都精神紧张起来，尤其是陆雅媛，她明显察觉到了不对，几步走过去，想要先陆博垣一步，去开那个箱子。

一旁的警员连忙拦住情绪激动的陆雅媛。

夏岚仰起头，不忍再去看。

陆博垣觉得，自己的血都冷了。

但是这种时候，他不去，又有谁能去？况且，他也想要自己去面对。

他一步步地靠近，然后弯下腰，深深地吸了一口气，打开了纸箱上的盖子。

那是韩正林，如果没记错的话，他好像前不久才过了生日，只有十二岁。

看似不大的箱子里，他蜷缩着双手双脚，一动不动，出奇的安静，却又透着触目惊心的惨烈。

陆博垣俯下身，去探他的脉搏。韩正林的双眼紧闭，浑身冰凉，早就已经没有了生命迹象。用手电照过去，还可以清楚地看到他脖子上的勒痕。痕迹是斜着向上的，他应该是被人用绳子从后面活生生勒死的。

陆博垣见过无数犯罪现场，但是从没有像现在这么愤怒过，甚至控制不住自己，一拳打在了旁边的墙壁上。

"博垣！"

由于他挡着众人的视线，陆雅媛他们根本不知道他看到了什么，只能颤抖着叫他。

他转过身，不忍去直视她的双眼，"是那个叫韩正林的孩子。"

陆雅媛没有回答，她倒在夏岚的怀里，晕了过去。

苏珊几乎是哭着赶到了现场，她从没见过那个叫韩正林的孩子，只是偶尔会从雅媛或是小溪的嘴里听到他的名字。

她是个专业的法医，见过形形色色的现场和受害者，但唯独对儿童受害者，她始终没办法接受。

而且在心疼这孩子的同时，苏珊的心里还抱着无限的愧疚。毕竟韩正林是为了保护小溪才会被抓走的，也是因为这样……才送了命。

她不想说韩正林这个病也没几年好活了，相反越是生命有限的人，也就越爱惜自己在这世上的每一天。他还那么年轻，而现在，却在遭受了那么多的痛苦之后，安静地睡在苏珊眼前的纸箱里。

“以后，不会再疼了……”原本她不想在工作的时候流泪，可泪水还是忍不住滑落眼眶，“我们一定会将杀害你的人绳之以法，我发誓！”

“夏岚你先回去，把能带的证物都带上，尽快给我个结果。”离开废弃工地后，徐子峰面无表情地站在一盏残破的路灯下，沉声说道，“我带小聂去个地方，有什么消息，你务必第一时间打电话告诉我。”

灯光昏暗，夏岚看不清徐子峰脸上的表情，但却清楚地听到了他的声音在颤抖，仿佛是一只捕猎前的猛兽。她知道，徐子峰现在一定承受了巨大的痛苦，也知道，他一定会竭尽所能将凶手抓起来，救出小溪，为韩正林报仇。

半个小时后，徐子峰带着聂程涛在内的一队人，来到了林大勇家的门外。

那是一处郊区的小平房，此时天还没有亮，屋檐上挂着长长的冰柱，附近的垃圾场一片荒凉。积雪未融，远处还传来阵阵狗叫。

一门之隔的房间里，几个调查员正在给林大勇的家人做着思想工作。

他那白发苍苍、满脸皱纹的老母亲坐在炕头，用一块旧手绢抹着眼泪。而炕里还躺着一个面黄肌瘦，看起来和林大勇有几分相似的中年男子。他的脸色蜡黄，眼神空洞，嘴角却挂着一抹诡异的笑。

下了车，徐子峰像疯了一样，疯狂地捶着外墙，那撕心裂肺的喊叫，吓得屋内的老太太也不由止住了哭声。

他努力控制着情绪，将已经在捶打墙壁时受伤的手，紧紧地握成了拳头，放在嘴边用力地咬着，直到咬出了血……

借着这股狠劲儿，他冲进院中，一脚将斜掩着的大门踹开，然后三步并作两步地冲过去，跳上土炕，揪着床上那男人的衣领，将他提了起来。

“林大壮，我现在最后再跟你说一次，赶紧给林大勇打电话！”躺在那里行动不便的男人，就是林大勇那个得了尿毒症的亲弟弟。

“你别扯他啊，他有病，虚着呢！”一旁的白发老太太赶紧爬过来，哭喊着揪扯住徐子峰的衣袖。

“峰哥，峰哥你冷静！”

几个同事赶紧过来，一边劝着，一边假意去拉他。而其中一个负责人赶紧给个看起来很憨厚的小警官使了个眼色，那小伙儿也是有经验的，不去拉徐子峰，反而转过来，拉开了一直抱着徐子峰手臂的林母。

“老太太啊，我跟您说，现在这事儿可大了！您已经有个儿子得了病，不是我说啊……”小警官瞥了一眼仍在那里装傻的林大壮，又回过头，拍着林老太太的肩膀道，“您可就剩下大勇一个依靠了，趁着事情还没闹大，赶紧让他收手，万一他耍起狠，把孩子给撕票了……那可是咱们局里专家的大外甥女啊，这得怎么判，您心里明镜儿似的，可得给自己这将来考虑考虑啊！”

那林老太太果然心里松动了不少，一边哭，一边看了看一声不吭的二儿子，一咬牙，拍了拍自己的大腿，“得，他不打，我打！这电话我打！”

挥别了徐子峰和陆博垣他们，夏岚带着证物回到了实验室。

这些证物中包括一块被遗弃在交款地点的咬了一口的面包，几条从陆博垣发现的地道边缘找到的毛线，还有就是从韩正林尸体上发现的几根枯草，以及他指甲里提取的屑状物。

那面包还很松软，肯定是绑匪等在那里时吃的。如果他当时是直接用手拿着吃的，那包装上一定会有他的指纹。即便戴了手套，被咬过的那块地方也肯定会留下犯罪嫌疑人的 DNA。

至于那地道边缘所找到的毛线，肯定是经过那里时，嫌疑人的手套或是围巾，剐蹭到地道边缘的铁钉时留下来的。

而最令夏岚在意的，则是韩正林身上带着的那几根枯草。

其中有一片黄色的花瓣，竟然是向日葵。

夏岚拿着报告，自言自语道：“真奇怪，这个季节为什么会有向日葵呢？”

对于鲜花，小王还真没什么研究，他摇摇头，“唉，我对花没什么了解，向日葵就更不知道了，也就是当年和我媳妇拍婚纱的时候看过，不过现在这个季节，肯定是不会出现的。”

“婚纱？”

他这句话倒是提醒了夏岚，一把拉住了他，“师兄，你拍婚纱的时候，是几月？”

小王吓了一跳，不知她怎么会反应这么大，“九月下旬拍的，当时已经很冷了，我那时太忙，实在是没时间，只能拖到九月底！后来被我媳妇儿骂得够呛，说好些花都谢了，没拍到。”

“如果花谢了，就真的拍不到了吗？我怎么听说，还有大冬天拍婚纱的啊！”

“估计是暖棚拍的吧，现在……”这话说完，不等夏岚继续问，他也明白了她的意思，“你是说，这向日葵是暖棚里的？”

夏岚点头，这是这起绑架发生后，她第一次有了方向，“对，虽然本市的暖棚也不少，可是基本都是种水果蔬菜的，种花的应该不多，何况向日葵本来就没什么人会买，种植这个，肯定是为了拍婚纱写真用的！咱们只要顺着这个方向去查，就能缩小范围！”

第十七章　死亡之花

事实证明，他们的推断完全正确。只用了不到一小时，就直接确定了地点。

“地址我已经给峰哥发过去了，本市现在只有这一家暖棚在种向日葵，他们家是专门培育花海给影楼服务的！小聂现在就在那边，不过听他说，那里的范围有些大，想要找到小溪，恐怕还得需要一些时间。”

“好，我知道了，我们这边也有进展，”电话另一头，陆博垣的声音有些激动，“林大勇已经落网了，只是他还没有供出小溪所在的具体位置，我现在就在去他家的路上。”

每个人都有自己最看重的东西，即便是林大勇这种惯犯。对他来说，最最重要的就是家人。当听到弟弟林大壮可能病危的消息后，他想也不想地赶回了家。

他不知道警方早就确定了他是这起绑架杀人案的疑犯，更加没想到的是，母亲在电话里紧张而带着哭腔的那些话，是徐子峰他们早就设计好用来诓骗他的台词。

警方部署得十分严密，再加上他心里着急，也没有太在意周围的环境。几乎是一进自家的小院儿，就直接被按倒在地。

接下来他看到的不是流着泪的母亲，也不是生命垂危的弟弟，而是徐子峰那张暴怒的脸以及迅速挥过来的拳头。

一时之间，清晨的林家小院儿里，乱成了一锅粥。

徐子峰的怒骂，同事们的阻挠，林家老太太的哭喊，还有远处传来的鸡鸣……

不知劝了多久，几个拦着徐子峰的同事都出了汗，才将徐子峰拉离了林大勇的身边。这时的林大勇吓得几乎连站起来的力气都没有，只能被人架着。

“孩子现在在哪儿？”

徐子峰自己也是叉着腰，喘了半天气，这才开口问道。

“什么……什么孩子……”

“你还跟我装！”

说着，又是一脚飞踹过来，要不是旁边有人拉着，险些就踢到了林大勇的肚子。

啐了一口血沫，林大勇抬起眼，癫狂地笑了。

“哈哈哈哈，徐子峰，你找什么孩子？孩子不是都还给你了吗！在那箱子……”

“你找死！”

眼看徐子峰又要爆发，身边几个同事赶紧死命地抱住他，“峰哥，峰哥你冷静！现在孩子要紧啊！”

就在他们纠缠不清、拉拉扯扯的时候，陆博垣一行人也赶到了。

“放开他。”

这是陆博垣走进院子，看到林大勇后所说的第一句话。

几个按着林大勇的便衣面面相觑，不知该怎么办。

徐子峰指着林大勇，低声和陆博垣说道：“陆顾问你不知道，小聂已经赶到绿筝花园了，可是那一片的面积特别大，我担心他们很难迅速找到小溪。而且林大勇自己回了家，说明他肯定有同伙，那个张楠很可能就是另一个绑匪！可是这小子还是不肯交代他们藏匿的具体位置！”

他说完这些，原以为陆博垣也会跟着担忧，可谁曾想，陆博垣却不慌不忙道：“小溪已经找到了，雅媛也已经在赶过去的路上了。”

徐子峰本来还有些不敢相信，毕竟聂程涛要是找到了陆溪，肯定会第一时间通知自己。但看到陆博垣淡然的神色，又由不得他不信。

“太好了！”他激动得不能自已，回过头，看着林大勇，“现在人赃俱获，林大勇，杀人偿命，你等着接受法律的制裁吧。”

说完，就走过去牵住他扣着手铐的那双手，想要将他带走。

不过陆博垣却上前一步，制止了他，“等一下，有些事我想先问问他。”

徐子峰看了陆博垣一眼，正想说这不太合规矩，却发现陆博垣在侧身时，对自己使了个眼色。他心知对方这么做一定有什么目的，于是就配合地点了点头，叫人把林大勇又拖回了屋内。

林大勇认识徐子峰，也听说过陆雅媛，可眼前这个年轻人，却是没见过也没听过。他自然不知道陆博垣和陆雅媛的关系，更不知道他究竟有多大的官衔、多大的能耐。

“既然已经收到钱了，为什么还要杀了韩正林？”

陆博垣没有问关于陆溪的事，而是把注意力集中在另一个已经死了的孩子身上。林大勇看着他，不敢多言，生怕自己一不小心说错了什么话，反而招惹麻烦。

“你不说，那我替你回答吧！”修长的手指，轻轻敲打着门框，“韩正林认识你或是张楠，所以他不能活。况且一个孩子就能换八十万，要是死了一个孩子，说不定还能再加价。”

林大勇没有承认，但是也没否认。沉默着，什么都不肯说。

见他不说话，陆博垣也不再问，而是继续打量着他。

他表情淡然，一只手按在门框上，另一只手抬起来，撑住自己的头。此时天色已经逐渐亮了起来，光柔柔的，虽然不是很清晰，但林大勇还是从他的脸上看到了一丝笑容。

“我知道了。”

良久，他突然冒出这么一句话来。

林大勇愣了，不明白陆博垣为什么要这么说。可接下来发生的事情，更加令他觉得不可思议。

陆博垣从口袋里掏出手机，拨通了一个电话，“喂，小聂，小溪所在的位置已经确定了，嗯，她在绿筝花园附近的一所自己搭建的平房里，距离种植向日葵的花房不远，那里不通暖气，另外，最近刚刚刷过蓝色的油漆，很有可能是在大门上。”

他在讲这些话的时候，林大勇怔怔地看着他，有种不寒而栗的感觉。

很显然，他之前跟徐子峰说已经找到了小溪的确切位置是骗自己的，可他又是怎么得知那些细节的呢?

林大勇皱着眉，“你怎么知道的？”他这么问，也就是默认了。

陆博垣满意地点点头，“是你告诉我的。”

“我？”林大勇微怒，“你别忽悠我，我可一句话都没说！”

没错，虽然一句话都没说，可事实上，他却告诉了陆博垣很多。

林大勇的袖口有煤炭的痕迹，手指也有些脏，这些都是他在烧煤的时候所留下的，这个时节，烧煤肯定是为了取暖，而只有老楼、老房子，或者自己搭建的那种小屋才需要烧煤取暖。绿筝花园的信息，在来见林大勇的路上，陆博垣已经进行了简单搜索，那里之前是一片荒地，最近几年才种植了大面积的花卉，以便给婚纱摄影提供场地。那附近没有什么老旧的楼房，但是花圃附近，供工作人员休息的场所却不少。

而他的外套，在手肘及手臂的外侧部分还有几处蓝色的油漆斑点。这个位置能剐蹭到油漆，那只有一个可能，就是用手去撞开房门时蹭到的。而陆博垣之所以没有确定，是因为很有可能被粉刷的不仅仅是大门，而是整栋小屋都被涂了蓝色，所以他才会告诉聂程涛，陆溪和张楠所在的地方，最近刚刚涂过蓝色的油漆。

再加上苏珊和夏岚在韩正林身上找到的向日葵花瓣，那么，他们所在的地点就一定是向日葵花房附近的、一处最近刷了蓝色油漆的、自己搭建的小屋。

这些，都是事后聊起案情时，陆博垣做出的解释。

时间回到十二个小时前，那时候，韩正林还活着。

他自懂事起，就知道自己活不长。

因为这个病，从小到大，身边每个人都看不起他。后来他被拐卖到了一个行乞和盗窃的团伙里，但他不想当一个小偷，于是挨打挨饿都成了家常便饭，直到他被徐子峰救了出来，送进了福利院，这才有了一个完整的家。

张楠是个送菜工，他年纪不大却总想着不劳而获。私下里做假账、缺斤短两，这些年也赚了一些钱。只不过这些钱来得快去得更快，他被福利院举报后，又丢了工作，一股怨气无处发泄。

而林大勇为了给弟弟治病，也正是缺钱的时候。俩人一拍即合，决定一起干一票大买卖。

想来想去，张楠想到了绑架。而陆溪就是最合适的人选。

林大勇的初衷是拿到钱，就乖乖把两个孩子送回去。可张楠就没想放韩正林活着离开，于是他处处为难韩正林，试图挑起韩正林和林大勇之间的矛盾，然后再借着林大勇的手，杀了韩正林。

在张楠不断煽风点火与金钱的利益驱使下，林大勇起了杀心。他相信只要以韩正林的尸体为要挟，那个有钱的女医生一定会乖乖听话，拿着更多的赎金来讨要自己的宝贝女儿。

他推开那扇刷了蓝色油漆的大门，在院子里找了一根麻绳，从背后套住了韩正林的脖子……

一个小时后，抱着终于被平安解救的陆溪，陆雅媛泣不成声，这不仅仅有失而复得的开心，也有着对韩正林深深的愧疚和遗憾。

随后赶到的徐子峰直接冲了进去，他单手接过陆溪，让小姑娘可以靠在自己肩膀上休息。刚想要出声安慰还在流泪的陆雅媛，却被对方一把抱住。

陆雅媛将头埋进他的怀里，三个人紧紧地搂在了一起。那一刻，徐子峰到了嘴边的话一瞬间被堵了回去，最后他默默地用另一只手圈住了陆雅媛的背，也许这个时候只有让陆雅媛放肆地大哭出来，才能纾解她此时心中的情绪。

“对不起……对不起……”陆雅媛哭着说。

“你不需要说对不起，”徐子峰环住她，声音沙哑，“真的不需要……”

是的，不需要，因为爱，就是付出。你若爱一个人，即便是拼上自己的性命，也会去保护她。

韩正林在他有限的生命里学会了如何去爱一个人，也因为他的爱，活下来的人才能成为他到过这个世界最好的证明。

韩正林的葬礼是在一周后举行的，参与这个案子的人都去了。本来，徐子峰他们还担心小溪会害怕，或者太伤心。毕竟这种场合并不适合让一个孩子来面对。可陆雅媛很坚决，她很明确地告诉小溪，她的正林哥哥已经不在了，他离开了这个世界，去了一个很远很远的地方。

“那他还会回来吗？”

“不会了，”陆雅媛摇着头，强忍住自己的眼泪，“也许有一天，我们还能再见到他，但是要等很久很久。”

陆溪不用任何人牵，一个人走到了停放韩正林遗体的棺材旁，她即便踮起脚，也看不到他的面容，但不知为什么，她却像看到了一样，朝着他深深地鞠了一个躬。

“正林哥哥，谢谢你……”没有人教她要怎么做，她说这些、做这些，全是出于自己内心最真实的感受，“谢谢……”

那一刻，就连几个根本不认识韩正林，但参与了这次围捕的警局同事也忍不住含了泪。

鞠了躬，陆溪没有回到自己的妈妈或是舅舅身边，而是走过去，拉住了徐子峰的手。

一大一小的两个人，谁都没有说话，就这样默默地牵着手，向躺在那里的韩正林做着无声的告别。

几天后，为了感谢特案组的成员，陆雅媛约了众人来家里吃晚饭。虽然是这么说，但实际上是为了缓解最近众人因为韩正林的死而低沉的气氛。这件事还是苏珊向陆雅媛提出的，她也不希望好友终日沉浸在悲伤中，想找点儿事让她放松放松。

席间夏岚注意到小溪手腕上的手表，这次的事件，并没有给她造成什么身体上的伤害，可不知为何，那双曾经纯洁无邪、看起来永远天真灵动的大眼睛，此时却沉静了许多。

这孩子，仿佛一夜长大。

肉乎乎的小手腕上，戴着块白色的电子表。听徐子峰说，这表，原本是他送给韩正林的生日礼物。韩正林遇害后，张楠曾将他的手表摘了下来，据为已有。而现在，这表却戴在了陆溪的手腕上……

“这表对于我们来说，有特殊的意义，小溪戴着大，我就帮她多打了几个孔。”陆雅媛看到夏岚望着自己女儿的腕子，就猜出了她的想法，微笑着说道，“虽然现在戴着也还是大，可我想让她戴着。”

她说这些话时，没有刻意去提韩正林的名字，也许是怕小溪听了会伤心，又也许，是怕在这种场合提起来，会打扰大家难得的好心情。

夏岚不再多问，朝她笑笑，以示安慰。

接下来的日子，依旧紧张而忙碌。自绑架案之后，特案组又解决了两个恶性案件。

一件是连环入室抢劫杀人案，受害的都是独居的老人。凶手是团伙犯案，不光抢劫盗窃了财物，还将室主残忍地杀害，仅仅两个月内就有六位老人因此而殒命。

另一个案件是发生在星级餐厅的投毒案件。虽然没有造成人员死亡，但是性质恶劣。不仅上了本地的热搜头条，引起了全市恐慌，影响到了不少市民的正常生活。

好在这两起案件都在特案组的调查下成功破获，当然这之中也少不了陆博垣这个顾问的帮助。

日子一天天过去，时间也渐渐到了隆冬，还有半个月就要春节了，忙碌的工作暂时告一段落。可就在众人以为可以踏踏实实过个节时，又一起令人意想不到的案件发生了。

今年的冬天并不算很冷，虽然下过几场小雪，但雪量不大，几乎可以忽略不计。

空气中有种冬日特有的干燥，让人嗓子痒痒的，时不时就想要咳嗽一下。

“才几点啊，竟然一个人都没有了！”

晚上 9 点多的小区内，一阵冷风吹过，一个穿着红色短款羽绒服、灰色紧身绒裤、及膝棕色雪地靴的年轻女孩站在那里，自言自语道。

她一只手拿着手机，用没有戴手套的左手飞快地敲打着，好像在和什么人发着信息。时不时脸上还会露出微笑。而另一只手，则拖着条长长的黄色狗链，上面拴着一只穿着小蜜蜂棉服的咖色泰迪犬。

“Coco，你赶紧的，外面太冷了！赶紧尿完，咱们回家了！”

虽然拿着手机时，她笑得十分甜美，可面对眼前可爱的小狗，却显得有些不耐烦。

本来这狗也不是她想养的，只是因为有个亲戚突然要去国外工作一年，才硬塞给了她，非叫她帮忙照顾。

可谁知道，这条叫Coco的小狗只是看着乖，实际上却是个小惹祸精。刚来她家没几天，就屁颠屁颠地去追院子里其他的狗，刚巧遇到个脾气横的，也不知道怎么惹人家了，回嘴就把它给咬了。

要搁她自己，肯定不给它看医生了，要是死了，就直接扔了得了！结果对方那主人却吓得够呛，非得带它去医院检查，而且态度特别好，忙前忙后地一连去了好几次，不仅掏了所有的医药费，还送了她不少给狗吃的高级肉罐头。

“你说说你，又能吃又能拉的，我养你有什么好！”

Coco自然不明白她说的是什么意思，不过出于本能，还是对她摇着尾巴，一副讨好的样子。

女孩仍旧蹲在那里，心不在焉地哼着歌，等着手机另一端的朋友回复微信。

她并没有注意到，身后的枯木丛里有一双眼睛正在盯着自己。她穿的羽绒服是短款的，即便是在冬日的夜里，伴着附近昏暗的路灯，也隐约可以看到她裸露出来的腰身是多么苗条，肌肤是多么光滑白皙……

那身体里，饱含着年轻女孩特有的青春魅力。

枯木丛中的那双眼睛，流露出了贪婪的笑意。

女孩虽然毫无察觉，可那只名叫Coco的小狗却嗅到了空气中的紧张感。它警惕地退了两步，朝着陌生气味传过来的那片枯木丛望去。

也许是感受到了那种强烈的情绪，它突然开始狂吠起来。

女孩被它突如其来的反常行为吓了一跳，一屁股坐在地上，大声骂道："找死啊！你突然瞎叫个什么，想挨揍是不是？"

说着，还真的举起了拿着手机的那只手。

而就在她分心的一刹那，枯木丛后闪出一个高大的身影，扑过去一把揪住她抬起的那只手，另一只手则迅速将一块叠得厚厚的纱布捂到了她的脸上。

女孩被吓坏了，用尽全身力气挣扎起来。可随着那块纱布所散发出的味道，她变得越来越没有力气。

这迷药太厉害，她挣扎了几下，又闷哼了几声，随即便软绵绵地瘫倒在了那个人的怀里。

那天夜里，下了今年的第一场大雪。

白雪覆盖了整个城市，就像给大地盖上了一层厚厚的棉被。

第二天正好是周六，上午十点半左右，几个上小学的孩子推着冰车，在护城河上小心翼翼地走着。为首的少年个头最高，穿着件黑色羽绒服，戴着一顶暗红色的毛线帽。

"一会儿咱们就一直滑，滑到那边那个插着红旗子的地方，然后再绕回来，谁最快，谁就是第一！"

"行啊，"后面一个胖乎乎的小男孩附和道，"老大怎么说就怎么来！"

"成！"

找好了位置，并排在冰车上坐好，随着"1、2、3……开始！"三个人一起拼了命地朝着那钓鱼用的冰洞滑过去。

为首的男孩手长脚长，自然滑得最快，很快就冲过了冰洞，绕了一个优美的弧形，已经开始往回滑了。

另一个孩子速度虽然稍逊一些，可也不慢，有条不紊地跟在他的后面。

至于那个小胖子，才滑了没几下就开始气喘吁吁的。一张小胖脸涨得通红，额角也开始有汗珠滚了下来。

"喂，你们等等我！"

他大声叫着，全然忘记了现在正在比赛，根本不会有人停下来等他。

就在他拼了命呼叫的时候，为首的男孩已经快滑到和他平行了。

“胖熊，你太弱了！”他笑着，从后面踹了小胖孩的冰车一脚，“来，大哥推你一把！”

他这一脚踹得其实并不算猛，可是小胖孩太沉，一直压着冰车，这一踹，不知怎么重心不稳，他突然就从那冰车上摔了下来，脸朝下，直直地拍在了冰面上。

“哎哟！”

随着一声惨叫，小胖子的脸跟护城河的冰面来了个亲密接触，大门牙磕在冰上，崩断了。

为首的男孩一看事情不妙，冰车也不玩了，比赛也不管了，赶紧跳下来，把他从地上扶了起来。

小胖子满嘴是血，顺着磕肿的嘴巴往下流，哭得稀里哗啦的。

“啊……我的牙！许宁我跟你没完！”

他哭得厉害，也不再管那孩子叫“老大”了，而是直接喊上了对方的姓名。

许宁也是吓得够呛，不敢废话，赶紧用自己的袖子帮他捂着嘴里流出来的血，使劲抹了一把。然后趴在地上，想要把他那颗崩掉的断牙找到。

“你别哭了，赶紧找，说不定还能补上！”

另一个孩子也弃了冰车，三步并作两步地跑了过来，扑通一声趴在冰面上，帮着许宁一起找。

他俩使劲擦着满地的冰碴和雪沫子，突然，许宁却愣在了那里。

“咋不找了！”小胖子这个时候反倒来劲了，“你找不着，我跟你没完！”

许宁没说话，刚刚害小伙伴摔倒受伤，他的脸已经够阴沉了，谁知此刻却又蒙上了一层惨白。

他呆愣愣地注视着冰面，声音发颤道：“你……你们看，这像不像个人？”

其他两个男孩顺着他手指的方向往冰面下看去。

厚厚的冰面，因为被他们擦拭过，竟然变得透明起来。一团黑色的、好像水草一样的头发在冰冷的湖水中漂散着，头发正中间，是一张苍白的脸。

一个女人睁着双眼，正在水里仰视着他们……

五天后的周末，下午四点的特案组办公室。

虽然开着热风，屋内的温度适宜，还弥散着浓浓的咖啡香，可阴霾的气息却笼罩着所有的人。

原本他们已经预订好了温泉和饭馆，打算明天来个团建，放松一下最近疲惫的身心。可开心不过半天，徐子峰就通知他们，本周末的计划全都取消了！

所有人一起回到办公室开会，而且看样子，接下来等着他们侦办的，也是一宗不好对付的大案。

“目前已经发生了三起同类型的案件，依据作案手法和受害者的情况来看，应该是同一个嫌疑人所为。”取消了温泉行程，徐子峰也觉得遗憾，但他毕竟比其他人更有经验，早就知道干这行就要为工作奉献一切，于是很快就调整好了状态，“第一起案件发生在一个月前，死者叫方桦，今年二十三岁，本地人，生前在一家品牌服装店做导购。

“案发的前两天她刚刚和交往多年的男朋友分了手，遇害前喝了大量的酒，身体内的酒精含量极高。被人发现陈尸在一个废弃的工地附近，生前遭遇过性侵犯，手腕上有被绑过的瘀痕，但是可能是因为喝了酒，神智不清醒，所以并没有过多地反抗，身体表面的伤痕也不多。致命伤是脖子上的刀口，她在被人割喉时划破了颈动脉，出血过多而死。”

苏珊没有参与到这名受害者的尸检中，只能看着报告提问，“关于性侵方面有什么有用的信息吗？”

“还真没有！只能检验出是暴力实施的性行为，可是没有任何残留物。”

听到这里，苏珊吸了口气，“也不算没有任何信息吧，一个强奸犯还带着安全套，要么是有备而来，要么就是这个人有洁癖。”

“洁癖？”车瑞不解地问道。

“是啊，现在有些人就算约炮，也要提前出示健康报告，强奸犯可能也担心会染病吧。”

徐子峰点了点头，对此表示赞同，“苏珊这话提醒了我，你们看报告，这名受害者被发现时是全裸的，但是发现她的时候，她身上很干净，据说还有一股香味，应该是死后还被凶手冲了个澡。”

他这话说完，特案组的几个同事都愣了。

“神经病啊，杀完人还特意给尸体洗个澡？”聂程涛一脸难以置信地说道。

而夏岚却一下子抓住了重点，“也就是说，那个工地并不是第一案发现场？”

“应该不是，她头发里有些残留的毛发和红色的锦纶，经过化验，毛发并不是人类的，而是狗的。至于红色的锦纶，则是汽车脚垫或是后备厢的地毯上的。”

陆博垣今天也参加了会议，他点了点头，按照已有的证据做出了推测，“弃尸时，凶手用到了交通工具，很有可能是他自己的车。他袭击了死者，然后将她绑到了车上，带去某处实行了强奸杀人，事后，又把尸体抛弃在了废弃的工地。”

“嗯，应该是这样没错。”徐子峰继续念着报告上的内容，“接下来说说第二个受害者，尸体被人扔在了冰窟窿里。她的名字叫周晓丽，今年二十八岁，五年前来的本市，死前是一家网络公司的前台。周晓丽的死因和能查到的证据都跟第一个受害者极其相似，只是细节方面有些不同。”

“都有哪些？”

“周晓丽死前没有喝酒，是在清醒的状态下被劫持的！当时的法医报告显示她鼻腔里有药物残留，估计凶手就是用这个将她迷晕后进行控制的。”

“那她身上也找到了狗毛和红色锦纶吗？”夏岚追问道。

“狗毛没有找到，但是红色锦纶已经确认和之前那名受害者身上的一致。而且她死后也同样被洗了澡……不过这一次，她脖子上的伤口有迟疑。”

“迟疑？”

"是啊，按照法医的报告，凶手这次不像之前那么果断了，感觉好像刀划下去的时候，他心里犯了一些犹豫。"

"真怪。"苏珊此时也在报告中找到了那些内容，"会不会这两名受害者的遇害时间被搞混了啊？按理说第一次才会犹豫，有了经验，第二次就熟练了。"

"不会，按照死亡时间来看，周晓丽确实是死在了方桦后面。"

"那还有别的不一样吗？"

"有，死者的脸上还发现了一处牙印，是死前造成的，咬得很深，破了皮，估计当时流了不少血。"

大家都没有说话，不过一致认为，这个凶手，还真是变态！

"她死亡时间是周一的深夜十一点至凌晨一点之间，之所以不能给出确切的时间是因为她死后被扔进了护城河的冰窟窿里，虽然发现得还算早，可是被冰水浸泡过的身体，想得到具体的死亡时间，还得进一步做实验。"

众人点头，表示理解。

"好，下面看第三位受害者，也是一名女性，尸体是昨天夜里被发现的，这一次抛尸的地点很随便，在城东居民区的一条巷子里。受害者的身份暂时还没查明，死因也是割喉，同样，她的身上也有红色的锦纶纤维。"

"那和前两个比，这个受害者有什么不同吗？"聂程涛懒得看报告，直接问道。

"她生过小孩，虽然年龄看起来不大，也就是二十七八岁，不过该死者曾经做过剖宫产的手术，肚子上有刀疤。"

"其实有一点我比较在意。"陆博垣拿着三份报告，将它们一一排好，又将三位受害者的照片贴在白板上，写下了她们的名字，"最先遇害的方桦在被杀时，凶手划破了她的颈动脉，导致她出血过多。这种死亡方式，尸体上肯定残留了不少血迹，我不知道这是不是他给受害者洗澡的原因？可到了第二位受害者周晓丽，凶手似乎又犹豫了，不再是一刀毙命，喉咙处被反复划了好几次，伤口有深有浅……他为什么要犹豫，是怕像上次一样，弄得狼狈不堪吗？可到了最后一名受害者时，死者脖子上的伤口很细，几乎没有流什么血，他完美地躲开了颈动脉。”

这话说完，他看了看在座的几位，表情严肃道：“我认为，凶手可能不止一个人，而且，他们的杀人手段在进化。”

聂程涛没什么医学常识，不是很明白他的意思，举手问道：“陆顾问，同样是割喉，您是怎么从伤口看出这些信息的？”

不等陆博垣回答，苏珊抢先一步答道：“来，小聂，今天就让姐姐给你科普下。”

她说着，干脆将右手抬起，伸出手指在自己脖子上比画了一下，“理论上来说，割喉其实是一种仁慈的死法，毕竟死亡的速度够快，但真要操作起来，还是比较困难的。首先下刀的位置要找好，不能高也不能低，必须是两段颈椎骨之间，在一瞬间切断脊柱神经。这个时候大脑和其他肌肉组织，尤其是腿部的链接就会中断，出现脊髓休克，让人在一瞬间失去意识，血管也会随着脊髓神经受损而发生膨胀，造成血压急速下降，整个过程只需要一两分钟，心脏就会停止跳动。”

她解释的都是自己平时司空见惯的事，可听在聂程涛的耳朵里，却好像天书一样难懂，“苏珊姐，你这么说我就更不明白了，还是说些我能懂的吧。”

苏珊笑了，“成，简单来说就是一句话，割喉有技巧，割得好，就干净利落，瞬间就能送人上西天。可如果割的位置不对，不小心割到了颈动脉，那场面就厉害了，靠近受害者几米甚至十几米的人都有被血喷一脸的可能。”

见他好像还是不明白，一旁的陆博垣干脆做出了最后的总结，“第一次杀人时，凶手还没有经验，显得有些慌张。但到了第二次，伤口变得深浅不一就只有两个可能，一是他在实验，看哪个位置不会碰到颈动脉。二则是他拉了另一个人入伙，下刀的人变成了另一个人，这个人和他的性格不同，有些懦弱，很有可能是在他的威逼利诱下才进行了杀人行为。我个人比较偏向后一种可能，因为一个人的性格并不会随意改变，在第一位受害者身上，我们看到的是一个残忍而大胆的罪犯，他杀人后也没有将尸体掩埋，而是丢在了废弃的工地，似乎并不想掩饰自己的罪行。这种人不太会在乎他人的死亡，也不会反复在受害者身上试刀。等到了第三位受害者时，他已经能够巧妙地躲开颈动脉，而且抛尸的地点也从荒凉偏僻的工地、冰湖变成了人来人往的小巷子，所以……”

所以他不仅在进化，还对警方发出了挑衅。仿佛要用最后一位受害者的尸体告诉警方，他一定还会继续作案。

听了这话，会议室的几个人都沉默了。良久，徐子峰看着桌上的报告，仿佛自言自语道：“可依照过去的经验，连环杀人犯不是都有固定的喜好吗？他们所选择的受害者一般都是同一类人群，可眼下这三名受害者，不光年纪背景不一样，长的也是环肥燕瘦的，貌似没什么共同之处啊！”

还是说，他根本就是冲动型犯罪，完全不管对方是谁，只要有机会就下手？

确实，一般的连环杀人犯都有自己喜欢的类型。比如有些专门对穿着红色衣服的女性下手，有些则专门喜欢从事非法卖淫业的女子……这些都是有案例可循的。

可是，看着面前的照片，就连陆博垣也觉得有些奇怪，这三个女死者，看起来完全没有相似之处。

单就长相来说，第一位是栗色短发，偏瘦，看起来比较清纯；第二位则是黑长发，身材玲珑有致，典型的时下最流行的那种人造美女；至于第三位，短发，卷花头，戴眼镜，体形也偏胖一点儿，看起来稍微有些普通。

不管是籍贯、学历还是工作性质，好像都没有什么直接的联系。

“去查查这几个受害者彼此认不认识吧！另外，加紧调查一下第三位死者的身份……”说完这些，徐子峰严肃地皱着眉，“如果没有猜错的话，这个凶手近期还会再犯案，所以大家要抓紧了！”

这些话，即便他不说，在座的几位特案组成员也都明白。

经过几个小时的努力，他们终于查到了第三位受害者的身份。

死者名叫林晶晶，也是本地人，今年二十八岁，在一家外企工作。她离过婚，生过一个儿子。离婚后，儿子跟了前夫，目前也是一个人独居的状态。

“报警的是她同事，说是前天下班后，他们一起去唱 KTV，之后死者自己回了家，就一直没来上班，也没有请假。”

夏岚拿着刚刚从其他同事那里得到的资料，向陆博垣报告道。

“她是自己回家的，确定没有同事送她吗？”

“应该没有，说是当时她用了打车软件叫了车，大家看着她上的车。”

“这么说来，三名受害者也不是完全没有共同之处的……”说到这里，陆博垣双手抱肩，仿似陷入了沉思，“起码，三个人都是独居。”

“独居？”

“对，”陆博垣点了点头，说出了自己的推测，“从三名受害者的居住环境来看，不管是离婚、分手还是单身，最起码现阶段都不存在任何纠缠不清的男女关系，而且目前都是独居，我想这也是凶手会对她们下手的一个原因。”

夏岚大概有些明白了：“可凶手是怎么知道她们三个人是独居的呢？”

“三名受害者之间，肯定存在必然的联系，导致凶手有机会结交或者说是知道她们的一些生活背景。”

“什么联系才能知道这些呢？”

“这个就要问你和苏珊了，”陆博垣看了看夏岚，又转头看着苏珊，“女人平时都有些什么兴趣爱好？”

“什么兴趣爱好？”

“逛街、吃东西还有理发，需不需要办理什么会员卡？”

“哦，你说那个啊！”夏岚恍然大悟，“别说，还真有这个可能！尤其是美容美发的会员卡，大多数姑娘都有的！”

“嗯，不只这些，”苏珊也补充道，“还有什么美甲的、服装店的……女人一般都很喜欢办各种各样的会员卡！搞不好，她们三个可能还真的有交集！”

然而调查的结果，却令大家十分失望。

方桦和周晓丽倒是有着同一家连锁理发店的会员卡，林晶晶和周晓丽的医保定点医院中，也恰巧有一家相同。除此之外，再没有其他的共同之处了。

“那家理发店在全国都有连锁，光本地就有十多家，我还想着肯定是这里了！可结果……”夏岚苦着脸说道，“她俩去的根本就不是同一家店面！”

苏珊还不甘心，“那有没有可能，是某个理发师跳槽了呢？”

“没有，别说理发师，连小工的人名表都对比过了，完全没有重合的。”

“那医院呢？”

“也不一样，虽然俩人的定点医院都有那一家，可看就医记录，林晶晶自从离了婚，搬了家，就再没去过那家医院。”

“唉，真郁闷！”苏珊叹气，转头看着负责调查出租车的车瑞，“车瑞啊，你查出租车和网约车，有什么进展吗？”

对方摇了摇头，“送林晶晶那位，车上的记录显示，他送完人就马上载了另一位乘客走了，几乎没做任何停留。”

“另外俩受害者呢？”

“她们最近就没坐出租车，手机上的打车软件都看了，近期没有任何叫车记录。方桦家距离单位很近，每天都是步行上下班，那个叫周晓丽的平时坐地铁，也很少打车。”

几人正在交流着手上的调查结果，办公室里的徐子峰走了出来。

“有线索，周晓丽应该是在遛狗的时候被袭击的。”

“哦？什么情况！”

“她有条泰迪，每天下班都要去遛狗，前几天那狗被小区保安抓到了，还贴了告示叫主人来认领。可是等了三四天也没有人来，最后有邻居认出是周晓丽的狗，去敲门，发现家里没有人，保安打电话给她单位，才知道她已经很多天没上班了。”

“那狗被发现的时间呢？”

“我问了，和死亡时间基本相符，所以才推测，她应该是遛狗的时候被抓走的。”

“合着现在唯一见过凶手的，就是那只狗了？”苏珊叹气，“那狗现在怎么处理的？”

“保安不肯养，被那邻居带回家了，说是她家也有一只狗，不在乎多养一只。”

“中国好邻居啊！”

“唉，也不是所有的邻居都这样啊。”车瑞插话道，“我和小聂去查那个林晶晶的时候，发现她们家也养了宠物，不过是只猫。人没了之后，那猫根本没有人接收，她那前夫也不肯养。”

“啊，这么可怜！那最后怎么样了？”

“谁知道啊，我们去查的时候，猫早就不在了，据说被物业给扔出去了，也不知现在流浪到哪里去了。”

同样爱养宠物的徐子峰和夏岚，听到他这么说以后，心里有些不是滋味，苦着脸，不知该说些什么。

调查进入了瓶颈，只好散会，等待新证据的出现。

第十八章　抛尸地

几天后，案件还是没有任何进展，大量的排查工作也令特案组的众人感到疲惫不堪。尤其是夏岚，她最近身体状态不太好，可能是上火的缘故，她有些咽干，时不时还会头疼。

她怕耽误工作，一直没有请假去医院看病，就随便去药店买了些感冒药想要扛过去。但不知是不是不对症，病情始终没有好转，还出现了咳嗽的症状。

这天陆博垣来局里参与了他们的会议，下班后，陆博垣借口说要请她吃饭，然后直接开着车，载她去了医院。

抽血化验后，医生得出了这样一个结论，夏岚是细菌性感染。这种病一般走嗓子，也幸好她看得还算及时，不然再晚个一两天，怕是得发低烧了。

付了款，取了药，陆博垣又在外面的小饭馆里打包了一碗蔬菜粥和两道清淡的小菜，开车把她送回了家。虽然这不是他第一次送她，但碍于她家有猫，他从没把她送进过屋。

可今天却不同，看着昏昏沉沉、仿佛浑身都没什么力气的夏岚，他始终放不下心，索性戴上口罩，又在脖子上围了一条大围巾，亲自把她送进了屋里。

夏岚浑身没劲儿，可为了他着想，还是在回家的第一时间就把肥猫饼饼抱进了大屋，然后关上了房门。

“你来我这屋吧，我这屋应该没有猫毛。”她脸颊发烫，也不知是因为生病还是害羞，看着陆博垣道，“饼饼从不进我房间，前两年夏天，我嫌蚊子多，就在我房门口的脚垫上洒了花露水，它闻见以后就做下了病，再也不进我这屋了，后来我换了好几个脚垫，它始终不肯进来……现在想想，好像是专门为你设计好的。”

她笑，却全然没有察觉到陆博垣的脸上也挂上了一抹薄红。

“那是不是说，我以后可以经常来坐坐了？”他一边脱下外套，一边低声道。

夏岚没有马上回他，有些发呆，仿佛不相信这些话会从他的嘴里说出来。

陆博垣脱好外套，简单地折了一下，放在了夏岚卧室的沙发上。接着，他试探性地又将围巾和口罩也解了下来，轻轻呼了一口气，没有打喷嚏。

正如夏岚所说，这房间很干净，没有猫毛。

他松了口气，这才回头看着她，“赶紧把粥喝了吧，喝完还得吃药。”

“那你呢？只买了一碗粥，你晚饭怎么解决？”

因为从没想过能进到夏岚的家里，所以陆博垣并没有为自己准备晚饭。如今眼前只有这么点儿东西可吃，他也有些无奈。

“没事，我还不饿。”

“不一起吃也挺好，我感冒了，可别传染你。”夏岚笑笑，低头打开了那碗还热气腾腾的蔬菜粥，放到嘴边浅尝了一口，那粥还有些烫，她不敢马上吃，而是放到嘴边打算吹凉，“可惜你吃不了，这粥味道还不错。”

陆博垣坐到了她的身边，侧头看着她。她嘟着嘴，轻轻地吹着那勺粥，一股香气飘过，他只觉得自己突然变得口干舌燥起来。接着，他鬼使神差地俯身过去，将她手中的那勺粥含进了嘴里……

夏岚整个人都呆了，其实就连陆博垣自己也没想到他会做出这样的事。两个人沉默着，一时之间谁都说不出话来。

墙上传来嘀嗒嘀嗒的钟摆声，夏岚甚至能听到自己的心跳声。她觉得自己这一颗心都快从嗓子眼儿蹦出来了，可就在陆博垣直起身，侧目看着她，好像要说什么的时候，关着饼饼的那间大屋里却传来了惊天动地的一声巨响。

原本美好的气氛被打断，陆博垣无奈地叹了一口气，拿起了刚刚摘下的口罩，扣在了自己那张英俊帅气的脸上，“你坐着别动，我去看看怎么了？”

走过客厅，推开大屋的房门，他打开墙上的灯，一眼就看到了地上破碎的花瓶。可那个打碎花瓶的罪魁祸首饼饼却消失得无影无踪。

“怎么回事？”夏岚并没有坐着不动，她紧随其后而来，待到看清地上的花瓶碎片后，有些担心地看向大屋内的沙发，“饼饼，你是不是躲沙发底下了，快出来！要是被碎片扎伤了怎么办？快点儿，快给我看看！要是受伤了咱们还得去宠物医院！”

她这句话仿佛一道闪电，令陆博垣一下子锁紧了眉头。他转过身，握住了夏岚的手臂，“你刚刚说要带饼饼去宠物医院？”

“是啊，就在我家对街。”

“我没养过宠物，但是宠物看病的话，需要办会员卡吗？”

夏岚不知道他是怎么了，怎么突然问出这样无厘头的话来，可还是如实回道：“需要啊，饼饼就有，跟人的医保卡差不多，不过除了姓名年龄和品种，其余的信息都是填写饲主的。”

“就是这个了！”陆博垣的眼睛亮了起来，即便戴着口罩，夏岚仍能从他的眼中看到笑意，“我想……我找出那三个女受害者的共同之处了！”

特案组的办公室里，夏岚拿着一张宠物医院的会员卡，十分严肃地为大家进行着讲解。

“是这样的，基本上现在每个养宠物的家庭，都会带动物去宠物医院看病，尤其是养狗的，每年还要去打针、做驱虫，到了年纪，还得去做绝育！”

“嗯，我家阿呜也是，而且养狗比养猫要更麻烦，有些饲主还会带狗去做美容。”一旁的徐子峰也点着头，补充道。

“对，峰哥说得对。其实我想说的是，每个去过宠物医院的人都知道，动物看病也和人一样，要先建立档案，这样才能挂号，也方便下次复查，看病历。”

这些对于养宠物的人来说，算是基本常识。可对于从没养过宠物的人……却像是天方夜谭。

车瑞就不由瞪大了眼睛，“动物又没有身份证，怎么建档啊！”

“当然能！”徐子峰看着他，“猫或者其他动物可能没有，但是狗有狗证啊！而且给动物登记，除了要留下动物自己的基本资料，比如品种、体重、年龄、病史，还要留下饲主的资料！”

“哦！”车瑞恍然大悟，“那这么说来……”

“没错！”陆博垣打断他，接着道，“我们之前去调查的时候，三位女受害者都养了宠物！虽然我们当时调查了她们是不是有什么共同去的地方，可是却并没有注意到，她们的宠物有没有在同一所医院就医过！”

“不可能吧，只有两个人养了宠物，那个叫方桦的，我记得她家没有宠物啊！”苏珊插话道。

“我原本也是有点儿纳闷，所以特意查了一下，她出事前，不是刚刚和男朋友分手吗？”

“是啊。”

“其实他们原本养了一只狗，分手以后，狗被男朋友带走了。”

“居然这么巧！”

“可是，”在短暂的思考后，车瑞举起了手，“这几位受害者所住的地方都不一样，一般带宠物去医院，不是都会去就近的地方吗？这三个人的居住地隔那么远，有没有可能去同一家诊所，还看同一个医生这么巧啊？”

陆博垣环视了大家一圈，“这个，就要靠我们进一步去查了！”

虽然他所说的这个所谓“共同之处”并没有十足的把握，但目前为止，是唯一的新线索。

而经过深入调查后，这三位受害者，竟然真的在同一家宠物医院给自己的宠物看过病。

“接待他们的，是同一个医生吗？”

负责调查的聂程涛有些遗憾地摇了摇头，“不是，看猫的和看狗的医生是不同的，林晶晶家的猫，一直是一位姓丁的医生给看的，方桦家的狗和周晓丽家的狗，倒是都找了同一个医生，可是……”

“可是什么？”

聂程涛苦着脸，“那医生姓马，是个女的。”

难得三个受害者有了共同之处，可是调查却又一次陷入了僵局。

“这个凶手尝过了甜头，一定不会就此罢手的，”陆博垣仿似自言自语般说道，“这三起案件所发生的间距越来越短，而且抛尸的地点也越来越开放，你们觉得，这说明了什么？”

一开始是废旧的工地，那里根本没有什么人去。而后来明目张胆地直接在护城河的冰窟窿里抛尸，再后来，居然就随随便便地丢在了人来人往的小巷子……

这个凶手越来越大胆，也越来越肆无忌惮了。

他这样，根本就是在对警方挑衅，不把他们放在眼里！

“好不容易有了突破点，绝对不能这么停滞不前，”队长徐子峰抬起头，正色道，“不管怎么样，都要调查下去，否则，下一个受害者很快就会出现了。”

天使宠物医院一共有九位员工，由于医生的医术过硬，设备也齐全，在业内口碑一直不错。

陆博垣和徐子峰、夏岚一起到天使宠物医院进行调查的时候，正好是午饭时间。这个时候，院里的病患不多，除了个别员工外出就餐，大部分人还是在的。

既然是宠物医院，免不得会有猫咪出现，走进去不到半分钟，陆博垣就接二连三打了好几个喷嚏，于是他赶紧从口袋里掏出口罩戴在了脸上。

院长姓汪，今年只有四十八岁，可看起来却比实际年龄要显得苍老得多。

“三位警官好！”

他礼貌地伸出手，率先打了招呼。

几个人简单地寒暄过后，便直奔了主题。

汪院长叫护士帮忙调出了三位女受害者的宠物资料，以及看病的日期和接待他们的医生等详细信息，拿给几人过目。

对比后，他们发现这三个受害者，在近四个月内，来这家医院的次数都超过了三次。

三名受害者就诊的日期里，首先排除了几位女性工作人员。男员工里，除了汪院长并不是经常来医院，那位负责看猫的丁医生偶尔也会请一两天假，负责化验的周聪、实习的王伟东，还有住院处的杂工杨涛，是每次都在现场的。

“周聪是负责化验的化验员，他必须每天都在，如果想要请假，至少要提前半个月报备，否则怕耽误病患化验！杨涛是照看住院处的，医院里给他准备了一间房当宿舍，他就住在这里！至于那个王伟东……”汪院长拿着这三个人的资料，一一解释道，“这孩子挺好学的，现在还是实习期，工作态度积极，除非是公共节假日，否则他风雨无阻，不迟到，不早退，也从没请过假。”

徐子峰看了陆博垣一眼，用手指了指那个叫杨涛的住院处小伙儿，表示他的嫌疑最大。

首先，他住在医院里，有了完美的作案现场和充裕的时间。汪院长也说了，即便别的人每天都能来上班，可赶上节假日、医院休息关门的时候，他们还是无法进入的。而这之中，只有杨涛可以一个人独占整间医院，并毫无顾忌地使用这里的设备。

接着，三人在汪院长的带领下，进到了医院的各个科室进行巡视。

在经过给宠物美容用的美容室之际，夏岚和陆博垣则不约而同地注意到了那个给宠物猫狗洗澡用的大水池。

“会不会……”

夏岚只说了三个字，陆博垣就完全明白她要说的话，因为，他和她想到了一起。

这里会不会就是凶手给三个受害者冲洗身体的地方呢？

“不好意思，请问这里的钥匙，只有你一个人有吗？”

趁着徐子峰和汪院长在一旁谈话之际，夏岚迈进美容室，问道。

那个负责给宠物美容的员工，是个三十岁左右、梳着马尾辫的姑娘。

她刚刚送走一个带金毛来洗澡的客户，戴着口罩和橡胶手套，身上还穿着一个大围裙，额角全是汗，显然累得够呛。

“前台有一把备用钥匙。”她一边说着，一边摘下手套，拿了张纸巾擦擦汗，“其实我都不算正式员工，只能算编外的。”

“编外？”

“是啊，理论上，就跟汪大少差不多。”

“汪大少？”

“嗯，就是汪院长的儿子，”那美容师摘掉口罩，露出一脸的鄙夷，“只不过我是拿着工资，干着活儿，却不给上保险！而他是上着保险，拿着工资，却几乎不来这里干活儿！”

汪院长的儿子叫汪超远，今年二十六岁，学的也是畜牧兽医专业。

本来按照汪院长的意思，是要他子承父业，来管理宠物医院的。可汪超远是院长的儿子，自然不用像其他的普通员工那样按时上下班。

包括那名宠物美容师在内的其他人，似乎都很反感他这种吃闲饭的二世祖。

“他啊，就是典型的丑人多作怪！”关起美容室的大门，那美容师小声地对着夏岚诉起苦来，“就仗着自己是院长的儿子，要么不来，一来就耍流氓！”

“耍流氓？”

“嗯，以前我有个小徒弟，小姑娘才二十一岁，跟我学宠物美容，学了快一年，都是好好的，结果跟我转到这家店以后，那不要脸的小王八蛋没事老来骚扰我徒弟！小姑娘不搭理他，有一天，他竟然把门反锁了，想要对她不轨！”

“啊！”夏岚义愤填膺道，“那后来呢？”

那美容师得意地笑笑，“当然是没有得逞了，我那徒弟可不是盖的！她平时要给一些大型犬做美容，没点儿力气可不行，直接给了他一拳，把他鼻子打出血了！”

夏岚也笑了，“这么厉害！”

“是啊，不过肯定是干不下去了……好在她也出师了，就干脆自己去别的地方了。”

既然早有前科，那这个汪超远对那三名受害者，是不是也同样有不轨的行为呢?

夏岚这么想着，赶紧把三名受害者的照片递了过去，“麻烦你看看这几张照片，对上面的人有印象吗？”

美容师拿起照片，仔细看了看，努力搜索着记忆。

“啊，这个女的我记得！”

她突然轻轻喊了一声，然后下意识地抬起头，谨慎地四下张望了一会儿，确保屋外没有人偷听，这才压低声音道：“这个女的，她来的时候，正好汪超远也在，他们两个，吵过架。”

“吵架的原因是什么？”夏岚接过照片，看了一下，那上面的人是方桦，也就是第一个受害者。

“具体不知道，我是事后去问的。”美容师神神秘秘地，“据说是他看人家好看，过去说了些不三不四的话。”

听了她的回答，夏岚心里大概有了数，简单地又问了一些小细节，在征求了美容师的同意后，对整个美容室进行了采证。

尤其是给宠物洗澡的水池，夏岚几乎是趴在里面，极其认真地做了毛发样本的采集。

走出美容室，原本在走廊等待着，想要带着他们去各个科室巡查的那位汪院长已经被陆博垣送走了。虽说有他引荐可以跳过一些重复的解释，但陆博垣坚信，如果他在场，有很多话他们是问不出来的。

“怎么样，有什么收获？”他看看玻璃门内那位美容师，问道。

“汪院长的儿子有问题，他和方桦吵过架。”夏岚将刚刚了解到的信息，简单地做了一个汇报，末了又道，“这个汪超远嫌疑不小啊！”

陆博垣点头，对迎面走过来的徐子峰说道：“确实，他可以利用他爸爸的关系，拿到这几人的资料……徐队，你有什么看法？”

徐子峰轻笑着摇摇头，“还是先去看看其他几个男员工再说吧！”

“嗯，也好。”

他们首先见到的，是那个叫周聪的化验员。

当他们进到化验室的时候，周聪正悠哉悠哉地靠在椅子上用手机看短视频。

被问及三名受害者的事，他一概说不清楚，记不得了。

不过，当夏岚提及汪超远曾经和其中一名受害者发生过冲突时，周聪却表现得十分活跃，甚至眉飞色舞地将当时的情景再现了一次。

“那个女的急了，指着他的鼻子破口大骂，说‘我有男朋友了！你也不瞧瞧你自己长的什么鬼德行，还想跟我搭讪！’汪大少哪受得了这个，当时就怒了，俩人吵得脸红脖子粗的，可是才吵了没几句，人家正牌男朋友就来了，那大高个，足有一米九，他一看，立马就吓回去了！”

“看一眼就尿？”徐子峰摇摇头，“那个汪超远就这么弱不禁风吗？”

“哼，他平常对着我们的时候可是牛上了天呢！他也不想想，我们让着他，是给汪院长面子，别人凭什么也让着他？他啊，就是个典型的窝里横。”

“这样啊。”夏岚点点头，抿着嘴，看了看陆博垣。

一个狐假虎威的富二代，他有没有这个能力去绑架那三位受害者呢？

不过陆博垣曾经说过，这几起案件搞不好是两个人干的。尤其是第二名死者脖子上那来来回回、深深浅浅被划下的几刀，这种犹豫和胆怯的态度，倒是挺符合汪超远的性格特征。

随后他们又按照最后一位受害者的死亡时间，询问了周聪案发的那几日都在干什么？周聪也都一一作答。他有充分的不在场证据，还有证人做证，基本排除了嫌疑。

接下来，徐子峰他们决定去会一会目前为止，除了汪超远，最有可能犯案的那名员工——杂工杨涛。

杨涛就住在宠物医院里，他的房间不大，只有不到十平方米。这里没有厨房，不能做饭，但是有一个小小的洗漱间。

他的床铺十分整洁，上面铺着雪白的床单，几乎连一个褶子都没有。按理说，一个杂工，又是单身汉，房间应该是杂乱无章的，可是所有的一切都摆得井井有条，一眼望过去，书桌旁的收纳架上，甚至连住院的小动物资料都按照品种和日期，分门别类地放到了颜色不同的文件夹里。

空气里还有一股淡淡的、消毒水的味道。

“哦，我用消毒水擦的地。”那杨涛看到夏岚耸了耸鼻子，也不等她问，就直接开口道，“外面都是寄养和住院的小动物，所以一定要做好通风和消毒，保持室内的整洁干净。”

“除了管理这些住院的动物，你平时还有其他的工作吗？”

“当然，都包住宿了，哪能这么便宜了我！”说到这里，他自嘲地耸耸肩，“打扫卫生啊，没事去进个货啊，哦，对了，就连最近要开分店，干体力活儿的一些事，也是我来做的。”

“怎么，你们要开新的分店吗？”

“是啊，都装修得差不多了，设备也进了一些。”

汪超远的事，还有开新分店的事……看来，这位汪院长看着老实，实际上，很多事情都有所隐瞒啊！

而继续追问的结果是，徐子峰他们又得知了一条内幕！

原来杨涛并不是一直守在医院的，有时候，他夜里会离开，去附近的一间网吧通宵打游戏。而当他离开的时候，为了不影响大家早上上班，他会把备用钥匙放在宠物医院门口的花盆下面。

“他倒是没有说谎，他的住所并没有电脑，可你仔细看他的右手，是‘鼠标手’，可见，他确实是长期使用电脑的。”出了房间，陆博垣低声说道。

“也是，”夏岚苦笑了下，“网吧都有监控，他想说谎也不行。”

现在见过的两个男性员工都被排除了嫌疑，接下来，就只剩下那个叫王伟东的实习医生了。

不过他们刚刚耽误了不少时间，王伟东现在已经去外面吃午饭了。

就这样，又等了大概半个小时，那外出吃饭的实习医生终于回来了。

王伟东年纪不大，个子也不算太高。穿着条普普通通的牛仔裤，上面是套头的灰色帽衫，鼻子上却架着副和他衣着极不相称的金丝眼镜。

他没有自己的办公室，只能窝在一个闲置的、类似杂物房的地方，平时如果哪个医生需要他帮忙，他再马上赶过去。

这间杂物房，小到甚至不能让徐子峰他们三个人同时进去进行谈话。

最后，只能换到了会议室。

在改换房间的时候，王伟东竟然换上了皮鞋，还脱掉了那件套头的卫衣，披上了一件白色的医生袍。

“抱歉，让几位久等了！”

王伟东人长得并不算帅，但是声音却出奇的好听。清清冷冷的，一口标准的普通话。

他拉开椅子，端正地坐在几人面前，字正腔圆道：“几位警察同志有什么需要我帮忙的吗？”

徐子峰率先问道：“王先生在这里实习多久了？”

“有几个月了，具体时间我也记不太清，如果需要的话，我可以去人事那边问问。”

他这话听起来轻描淡写，但夏岚肯定他是在说谎。

对于实习生来说，每一天都是掐着手指头算过来的，怎么可能不记得!

“哦……”陆博垣点点头，故意拉长声音，然后跷起了二郎腿，双手抱肩，抬起头，用一种轻视的眼光注视着他，“其实，这件事跟实习医生也没多大关系，不过程序上，我们还是要例行询问，你和这三名受害者，有没有过接触？”

夏岚没想到陆博垣会突然转变态度，认识他这么久，虽然他这个人平时不太擅长和人沟通，可是一般该有的礼貌还是有的。可现在陆博垣看向王伟东的眼神，明显不把对方放在眼里，有一种高高在上的感觉，十分令人讨厌。

她想，他之所以这么做，一定有他的理由。

果然，看到陆博垣这种不屑一顾的神情，满脸满身都仿佛写了“瞧不起”三个字，王伟东的脸也瞬间垮了下来，变得非常不好看。

“不好意思，”他似乎强压着火，努力让自己冷静，“其实我对主人的样子记得不是很清楚，如果您给我看宠物的照片，我想我会更有印象。”

“这个……”夏岚暗叫不好，怎么光想着带饲主的照片，却忘记了宠物的，“今天恐怕没法提供了。”

“那说说品种也好啊，还有毛色、个头，有什么特征？”

“哦，有个泰迪，它穿了件小蜜蜂的衣服！”夏岚见过小区保安提供的周晓丽家那只狗的照片，“棕色的，就是满大街跑的那种小泰迪的样子。”

王伟东点点头，故意彰显自己的专业和记忆力般，微微一笑，“那只狗是不是被别的狗咬了？咬在脖子和右后腿上，刚来的时候情况比较严重，还缝了针。”

夏岚怔怔地看着他，心想我哪里知道啊！

徐子峰也没想到他能记住这些，“怎么，你有印象？”

“我记得，饲主是位年纪五十岁左右的阿姨，她来的时候，还带着自己的女儿。”

陆博垣却笑了，“你说错了，那女孩儿才是狗主，至于你说的那位阿姨，应该是造成她家狗受伤的那一家的狗主人。”

“哦，原来是这样啊。”

“那另外两个狗主呢？”陆博垣又接着道，“我记得有一个养了一只白色的京巴，还有一个，养了一只黑背。”

夏岚转头看着他，另外两个狗主？这不对吧！

如果她没记错的话，这三个受害者，其中两个养了狗，还有一个养的明明是猫才对啊！

吃惊的不仅仅是她，王伟东也明显怔了一下，神情有了一瞬间的恍惚。

不过，他很快就恢复了平静，“京巴和黑背都是很普通的品种，你得告诉我有什么特征才行。”

“那京巴有些年纪了，有点儿小龅牙，白色的，好像是腰不太好。”令人没想到的是，徐子峰竟然顺着陆博垣的话，做出了解释。

“要是京巴的话，腰一般都有问题，尤其是上了年纪的，你说的那个，是不是经常一个人带着狗来的女士？”

“怎么，这个你也有印象？”

“嗯，那狗有一些年纪了，可见跟主人的感情很深厚。”

“那最后那只黑背呢？”

“这……”王伟东摇摇头，“只有品种，太笼统了吧？”

“怎么会？黑背是大型犬，况且犬种特殊，不是什么人都能养的，而且，我知道那只狗的名字。”

不知为什么，夏岚觉得，王伟东眼神中似乎闪过一丝得意。

“是吗？那只狗……叫什么？”

陆博垣突然摘掉了口罩，坐直身子，直视着他，“阿呜，那只狗，叫阿呜。”

王伟东似乎有那么一瞬间的愣神，确切地说，是有些发蒙。

因为他根本没有听过这个名字，也不可能听过这个名字。

不过，与那一脸茫然不符的，却是眼中闪过的一丝狡黠。

他蹙着眉毛，微微一笑，说道：“抱歉，我对这个名字好像没有印象。”

“怎么？连名字都说了却不记得，看来……”陆博垣扬起嘴角，扯过一抹鄙夷的笑，“专业水平也很有限啊！”

王伟东又是一愣，只是这一次却没有生气，“这位警官先生，我刚才已经说了，我能记住的只是宠物的品种和毛色、病情……这之中并不包括名字！不过您放心，就算我记不住，也不能说是不专业，毕竟……”

说到这里，他突然冷笑了一声，“我还没到连品种都记错那般脑残。”

“是吗？”

陆博垣刚才确实是在试探他，这才故意说错了物种，也故意将阿呜张冠李戴地加了进来，想看看他究竟会有什么样的反应。

不出他所料，这王伟东，根本就是在说谎！

他记得那几个受害者，每一个都记得十分清楚。

“我看那个王伟东，很有可能就是凶手。”

走出天使宠物医院，在停车场取了车回分局的路上，徐子峰一边开车一边说出了自己的想法，“他嘴上口口声声说自己记不住饲主，只能记下动物。可当他听到陆博士说错的时候，表情却有些不自然，说明他其实很清楚那三个受害者都养了什么样的宠物。”

对于这一点，陆博垣自然更有体会，他坐在后排，补充道：“他和那个汪超远还不一样，汪超远是命好，自己不学无术却有个当院长的父亲。而王伟东则是拼了命地想要出人头地，他嘴上不说，但实际上很介意自己实习医生的身份。就比如他吃完饭回来，在会议室和我们见面之前，还特意换了一套衣服这件事，就充分表明了他不满现状，想要努力摆脱自己并不是正式医生的这个事实。”

夏岚赶忙点头，关于这一点，她的印象也十分深刻，“对，不光衣服，他连鞋子都换了！当时觉得没必要，毕竟我看其他人穿的也挺随便的，说明这里根本不要求着装。可听你这么一说，我就明白了。”

“是的。而且，你们有没有注意到，刚才几个工作人员对三名受害者的描述？”

“描述？大多数人不是都不记得了吗？除了第一位女死者曾经和汪超远吵过架，其余的，几乎都没什么印象了啊。”

“不，汪超远和方桦吵架的这件事，恰恰揭露了方桦的性格。按照刚刚杨涛复述的情况，方桦似乎很自负，她对待一个吃穿不愁的公子哥都能说出这种话，对一个实习的小医生，又怎么可能有好脸色？”

坐在前面的徐子峰似乎明白了他的意思，“你是说，王伟东很在意别人怎么看自己，而那三个受害者，很有可能都对他表现出了某种意义上的不尊重。他的自尊心受到了伤害，于是决定报复她们！”

“对，三个受害者都被割了喉，而苏珊也说过，凶手的手法极其专业，试问宠物医院的那几个员工，有谁会有这种手法呢？”陆博垣神色自若，不慌不忙道，“没握过刀的人，是没法准确无误地割破一个大活人的喉咙的……”

“这么说，这个王伟东，完全符合嫌疑人的画像？”

陆博垣没有回应，只是微微一笑，算是默认。

此时前方有红灯，徐子峰停了车，过了一会儿，夏岚坐直了身子，一脸严肃地问道：“你们说，那个王伟东会不会再犯案啊？”

“会，”陆博垣毫不犹豫地回答道，“一定会。”

“还有，你不是怀疑他有个同伙吗，那个同伙会不会也是天使宠物医院的员工呢？”

“有这个可能。”

“会不会是那个值班的杨涛呢？”夏岚本没有怀疑过杨涛，但他有宠物医院的钥匙，可以随意进出，有着其他人所不具备的便利条件。

随着绿灯亮起，车子再次发动，这一次还没等到陆博垣回应，徐子峰先答道：“杨涛出入网吧应该有记录可查，按照陆顾问所说，倒是那个汪超远的可能性比较大。”

汪超远对女性似乎有着一种执念，说好听些叫好色，说难听些，则是有犯罪倾向。可徐子峰自己也有些犹豫，毕竟王伟东和汪超远看起来是两个不同世界的人，单以性格来说，他很难将这两人联系到一起。回到局里后，他马上叫人去查了汪超远的背景，可结果却令人出乎意料。

“不是吧，那汪超远居然有生理障碍！”苏珊撇嘴，有些不屑，“按照你们所说，他好像是个好色的富二代，看见漂亮姑娘就走不动道儿。怎么可能有生理障碍还干这种事啊！”

聂程涛举了举手，“会不会因为这个，所以心理变态了？要靠着杀人来泄愤。”

“不可能，你当法医尸检时都干吗了，有证据显示，受害者确实遭受了性侵犯。”

“陆顾问不是说，可能是两个人一起犯下的这几起案子吗，会不会，他和王伟东是共犯？”

徐子峰认为不排除这个可能，但现在确实没有实质的证据，而且因为案发时间不确定，他们也没法确认王伟东或是汪超远有没有不在场证明。这一次，他们完全处于被动中。

第十九章　引蛇出洞

王伟东今年二十五岁，他迄今为止的人生，只能用“不堪回首”四个字来形容。

小时候家里很穷，父母外出打工，他则留守在家里，和上了年纪的祖父、祖母一起生活。老人的身上总是有股酸腐的味道，那时候他很恨这个家，恨自己身上沾染的那股仿似发了霉的酸味儿……他希望有一天可以离开这里，和父母一起去大城市，过上更好的生活。

那时候，他总是穿着件白衬衫，为了能像老师那样戴上眼镜，还特意在灯光暗的地方看书，故意把视力毁了。

后来父母总算干出了些名堂，开了间小小的制衣厂。他也如愿以偿，戴上了一副金丝眼镜。

原本以为会过上好日子，谁知道，母亲却在这时候带着父亲所有的积蓄，跟一个工厂里的工人私奔了。

父亲带着他，离开了那生他养他的小村落。十二年来，他第一次见到了大城市。

可到了大城市，他却成了一个“土包子”。学校里没有人愿意和他玩儿，他们觉得，王伟东就是一个从乡下来的土孩子。尽管他穿着白衬衫，戴着金丝眼镜，可骨子里却散发着永远挥之不去的乡土气。

后来王伟东捡了一条刚出生不久的小土狗，他觉得那条小狗跟自己很像，虽然身处大都市，却没有一席容身之地。一样的弱小，一样的渴望被关爱……

他给那条小狗起名叫牛牛，有了牛牛的陪伴，王伟东的日子也开始有了阳光和温暖。

父亲再婚时，王伟东已经十五岁了。

继母是个很漂亮的女人，刚开始那个女人对他还算好，帮他做饭，给他买新衣服。直到后来，那个女人怀了孕。或许是怕有人跟自己的孩子抢夺家产，于是他这位继母开始处心积虑地在父亲面前诋毁他。

她说他不好好学习，说他和邻居的孩子打架，还说他不听管教，完全不尊重她这个当后妈的……

几次争吵后，父亲甚至开始动手打他。而继母毕竟是个女人，不敢真的和一个十五岁的少年动手，便换了一种更加惨绝的方式，将黑手伸向了王伟东养的那条小狗。

那天，继母端上来一盆炖好的肉，他们三人围在桌前，开开心心吃着饭。但当他得知，这肉就是自己养了好多年、像家人一样亲的牛牛时，他崩溃了，几乎没有任何思考，他站起来，一把将饭桌掀了。

碗盘碎了一地，还差点儿砸到他那个后妈的肚子。父亲也急了，对着他的脸狠狠抽了一巴掌。

王伟东一句话没说，跑回自己的房间，重重地关上了房门。

再后来，继母给他生了个弟弟。他在这个家里的地位更加岌岌可危。

高考那年，他最终选择离开家乡，去念了畜牧兽医。

他虽不擅长和人打交道，却很喜欢那些能给他带来存在感的小动物。同样，也恨着那些看不起他、见钱眼开又蛇蝎心肠的贱女人。亲生母亲卷了钱和情人私奔，继母又为了钱一直排挤他这个长子……为什么所有女人都这样，难道为了钱就能出卖一切，泯灭人性吗！

后来，他遇到了方桦。

她长得很漂亮，一头栗色的短发，耳畔还别了个草莓的发饰，看上去特别可爱。再加上她身上有股又香又甜的香水味儿，穿着件桃红色的紧身毛衣，胸脯高高耸起，十分美艳动人。

她和汪超远吵了架，张牙舞爪的样子，叫王伟东想起了自己那个坏到骨子里的后妈。

当时，她抱着一只瘦骨嶙峋的京巴，说是它又吐又拉，好几天没有吃东西了。

马医生那天正好有事外出，要等好几个小时才能回医院。丁医生又不管给狗看病，说是专业不对口。

王伟东虽然是实习的，可他跟着两位医生工作一段时间了，而且本身专业技能也说得过去，基本上，他是可以应付一般的患者的。

但是方桦不信他，硬是觉得他就是个实习医生，根本没有资格给自己家的狗看病。王伟东也看出来，她并不是真的在乎那只京巴，因为在就诊的过程中，她说过这只狗是她男友养的，也几次提出，如果看不好，干脆安乐死得了。

王伟东看不下去，随口反驳了几句，语气也还算礼貌。顶多只是说“既然养了，就要负责，哪能一有病就安乐死的道理？”可也就是因为这几句话，那方桦竟然大发雷霆，指着他的鼻子破口大骂起来。

后来院长知道了这件事，不知是不是因为那女人也和自己的儿子闹过别扭，所以他满腔的怒火无处发泄，全都撒到了王伟东的身上，把他狠狠骂了一顿，还扣了他一个月的奖金。

王伟东很生气，也就是在那时候，他人生中第一次起了杀心。

这一点，和汪超远不谋而合。

汪超远和王伟东，虽然一个人生一片光明，一个生活跌宕起伏，但在某些经历上，却惊人的相似。

他们都是单亲家庭的孩子，也都吃过后妈的亏。

汪超远的母亲在他七岁那年因为生病去世了，父亲又找了个比自己年纪小了将近十岁的女朋友。

那女人对汪超远又打又骂，还时不时用涂着猩红指甲油的手去扇他耳光。

那以后，汪超远就有了心理障碍，不管面对多漂亮的女孩，他都“不太行”。

这直接导致他憎恨女人，尤其是那种看起来漂亮却蛇蝎心肠的泼妇。渐渐地，就连他的心理也产生了问题，他时常会去调戏那样的姑娘，一方面为了证明自己“还行”，另一方面，也是因为他在被辱骂甚至被扇耳光的过程中，体验到了一种羞耻的快乐……

那是一种难以用语言来描述的满足感，他乐在其中，也乐此不疲。

几个月前，天使宠物医院决定再开一家分店。

而一向没有什么上进心的汪超远，竟然主动请缨，要去负责分店的装修。那天，身为院长的父亲很高兴，请了全院的员工去吃饭，汪超远也难得地参加了聚会。

他喝得酩酊大醉，又开始对宠物医院的几个女员工说些不三不四的话，院长嫌他丢人，叫王伟东拿着他的车钥匙，开车先送汪超远回家。

一路上，汪超远借着酒劲儿号啕大哭，说了好多小时候的事。

王伟东把车子停在了路边，等汪超远哭完，递过去一支烟。

“你想不想报复她们？”

良久，他吐出这么一句话。

“想啊，当然想！”汪超远以为王伟东是在跟自己调侃，大笑道，“我恨不得把她们都弄死！”

王伟东没说话，仰起头，继续抽烟。

那天晚上有些雾霾，天空里连一颗星星都没有，车停在路旁，昏黄的灯光下，空气也不是很好。

王伟东抽着烟，杀意渐渐变成了杀机。

“你说得没错，她们……都该死。”

为了防止有新的受害者出现，徐子峰派人二十四小时地监视起了王伟东的行踪。

在侦查员们看来，王伟东的生活非常简单、单调。可另一方面，这个人却又透着股叫人捉摸不透的“鬼气”。

又跟了几天，王伟东这边真的很老实，什么事情都没发生。

坐在会议室里，聂程涛率先沉不住气道：“都这样了，还继续跟吗？我感觉他好像知道咱们在调查他似的，一点儿破绽都没有，也看不出要犯案的意思。”

苏珊也叹了口气，翻着手中宠物医院的病患资料，“真是奇怪了，天使宠物医院的客户里，明明有两个姑娘很符合他犯案的一贯风格啊！单身独居，年轻漂亮……难道这俩姑娘脾气太好，他反而看不上？”

其实，她就是无聊调侃，想要缓解缓解气氛。可谁知道她的话，却正中了陆博垣的下怀。

“没有符合的，那就制造符合的啊！”

他说完，看着苏珊，脸上没有表情，但眼睛里却充满了不怀好意的笑。

苏珊被他看得头皮发麻，毛孔都张开了，蒙道：“你什么意思？”

还没等陆博垣说话，旁边的人却都明白了，聂程涛拍着手，“对啊！上次卧底就是夏岚去的，这次怎么也该轮到咱们苏珊姐出马了吧？”

“啊？我！”

苏珊瞪大了眼睛，左右看了看。

几乎所有人都是一副理所当然的、笑呵呵的模样。

“好啊，你们这是合起伙来，非逼着我上啊！”

聂程涛本想说一句，怕什么，你可是手撕流氓的大姐大啊！可话到了嘴边，看到苏珊凶巴巴的脸，还是识趣地闭了嘴。

见他们这种反应，苏珊虽然无奈，但也没有再拒绝。

无人反对，这件事，基本算是板上钉钉了。

“那动物怎么办？”苏珊问，“让我带阿呜去吗？”

“阿呜不行，它身份曝光了。”徐子峰没有多解释，而是看着夏岚，“能把饼饼借给苏珊吗？”

“啊？”夏岚晃了晃神，“当然可以。”

“好，那就这么定了，明天正好是周末，上午就去。”

周六一大早，苏珊就开车去夏岚的家里取猫，同行的还有陆博垣。

饼饼从小到大除了做绝育和打预防针，还有之前去徐子峰家暂住，其余时间几乎没出过门。虽然平时在家里，总是一副淡定从容的样子，可真的把它关在宠物箱里放上了车，它立马吓得不行，趴在箱子里埋着头，一动都不敢动。

陆博垣没敢用自己的车来接夏岚，怕饼饼的毛会粘在车上，今天索性连车子都没开，戴着个口罩，安安静静地坐在苏珊副驾驶的位置。

其实饼饼的身体还算健康，除了有些偏肥胖，并没有任何的毛病。昨晚夏岚想了又想，也实在舍不得让它去做什么会疼痛的检查，于是把心一横，决定让苏珊以工作繁忙、有事情为由，把饼饼留在宠物医院住上两天。

还有一站地左右就要到宠物医院的时候，苏珊停了车，让他们下去等消息。

她身上带着监听器，而且大白天的，又是在公共场合，料想那王伟东也不敢真的把她怎么样。

待到苏珊开着车走远，陆博垣和夏岚这才拐进了附近的一家咖啡馆。

两个人一人点了一杯饮料，还点了一份松饼，坐在二楼，远远地朝着宠物医院的方向望去。

“苏珊姐没问题吧？”夏岚有点儿担心，喝了一口热可可，问道。

“没事，”陆博垣笑笑，“惹人生气这方面，她很有天分。”

夏岚抿嘴，强忍住笑。因为陆博垣似乎忘记了，他和苏珊还连着监听器，他能听到苏珊那里的情况，同样，苏珊也能听到他在说什么。

果然，耳机另一端，传来了一声怒骂。

“几天没骂你，你就皮痒了是不是！”

“我现在是你们局里请来的顾问。”

“你还敢拿官衔压我！信不信我给叔叔阿姨打电话！”

陆博垣沉默了，脸色有些难看。他吃瘪的样子虽然可怜，但看在夏岚的眼里，却生出了一股惹人心疼的感觉。于是她不由自主地笑了，而陆博垣的脸颊，却挂上了一层不易察觉的薄红。

过了一会儿，他做了个噤声的手势，又指了指自己的耳机，示意苏珊已经进了宠物医院。

夏岚没有耳机，听不到，只好搬着椅子，凑到他旁边，也想要听听发生了什么。

陆博垣见她搬着椅子靠近自己，立刻明白了她的意思。他不拒绝，也没说话，稍稍弯下了身，将双手搭着桌子，靠了过去。

两个人脸贴着脸，靠在一起，从后面看，就像是热恋中的小情侣，正在分享同一个耳机里的音乐。

“瞧瞧，还真恩爱！”

一旁几个正在咖啡馆消磨时光的女学生看着他俩，忍不住嗤嗤地笑着。

“多好啊，我男朋友要是也这么黏我就好了！”

“瞧那男的，长得多帅啊！”

“那姐姐长得也挺好看的，真配！”

她们说这些话的时候，并没有刻意压低声音，被当作情侣的陆博垣和夏岚都听得一清二楚。

夏岚的脸有些红，下意识地，想要把身子挪开一些。

陆博垣却没说话，伸出一只修长的手臂，牢牢地，将她的肩膀搂住……

很多年没有好好和人吵一架了，今天，终于可以大显身手了！宠物医院的大门口，苏珊昂首挺胸，提着宠物箱，大步走了进去。

“你们这里，是不是可以寄养宠物啊？”

苏珊本来穿了件棉服，可是为了让自己更抢眼一些，故意没把它穿出来，而是扔在了车里。现在的她，只穿了件贴身的黑色呢子长裙，高跟的小皮靴，上面套了件大红色的 V 领毛衣，领口开得恰到好处，若隐若现的，叫人浮想联翩。

长长的卷发，斜搭在肩头，头上还戴了顶和毛衣同色系的贝雷帽。

化验处的周聪第一个迎了出来，殷勤道：“有啊有啊！您要寄养宠物吗？”

苏珊微微一笑，“你是负责人？”

“这……”

“找个管事的来跟我说吧。”

周聪自讨没趣，撇了撇嘴，干脆退回了化验室。

见他这样，前台姑娘强忍住笑意，给杨涛打了电话，“喂，杨涛，你出来看看，有人想办理寄养。”

杨涛揉着眼睛，显然昨晚又去了网吧。他顶着两个大黑眼圈，慢悠悠地走了出来。

"寄养啊，几天？以前来没来过，有没有办过会员卡？"

他走到前台，拿出登记簿，连正眼都没看苏珊一眼。

这正好给了苏珊借题发挥的借口，她使劲拍了一下桌面，语气非常不好地说道："把你们医生叫出来！"

"叫医生？"杨涛纳闷，"跟医生没关系，这事儿我负责就成。"

"你一个打杂的，有什么资格负责，赶紧地，给我找个正经的医生来！"

周六的大清早，宠物医院里没有什么人，所以苏珊这一声怒吼，动静真的不小。

两位正式的医生怕惹事，连头都没探出来，反倒是王伟东不请自来，上前几步，"发生什么事情了？"

苏珊看过他的照片，眼睛一亮，"哎，你是医生吗？"

王伟东往两边看了看，前台和杨涛都没说话。于是，他点点头，"是。"

"你们这破医院什么服务态度啊！"

"您有什么事？"

"就他！我要投诉他！"苏珊指了指杨涛，"我是来办理寄养的，上来就让我办什么会员卡，怎么着你们这是强买强卖吗？不充钱就不接待，是不是这个意思！"

王伟东大概明白了，赶紧笑了笑，"您别动气，这是正常流程。会员卡当然不是必须办理，不过办了以后可以享受积分和价格优惠。"

苏珊才不管这个，她今天就是来闹事的，"优惠？你们这是瞧不起我吗，我又不缺钱！不就是想要让我办个卡，玩儿捆绑销售吗，这套路我见得多了！"

见她这么无理取闹，王伟东也有些无奈，"没关系，办不办是您的自由。"

他说完，向前走了几步，"小刘，麻烦拿张登记表，让这位顾客填一下。"

苏珊暂时熄了火，接过那单子，接着又从包里掏出支钢笔，开始填写起来。

“养两天，费用怎么算？”

“两百一天，两天是四百。如果您有别的要求，费用还要另算。”

“那伙食呢？”

“伙食费包括在里面了，当然要是您自带猫粮也是可以的，不过费用不退。”

说完，王伟东将宠物箱打开，将已经吓成痴呆样的饼饼抱了出来。

“挺壮实啊！”虽然比起猫，他本人更喜欢狗，可看到这胖猫完全吓傻的样子，还是不禁笑了，“先给你做个检查，看看健康状况。”

“哎，干吗呢？我是寄养又不是做身体检查，你瞎摸什么！而且你洗过手了吗，要是你碰了那些有病的猫啊狗啊，又来抱我家猫，会不会传染啊！”

“入住前，一定要做个简单的检查的，不然不清楚身体状况。至于卫生问题，您放心，我们工作人员日常都会消毒的。”

苏珊斜眼看着他，“我听说这里的医生都是专科的，这么说，你是负责给猫看病的？”

“哦，我是综合科。”

“综合？”

“对。”王伟东本不想回答，但是又觉得自己要是不回应，这女人恐怕会没完没了“我目前还在实习期间，所以两边都负责。”

苏珊愣了，随即变了脸色，语气里满是冷嘲热讽，“哼，说得倒是好听。你念过几年书啊，哪个村儿里来的？有没有兽医的证书啊？我告诉你，我这猫血统名贵，出点儿什么事，你负得起责任吗？”

一口气问了好几句，而且声音极大，言语间，一点儿尊重都没有。

王伟东最在意的就是自己来自小乡村这件事，听了这话，果然脸色突变，“这是例行检查，没必要非要专科医生来做。再说您要是质疑我们医院的卫生问题，可以选择去别家办理寄养。”

“你什么意思，你现在是在赶我是吧！知不知道顾客是上帝啊，你就这么跟客人说话啊？我就奇了怪了，人家正经医生都没说什么，轮得到你一个实习的在这里大小声吗！”苏珊说着，走过去一把将他推开，想将饼饼从他手中抢过来。

王伟东下意识地一躲，结果不小心碰了她一下，碰得很轻，可苏珊还是故意将填表用的笔扔了出去。

“你找死啊！”苏珊大叫着。

王伟东没想到事情会变成这样，愣了。他将饼饼放了下来，神色变得有些不太对劲，抿着嘴，没有说话。

一旁的其他几个工作人员见状，赶紧迎了上去。

片刻后，那个姓马的女医生跑了出来。

“怎么回事，怎么回事？”

苏珊见正式的医生出来了，一群人又围着她劝，火气也渐渐消了下来，但还是用手指了指王伟东，“你们怎么搞的，随便叫个什么人就出来，不知道顾客就是上帝吗！”

“对不起，对不起，真不是有意的！”

马医生拉着她，一脸的赔笑。

王伟东则被周聪拉着，推回了他平时休息的那间储物室。

关上了门，屋外还隐隐能听到争吵的声音，王伟东沉着脸，沉默了半晌，然后突然抬起拳头，重重地打在了墙上……

“怎么样，我演得还成吗？”

出了宠物医院，苏珊没有直接回去，而是将车停在路边，然后到咖啡厅的二楼，与陆博垣他们会合。

夏岚正在用叉子吃着松饼，抿抿嘴，“确实有点儿无理取闹的意思。”

“怎么，很凶吗？”

“过于浮夸了。”一旁的陆博垣喝了口咖啡，批评道。

“浮夸？哪里浮夸！”

“你这样，很容易被人怀疑你精神有问题。”他说着，又上下打量了苏珊一番，“当然，也有可能被理解为更年期。”

苏珊无语，心知他这是对于自己刚刚说了他，他又没能原地反驳成功的报复。

不过刚和人吵了一架，她也确实有些累了，拉开椅子，坐到俩人对面，“无所谓，反正目的达到了就行，姐不在乎！”

按照拟定好的计划，苏珊从今天起就不用再回局里上班了。徐子峰派了人保护她，从现在开始，她只要引蛇出洞，等着王伟东上钩就好。

于是三人在咖啡厅又坐了一会儿，苏珊便独自开车回了家。夏岚还要回局里，陆博垣便主动提出送她。

他今天没开车，现在又是大白天，其实根本没必要送夏岚回去的，可他却坚持这么做。于是，两个人有一搭没一搭地聊着，朝地铁站走去。

走着走着，夏岚不知怎么突然想起了第一次见面时，他俩一起出外勤，当时她只是想叫陆博垣把自己捎到地铁站，他却直接说‘不顺路’！可现在，明明没有车，也压根不顺路，他却要送自己！这转变，还真是大。

“在笑什么？”

陆博垣见她眉梢眼角都带着笑，心情也跟着好了起来，柔声问道。

“没什么，只是想起了那次我背着一沓子资料下班回家。那时候，我想搭你的车去地铁站，你都不理我。”夏岚也不掩饰，笑着回答道。

“哦，那天啊，我确实不顺路。”

“那你今天顺路吗？”

陆博垣停住脚步，看着她。

“现在不一样了。”他笑，唇角漾起一丝柔情，“顺不顺路，都没关系了。”

“有什么不一样了？”

他没回答，反而拉住了她的手。

夏岚微微一怔。

他的手指干净而修长，没有戴手套，指尖微凉。但握住她的时候，十分有力，让夏岚不禁有那么一瞬间的晃神，抬头看着他，竟然连一句话也说不出来。

他牵着她的手，将她拉近自己。

他的声音低沉而动听，看着她的眼神，一如他们第一次见面时那样，充满了自信和坚定。

“你真的感觉不到有什么不一样吗？”

夏岚有些发蒙，“什么？”

“心态不一样了，以前对我而言，你只是个陌生人，但现在……我想追求你。”

他说这些话时，声音并不大，可听在夏岚的耳中，却仿佛全世界都停止了运作，就连时间都静止不动了。那一刻，她只能听到他的声音，还有自己的心跳。

陆博垣等了一会儿，见她傻愣愣地站在那里，一副完全没有搞清楚状况的样子，不由有些纳闷起来。

难道，他说得还不够明白吗？

“夏岚，”他没有松开手，反而握得更紧了，“你愿意做我的女朋友吗？”

她没想过他会喜欢自己，或者说，是从没敢想过。即便在做卧底的那些日子里，他们曾如此亲密。

“夏岚？”他叫着她的名字，等待着她的回答。

“我……”

手机，却在这时不合时宜地响了起来。

陆博垣皱了皱眉，英俊的脸上，露出一副哭笑不得的表情。他显然不喜欢在这个时候被打断，可那铃声却一直执着地响着。

他孩子气地站在那里，就是不肯接电话，“其实，你不用马上回答……”

铃声响了足有半分钟，好不容易停止了。他仍旧拉着她的手，刚想再次找回话语权，谁知，那电话竟然又打了过来。

只不过这次对方换了个人，将电话打给了夏岚。

气压顿时变得很低，而陆博垣的脸上，也明显地挂上了一层寒意。

夏岚看着他，实在憋不住，扑哧一声笑了，“等等再说，我先接电话。”

“哦。”

他沉着脸，看着她从挎包里掏出手机。可即便是这样，他还是不肯放开她的手，好像生怕这一放手，就会错过她的答复。

他甚至牵着她的手，放在了自己的胸口处。

那是他心脏的位置，虽然隔着厚厚的衣物，夏岚并不能感应到他的心跳，但此刻，她的心却是暖的。

他在乎她，而她，又何尝不是如此。

电话另一头的声音是车瑞，他说接到了侦查员的反馈，苏珊离开宠物医院没多久，王伟东也换了便服出来了。

徐子峰叫他打电话问问陆博垣和夏岚是不是还留在那附近，有什么发现？

听了这些，夏岚蹙紧了眉头，“我们已经离开了，但是距离不远，用不用我俩回去？”

车瑞叫他们少安毋躁，毕竟他俩露过脸，不方便跟踪，王伟东的行踪自有其他的侦查员跟进。如果没有进一步的发现，可以先回局里，再看看队长是如何安排他们下一步的任务的。

夏岚应允后，挂断了电话。

既然着急回去，俩人也没再往地铁站走，而是改用手机软件叫了车，以最快的速度赶回了局里。可谁知这短短四十分钟的路程内，王伟东那边又起了新的变化。

“他从宠物医院离开后，去了附近的一家餐馆。有两个男人在那里等着他，好像是他的朋友，接着他们有说有笑地一起进了包房。”

“两个男人？那个王伟东独来独往的，不像有朋友啊！竟然还有说有笑的？”夏岚表示不解。

陆博垣却道：“只有三个人，却开了一间包房……这事不简单。”

“是，真让你说着了。”说到这里，徐子峰叹了口气，“他们一进去就把房门关了，过了快一小时也没出来，侦查员那边觉得时间太长了，就叫服务员进去确认一下，可没想到打开门，那两个男的还在，王伟东却不见了。”

“啊？”夏岚惊叫，“不是在外面守着吗，他怎么凭空消失的？”

“原来那包房有后门，通向餐馆后院，王伟东是老顾客，肯定知道这些，这才刻意选了进那间包房。至于那两个男人，后来经询问，他们都是王伟东的老乡，最近来这边办事，早就叫王伟东出来聚聚，可是王伟东一直没回应，结果今天突然主动打电话约他们吃饭叙旧，吃了没几口，又借口临时有工作，买了单就跑了。”

“他这是想用他俩人当挡箭牌掩护自己啊！”

“嗯。”

“糟了！”夏岚突然想到了苏珊，“他现在消失了，那苏珊姐会不会有危险啊？”

“这个倒是不用担心，苏珊留的是假地址，那间房附近都安排了人。小聂也过去了，有什么事他们会打电话回来的。”

“不行，我还是先给苏珊姐打个电话问问吧！”

夏岚说着，从包里翻出手机，刚想把电话打过去，手机却先响了起来。她看了看上面显示的人名，来电的就是苏珊。

“喂，姐，你还好吧！”她马上接听了电话，担忧地问道。

听筒另一端，传来了苏珊的低语，声音不大，语气却极其亢奋。

“夏岚！”她轻声地叫着，“我被人跟踪了！”

“什么，你说你被人跟踪了？”

随着夏岚的一声惊叫，办公室里的徐子峰和陆博垣也愣了。

尤其是陆博垣，在他看来，上午跟苏珊起了冲突，中午就设局摆脱掉监视自己的警方，而着手进行跟踪绑架……这不像凶手的办事风格。

方桦、周晓丽、林晶晶，她们每一个人都是在去了宠物医院多次，且宠物的病症康复，已经停止治疗后才遇害的。

电话另一端，苏珊不知说了些什么，但夏岚却瞪大了眼睛。随即，她将电话按成了免提。

“跟踪我的不是王伟东，是汪超远！”苏珊自己似乎也没想到事情会有这么一个峰回路转的发展，“我回到局里给我安排的那个住址后，打算先去附近吃个饭，结果吃了没几口，就看到他在饭馆门口鬼头鬼脑地往里看，后来他还跟我到了停车场。”

“你确定是汪超远？”

“是啊，我看过他照片和资料，记得清清楚楚的！没想到这汪超远明明是个性无能，还掺和这个，他也是够丧心病狂的！”

汪超远、王伟东……再次将这两个名字联系到一起后，陆博垣觉得自己好像被什么东西撞了一下，脑子“嗡”的一声。

接着他弯下腰，对着电话另一头的苏珊嘱咐道：“苏珊你快回去，记得锁好门，暂时不要出来，等我们的消息。”

“等消息？不是要引蛇出洞吗？我一直在屋里，怎么让他绑架我！”

“他们的目标不是你，至少这一次不是！”陆博垣说完，直接挂上了电话，他抬起头看着徐子峰道，“徐队，你记不记得当时咱们排查过宠物医院里，符合王伟东作案目标的人选？”

“记得。”徐子峰记性很好，马上就报出了那两名女性的名字。

“找人确认一下她们两个人的情况，王伟东今天应该会有行动。”

徐子峰了解事态的严重，无须再做沟通，直接拿起办公桌上的手机，将任务布置了下去。

眼见大家都忙碌了起来，夏岚也跃跃欲试，却又不知该做些什么。好在陆博垣的心里已经有了想法，他对徐子峰说道：“徐队，有个地方我认为有可疑，想要去确认一下。”

此刻，他们正在赶赴天使宠物医院的新院址。

徐子峰需要留在局里坐镇，没有办法陪同他们前去，这一次的任务只能交给陆博垣和夏岚两个人来完成。

陆博垣今天没有开车，临时从局里借了一辆。在前往目的地的路上，他终于抽时间对夏岚说出了自己对于犯罪现场的猜测。

“这件事确实是我疏忽了，我们当时推断出凶手曾经在给宠物洗澡的水池里替死者冲过身，可是水槽里却没有发现死者的毛发。毕竟当时只有那么一处水池符合，所以先入为主地自动忽略了其他的可能性！”

“这么说那里不是第一现场？”

陆博垣摇摇头，“宠物医院附近的商铺都有监控，并没有发现可疑车辆，绑架是件很费力的事情，再加上死者身上的那些红色锦纶纤维……王伟东没有车，这事也办不到。”

“他没车，但是汪超远有啊！”

“没错，汪超远是同谋的证明并不仅仅是车，当然也不是因为他被王伟东委派，去苏珊家监视她，而是因为，汪超远有能力为他，或者说是为他们的犯罪提供一个合适的场所。”

“你是说，那个宠物医院正在装修的分店？”

“没错，那家新分店的装修是汪超远负责的，原本的宠物医院里，有个长期住在里面的杨涛，就算有时候他夜里会去网吧，王伟东也能拿到门钥匙，可并不能确定杨涛什么时候回来，想要在那里作案，肯定不方便。”

一语惊醒梦中人，夏岚赶紧点点头，“没错！如果是没有装修好的分店，那就可以为所欲为了！”

“是啊，一个没有装修工人，也没有人值班，大门钥匙只有汪超远有的地方，岂不是最理想的！”

“可咱们不是查了，汪超远那方面不是……”夏岚红着脸道，“不是不太行。”

“生理满足可能达不到，但心理上，杀戮有时也具有同样的效果。还记得第二位受害者吗？当时受害者脖子上的伤口深浅不一、反反复复。王伟东应该不会犯下这样的错误，但汪超远的情况却很符合。”

他没杀过人，害怕、胆怯、犹豫……但不论如何，他还是成了一个杀戮者。

第二十章　燃烧爱情

一路无话，大概还有十几公里的时候，陆博垣的电话再次响了起来。

来电的是徐子峰，“陆顾问，那个叫邹蓉的姑娘失踪了！”

邹蓉是天使宠物医院的会员，她养了一只雪貂，上个月带雪貂到医院里看过几次病。

“你确定她失踪了吗？”陆博垣开着车问道，“什么时候的事？”

“应该就是今天，她今天原本约了朋友一起吃午饭，临近中午就出门了，可是过了几个小时她还没到，朋友和父母都联系不到她。”

“没报警吗？”

“还没，侦查员赶过去的时候，她父母也是刚知道她不见了。”

陆博垣陷入了沉思，“看来王伟东真的行动了……徐队，你赶紧带人到天使宠物医院的分店来跟我们会合，我怕邹蓉有危险。”

挂上徐子峰的电话，陆博垣也加快了速度，终于以最短的时间赶到了目的地。

“到了。”

夏岚向前探了探身子，然后环视四周。这里不像宠物医院老店的地段那么繁华，基本上算是郊区了。附近倒也是宽阔的马路，还有不少新盖的高楼，但马路旁边连个大型超市都没有……看起来十分荒凉。

她下了车，看了看宠物医院那紧紧锁着的大门，“没有钥匙，我们怎么进去？”

陆博垣也下了车，他活动了一下一路上被窝得发紧的身体，抬头看着那栋两层楼的店面，“先看看，不要打草惊蛇。”

他说这些的时候，注意到附近有两三个穿着棉大衣、手臂上戴着居委会红袖标的大妈。其中一个，还牵了个六七岁大的小孙子，正围在一起闲聊。

夏岚顺着他的视线看了过去，“哦，可能是附近的居委会有什么活动吧，尤其是快年底了，宣传一下，叫大家注意安全什么的。”

听她说完，陆博垣不知想起了什么，浅笑一下，然后俯身在她耳畔轻声说了几句话。

与此同时，与他们仅仅隔着的一道大门之后，却又是另外一番景象——

冰冷的手术台上，一个女孩紧闭着双眼，静静地躺在那里。

王伟东就坐在离她不远的一张椅子上，肆无忌惮地看着她。

女孩的挎包被扔在了旁边，手机已经被王伟东掏了出来，还被关了机。

他已经跟踪她好几次了。他很享受那种潜伏在黑暗中追踪猎物的感觉。

方桦、周晓丽、林晶晶……她们本质上是相似的，但是，却又有那么多的不同。

方桦曾经有一个已经谈婚论嫁的男友，最后却分了手。那个男人走后，她的整个世界都崩塌了！买醉，向朋友哭诉，大半夜不回家，一个人拎着酒瓶在路上游荡……他没有对她下药，她当时醉得几乎连站都站不住了。那一晚，他没费任何力气，就把她放进了后备厢里，然后带到了这间尚未装修好的新分店。

一直到一切结束，她都没有清醒过来，任他们为所欲为。

这家店是汪超远提供的，为了表达自己的谢意，王伟东把第一次让给了他。也就是在这个时候，他才知道汪超远的身体有缺陷，原来对方根本就不行。

后来他补了上去，而汪超远则在一旁看着。

汪超远喜欢看。

完事后，王伟东将方桦抱进浴池，将她从头到脚、从里到外冲洗干净，再用一把崭新的手术刀划破了她的喉咙。尽管这是他第一次杀人，下手时因为短暂的犹豫而没能找好准确的位置，但看着方桦紧闭的双眼，心里默默想起了她还活着的时候那副盛气凌人的样子，王伟东开心地笑了。

这一刻，对于他来说，不管是生理还是心理，都仿佛获得了巨大的满足。

接下来，他和汪超远合力，将方桦的尸体扔到了附近的废弃工地里……

有了第一次的经验，令他明白昏迷状态的猎物是最好对付的，于是从第二次开始，王伟东动用了麻醉用的乙醚。他在宠物医院工作，这种东西对他来说，很容易就能找到。

不过那群警察不知道的是，周晓丽并不是第二个受害者。

他和汪超远还劫持过一个叫张婷的姑娘，因为是第一次对人类使用乙醚，剂量没能掌握好。作案过程中，张婷醒了过来，她反抗得过于激烈，慌乱中，王伟东只得用手术刀连捅了她好几刀，又割了她的喉咙……当时鲜血喷溅得到处都是，甚至连王伟东的身上和脸上也都沾满了血。这令他十分反感，同时在心里暗暗发誓，下一次作案，一定要小心再小心，绝不能再把自己搞得这么狼狈！

这次之后，他变得越发大胆起来。不过他也隐隐察觉到了自己和汪超远之间的不和谐——汪超远没有对那些受害者实施实质上的强奸或者谋杀，所有要命的事儿，都是他一个人干的。他们之间本来就不平等，只有真正地拉汪超远下水，王伟东才能安心。

于是他胁迫汪超远杀了周晓丽。

汪超远下不去手，他就用各种语言来刺激对方。最后汪超远气急败坏地扑过去，狠狠地咬破了周晓丽的脸，一刀一刀地划破了周晓丽的喉咙。

想到这里，他的嘴角牵起一抹意味不明的笑，站起身，走到了邹蓉的身边。

最近警察查得紧，已经来宠物医院问了两次话。他也不想在风口浪尖上犯事儿，谁知道那些警察有没有派人监视自己？

不过说到这里，他又想起了那个来问过自己话的傻子。连受害者饲养的宠物品种都能记错，这种智商，似乎也没什么可怕的。

接着，他又想起了上午在医院见过的那个叫苏珊的女人。

她长得真美，但是也真该死。她冲着自己大呼小叫的时候……他真恨不得直接将她拖到这里，放到这手术台上，扯下她那条黑色的长裙。

不过，他从不打没有准备的仗。在没有摸清那女人的底细前，他是不会贸然实施绑架的。满腔怒火无处发泄，他只能退而求其次地找到邹蓉，反正即便没有上午那档子事，他也是想等风声过去，便对这女孩下手的。

想到这里，他轻轻地握住了邹蓉纤细的脖颈……

却在这时，突然“啪”的一声脆响，二楼大厅的窗户被人用半块砖头砸碎了。

那砖头毫无预兆地扔了进来，尽管有一定距离隔着，传到手术室的时候声音并不算太大，可王伟东还是被吓得一个激灵，马上警觉了起来。

他快步跑到窗边，侧着身，朝下面望去。只看到一个穿着黄色羽绒服的孩子跑进了巷子里，马上就不见了。虽不知道具体情况，可王伟东还是警觉地站在那里，久久不敢动弹。

几分钟后，楼下的大门处，响起了一串急促的敲门声。

难道是汪超远？这念头稍纵即逝，汪超远也有钥匙，他根本用不着敲门。更何况他此刻应该还在监视着那个叫苏珊的女人，根本就不知道自己在分店里，也不知道他绑架了邹蓉。

可如果不是汪超远，又会是谁呢？

王伟东犹豫了一下，最终还是决定先下楼去看看是什么状况。

破碎的窗子外伸进来一只手，轻轻地拧开了窗户的把手。紧接着，一个人跳了进来。锃亮的皮靴，修长的双腿穿着黑灰色的条纹西裤……他慢慢地直起身。

是陆博垣。

他表情严肃，回过身，朝着窗口伸出手。夏岚是和他一起爬着梯子上来的，她本来还在想，要怎么才能做到尽量没有声音地跳进去，结果还没来得及爬到窗口，就被他整个人拉进怀里，抱了进来。

他的怀抱强壮而温暖，就连味道也是那么令她安心。夏岚的心头不由得涌起一阵甜蜜，她喜欢被他拥抱的感觉。

而陆博垣又何尝不是如此呢？

不过现在正事要紧，这些儿女情长要暂时放在一边了。

“跟着我，尽量别碰任何东西！也不要出声！”他搂着她，在她耳边轻声说道。

夏岚从他的怀里抽离出来，认真地点了点头。

陆博垣微微一笑，转过身，拉住她的手，蹑手蹑脚地朝着里屋走去。

假设王伟东此刻已经将新的受害者绑了进来，那么他应该会选择在二楼犯案，毕竟一层临街，即便关着门，人来人往的也不安全。

他和夏岚商量好，叫那带着孙子的居委会大妈帮忙。先是让她的小孙子打碎了二层的玻璃，再让她们几个假装道歉，去敲一楼的大门。这种情况下，不管王伟东在哪里，都一定会下去看看。如果他开门最好，这样几个大妈就能帮他们将王伟东拖住。就算不开门，以他小心谨慎的性格，也一定会等几个大妈走了才回来。

不管怎么说，他们此刻都是安全的。

两个人走进去，一眼就看到了躺在手术台上的受害者——邹蓉。

夏岚紧紧握住了他的手，陆博垣回过头，朝她使了一个眼色，示意她去看看受害者的状况，自己则站在门外，随时关注着楼下的情况。

夏岚快步跑过去，探了探邹蓉的鼻息，又看她衣衫还都完整，一颗悬着的心才放了下来。

“还活着。”她看着陆博垣，没有出声，用口型告诉他。

陆博垣皱了皱眉，内心陷入了挣扎。如果他们这时候正式逮捕王伟东，那他很可能会为自己开脱。可如果放任他，又不敢保证等一下是不是还能掌控局面，保护受害者的安全。

就在他犹豫的时候，楼下传来了那几个居委会大妈的喊声。

“哎哟，怎么敲了半天门，没人开啊！是不是没有人在家啊？”

“那不行，我家孙子打了人家窗户，我得赔钱，这孩子啊，就得从小教育，不然这么小就淘气，长大了就更不好管教了！”

一门之隔的王伟东，被几个负责任的大妈搞得出了一身的冷汗。

而楼上的陆博垣也终于下定了决心，决定少安毋躁，等着他的进一步行动。

他走回手术室，拉着夏岚，四下看了看，决定躲到衣柜里面。那衣柜是全新的，里面空空如也，外面也没有锁，他不用担心王伟东会打开衣柜拿东西，更不用担心他会将柜子从外面锁上。俩人面对面地站了进去，并把手机调到静音模式。

“太危险了吧！万一……万一他真把那女孩杀了怎么办！”

“不会的，暂时还很安全。”

“你也说了是暂时，就算不杀她，可是，他、他……”

说到这里，她没法继续了，红着脸，紧紧咬了咬自己的嘴唇。

陆博垣知道，夏岚是担心王伟东会对邹蓉不轨，做出什么伤害对方的事情来。

“放心，真有什么，我马上就冲出去了。”不知是不是因为压低了声音，语气竟异常温柔。

楼下的吵闹声还在继续，但王伟东最终也没有开门。大概折腾了七八分钟，那几个大妈终于散了。王伟东又观察了一会儿，这才安心地返回了二楼。

躲在衣柜里，听着他的脚步声，夏岚觉得，全身的每一个毛孔都散发着紧张感。

陆博垣朝她努努嘴，示意她不要出声。两个人紧紧地靠在一起，世界安静到仿佛能听见彼此的心跳。

王伟东进了屋，脚步声也随即消失了。他们知道，那是因为他站在了手术台的前面。没有任何声音，连衣物摩擦的声音都没有，这说明，他暂时还没有对邹蓉下手……

接着，外面传来了王伟东打电话的声音。

“怎么样，她回家了吗？”

显然，这电话是打给汪超远的。

果不其然，那边不知说了什么，空荡荡的房间里，响起了王伟东的冷笑，“哼，八成也是个弃妇，大周末连约会都没有……就是个寂寞的老女人罢了！”

两个人又聊了一会儿，话题终于回到了正题上。

“还有一件事，我刚刚去把那个女大学生绑来了。”

即便隔着衣柜大门，夏岚他们仍旧能听到从电话另一端传来的汪超远的怒骂。

王伟东也不气，依旧平淡如水，“我知道，这次是我冲动了，嗯，用的你那辆SUV。”

陆博垣和夏岚再一次对视，脑海中都不约而同地想起了死者身上发现的红色锦纶纤维。

“你过来吧，她一时半会儿还醒不了。真醒了，我就再给她闻一次乙醚，嗯，放心，不过……”他说着，突然邪恶地一笑，“来晚了，我要是憋不住，可就不等你了。”说完，他挂上了电话。

又过了一会儿，夏岚隐约听到了外面有衣物摩擦的声音，他似乎，正在脱邹蓉的外套。

“怎么办？”她有些沉不住气了，用口型无声地问对面的陆博垣。而就在这时，陆博垣的手机却亮了。

他把手机放在了上衣口袋里，光线微弱，他自己甚至没意识到，反而是站在他对面的夏岚发现的。“手机！”她一边无声地说着，一边指了指他的胸口。

陆博垣这才低下了头，他没有将手机拿出来，而是隔着口袋，飞快地将其按灭。

外面的声音突然停了，不知过了多久，从衣柜外飘进来一股呛人的香烟味。

夏岚皱起眉，觉得嗓子有些发痒，想要咳嗽。但是此时此刻，只能强忍住，于是她用手捂住口鼻，尽量克制住自己。

陆博垣虽然察觉到了事情有些不对头，可又不能轻举妄动，只好在黑暗中牵住了夏岚的手，暂时静观其变。

难道他察觉了他们的存在，打算逃跑？

可那断断续续的脚步声，说明他根本没有走远，他到底……在做什么呢？

夏岚刚想问，陆博垣却突然朝她摆摆手，然后尽量将自己的耳朵贴向柜门的方向，侧耳倾听起来。

除了脚步声，他似乎还听到了流水声。那声音是由近至远，仿佛离他们越来越遥远了……

紧接着，他闻到了一股熟悉的味道。

“不好！”他突然大叫一声，接着一把拉住夏岚，使劲撞开了衣柜的门。

眼睛突然见到了光亮，令夏岚有些不适应，再加上刚刚他们一直小心翼翼地躲着王伟东，此刻却这么大大咧咧地跑了出来，着实让她吓了一跳，就连脑子也有些发蒙。

可当她抬起头时，一眼就看到王伟东正站在手术室的门口，也是唯一的出口，居高临下地笑着，她立马清醒了。

地上一片狼藉，扔了很多废报纸，还有很多地方被撒上了不明液体，湿漉漉的一大片。

“是汽油。”陆博垣沉声说道。

王伟东的脚边，扔着一个躺倒的油桶，尚未流干的汽油还在汩汩地往外冒着。而他的手里，正拿着一支点燃的香烟。

邹蓉还躺在手术台上，除了外套被脱下，并没有别的变化，仍旧处在昏迷中。

陆博垣站在稍微靠前的地方，距离邹蓉的位置很近。夏岚则站在他的身后，两个人的手还紧紧握在一起。

“你是从什么时候开始怀疑我的？”王伟东看着他，脸上带着笑，平静得就像是在和老朋友聊天。

“从我第一眼看到你的时候。”

“第一眼？”

“是的，从第一眼见到，我就知道，你——王伟东，就是这几起案件的制造者。”

王伟东似乎没想到陆博垣会这么说，不由愣了愣神。

他觉得这话的可信度不高，自己一向伪装得很好，说什么第一眼就知道了，那八成只是这死警察过度自负的说法罢了。

不过这些都不重要了。

从第一次杀人时，他就想过会有这天，可即便是死，他也得多拉几个垫背的。他杀过四个女人了，但男人却从来没有尝试过……想到这里，他又歪头看了看被陆博垣挡在身后的夏岚。女警？呵，这也是个不错的战利品。

现在的位置对他有利，他离楼梯比较近，而且还有钥匙，可以将他们锁在医院里。

如果只有他们两个，说不定还比较难缠。但现在这里还有个昏迷的邹蓉，他就不信他们这些当警察的会不管老百姓的死活。

王伟东看着陆博垣，举起手，将香烟放到嘴边，轻轻地吸了一口。随着他将烟雾吐出，手也扬了起来，香烟被抛了出去，在空中转了一个圈，以一种优美的弧度朝着地上的汽油坠落下去。烟丝还未燃尽，伴着点点的火星，在空中划出一道奇异的美景。

一切，仿佛发生在一瞬间。

王伟东转身朝着楼下，头也不回地跑了出去。

“你去扶邹蓉！”陆博垣也没有任何的迟疑，一边嘱咐夏岚，一边大跨步地朝着王伟东逃窜的方向狂奔而去。

和坚信烟头能点燃汽油的王伟东不同，夏岚和陆博垣都有专业知识压身，自然知道烟头扔在汽油上是不会引起爆炸的。是以两个人都没有惊慌，而是选择了最有效直接的任务分配。一个人去营救受害者，另一个则去追捕并制服犯罪者。

“你小心啊！”见他头也不回地跑下去，夏岚冲着他的背影大声叫道。

不是不担心，也不是不想和他并肩作战，可此时，她唯一能做的就是不去拖他的后腿，让他没有任何的后顾之忧。

她作为一名警务工作者，有这个觉悟。而作为他的女朋友，她也有这个自觉。

女朋友……呵，自己还没有正面回应他，也不知道他能不能明白她的心意？甜蜜稍纵即逝，她快步走过去，将手术台上的邹蓉扶了起来。

昏迷中的人，身子比她想象的要重得多。只是扶起邹蓉的上半身都觉得困难，又怎么把她弄到楼下，带到安全的地方去呢？可弄不动也要弄啊！想到这里，夏岚不知从哪里来的力气，背对着邹蓉，把她背到了自己的背上。

夏岚只有一米六，邹蓉却得有一米六五以上，个头明显高过了她。好在这姑娘还不算胖，所以夏岚一咬牙，一用力，竟然还真的把她背了起来。

她尽量快地朝着楼梯的方向移动过去。楼下几乎没有声音，不知道现在情况到底如何？

正当夏岚艰难地移动到楼梯口时，陆博垣也迈着大步从下面迎了上来。

“怎么回事，王伟东呢？”

“慢了一步，”陆博垣三步并作两步跑上来，一把接过她背上的邹蓉，“交给我吧。”

夏岚皱皱眉，“什么情况？”

“跑外面了，还把大门锁上了。”

“他是想烧死我们啊！”夏岚将背上的邹蓉交给他，终于松了一口气，直起了身子，“你觉得，他跑远没有？”

“应该没有，他还要确定我们有没有被烧死。”

陆博垣笃定地说着，“所以，他一定不会走得太远。”

至少在大批警察或是救护车、消防车赶来之前，王伟东是不会离开的。

他身上背着个大活人，可还是没有忘了夏岚，回头温柔地嘱咐道：“小心脚下，他洒了不少汽油，可能会滑。”

夏岚点点头，心里暖暖的。

“不管怎样，先离开这里再说吧。”

“好。”

俩人一前一后地下了楼梯，夏岚发现，比起基本算是井然有序的二楼来，一层还堆放着不少装修用剩下的材料，还有些已经到位却还没来得及拆封或是摆放的桌椅、书柜。

同时，她还看到了离大门不远处一间独立的、用玻璃门隔着的小房间。房间的一角有一个大大的水池，想来，就是王伟东他们给受害者冲洗身体的地方。

“你先走，我去那边看看！”

她怕一会儿又生出什么变故，没法给水槽取证，赶紧从自己的包里掏出平时也随身携带的取证工具，朝着水池的方向跑去。

“先出去要紧，这些等回来再说！”

“很快的，你先带邹蓉出去吧！”

陆博垣见拦不住她，也决定先把邹蓉放到安全的地方再说。他几步走到大门旁，抬起腿，用力朝着大门踹了过去。

一脚没踹开，马上又补了一脚。

门外传来了铁链的声音。

王伟东锁上大门后，竟然丧心病狂地把一直放在一楼入口旁的铁链也绕在门把上，缠了几绕，还锁了一把大锁。

陆博垣环视四周，最终扛着邹蓉走到窗户前，他将窗户扭开，向外推了出去。窗子不大，要通过一个成年人倒是没有什么问题，可他还背着个邹蓉，肯定是不能两个人一起通过的。反正也是一层，无所谓了。

他往左右看了看，墙角放着个还没拆掉塑料膜的新沙发，用脚踢了踢，将沙发贴到靠窗的位置，然后把邹蓉从背上转了过来，双手架在她的腋下，将她放在沙发上，自己先翻身跳了出去，然后才回过头，将她顺着窗户拉了出去。此时邹蓉似乎有醒过来的迹象，轻轻嗯了一声。

他将邹蓉拉出窗口，又把她背起来，恰巧刚才那几个居委会的大妈还在附近徘徊，他赶忙将邹蓉送过去，并叮嘱她们好好照顾她。

全都交代完，担心夏岚一个人在医院里不安全，他一边打着电话叫徐子峰他们尽快赶过来，一边快步朝着刚刚跳出来的窗户跑过去。

夏岚仍旧趴在那里，埋头收集着水槽里的毛发。听到他跳回屋里的声音，还是警觉地扭过头，并且全身都呈现出一种戒备的状态。

反应还挺快的！像只小刺猬一样……

“差不多了吧？”他走过去，轻声说道，“还是先出去，这里不安全。”

夏岚见是他，松了口气，笑一笑，“好了，不过我还想再拍几张照片。”

“听我的，先出去，一会儿大部队到了再说。”

不知是不是听到这句“听我的”，夏岚的脸腾地红了，“哦。”

说完，自觉地将整理好的证物都塑封好，塞进挎包里。

很自然地，他牵起了她的手，“走吧。”

俩人刚走了没几步，距离窗户还有一定的距离，陆博垣却停住了脚步。

王伟东不知何时站在了窗外，冷冷地看着他们。

短暂的对视和沉默后，陆博垣突然放开了她的手，用尽全力冲了过去。

几乎同时，王伟东掏出打火机扔了进来。并迅速地反手一带，将窗户关上了。

这次不是烟头，而是真真正正，还燃着火苗的打火机。

打火机并没有被扔到地上，而是掉在了陆博垣刚刚推到窗边的沙发上，沙发上的塑料膜瞬间就燃烧了起来。短短几秒钟内，燃烧的味道越来越大，大片的塑料膜已经烧没了，空气中有股极不好闻的味道。

火势越来越大，即便是陆博垣，此刻也有了一瞬间的慌神。突然，他意识到有什么不对劲儿的地方。转过头，只看见沙发上有几处火星闪烁，有的甚至闪了一下，马上就灭了。

“不好！”他大叫一声，一把拉起夏岚，朝着楼梯跑去。

“怎么回事?！”夏岚大叫。

“是闪燃！”

闪燃是一种火灾中常见的现象，如果出现这种情况，那也就意味着，火势很快就会烧起来，相当危险。

夏岚也明白这个道理，不再多说什么，跟他一起三步并作两步地跑上了二楼。

这家店除了刚才制造动静砸破的窗户，其余的窗户，都被封闭着。唯一的出路，就是那扇窗户了。

“顺着梯子下去，要快，因为还要经过一层靠近窗户的位置，所以一定要加快速度，不能爬，只能赶紧跳，跳完马上就跑，明白吗！”

这不是问句，而是命令，他一边奔跑一边说完这些，拉着她直奔二楼的窗户。

俩人推开窗子往下一看，一楼的位置，已经冒出了滚滚浓烟，随时都有瞬间爆炸的可能。而刚刚他们踩过的那把梯子，却不见了。

“怎么办?！”直到此刻，夏岚才真的有些慌了，“肯定是王伟东把梯子搬走了！”

“没梯子也得下。”

“怎么下？”

“来不及了，我先跳！”陆博垣说着，一个纵身，上了窗台，然后回头看着她，“我下去接你，不要犹豫，必须马上跳下来，尽量往远处跳，我会抱住你的，放心！”说完，就要松手。

夏岚看着楼下黑压压一片，这里虽然只是个小矮楼，可怎么也有 6 米左右的高度，就这么跳下去，不可能不受伤。

可他竟然要先下去，然后接住她！

如果发生意外怎么办……

那一刻，她不知从哪里来的勇气，突然冲了过去，“陆博垣！”

就在他回头的一刹那，她扑过来，紧紧搂住了他的脖子，然后，一个柔软的吻印在了他的唇上。

短暂，又炙热。

“小心。”她红着脸，不知是不是刚才那一下撞得太过猛烈，好像连嘴唇也有些发红。

“放心！”不再迟疑，此刻他更加坚定了信心，一定要保护她，绝不能让她受到任何伤害。

接着一跃而起，朝着远处跳了出去……

坠地时，他的左腿抻了一下，想要站起来时才发现，情况可能比想象中还要严重。一阵难以言喻的痛楚从腿上传过来，以至于他连挺直背脊都有些困难。不过已经来不及思考了，背后的烟雾越来越浓，他连口鼻都顾不上遮住，转过身，看着二楼，朝她张开了双臂。

不带一丝的犹豫和怯懦，夏岚跳下来，飞进了他的怀抱。也这样，横冲直撞地扑进了他未来的人生。

后来这场火是怎么扑灭的，夏岚已经记不清楚了。她只记得在救护车上，陆博垣那张被熏黑的脸，还有那双明亮的眼睛。当然，最主要的，是他一直牢牢抓住自己的那双手。

邹蓉醒了过来，除了一些在被袭击绑架的过程中所受的皮外伤，还有小小的惊吓，没有受到其他伤害。

汪超远当天就落网了。王伟东也在逃亡了四天之后，被徐子峰和聂程涛带着一队警察围捕在了郊区的一个小旅馆里。

陆博垣的左腿骨裂，身上还有多处擦伤。而夏岚……几乎是毫发无损。

几天后，市立医院的骨科住院处。

原本阴霾了许久的天空终于在今天放了晴，住院部有暖气，屋子里暖烘烘的。

陆雅媛推开窗，看了看窗外久违的阳光，坐到床侧的圆椅子上。此刻她身上还穿着医生袍，手中则拿了个苹果，正削成一小块一小块的，递给靠在病床上，正穿着病号服的陆博垣。

陆博垣也不伸手接，而是张了嘴，等着姐姐将苹果送进他口中。

陆雅媛叹口气，“快到午饭时间了，想吃什么，我去食堂给你打。”

“不用了。”他微笑，突然摇摇手，连苹果也不吃了，“有人给我送。”

“谁给你送啊？想得可真美！”

咚咚。

正说着，有人敲了敲门。

“雅媛姐！”夏岚戴着顶黄色的毛线帽，从门外探进头来。

陆雅媛愣了一下，但当她看到夏岚那羞得通红的脸颊，还有病床上自己弟弟那若有似无的笑，一切都变得明朗了。

“夏岚来了啊！”

他们不说，她也不挑明，招招手，招呼她进来。

夏岚有些扭捏，将手背在身后，不知藏了什么。

陆雅媛笑了，将手里的苹果放到一旁的饭盒里，“你们聊，我也差不多该回去了。”

“哦。”

陆博垣没有和她道别，因为此刻他全部的注意力都被吸引到了夏岚的身上。

待陆雅媛走后，夏岚才将双手从背后拿出来，她将手里拎着的一个保温桶放在了床头柜上。

“我也不知道你现在能吃什么，就炖了些排骨，听说多吃骨头对你的伤比较好。”

陆博垣笑笑，接过她递来的碗筷，“嗯，排骨确实不错。”

夏岚怕他不方便，特意将小桌板给他摆好，然后看着他一口接一口地将自己带来的午饭吃了个干干净净。

饭后，夏岚简单地收拾了桌面，将保温桶放到了床头柜上，这才得空和陆博垣面对面地坐在病床上，说起关于这起案子的最终结果。

“宠物医院的水槽里，检测出了之前两名受害者身上的毛发。而且在汪超远车子的后备厢里，找到了一块红色的地毯，和几个受害者身上发现的红色锦纶纤维完全吻合。”

陆博垣点点头，“王伟东没把一切都推到汪超远身上？”

“推了，他说汪超远是主犯，他是从犯。其中一个受害者脸上不是有牙印吗，那个经过证实，是汪超远咬的。”

“他这是早就预谋好了，想把自己撇干净。”

“是啊，不过汪超远也不傻，他竟然偷偷藏了一把手术刀！”说到这里，夏岚不禁感叹道，“看着傻乎乎的，人家说什么就听什么，其实也是个有心机的。原来他们第一次杀人后，他就把王伟东用过的手术刀藏起来了，那上面有王伟东的指纹以及第一个受害者的血迹，错不了的。”

这俩人，看似达成了同盟，其实不过是互相利用、互相算计罢了。

“还有，他们杀死的也不止林晶晶她们三个，说是还有一位受害者，尸体被扔到东郊的垃圾处理厂了。峰哥带人去搜了，尸体今天上午刚找到。”

陆博垣点了点头，其实就算王伟东再怎么不承认，光是他拒捕并企图烧死警务人员这件事，也够他受的了。现在有了汪超远的指证，还有物证，那他的罪行就更是板上钉钉，无法争辩了。

想到这里，他看着坐在自己对面正讲得眉飞色舞的夏岚。

自那天追捕王伟东受伤，到现在已经过了将近一周。两个人虽然已经捅破了那层窗户纸，有了告白，也有了那个吻……可出于对工作的尊重，他俩后来都很有默契地没有再提这件事。而现在，这起连环奸杀案也算是尘埃落定，告一段落了。

“夏岚……”他轻轻地握住了她放在病床上的手。

“啊？”她被他打断，红着脸，蒙蒙地看着他。

陆博垣笑了，“你还没回答我呢。”

被他这么一说，夏岚顿时连耳朵都红了，“回、回答什么……”

陆博垣声音低沉，但却充满了柔情，“愿不愿意，做我的女朋友？”

她还是不作声，头却垂得更低了。

陆博垣也不气，用大拇指轻轻摩挲着她的手背，“还是说，你觉得那个吻已经说明一切了？”

夏岚羞得连脖子都红了，终于忍不住，抬起另一只没被他握住的手，朝他的肩膀打过去，“你讨……”

话没说完，就在她挥舞着拳头想要打他的一刹那，陆博垣直接拉住了她的手，将她带进了怀里。而那只刚刚还握着她另一只手的手，却突然抬了起来，一把罩住了她的半张脸。

和火场那个短暂的吻不同，这一次，他是实实在在地吻了上去。

那一刻，夏岚觉得自己好像在做梦。

那天匆匆一吻，她根本没有体会到什么美妙，相反，可能是因为撞击得太厉害，她的嘴唇甚至有些肿痛。事后再回忆起来，也都是带着麻麻的感觉，并不像她以前想象的那么美好。而今天，他主动亲吻了自己。

她很自然地闭起了眼睛，跟随着他的动作。一份难以言语的躁动自胸口涌了出来，她从不知道，一个吻，竟会令她颤抖到连心跳都近乎停止……

陆博垣紧紧地搂住了她，脸上竟也泛上了一层红晕。“你到底……”即便到了这种时候，他仍不忘抽空在她耳边追问道，“到底愿不愿意……做我的女朋友……”

那声音，仿佛是一种蛊惑，令夏岚忘记了思考，只想沉溺在他的怀抱中，和他一起吻到天荒地老。

“愿意不愿意！”不回答的结果，则是换来了他孩子气的微怒，轻轻地用牙咬着她的下唇，然后在她吃痛张开嘴的一刹那，将舌头伸了进去。

新一轮的头晕目眩搞得夏岚几乎瘫倒在他的怀抱中。

“愿意！”她低声叫着，紧紧地搂住了他的脖子，仿佛是溺水之人抓住了救命的稻草，“我愿意！”

他笑了，喉咙间翻滚着笑意，动作仍旧没有停下来的趋势。

夏岚本想推开他，因为再这么下去，她都快要不能呼吸了。

而病房的大门，却在这时被人撞开了。

“Surprise！”

大门口，站着手挽手的苏珊和陆雅媛，当然，还有拿着果篮和点心的聂程涛、车瑞和徐子峰。

一时之间，所有人都傻了眼。

夏岚觉得，自己简直活不下去了，一张脸红通通的，恨不得直接找个地缝钻进去。

窗外的阳光洒进屋内，仿佛为这个寒冬带来了一丝温暖。陆博垣却在这时淡定地直起了身，看着众人，露出了一抹得意的笑。

（全文完）